'Frova is geniaal: hij heeft in zijn boek Bach en Newton samengebracht.' *24 Ore*

'Een intrigerend boek waarin de grote Kantor van Leipzig aan ons, bescheiden bewonderaars van Bachs sublieme oeuvre, wordt voorgesteld als een mens van vlees en bloed.' *Amica*

'Een nog betere *hoax* dan de Amadeus van Peter Shaffer. Van het genre life-fiction dat in America direct een bestseller wordt.' *Capital*

'Vooral de onwaarschijnlijkheid van de briefwisseling tussen Bach en Newton roept een magische sfeer op in een boek dat beslist de moeite waard is om gelezen te worden.' *Il Tempo*

'Buitengewoon leuk is de muzikale uitdaging waarbij geïmproviseerd moet worden op een door Frederik de Grote ingefluisterd thema [...], waaruit het meesterwerk Das Musikalische Opfer is ontstaan.' *La Repubblica*

'Bij het uitdenken van deze roman heeft Frova bekwaam gebruik gemaakt van historische documenten op een manier die de gebruikelijke vorm van een biografie ontstijgt, door soepel om te gaan met het taaie historische materiaal: er komt een veelzijdig boek uit voort dat vanuit nieuwe gezichtspunten tot het wezen der dingen doordringt.' *Gazzetta del Sud*

'We moeten erkennen dat Frova aan het mythische en verstarde beeld van Bach een menselijker, levendiger en een zo niet waarachtiger, dan in elk geval geloofwaardiger Bach toevoegt. [...] Een Bravo Sebastian zoals de Amadeus van Shaffer en Forman.' *Musica e Dossier*

'Een gezonde wetenschappelijke nieuwsgierigheid naar de wis- en natuurkundige verklaringen van consonantie en dissonantie, of naar de verborgen symmetrieën in een canon kan leiden tot een beter begrip van muziek, zowel voor de luisteraar als voor de uitvoerende en de componist. Dat zijn boek tussen de regels door deze nieuwsgierigheid opwekt, is in mijn ogen de grote verdienste van Andrea Frova.' *Sapere*

'In een denkbeeldige briefwisseling schrijven Newton en Bach elkaar brieven waarin ze het wezen van de harmonie en de verbanden tussen de harmonie en de wis- en natuurkunde bediscussiëren.' *Corriere della Sera*

De hoofdstukken en de bijlage in dit boek worden opgedragen aan respectievelijk

Susi Longoni
Sandro en Silvia C.
Een Duitse dominee
Mom
Roman Vlad
Franca S.
Nog iemand
Mijzelf
Maurizio Pollini
Carlo Baroni
Marcello Conversi

Andrea Frova

Bravo Sebastian

Tien episoden uit het leven van Bach

Uitgeverij Flavium

Eerste druk, augustus 2010
Copyright Nederlandse vertaling © 2010 Luc Johan Kanis

Oorspronkelijke titel *Bravo Sebastian Dieci episodi nella vita di Bach*
© 2007 RCS Libri S.p.A., Via Mecenate 91 — 20138 Milano
I edizione Tascabili Bompiani
© 1989 Sansoni Libri

De Nederlandse vertaling kwam tot stand met medewerking van Wardy Poelstra.

Boekverzorging en illustratie op pag. 3 Luc Johan Kanis

De door Maarten 't Hart vertaalde brieven zijn met goedkeuring van uitgeverij
Arbeiderspers opgenomen.

De illustraties op pag. 6, 38, 80, 92, 102, 132, 166, 174, 185 en 214 behoren tot
het publieke domein. De overige illustraties zijn met goedkeuring van de auteur
overgenomen uit de oorspronkelijke, Italiaanse editie van dit boek.

ISBN 978-90-815764-1-3
NUR 302

Uitgever: Flavium, Duivendrecht
http://bravosebastian.webs.com
uitgeverijflavium@gmail.com

De familie Bach*

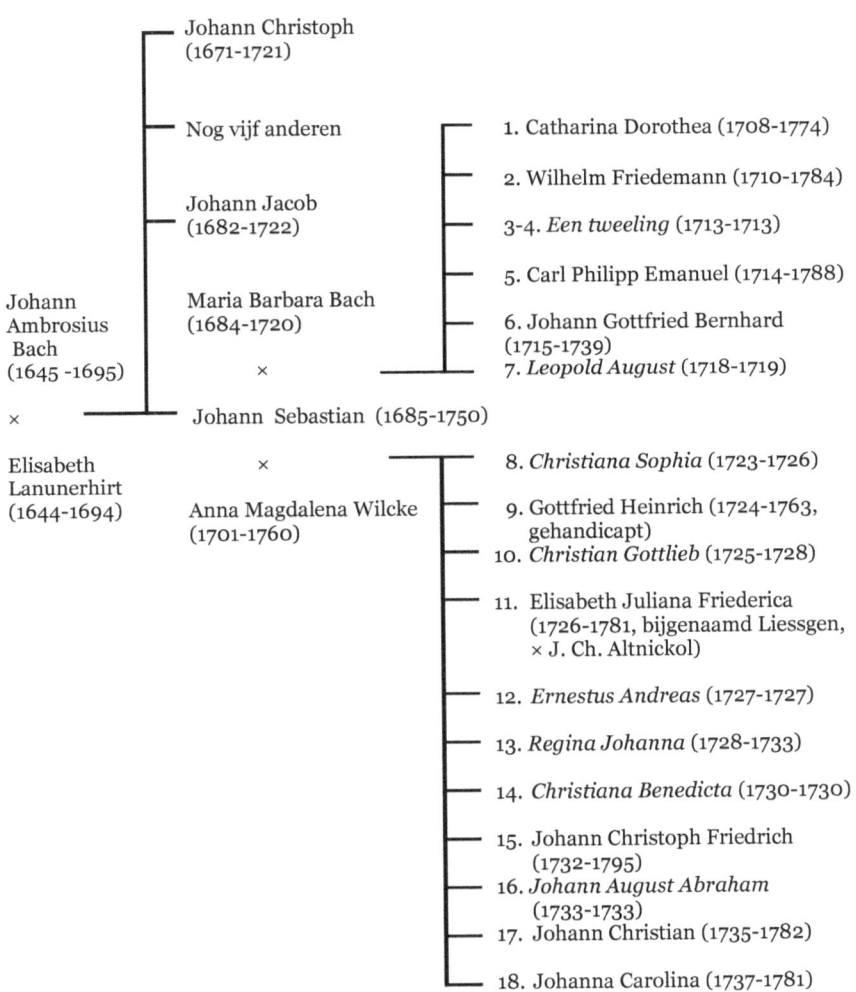

Johann Christoph
(1671-1721)

Nog vijf anderen

Johann Jacob
(1682-1722)

Maria Barbara Bach
(1684-1720)

×

Johann Ambrosius Bach
(1645 -1695)

×

Elisabeth Lanunerhirt
(1644-1694)

Johann Sebastian (1685-1750)

×

Anna Magdalena Wilcke
(1701-1760)

1. Catharina Dorothea (1708-1774)

2. Wilhelm Friedemann (1710-1784)

3-4. *Een tweeling* (1713-1713)

5. Carl Philipp Emanuel (1714-1788)

6. Johann Gottfried Bernhard
   (1715-1739)

7. *Leopold August* (1718-1719)

8. *Christiana Sophia* (1723-1726)

9. Gottfried Heinrich (1724-1763, gehandicapt)

10. *Christian Gottlieb* (1725-1728)

11. Elisabeth Juliana Friederica
    (1726-1781, bijgenaamd Liessgen,
    × J. Ch. Altnickol)

12. *Ernestus Andreas* (1727-1727)

13. *Regina Johanna* (1728-1733)

14. *Christiana Benedicta* (1730-1730)

15. Johann Christoph Friedrich
    (1732-1795)

16. *Johann August Abraham*
    (1733-1733)

17. Johann Christian (1735-1782)

18. Johanna Carolina (1737-1781)

* In cursief: kinderen die vroegtijdig zijn overleden.

Vakwerkhuis met bloemen

I

DE JONGENSSTEM

Een lange reis naar Lüneburg

We zullen er wellicht nooit achterkomen of de lotgevallen uit de jeugdjaren van Johann Sebastian Bach, en zijn inwijding in de liefde in de Neue Kirche van Arnstadt zes jaar later, werkelijk hebben plaatsgevonden zoals hieronder wordt beschreven, in een getrouwe weergave van de memoires van Franz Ottokar Bach. We moeten hierbij opmerken dat deze verre neef van Johann Sebastian minder bekend stond om zijn nauwgezetheid als biograaf dan om zijn losbandige en uitdagende gedrag en zijn uitgesproken belangstelling voor alcoholhoudende dranken. Er wordt wel gezegd dat Franz Ottokar tot alles in staat was om aan het geld te komen waarmee hij zijn doelen wilde verwezenlijken. Het lijkt erop dat hij in deze buitensporigheid zelfs zijn neef Wilhelm Friedemann overtrof, die op zichzelf al een uitzondering was in de gedisciplineerde schare zonen van Johann Sebastian en van wie men beweerde dat hij zich enkele partituren van zijn vader had toegeëigend (om die vervolgens weer door te verkopen); deze neef Wilhelm zou zijn laatste dagen in kommervolle omstandigheden hebben gesleten.

Ook kunnen er vraagtekens worden gezet bij de betrouwbaarheid van het manuscript van Franz Ottokar vanwege de avontuurlijke route die het heeft afgelegd. Nadat het was gevonden tussen de goederen die waren gestolen tijdens de beruchte nachtelijke razzia in het Gemeentemuseum van Dresden in 1790 waren buitengemaakt — werk, naar het schijnt, van een Venetiaanse roversbende —, is het, voordat het ons bereikte, door zoveel verschillende handen gegaan

7

dat het nu is voorzien van vele kanttekeningen, sommige zelfs getypt. Kanttekeningen die hier, dat moge duidelijk zijn, geheel zullen worden genegeerd. Hoe het ook zij, wat men weet van de persoonlijkheid van Johann Sebastian Bach maakt het verhaal van Franz Ottokar op zijn minst geloofwaardig: de verzengende episode van de *Neue Kirche*, waar we het later over zullen hebben, past geheel bij het levendige karakter van Sebastian en zijn belangstelling voor het uitoefenen van de liefde. En dan te bedenken dat deze cruciale episode niet plaats zou hebben gehad als maar één opmerkelijke gebeurtenis in de jaren daarvoor anders was verlopen! Dan zou ook zijn roemrijke nageslacht niet hebben bestaan: de vele zonen, Wilhelm Friedemann, Carl Philipp Emanuel, enzovoort, van zijn eerste vrouw en de talrijke andere — waaronder Johann Christian — uit het daaropvolgende huwelijk met Anna Magdalena Wilcke. En ook zouden we vandaag de dag de rijke muziek niet kennen die door hen is geschreven. Wat nog schokkender is, de carrière van Sebastian zou anders zijn verlopen, zodat de uitzonderlijke vruchten van zijn werk als organist en componist ons zouden zijn onthouden.

8

Deze bizarre wending in zijn leven die de loop van de geschiedenis had kunnen veranderen, had, ironisch genoeg, bijna plaatsgevonden doordat de zeer jonge Sebastian was gezegend met een fantastische stem, rijk in muzikaal opzicht en, onnodig te zeggen, zuiver als geen andere. We hebben het over de tijd dat hij, volle wees sinds een paar jaar, samen met zijn twee jaar oudere broer Jacob bij zijn oudste broer Johann Christoph in Ohrdruf in Thüringen woonde; deze Johann Christoph was getrouwd en vader van een stel kleine Bachjes.

Johann Sebastian was zich zeer bewust van de zwaarte van de omstandigheden en deed zijn uiterste best om zijn studie, waaraan hij groot belang hechtte, voort te zetten zonder al teveel beslag te leggen op het familiebudget. Zijn broer zat krap bij kas en leek zich eerder met Sebastian te bemoeien uit respect voor de tradities in de familie Bach, die een sterk ontwikkeld gevoel voor verwantschapsbanden had, dan uit oprechte belangstelling voor de toekomst van de jongen. Hoewel Johann Christoph een uitstekend organist was (hij was zelfs een zeer gewaardeerde leerling geweest van de grote Johann Pachelbel) had hij in de jaren dat hij de muzikale ontwikkeling van zijn jongere broer had gevolgd weinig gedaan om hem in te wijden in de geheimen van zijn vakmanschap. Kwade tongen in Ohrdruf durfden zelfs te beweren dat hij de betere partituren voor hem verborgen hield. Alsof hij bang was dat de jonge musicus, wiens talent hem zeker niet was ontgaan, hem op een dag zou overtreffen. Maar Johann Christoph had daar uiteraard andere redenen voor. Volgens hem moest het leren stapsgewijs plaatsvinden: eerst makkelijke en traditionele stukken, daarna geleidelijk complexere muziek waarvoor een grotere vaardigheid werd vereist. Maar deze volgende stap, waar Sebastian hunkerend naar uitkeek, werd naar het oordeel van de ongeduldige pupil nooit bereikt.

Deze gedachten maalden door het hoofd van de vijftienjarige Johann Sebastian onder zijn baret van marterbont, toen hij zittend op een grote kar de eerste huizen van Lüneberg ontwaarde. Het was een dag in maart in het jaar 1700. Sebastian zat voorop, naast zijn vriend Georg Erdmann en de boer die hen op enkele kilometers van de stad had opgepikt, vlak bij de staart van de cremello die hen voorttrok. Er hing een dichte mist. Minuscule waterdruppeltjes parelden over het vlasachtig haar van het robuuste beest en zijn sterke geur vermengde zich met de lucht van de vochtige laag stof op zijn huid. Er drongen nauwelijks geluiden uit de omgeving tot hen door, behalve die van vlakbij: de hoeven van het paard, het draaien van de wielen op het plaveisel van kinderkopjes, het aanhoudende gepiep van de slecht geoliede crankassen.

In het flauwe licht van de middag doemde de ene na de andere witte voorgevel op uit de vage achtergrond. Op de gevels waren de donkere en onregelmatige lijnen van de houten balken te zien. Hoewel bijna alle vakwerkhuizen gelijkvormig van opzet waren verschilden ze veel van elkaar in grootte. Lage hutjes met slechts één deur en twee ramen werden afgewisseld met herenhuizen met twee verdiepingen en ongetwijfeld ruime woonkamers met kroonluchters. De ramen, of ze nu groot waren of klein, waren versierd met bakken gevuld met bloemen die, ondanks het erbarmelijke weer, vrolijk gekleurd in bloei stonden. Af en toe was er tussen de vakwerkhuizen een gebouw te zien dat geheel afweek van de gebruikelijke Noord-Duitse stijl en dat kennelijk niet als particulier verblijf gebruikt werd. Het waren in goede staat verkerende middeleeuwse gebouwen of bakstenen woonhuizen met barokfaçades of huizen in Baltische en Scandinavische stijl. Het was voor een toeschouwer niet makkelijk te begrijpen hoe die vermenging van bouwstijlen ooit in Lüneberg tot stand had kunnen komen.

De wagen trok langzaam aan de huizen voorbij, maar

9

schudde de meereizende passagiers hardhandig heen en weer. 'Tradities, altijd maar die tradities hooghouden,' dacht Sebastian. 'Mijn broer kan helaas aan niets anders denken. Als ik in Ohrdruf was gebleven, zou ik net als hij eindigen als kerkdienaar!' Hij herinnerde zich het vele gepreek dat hem droevig had gestemd en dat van dag tot dag ondraaglijker was geworden. 'De waarden uit het verleden zijn de meest solide om ons werk op te baseren; hoe vaak had ik die zin niet horen uitspreken! Alsof de wereld onveranderlijk is en de mensen er niet het beste uit mogen halen. "Je zult geen succes hebben," zei mijn broer altijd, "je zult geen carrière maken met jouw *inventionen* waarmee je de luisteraar in zijn religieuze en menselijke waarde krenkt." Wanneer ik tijdens de mis, God vergeve me, die variaties *per motum contrarium* uitprobeerde, sleurde hij me met geweld weg bij het orgel! Op zulke momenten voelde ik me altijd zo vernederd! Hij zal best gelijk gehad hebben, hoor, maar iedereen mag toch zelf wel zijn eigen fouten ontdekken? En dan dat waanidee van hem dat ik me aan het zingen moet wijden, omdat ik door God gezegend ben met een mooie stem, terwijl ik in mijn hart voel dat ik geboren ben om klanken te bedenken die op de tóetsen tot leven moeten worden gewekt!'

Denkend aan deze voorvallen voelde Johann Sebastian weer woede in zich opborrelen. Tegenover zijn broer had hij zijn eigen ontevredenheid weten binnen te houden, maar nu, bijna hardop praattend, kon hij vrijelijk zijn hart luchten:

'Nee, het was niet eerlijk dat ik deze onderdrukking heb moeten verduren. Hoeveel ik ook aan hem te danken heb gehad, Johann Christoph heeft het gepresteerd om al het goede dat hij mij geleerd heeft een wrange bijsmaak te geven. "Je moet niet te veel aan het verleden denken, anders kun je geen vooruitgang boeken!"' Sebastian werd door angst overmand. Ongetwijfeld droeg daar de vermoeidheid aan bij: samen met Georg had hij, grotendeels te voet, driehonderd kilometer afgelegd waarbij ze slechts weinig hadden gegeten en in geïmproviseerde onderkomens hadden overnacht. Wat zou er voor hem in het verschiet liggen? Zou hij in dit verre en mistige Lüneburg vinden wat hij zocht? Zou dit de geschikte plek kunnen zijn waar hij zijn ambities zou kunnen waarmaken?

De wagen was ondertussen een lange rechte weg omhoog ingeslagen, naar een top waarop boven de dichte mist uit die het diepe dal in nevelen hulde de contouren van een donkerrode bakstenen kerk zichtbaar werden. Achter de kerk kon men duidelijk een logge klokkentoren van dezelfde kleur zien. Daar bovenuit stak een elegante koepel met een groenkoperen lantaarn.

'Dat moet de *Michaeliskirche* zijn,' riep Sebastian uit, terwijl hij zijn vriend Georg die van vermoeidheid en slaap heen en weer wiegde aan zijn mouw trok. Hij was vergeten dat een stad als Lüneburg verschillende kerken zou moeten herbergen — er waren er drie om precies te zijn — en er was geen duidelijke reden om aan te nemen dat de eerste de beste kerk die ze tegenkwamen de kerk was waarnaar ze op zoek waren. Maar toch had hij gelijk. Het leek of hij intuïtief de plek had herkend die in zijn leven zo'n onuitwisbare indruk zou achterlaten.

'Als jullie in Lüneburg aankomen,' had Elias Herda, muziekleraar op het gymnasium van Ohrdruf, hen aangeraden, 'ga dan meteen naar de school die bij de *Michaeliskirche* hoort en meld je bij dominee Büsche met deze brief van mij. Hij heeft mij beloofd dat hij alles voor jullie zal doen wat in zijn mogelijkheden ligt. Het is een voortreffelijk persoon, jullie kunnen volkomen op hem vertrouwen.'

'Ik ben u eeuwig dankbaar, zeer gewaardeerde mijnheer Herda,' had Sebastian geantwoord en hij had een buiging gemaakt. 'Ja, voor eeuwig,' had hij de hele reis in zichzelf herhaald. 'Zonder hem had ik nooit de kracht gevonden om uit mijn geboortestreek weg te trekken.'

11

De school van St. Michaël

De *Michaelisschule* — het gymnasium behorende bij de kerk van St. Michaël — was een lang gebouw met drie verdiepingen dat precies boven op de heuvel stond, achter het kerkelijke complex, met aan de ene kant uitzicht op de weg waarover de kar van Sebastian naderde en aan de andere kant uitzicht op de dakenzee van de stad. De wagen passeerde de kerk aan de rechterkant en hield stil op het grote plein voor de school, vlak voor de keurig in de was gezette monumentale houten deur. Enkele minuten later stond Johann Sebastian, nietig en verstijfd van de kou, onder de modder en doorweekt van de mist voor de heer Büsche, de rector van de school. Sebastian stond daar in zijn eentje, omdat Georg Erdman, neef van de heer Herda en drie jaar ouder dan Sebastian, zich plotseling onwel had gevoeld toen hij van de kar was afgestapt en met iemand ter controle naar de dokter was gegaan.

Dominee Johann Büsche zat achter een groot bureau van massief notenhout dat zeker een halve ton moest wegen. Het bureau werd geheel bedekt door boeken en papier in keurige stapels. Meneer Büsche was fors gebouwd, had een vierkant gezicht en een opvallende onderkaak. Een indrukwekkende pruik torende hoog boven zijn voorhoofd uit, met krullen die langs zijn schouders en armen hingen als een korte mantel. Hij droeg een fluwelen huisjas met grote plooien en zeer wijde mouwen en een geplooide linnen kraag die oorspronkelijk wit moest zijn geweest. Tegen de wanden van de ruime, maar nogal donkere studeerkamer stonden boekenkasten opgesteld, met duizenden boeken in de ogen van Sebastian. De jongen stond netjes in de houding en wachtte af wat de rector zou gaan zeggen. Zijn blik was gericht op het zware kruisbeeld dat achter meneer Büsche aan de wand hing.

'Dus jij bent de kleine Bach, beschermeling van cantor Herda?' De onbeschrijflijk diepe stem van de rector klonk traag. 'Hij schrijft me dat je het huis uit bent gezet, omdat je broer niet meer in jouw levensonderhoud kan voorzien. Mijnheer Herda heeft er goed aan gedaan aan ons te denken. Hij komt uit een muzikale familie en als jouw stem is zoals hij beschreven heeft zal het niet moeilijk voor je zijn om een studiebeurs te verwerven.'

'Eerwaardige mijnheer Büsche!' dacht de jongeman geëmotioneerd zonder ook maar in de verste verte te kunnen bevroeden hoeveel invloed deze mastodont van de lutherse theologie op het vervolg van zijn leven zou hebben. 'Inderdaad, mijnheer,' antwoordde hij, 'mijn broer heeft een derde kind gekregen. Ik ben ontslagen van de school van Orhdruf *ob defectum hospitiorium*. Ik heb aan mijnheer Herda beloofd dat ik uw vertrouwen niet zal beschamen.'

'Heel goed, mijn jongen.' De diepe basstem van de rector dreunde door in de borst van Johann Sebastian zoals de laagste tonen van het voetklavier van een orgel. 'Mijnheer Herda is een eerbiedwaardig persoon, hij heeft vele jaren hier in Lüneburg gestudeerd. Je mag je gelukkig prijzen dat je hem op je weg bent tegengekomen. En al helemaal dat je hier op tijd bent aangekomen voor de eerste selectie van de leerlingen, zoals ik al had gehoopt. Die zal namelijk morgen plaatsvinden.'

'Morgen al?'

'Ja, morgen. Ik zal niet voor je verborgen houden hoe moeilijk de auditie is, aangezien we alleen jongens aannemen met talent. Allemaal jongens zoals jij, die niet in staat zijn kostgeld te betalen. Maar de lessen zijn hier veel beter dan op de *Ritterakademie*.'

'In welk opzicht, mijnheer?'

'Op het gymnasium van de rijke fatten verdoet men zijn tijd met dansen, in het Frans converseren, het aanleren van goede manieren aanleren en zichzelf in de spiegel bekijken. Ik noem het de school van de ijdeltuiten! Aan het eind van de studie kunnen die jongens, als echte ijdeltuiten, niet zingen en al helemaal niet redeneren. Het is geen toeval dat hun koor zich de vergelijking met het onze niet kan doorstaan!'

'Morgen dus,' zei Sebastian zachtjes.

'Ja, jongeman. Ik begrijp dat het voor jou zwaar zal zijn.' Hij dacht na over wat hij zou kunnen zeggen. 'Ik geloof dat ik je eigenlijk zo'n gunst niet zou mogen vragen, maar cantor Herda heeft me heel nieuwsgierig gemaakt. Zou jij voor mij iets kunnen zingen, een kleine arietta, zonder je al teveel in te spannen?'

Sebastian had dat niet verwacht, zijn hart bonsde in zijn keel. Trillend als een espenblad fluisterde hij: 'Ik voel me zeer vereerd, hooggeëerde rector. Als u mij mijn keuze vergeeft, dan zou ik graag de eerste verzen van een madrigaal zingen dat geschreven is door mijnheer Claudio Monteverdi. Hun intense droefenis heeft me zeer getroffen. Het is het *Lamento di Arianna*, dat zult u vast en zeker kennen.' Alsof hij zich niet door emoties wilde laten overmannen, zette hij zich direct schrap en begon:

Lasciate mi morire!
E chi volete che mi conforte
In così dura sorte,
In così gran martire?
Lasciate mi morire!

Zijn stem klonk zwak, maar toch lieflijk en melodieus als die van een nachtegaal en vloeiend als de zoete klanken van een fluit. Het was nog een stem van een kind, maar al met de zachtheid van een adolescent die op het punt staat volwassen te worden.

'Wat een ramp!' verweet hij zichzelf. 'Na zo lang op dit moment te hebben gewacht.' Hij zette vlug opnieuw in voor een herhaling, deze keer vastberadener, en legde in zijn woorden meer dramatiek. Na het zingen keek hij naar meneer Büsche, maar de aanblik stelde hem teleur. De man vertrok geen spier en zijn gezicht toonde geen enkele emotie. Sebastian sprak haastig: 'Ik kan ook een instrument bespelen, zowel toetsen als strijkinstrumenten, en ik heb af en toe ook geprobeerd om stukken voor het klavecimbel te schrijven en aria's voor een klein zangkoor...' Hij hield zijn adem in. De rector grijnsde, eerst ingetogen maar al gauw uitbundiger.

'Heel goed, heel goed, mijn jongen. In de *Michaeliskirche* hebben we ook jongens nodig die een instrument kunnen bespelen. Je verdiensten zullen aan het licht komen, er zullen genoeg experts zijn die jou kunnen beoordelen. Er zijn zelfs twee buitenlanders, *monsieur* Couperin, die aan het Hof van Celle logeert, en een illustere Italiaan die ons altijd speciaal voor de toelatingsexamens komt bezoeken. Jouw liefde voor de muziek uit zijn land zal hem niet onverschillig laten.' Meneer Büsche zweeg en keek de jongeling Bach lang en onderzoekend aan. Sebastian voelde de blik in hem doordringen, maar voelde zich ook beschermd zoals hij dat alleen uit zijn kindertijd kende, toen zijn vader nog leefde.

'Ik laat je nu vergezellen naar de slaapzaal waar je je kunt wassen om daarna te gaan eten. Na het eten kun je lang gaan slapen, tot morgenochtend. Je hebt daar zo te zien wel behoefte aan.' Hij drukte op een belletje dat tot dan toe aan het zicht was onttrokken door de vele papieren op de schrijftafel en direct daarop verscheen een gerimpeld mager oud mannetje in de kamer, dat ook de grote toegangsdeur voor Sebastian had opengedaan en zich over Georg Erdman had ontfermd. Ondanks zijn opvallend fragiele verschijning stond de oude man geen moment stil en sprong als een krekel snel van links naar rechts. Hij gebaarde Sebastian hem te volgen en ze liepen zwijgend door de nauwe gangen met onregelmatige vloeren naar een grote kamer. Sebastian keek om zich heen en zag dat het plafond hoog was en de muren geheel kaal. Grote geopende ramen, op minstens twee meter hoogte vanaf de vloer, dus boven hun hoofden, lieten het laatste zwakke daglicht en de avondkoelte binnen. Een veertigtal kleine witte bedden was symmetrisch tegen de grote muren opgesteld met ertussen even zovele nachtkastjes, in een perfecte geometrie. De enige decoratie in het vertrek bestond uit een rij crucifixen, boven ieder bed één. Er waren nergens lichtjes te bekennen afgezien van een grote kroonluchter vol kaarsjes in het midden van de kamer. Plotseling begon de oude man zeer gehaast te praten:

'Dit hier, jongeman, is uw bed. Om negen uur gaan de lichten uit en moet iedereen gaan slapen behalve als je een onderhoud met een van de paters hebt. Daar verderop zijn de wc's. Leg nu al uw spullen in het nachtkastje, wast u zich goed en maakt u zich klaar voor het avondeten. We eten hier stipt om zes uur. Over twintig minuten kom ik weer langs om u mee te nemen naar de eetzaal.' Nadat hij dat gezegd draaide hij zich zonder antwoord af te wachten om en verdween in een oogwenk door hetzelfde lage deurtje als waardoor ze waren binnengekomen.

Sebastian deed stilletjes alles wat hem gevraagd was en probeerde nergens aan te denken. Daarna ging hij op de rand van het kleine bed zitten wachten, en hij kon niet voorkomen dat een paar dikke tranen langs zijn wangen naar beneden biggelden.

Avondmaaltijd en inwijding

Het refectorium was nog imposanter dan de slaapzaal. Grote schilderijen van kerkelijke gezagdragers versierden de wanden. Rondom stond een lange massief houten tafel opgesteld, op regelmatige afstand onderbroken door toegangsdeuren en doorgangen die de tafelgenoten in staat stelden erachter plaats te nemen, met hun ruggen naar de muur. De leerlingen — het moesten er ongeveer honderd zijn, dacht Sebastian — zaten tegen rijk versierde houten rugleuningen die boven hun hoofden uitstaken. De massieve tafel stond op een met een rode mat bedekte verhoging. Het leek voor degenen die op de vloer stonden alsof de mensen aan tafel op een tribune zaten. Het geheel had meer weg van een koor in een kathedraal dan van een eetzaal. In het midden was een grote open plek. Daar stonden slechts vier kleine ronde tafels met allerlei eten en schotels met warme gerechten. Verschillende bedienden liepen behendig heen en weer tussen deze tafels en de grote eettafel, met stapels borden, dienbladen en karaffen water. Ze droegen grijze, nogal versleten, maar schone uniforms.

Toen Johann Sebastian door de oude man met wie we al eerder kennis hadden gemaakt, de zaal werd binnengeleid, of beter, gesleept, verstomde het geroezemoes in de zaal terstond en werd de nieuweling door tientallen leerlingen aangestaard. Hij moest de gehele zaal oversteken om de lege plek die hem was toegewezen te bereiken. Hij werd direct bediend en begon te eten, met rechte rug, de knieën bij elkaar en zijn ogen op het bord gericht. De gesprekken begonnen weer langzaam op gang te komen en het ergste leek in zijn ogen voorbij. De klipgeitragout was zeker niet een van de beste, de aardappelen waren kleverig met hier en daar bruine plekjes, en de slablaadjes zagen eruit als kletsnatte vodden, maar de honger van Sebastian overwon iedere weerzin.

Plotseling, net toen hij op het punt stond een grote hap weg te spoelen met een slok water, werd Sebastian opgeschrikt door een krachtige stem die luid en krijgshaftig weerklonk: 'Johann Sebastian Bach, je mag je eerbied betuigen tegenover de decaan van onze school!'

Sebastian sloeg zijn blik op. Aan het middendeel van de lange tafel tegenover hem, aan de andere kant van de zaal, was een corpulente jongeman met een rossige, gekrulde haardos gaan staan, de armen wijdgespreid als een Christus die de menigte toespreekt. 'Kom nader en kniel voor mij!'

Sebastian stond op. Als een slaapwandelaar, zonder goed te beseffen wat er gebeurde, bewoog hij zich naar de tafel van degene die zich decaan noemde.

'Kniel voor mij,' herhaalde deze met zijn zware stem. Gewichtig ging hij weer zitten en strekte één been zo ver onder de tafel uit dat de punt van de zwarte lakschoen vlak voor het gezicht van Sebastian opdook. 'Mijn naam is Dieter Rautsch en ik ben de oudste leerling van de school. Je bent mij respect en trouw verschuldigd als een slaaf aan zijn meester. Nu heb je de eer om de gesp van mijn schoen te kussen. Hup, geef er een kus op. Maar wat doe je nu? Raak je met je vette handen de zool van mijn schoen aan? Hoe kan iemand zo onfatsoenlijk zijn?! Ga staan! En kijk mij recht in mijn gezicht aan, anders zou ik nog denken dat je iets te verbergen hebt.'

Sebastian gehoorzaamde ondanks de vernedering door de agressieve decaan. De spreker had een onaangenaam gezicht met een vette huid die met dikke poriën was overdekt en zijn lippen waren geprononceerd. Hij verspreidde een scherpe lucht als van gerookt spek. Pas op dat moment realiseerde Sebastian zich dat de leerlingen in dit deel van de eetzaal ouder waren dan de rest, bijna volwassen. Door het honend gelach heen klonken hun stemmen krachtig en laag. Een enkeling had een baard. Hun houding was zonder uitzondering zelfverzekerd, op het irritante af, wat Sebastian tot dusverre alleen bij de leraren van zijn school had aangetroffen. Hij voelde zich diep ongelukkig en vroeg zich af waar zijn vriend Georg uithing en of meneer Büsche niet even de eetzaal kon komen binnenlopen. En waarom grepen de bedienden niet in?

'Ken je het Omkeerexamen?' vroeg de rossige Rautsch, die hoog boven hem uit torende.

'Hoe bedoelt u, mijnheer Rautsch?'

'Illustere mijnheer Rautsch! Ik zei het Omkeerexamen, ben je soms doof?'

'Het spijt me, illustere mijnheer, maar ik ben bang dat ik dat niet ken.'

'Ik heb het altijd al gezegd en ik zeg het nu nog een keer,' bulderde Rautsch te midden van de uitroepen van de tafelgenoten naast hem. 'Op deze school worden vandaag de dag nog steeds imbecielen aangenomen, een geschikte aanbeveling is alles wat je nodig hebt! Deze idioot denkt dat hij ons bij de neus kan nemen, omdat hij lid is van de familie Bach. Maar we zijn hier niet in Thüringen, beste vriend!'

'Vergeef mij, illustere mijnheer Rautsch, ik zal mijn uiterste best doen om de taken die mij zullen worden toegewezen te volbrengen.'

'Ga staan. Pak dat bord aardappelen, draai hem om en houd hem zo even vast. Het Omkeerexamen bestaat eruit tot tien te tellen zonder dat er ook maar één aardappel uitvalt.'

'Illustere mijnheer Rautsch, ze zullen zeker vallen!'

'Doe wat ik je zeg. Waar is jouw zo dikwijls bezongen nederigheid? Had je zojuist niet verkondigd dat je dolgraag iets wilde leren?'

Sebastian keerde de schaal om en begon te tellen. Nog voordat hij bij drie was aangekomen waren alle aardappelen al op de grond gevallen.

'Idioot, zelfs zoiets eenvoudigs kun je al niet. Je hebt direct les nodig. Kom hier, kniel weer voor mij met je hoofd tot op de grond.' Hierop pakte Rautsch een karaf water en goot deze langzaam leeg in de nek van Sebastian.

Het water liep als een waterval langs zijn oren, haren en voorhoofd. Sebastian voelde zijn hart ontploffen, maar richtte zijn gedachten op zijn tijd in Ohrdruf, op de dierbare personen die hij daar had achtergelaten, zijn broer Johann Jacob, de respectabele meneer Herda, zijn klasgenoten. Pas nadat het water tot de laatste druppel was weggestroomd mocht hij opstaan. Maar een volgende treiterij diende zich al aan.

'Omdat je de toets der handmatige bekwaamheid niet hebt gehaald gaan we verder met cultuur. Kun je me vertellen hoeveel de reden keer waarom is?'

'Illustere mijnheer Rautsch, ik ben bang dat ik uw vraag niet goed heb begrepen.'

'Dat dacht ik al! Ach, zo'n eenvoudige vraag brengt je al in moeilijkheden. Hoeveel is de reden keer waarom! Zelfs onze obers weten genoeg van rekenkunde om die vraag te kunnen beantwoorden. Geen grote behendigheid, en al helemaal geen hersens. Maar je bent lichamelijk toch wel sterk? Ga maar eens op de grond liggen en druk je met gestrekt lichaam op: honderd keer op en neer.'

De hele groep ouderejaars was uitzinnig van vreugde. Ze gierden het uit, stootten elkaar met de elleboog aan en wezen naar de arme Sebastian alsof hij niet goed bij zijn hoofd was. Hij zag hun gezichten onduidelijk door een waas van tranen die zijn blik vertroebelde. Het leken misvormde maskers die van links naar rechts bewogen. In een onwerkelijke sfeer volgde hij de orders verward en panisch op. Waar zou deze aanzwellende absurditeit in uitmonden? Hij kon zich nog maar amper opdrukken, klam van het zweet, met kramp in zijn spieren en geheel buiten adem. De ouderejaars scandeerden allemaal tegelijk: 'Drieënzestig, vierenzestig, vijfenzestig...' Sebastian gaf zich gewonnen, de verzuring in zijn armen was ondraaglijk geworden. Hij lag enkele ogenblikken uitgestrekt op zijn buik op de grond.

'Ga door, treuzel niet zo, slappeling!' Rautsch stond naast hem en schopte hem hard tegen zijn billen. 'Het is nog nooit gebeurd dat iemand weigerde de bevelen van de decaan op te volgen!'

Sebastian sprong op, wierp een blik vol haat op Rautsch en rende naar de dichtstbijzijnde uitgang. Hij kwam op de binnenplaats van het gebouw terecht die zwak verlicht werd door twee petroleumlantaarns. Hij barstte in snikken uit en liet zich languit op een bank in het midden van het binnenhof vallen. Een onbeschrijflijk kabaal steeg op uit het binnenste van het refectorium, maar Johann Sebastian hoorde al niets meer.

Een buitengewone ontmoeting

Hij kwam weer terug in de werkelijkheid toen een hand op zijn schouder werd gelegd en een rustige stem bemoedigend tegen hem sprak:

'Arme knul, jij bent toch die kleine Bach? De jongens hebben je stevig aangepakt. Het valt niet mee in het begin, maar daarna zul je ongetwijfeld een modus vivendi vinden.'

Sebastian hief zijn hoofd op en zag een tengere gestalte. Met de hand die zojuist op zijn schouder had gelegen maakte de man een vriendelijk uitnodigend gebaar. Hij pakte daarna Sebastian bij de arm en nam hem weer mee het gebouw in, naar een ander gedeelte.

'Ik heb je vanmiddag horen zingen. Niet dat ik van plan was om je af te luisteren, hoor, maar als ik hier op bezoek ben krijg ik altijd de kamer naast die van de rector toegewezen.' De onbekende man praatte zacht en langzaam, op het ritme van hun passen. Hoewel op zijn Duits formeel niets aan te merken was, had hij een ongewoon, buitenlands accent. 'En zo was ik meteen op de hoogte van je aankomst hier, beste Sebastian. Rustig maar, je vriend Georg maakt het heel goed, hij hoefde alleen maar iets te eten om weer op krachten te komen. Morgen zal ook hij in staat zijn het toelatingsexamen af te leggen.'

Op weg naar de kamer van de onbekende kwamen ze niemand tegen. De overgang van de duisternis in de gangen naar het felle licht in de kamer was groot. Drie kaarsen brandden op volle kracht en evenzoveel rookpluimen stegen op naar het plafond.

De man die Sebastian had uitgenodigd werd in al zijn bijzonderheden zichtbaar. Allereerst droeg hij geen pruik! Lange staalgrijze haren hingen slordig aan weerszijden van zijn hoofd. Zijn gelaatstrekken waren geprononceerd, zijn huid gladgeschoren, en hij had een scherpe haviksneus en delicate, dunne, nauwelijks zichtbare lippen. De lichte kleur van zijn ogen leek op die van zijn haar. Hoewel Sebastian het moeilijk onder woorden kon brengen verried zijn gezicht ondanks de fijne trekken een boerenafkomst. Zijn gestalte was tenger en klein — de man was nauwelijks groter dan Sebastian — maar had de juiste proporties. Onder het nauwsluitende priesterkleed droeg hij een bij de hals opengeknoopte, blauw-wit gestreepte blouse. De manchetten staken een eind uit de mouwen, zodat de manchetknopen van zilver met paarlemoer duidelijk te zien waren. In de sobere kamer stonden alleen een licht omgewoeld bed, een kleine commode, een schrijftafel en enkele boekenkasten. In een hoek brandde een kleine vuurpot.

'Beste jongen, ga maar in die stoel zitten.' Sebastian gehoorzaamde. De stoel was comfortabel en de kamer warm; hij voelde zich op zijn gemak. 'Er is iets wat ik je graag wilde vragen, namelijk hoe jij onze Monteverdi kent en waarom je juist die aria van Arianna hebt uitgekozen om voor de rector te zingen.'

'Het is een van de partituren van mijn broer Christoph. Op

een nacht, toen hij sliep, heb ik een keer in zijn spullen zitten neuzen om de kostbare muziek te vinden die hij voor me verborgen hield.'

'Oh, oh, dat is niet zo mooi!'

'Ik heb me er nooit schuldig over gevoeld. Ik heb altijd geprobeerd de muziek te dienen op de best mogelijke manier.'

'Door juist het Lamento di Arianna ten overstaan van mijnheer Büsche te zingen heb je wel moed getoond, zeg!'

'Hoezo, mijnheer?'

'Maar jongen, het is een liefdeshymne, over de aardse liefde, was jou dat niet opgevallen? Ik ga er ook maar van uit dat je het Italiaans niet machtig bent. Monteverdi had zijn Claudia verloren toen hij het schreef. Claudio en Claudia, wat klinkt dat harmonieus! Het is recht uit zijn gebroken hart gegrepen.'

Sebastian was met stomheid geslagen:

'Maar... maar de muziek is zo fantastisch!'

'Het is niet makkelijk te begrijpen dat ze hem in zijn tijd zo hebben belasterd, hè? Heb je gehoord over dat schandelijke smaadschrift waarmee ze hem hebben aangevallen, l'*Artusi, overo delle imperfettioni della musica moderna*? En dan te bedenken dat Monteverdi louter geïnteresseerd was in de authenticiteit van de expressie door woord en harmonie te laten samensmelten. Kunst zoals het leven. En het leven als de waarheid. Hij dacht niet in termen van revoluties, hij had respect voor de traditionele waarden. De ware muziek begint bij hem!'

Sebastian was enorm nieuwsgierig geworden. Hij luisterde met gretige aandacht naar de woorden van de kleine man met de zilveren haren. Het voor hem volledig nieuwe idee begon tot hem door te dringen dat muziek een expressievorm is voor gevoelens en intenties en dat muziek niet los te zien was van menselijke aangelegenheden. De kleine man hervatte zijn betoog:

'De mensen begrepen hem, hielden van hem. Aan het hof van Mantova kwamen duizenden mensen de Arianna beluisteren en het was een groot succes. Maar hij had ook vijanden. Zoals zo vaak bevonden die zich juist in de groep die hem het meest op zijn waarde zou moeten kunnen schatten, de musici, filosofen en gelovigen. Ze maakten het zelfs zo bont dat ze een zoon van hem naar het gevang sleepten, omdat die een liefhebber van astrologie was. Die goede oude Monteverdi, als kind kende ik hem al en ik ben zelfs korte tijd leerling bij hem geweest. Zijn prachtige leven eindigde in ellende.'

'Weet u dat Schütz hem zo bewonderde dat hij zelfs een reis naar Italië heeft ondernomen om hem te ontmoeten?'

'Ach, de beloningen van musici. Heersers zijn gierig en luisteren met plezier naar slechte raadgevers. En bovendien, waarom zou je een bediende belonen als die zich niet voegt naar de conventies en niet buigt voor schijnheiligheid?' De kleine man zweeg een ogenblik alsof hij over een mogelijk antwoord nadacht en zei toen: 'Weet je, ik heb nog niet gegeten. Hoewel, ik denk dat ik eerst eens een kop koffie voor mezelf ga maken. Ik heb dit kleine Italiaanse apparaatje meegenomen, een geschenk van een vindingrijke vriend van mij, en ook gemalen koffie, want die koffie van jullie Duitsers is niet te – hoe zal ik het vriendelijk zeggen? – pruimen. Wil je eens proeven?'

'Ik stel het zeer op prijs, mijnheer...'

'Pater Angelini, Sebastian, ik ben jezuïet.'

'Ik stel het zeer op prijs, pater Angelini, maar ik heb nog nooit koffie gedronken. Ik weet niet of ik dat wel zou moeten doen.'

'Ach, jongen, waarom zou je er niet mee beginnen? Als je bang bent dat je er niet door kunt slapen kan ik je wijn aanbieden. Ook daar heb ik ook een kleine voorraad van meegenomen, die mij op al mijn reizen vergezelt. Het is een lichte wijn, heel lekker, beter dan jullie bier.'

'Voor een jongen zoals ik zou dat geheel tegen alle regels zijn.'

'Ach, wat is nu eigenlijk een regel...' Pater Angelini fronste zijn voorhoofd, terwijl hij met zijn kleine, vrouwelijke handen druk in de weer was met zijn mysterieuze metalen apparaat. '*Een regel*. Weet je wat een regel precies is?'

'Een regel bepaalt wat goed of slecht is.'

'Geldt dat ook in de muziek?'

Sebastian aarzelde en schudde vervolgens zijn hoofd:

'Bij muziek is het anders. Muziek is een product van onze geest. Het heeft niets stoffelijks, het heeft niets met ons lichaam te maken.'

'Wil je zeggen dat je alleen met je lichaam kunt zondigen? Wil je zeggen dat er geen regels bestaan voor de gedragingen van de geest?' Pater Angelini tuurde aandachtig naar het koffieapparaat dat hij een moment daarvoor op de vuurpot had gezet.

'Ach nee, eerwaardige pater, zo bedoelde ik het niet. Integendeel! Het is juist de geest die zondigt, maar dat gebeurt alleen als zij zich laat overheersen door de materie. De muziek heeft het niet in zich te domineren of te moraliseren, althans zo denk ik erover.'

'Jongen toch, je zult er snel achterkomen dat dat niet waar is. En weet je wat je dan ontdekt? Dat er over het onderscheid tussen het spirituele en het stoffelijke, dat jij zo achteloos maakt, valt te twisten. Het genieten van wijn, van verfijnd eten of van een amoureus samenzijn is even legitiem en deugdzaam als het genieten van een orgelkoraal of van een mystieke gedachte. Ze maken allemaal dat het leven de moeite waard is om geleefd te worden. Wat door ons begeerlijk wordt gevonden, kan niets anders zijn dan een geschenk van de Heer!'

Pater Angelini verdedigde zijn standpunt vol overgave ondanks zijn kalme toon en rustige gebaren. Slechts twee leefregels waren voor hem echt belangrijk en die moesten op iedere menselijke activiteit worden toegepast. Oprecht zijn en andere mensen geen schade berokkenen. Als vele andere regels daarvan waren afgeleid kwam dat doordat mensen zich graag verschuilen achter formaliteiten en conventies; de mensen vonden het vooral stichtelijk als ze getuige waren van de zonden van anderen. Een hele reeks waarden was gebaseerd op deze twee vooronderstellingen om de middelmatigheid in stand te houden. Gold dat niet ook voor de kunsten en de muziek? Hoe zou hele schare muzikale prutsers kunnen overleven als ze niet met alle middelen hadden tegengewerkt wat onafhankelijk, authentiek en vol van leven was en wat gekenmerkt werd door het genie van de vernieuwing?

Johann Sebastian luisterde aandachtig en was duidelijk geïnteresseerd, maar hij voelde ook scepsis. Het was alsof zijn gesprekspartner hem een gezichtspunt openbaarde dat nieuw voor hem was en tegelijkertijd allang bekend, anders dan hij gewend was maar niettemin natuurlijk en vanzelfsprekend, een visie waar alleen voor de deugd plaats was. Pater Angelini zweeg ten slotte. Hij keek beurtelings van de vuurpot naar de jongen. 'Deze jongen,' dacht hij, 'is voorbestemd om tot duizelingwekkende hoogten te stijgen, hij zal het uiterste uit de menselijke geest halen. Elias Herda heeft gelijk: zijn gezicht laat de intense kracht zien die hem bezielt. Wat een onvoorstelbare en vastberaden puurheid!' Hij tilde zijn koffieapparaatje op en zette het tegen de zijkant van de vuurpot.

Er volgde een lange stilte die door Sebastian werd verbroken alsof hij de gedachten van pater Angelini had geraden en hem wilde aanmoedigen:

'Pater, ik leer veel door met u te praten.'

'Ook ik leer van ons gesprek, Sebastian. Helaas vertrek ik morgen al weer naar Bologna. Ik ben al een tijdje weg van mijn school en mijn leerlingen. En ik moet eerlijk bekennen dat jullie land mij een beetje benauwt.'

Sebastian onderbrak hem aarzelend:

'Hoe is Italië? Net zo mooi als haar muziek? Palestrina, Gabrieli, Corelli...'

'O, ik ben er zeker van dat Italië jou zal bevallen. En als ik nu eens zou proberen jou op mijn school te krijgen? De jongens komen van heinde en verre, maar hebben allemaal de taal der muziek met elkaar gemeen.'

'Daar heb ik altijd al van gedroomd, eerwaardige pater.' Angelini voelde zijn hartslag versnellen. De beschikbaarheid, de frisheid, het enthousiasme van de jonge Sebastian ontroerden hem tot tranen.

'En dat op mijn leeftijd,' dacht hij, 'en ik geloofde dat ik de toestand van innerlijke rust al had bereikt! Maar deze jongen... men kan niet immuun blijven voor de betovering van zijn persoon. Om hem bij mij in de buurt te hebben, deel van mijn leven te kunnen zijn...' Hij keek Sebastian in de ogen en voelde zijn jaren oude huid blozen. Sebastian bleef hem vol vertrouwen aankijken, en dat dreef Angelini over de grens waar gevoelens fysiek beginnen te worden. Hij goot haastig koffie in een kopje en bracht dat naar zijn mond — zijn pink recht naar voren —, terwijl hij maar met moeite het trillen van zijn hand kon onderdrukken.

Zo bleven zij een tijdje zitten totdat er stevig op de deur werd gebonst. Het was predikant Büsche. Hij stak zijn hoofd om de deur voor een korte boodschap:

'Beste pater Angelini, u heeft nog helemaal niet gedineerd. En deze jongen heeft slaap nodig, er staat hem morgen een zware dag te wachten. We laten hem direct naar zijn kamer brengen. Kom, Johann Sebastian!'

De droom van Sebastian

Eenmaal in bed lag Sebastian langdurig in het donker naar het plafond te staren. Hij hoorde zijn medeleerlingen in de andere bedden draaien, smoezen en grinniken. De meesten deden dat zachtjes want het profiel van het kleine oude mannetje tekende zich af in de deuropening. Met de armen over elkaar geslagen leek hij vastbesloten om als een schildwacht de hele nacht in die houding door te brengen.

Verschillende gedachten hielden Sebastian uit zijn slaap. Door het gesprek met pater Angelini was hij aan het twijfelen geslagen hoe hij nu het toelatingsexamen tegemoet moest treden: door de lessen van zijn broer Johann Christoph te volgen of door zijn eigen ideeën de vrije loop te laten? Aan de andere kant had de Italiaanse jezuïet hem met een heel andere wereld kennis laten maken, een nobele wereld die Sebastian nog hoorde nagalmen. Misschien was het hierom dat het verdriet dat hem slechts enkele uren daarvoor had gevloerd, plaats had gemaakt voor een strijdlustig en groeiend overwinningsgevoel. Desondanks werd hij gekweld door een nare droom toen hij eindelijk insliep.

Hij bevond zich in een grote muziekzaal met overal gezichten, dichtbij maar toch niet te onderscheiden en die naar hem keken. Hij voelde hun indringende blikken en hoorde hun piepende ademhalingen. Het instrument dat voor hem stond was een enorme machine, uitgerust met een oneindige hoeveelheid toetsen en glinsterende metalen hendels. Het paste niet in zijn blikveld: naar rechts versmolt het met groene weides, naar boven ging het op met het verlichte gewelf van het theater. Hij hoorde een stentorstem die geen tegenspraak duldde:

'Johann Sebastian Bach, laat ons nu die nieuwe muziek van jou horen die een nieuwe toekomst voor ons zou openen!' Sebastian probeerde het instrument te naderen. Hij merkte dat zijn benen niet gewillig waren, alsof ze vastgeplakt zaten aan de vloer. Hij bewoog zich tussen in de war geraakte draden, een net dat aan het instrument hing en zich naar alle kanten uitspreidde, en ook de toeschouwers omwikkelde. Hij hief zijn zware armen op naar de toetsen, de knoppen, de hendels, maar het lukte hem maar niet om ze vast te grijpen. Ze leken van hem weg te vluchten om te voorkomen dat ze door hem werden aangeraakt.

Terwijl de bewegingen van de door algehele moeheid overmande Sebastian stokten, begon het grote instrument uit zichzelf onstuimig te spelen. Duizenden klanken die elkaar overlapten en zich vermengden met vervormde echo's, vulden de gewelven van de zaal. Klanken die hij nog nooit eerder had gehoord, metaalachtig, sissend, en ook een gekunsteld geluid van onbarmhartige stemmen. Er viel geen harmonie in te bespeuren, noch melodie, ritme, logica of vreugde. Hij voelde slechts een scherpe pijn in zijn oren en zijn hersenen werden meedogenloos gekweld.

De zee van gezichten golfde van achteren naar voren, soms tegen Sebastian aan, soms de andere kant op. Als één enkel lichaam bewoog de menigte harmonieus heen en weer, ogenschijnlijk onafhankelijk van de klanken die door het instrument werden voortgebracht. De gezichten waren uitdrukkingsloos. Er viel geen verdriet van af te lezen of genot, alleen een dodelijke onverschilligheid. Sebastian was bang. Hij bleef zich naar voren naar de machine uitstrekken in een poging haar te bedwingen. Maar hij had geen idee hoe dat zou moeten en hij bewoog zijn benen woedend naar voren. Met moeite zwaaide hij met zijn loodzware armen in het niets. Hij ondernam een poging tot praten: 'Hou op, dit bedoelde ik niet, muziek maak je niet door de algemene grondregels ervan te vernietigen!' maar zijn stem was verdord en bracht slechts gerochel voort.

Hij werd badend in het zweet wakker. Het oude mannetje in de deuropening was verdwenen en de grote kamer was gehuld in duisternis en complete stilte. Zou de dag soms aangebroken zijn waarop de aanhangers van Artusi gelijk zouden krijgen?

Tegenover de examinatoren

De volgende ochtend, de dag waarop het examen zou plaatsvinden, waren alle aspirant-leerlingen bijeengebracht in een kleine wachtkamer om voor de beoordelingscommissie te verschijnen. Bij enkele jongemannen was het examen al afgenomen. Onder hen, levend en wel, Georg Erdman, die zonder problemen was toegelaten tot de school. Sebastian had ook niets anders verwacht.

De tijd verstreek langzaam — voor elke leerling werd minstens een half uur uitgetrokken — en Sebastian zat dicht bij het raam te wachten, terwijl hij de huizenvlakte van Lüneburg bekeek in de grauwheid van een regenachtige dag. Hij zag de weg waarover hij de dag ervoor op de piepende wagen was aan komen rijden. Sebastian hield zijn hoofd gebogen, zijn blik op oneindig. Hij droeg het enige nette pak dat hij bezat, lelijk bruin en veel te krap.

Toen hij zijn naam hoorde roepen stond hij vastberaden op en liep de examenzaal binnen. De examinatoren zaten achter een lange tafel en keken allemaal erg gewichtig. Dominee Büsche zat in het midden en viel op tussen de anderen. Hij deed haast denken aan Jezus Christus tussen de apostelen tijdens het Laatste Avondmaal maar de toon was daarvoor te formeel en de entourage te sober. De enige die spontaan oogde was pater Angelini, die met zijn kin op zijn handen aan het linkeruiteinde van de tafel zat, enigszins apart van de anderen. Hij droeg dezelfde kledij als de dag ervoor en had als enige geen pruik op. 'Kijk, daar hebben we Johann Sebastian,' zei hij in zichzelf. 'Hopelijk gaat hij niet de Arianna zingen! Maar ja, uiteindelijk zou het de opdracht waarvoor ik hier bij deze Teutonen ben, vergemakkelijken.'

Meneer Büsche had Sebastian uitgenodigd naar voren te stappen. Hij stelde hem voor en keek daarbij van rechts naar links:

'Deze jongeman is Johann Sebastian, de zoon van de overleden Ambrosius uit Eisenach in Thüringen. Als ik mij niet vergis wordt hij een dezer dagen vijftien. Zijn broer Johann Christoph heeft hem orgel leren spelen, en zingen heeft hij geleerd van onze gewaardeerde Elias Herda. Hij heeft een beurs nodig om het gymnasium af te maken en daarna toe te treden tot de universiteit. Deze heren, Sebastian, zullen jou gaan beoordelen: predikant Martin Georg Hülsemann, toezichthouder van onze kerk; *Kantor* mijnheer Gerhardt, dirigent van het koor; de heren Georg Böhm en Jacob Löwe, beiden organist, de een van de *Johanniskirche* en de ander van de kathedraal. Beiden komen uit Thüringen net als jouw familie. En dit zijn onze beroemde buitenlandse gasten waarover ik gesproken heb: pater Bartolomeo Angelini, dirigent van de *Schola Cantorum Bononiensis*, en monsieur Couperin, organist van de Koninklijke Kapel van Zijne Majesteit Louis XIV. Louis Couperin, zoals de koning toch?'

'Louis *c'était mon oncle, monsieur Büsche,* mijn oom, *et il est mort depuis trente neuf ans!* Ik heet François.'

'Ja, natuurlijk, wat onnadenkend van mij! Men vergist zich snel met zulke beroemde muzikantenfamilies. Illustere heren, we kunnen beginnen. Wat zullen we vragen aan onze jonge kandidaat? Zullen we eerst naar zijn stem luisteren? Dat is tenslotte voor ons het belangrijkste aspect. We laten hem de keuze welk stuk hij wil gaan zingen. Daarna mag hij plaatsnemen achter het klavier, aangezien dat zijn ware roeping schijnt te zijn.'

Alle aanwezigen gingen akkoord met het voorstel van predikant Büsche, ook omdat er voor alternatieven weinig ruimte scheen te zijn. De dirigent van het koor lachte innemend: 'We hebben een nieuwe solist nodig, Sebastian, onze beste zanger met de mooiste stem krijgt de baard in de keel. Het koor van de *Michaelisschule* begeleidt alle religieuze diensten: heb je iets geschikts voorbereid?'

'Hij zal absoluut niets hebben voorbereid,' dacht pater Angelini een tikkeltje wantrouwig, 'en hoe had hij ook?'

'Het spijt me, illustere mijnheer Gerhardt, ik ben negen dagen onafgebroken op reis geweest. Maar ik denk dat ik me de mis voor vier stemmen en psalmen van Claudio Monteverdi goed genoeg herinner. Ik zou *Ut queant* voor u kunnen zingen.'

'Ken je die?! Dat is muziek geschreven voor de katholieke ritus, weet je dat?'

'Ja, mijnheer *Kantor*, maar het is moeilijk om iets te vinden dat waardiger is om de Heer te loven.'

Meneer Hülsemann kon zich niet inhouden:

'Jammer dat je niet een geschikter stuk kon vinden, met het erfgoed van religieuze muziek waarover we in Duitsland beschikken.'

'Maar goed, laten we eerst luisteren,' onderbrak Büsche hem alsof hij een mogelijk ingrijpen door pater Angelini aan voelde komen.

'Ik heb iemand nodig die me zou kunnen begeleiden,' vroeg Sebastian verlegen.

'Met alle plezier.' Pater Angelini stond op en ging achter het klavecimbel (met twee klavieren) zitten, dat rond 1655 door de Hollandse familie Ruckers was gebouwd. Hij drukte twee, drie keer de *la* in en begon te spelen, terwijl Sebastian zonder aarzeling met zijn fluwelen stem inviel. Pater Angelini voelde de stem tot in zijn botten doordringen; hij raakte in een roes. Het lichamelijke genot maakte een goede begeleiding bijna onmogelijk. Sebastian zong in het Italiaans met een Duits accent:

Così che i tuoi servi devoti — possono lodare con canti e musica — la meraviglia delle tue azioni, — e purificare le loro labbra impure, — o santissimo Giovanni!... Chi aveva dubitato della profezia celeste — fu privato della parola, — ma con la tua nascita — hai restituito la voce — che era stata tolta... Gloria in eterno al Padre, al Figlio — e allo Spirito Santo. Amen.

Sebastian had de twee gedeeltes voor sopraan op meesterlijke wijze in één stem samengevoegd. Het polyfone weefsel was op die manier bijna geheel opgelost.

'Zo zou Monteverdi het vast gewild hebben ...' dacht pater

Angelini met bewondering, 'wat heeft hij het goed begrepen, deze jongen. Wat een profane levenskracht, zo levendig en vurig!' Hij trilde van emotie. Hij wachtte de reacties van de aanwezigen af.

Niemand scheen erg onder de indruk te zijn. Rector Büsche bedankte pater Angelini voor zijn medewerking en wenkte Sebastian plaats te nemen achter het klavecimbel.

'Ik zou graag, als het u edelen niet ontrieft, een toccata van Bernardo Pasquini willen spelen dat recentelijk, enkele jaren geleden pas, is geschreven. Het is een van die stukken waar ik met veel plezier op gestudeerd heb. Ik heb er een eigen coda aan toegevoegd in de vorm van een fuga, die ik graag aan u zou willen laten horen.'

'Pasquini... heeft voor de Zonnekoning gespeeld,' mengde Couperin zich in het gesprek. '*Le roi a été ravi en extase. En France on l'admire beaucoup. Speel Pasquini maar, zeker, mon enfant. E ta fugue aussi.*'

Sebastian probeerde enkele akkoorden uit; daarna een paar intervallen van een octaaf met de ene, en de andere hand.

Hij speelde het stuk van Pasquini met zijn borst vooruit en met een strak gezicht. Het voorhoofd licht gefronst, zijn bovenlip nauwelijks waarneembaar samengeknepen. Zijn beheersing van het instrument was volledig, in de ogen van pater Angelini. 'Wat een frisheid! En met zoveel respect voor de partituur. Melodie en fugato gaan perfect samen.' Hij observeerde de gezichten van de andere aanwezigen. 'Minstens drie organisten zijn letterlijk betoverd, daar bestaat geen twijfel over.'

Toen de toccata van Pasquini beëindigd was, pauzeerde Sebastian heel kort en zette toen de fuga heftig in. Met duizelingwekkende snelheid vloog hij over de toetsen waarbij hij op één punt zijn armen zelfs kruiste, iets wat men nog nooit eerder had mogen aanschouwen. Hoewel het thema geregeld bleef opduiken, gaf Sebastian er kundig zijn eigen draai aan, keerde het om, splitste het op in duizenden melodietjes, maakte het overweldigend zoals het Pasquini zelf nooit zou zijn gelukt. Het spektakel duurde vijf minuten; daarna volgde er een lange stilte. En weer was het Büsche die als eerste sprak:

'Erg fraai, erg fraai, we zijn wel verplicht om dat te zeggen in jouw aanwezigheid, nietwaar illustere heren? Nu verzoek ik je in de andere zaal plaats te nemen en te wachten tot je weer wordt binnengeroepen.'

Sebastian was nauwelijks de kamer uit of *Kantor* Gerhardt barstte los:

'Die duim! Die ging geheel onder de andere vingers door! De tijd dat men met drie vingers speelde is voorgoed voorbij, dat geef ik toe, maar die duim, nee, dat is niet correct en al helemaal niet esthetisch.' Hij was rood aangelopen en oprecht verontwaardigd.

'*Monsieur Gueràr.*' De uitspraak van Couperin was heel vreemd. 'Dat zijn achterhaalde criteria. *Chez nous, en France,* als wij vijftien vingers zouden bezitten, zouden we die allemaal gebruiken, dat is een ding dat zeker is.'

'We weten dat er bij jullie geen regels gelden, illustere organist van de Koninklijke Kapel. Bij jullie is alles geoorloofd om de luisteraar te verrassen. Op het klavecimbel imiteren jullie de raarste geluiden, zelfs het gezang van vogeltjes.'

'*Vous êtes en erreur, honoré monsieur le Kantòr. Tout au contraire.* Ik neem veel meer regels in acht dan jullie je kunnen voorstellen. Het blijft een feit dat *le clavecin,* het klavecimbel, een magisch instrument is, dat onontgonnen bronnen aanboort...'

Toezichthouder Hülsemann onderbrak hem:

'Alles wat jullie op een klavier spelen, illustere heer, kan op een ander klavier worden nagespeeld. Op een orgel, een klavichord of waar jullie ook de voorkeur aan geven. Het maakt allemaal niets uit.'

'*Voilà, monsieur Hülseman,* als ik één enkele opmerking zou mogen maken over de stijl van de jongeman, *c'était justement ça.* Als we tijdens zijn spel het klavecimbel hadden vervangen door een orgel, zou hij het niet eens opgemerkt hebben! En toch kan alleen het klavecimbel, zelfs binnen zijn mechanische beperkingen, de kleur en de fantasie van het pizzicato weergeven. Maar de jongeman treft geen blaam hoor, hij kan natuurlijk niet teveel afwijken van hetgeen ze hem hebben geleerd. *Un jour, il faudra que j'écrive un traité sur l'art de toucher le clavecin!*'

De rector mengde zich in de discussie, onmiskenbaar onder de indruk van de beweringen van Couperin: 'Dominee Hülsemann is geen musicus, maar zijn gezichtspunt wordt feitelijk door de meesten van ons gedeeld. Wilt u nog iets toevoegen, *monsieur,* om uw argumenten kracht bij te zetten?'

'*Ce n'est pas un problème!* Als u edelen mij even uw aan-

29

dacht schenkt, dan zal ik dezelfde toccata van Pasquini spelen maar dan op míjn manier. Ik vraag vergiffenis als ook ik, net als uw geniale leerling, alle vingers gebruik *que le bon Dieu a bien voulu me donner.*'

Voor de tweede maal weerklonk in de *Michaelisschule* het korte bravourestuk van de Italiaanse musicus. Deze keer klonk het totaal anders. Het geluid leek nu op dat van een luit, maar dan voller. Sprongetjes en terugkaatsingen wisselden elkaar af op punten waarin de zang in de melodie opging en waarbij het strakke dansritme eerbiedig werd gevolgd. Het oorspronkelijke thema van Pasquini werd, tamelijk willekeurig, verrijkt met allerhande versieringen — mordenten, roulades, trillers — die buitengewoon bekoorlijke effecten voortbrachten.

'Een koninklijk gerecht,' dacht pater Angelini. 'Alles valt op de juiste plaats. Die vingers glijden over de afgeronde randen van de toetsen alsof hij het hout wil kietelen! Als de andere heren het klavier eens zo zouden strelen als hij doet... Maar ja, zelfs als ze het orgel op dezelfde manier zouden strelen, zou het nog niks worden.'

Na afloop had niemand nog iets toe te voegen. De klanken spraken voor zich.

'*Naturellement*,' merkte Couperin even later op, terwijl hij ging staan en naar zijn plek terugkeerde, '*quant à l'art du jeune Bach, il n'en est pas question.* Zijn fuga is een buitengewone creatie, de beste die ik ooit heb gehoord van zo'n jonge man die zo weinig studie heeft genoten.'

De *Kantor* schudde zijn hoofd: 'Ik heb het niet over de techniek van de uitvoering. Maar ik vind de *inventionen* van de jongeman Bach geheel arbitrair. Harmonie is een objectief gegeven, iedereen weet heel goed wat mooie akkoorden zijn en welke akkoorden de compositie schaden. Hij heeft daar echter op geheel eigen wijze invulling aan gegeven.'

'Ik ben een geheel andere mening toegedaan, illustere mijnheer Gerhardt.' Hier klonk de stem van pater Angelini. 'Muziek is iets wat leeft en met ons mee moet veranderen. Of wij met haar, zoals u wilt. Harmonie is een cultureel gegeven. Ik weet zeker dat onze nazaten vreugde zullen beleven aan muzikale ideeën die op dit moment onacceptabel klinken.'

'Houd toch op, hooggeachte pater Angelini, geen enkel fundamenteel beginsel is veranderd sinds de Grieken. Deze jongeling komt hier binnen en denkt dat hij eventjes alles ter discussie kan stellen!'

'Staat u mij toe uw argumentatie in twijfel te trekken, mijnheer de *Kantor*. Ook al waardeer ik dat er iemand is zoals u die onvoorwaardelijk de traditionele waarden verdedigt.'

'Ik geloof dat je de kwaliteit van de jongeman moet zoeken in zijn techniek,' bracht de toezichthouder Hülsemann in, 'die niet eens zo volmaakt is, ben ik bang. Ik zou hem eerder een kermisattractie willen noemen dan een echte musicus.'

'Illustere heren,' kwam de rector Büsche op besliste toon tussenbeide, 'ik ben er zeker van dat ik de mening van ons allen correct interpreteer als ik zeg dat we het in wezen eens zijn over de verdiensten van de jongeman Bach op het klavier. Onze kerk zou dan over nog een organist kunnen beschikken. Laten we het nu met elkaar eens worden. Hoe denkt u erover, mijnheer de *Kantor*?'

'Ik denk, mijnheer de rector, dat deze jongen ons voor problemen zal plaatsen. Hij is te... hoe zal ik het zeggen... te vrij, hij eerbiedigt de regels niet. Hoe zou hij ooit de anderen met zijn houding kunnen beïnvloeden? U allen weet hoe moeilijk het is om orde te houden.'

'Ik heb begrepen dat dit uw oordeel is, mijnheer Gerhardt, ook zonder dat u het onderbouwt. Maar de stem, u kunt toch niet beweren dat zijn stem niet de mooiste is die wij hier sinds tijden hebben mogen beluisteren?!'

'O ja, die stem is ongetwijfeld erg mooi. Het heeft de warmte van een stem die op het punt staat volwassen te worden. Juist daarom betwijfel ik of dat nog lang zal duren.'

'Ik geef mijnheer de *Kantor* volkomen gelijk: nog één jaar en het is geen jongensstem meer. Als toezichthouder van de kerk is het mijn plicht hier rekening mee te houden.'

'Dat klopt,' merkte meneer Büsche op, 'maar het lijkt me niet voldoende reden om de vele andere muzikale talenten van de jongeman Bach te vergeten. Ook kan ik de aanbeveling van de heer Herda niet negeren, al voel ik aan dat op dit punt niet iedereen van u dezelfde mening is toegedaan, nietwaar mijnheer Hülsemann?'

'Dat niet alleen,' ging Hülsemann door, 'er is nog een andere heikele kwestie die losstaat van de muzikale kwaliteiten van de jongeman Bach. Hij heeft helemaal niet laten zien dat hij bewust is van wat Luther ons heeft geleerd over de betekenis en het doel van de muziek. Kijk eens naar de keuzes die hij heeft gemaakt! Hij heeft duidelijk genegeerd dat muziek — tekst, melodie, accentuering — zijn wortels heeft in de moedertaal. Hoe kunnen gelovigen anders kerkelijke diensten bijwonen? Wij Duitsers moeten van niemand iets in bruikleen vragen en ook geen andere talen gebruiken of vertalingen, anders doen we niets anders dan imiteren, zoals we dat kennen van de apen!'

'Ze halen nu eindelijk Luther in eigen persoon erbij,' gniffelde pater Agnelini in zichzelf en besloot dat het beter was om zich maar niet in de discussie te mengen. Predikant Hülsemann snelde voort:

'En dan is die muziek van Monteverdi zo... zo stoffelijk, zo hartstochtelijk. Je zingt toch geen lof op de Heer alsof het je verre geliefde is! Het is een genre dat het misschien goed doet in andere klimaten maar niet hier in Lüneburg.'

Pater Angelini voelde zich deze keer verplicht om behoedzaam in te grijpen:

'Hooggeachte dominee, men looft de Heer door al het mooie in ons bestaan, in onze onuitputtelijke menselijke natuur lief te hebben. Genieten van muziek, ook door middel van zintuiglijk genot, is al een lofzang op de glorie van de Heer!' Hij bemerkte dat iedereen naar hem keek. 'God is feitelijk in ons... is onze levenskracht... is ons vermogen om te lijden en te genieten...'

'Pater Angelini, hoe durft u dat te zeggen! Zulke woorden zijn op deze plek nog nooit uitgesproken! De mens is in handen van de Heer. De mens kan, zoals Luther ons leert, slechts Zijn Wil uitvoeren. En als de mens toegeeft aan het genot omwille van zichzelf verliest hij Zijn gunst en kan hij niet meer worden gered.'

Het gelaat van pater Angelini drukte diepe droevenis uit. Hij leek verbitterd en had zijn hoop laten varen.

'De man die u beschrijft zou het niet waard zijn te leven. Hij zou ingedeeld worden onder de dieren en planten, het zou het minst verdienstelijke wezen zijn van de schepping. God zou zo'n plan niet bedacht kunnen hebben!'

Predikant Hülsemann schrok hevig. De laatste woorden van pater Angelini hadden hem als een mokerslag getroffen. Zijn stem borrelde diep uit zijn keel op:

'U... u... pater Angelini, u verkoopt absolute nonsens, u heeft simpelweg geen vertrouwen in God! Hij heeft de mens niet nodig. Hij is de perfectie. Hij leeft buiten onze wisselvalligheden.'

'Zeer geëerde heren,' besloot rector Büsche tussenbeide te komen, omdat de discussie bepaald onprettig en zelfs absurd begon te worden, 'vindt u niet dat wij behoorlijk ver zijn afgedwaald? Pater Angelini is een groot musicus en wij moeten hem in elk geval gastvrijheid verlenen. Laten we daarom, mijnheer Hülsemann, proberen terug te keren naar de proeve van bekwaamheid van de jongeman Bach. Ik ben ervan overtuigd dat zijn gedrag uitsluitend te wijten is aan zijn leeftijd. Laten we zeggen dat hij begiftigd is met een grote innerlijke kracht die wij op onze beurt in toom dienen te houden. Zijn verblijf op de *Michaelisschule* zal heilzaam voor hem zijn: mocht hij een groot musicus worden, wat ik niet betwijfel, dan zal hij zijn kunsten weten te baseren op de grondslagen van het lutheranisme. Hij zal de Duitse mis zoals bedacht door Luther tot perfectie weten te brengen. Hoe denkt u daarover, organist van de *Johanniskirche*?'

'Daar ben ik het helemaal mee eens, illustere rector.' Het was pater Angelini vanaf het begin al duidelijk dat de heer Böhm positief getroffen was door de muzikaliteit van de kandidaat. 'Ik heb vandaag een heleboel dingen geleerd en het zal mij een waar genoegen zijn als ik de jongeman Bach tot mijn leerlingen zal mogen rekenen.' Meneer Löwe, de organist van de kathedraal, knikte hevig maar zei zoals gewoonlijk niets. Büsche pakte de draad weer op:

'We weten hoe *monsieur* Couperin erover denkt en het is niet moeilijk om conclusies te trekken omtrent het gezichtspunt van pater Angelini. Daarom geef ik u, toezichthouder Hülsemann en *Kantor* Gerhardt, het laatste woord. Ik nodig u uit goed na te denken over wat er gezegd is. Bedenk dat uw mening doorslaggevend is.'

Hülsemann en Gerhardt keken elkaar lang aan, om als het ware tot eensgezindheid te komen. Het was de *Kantor* die de verantwoordelijkheid van het officiële standpunt op zich nam:

'Dit jaar hebben we veel kandidaten gehad, en bijna allemaal goede... maar wat de leerling van Herda betreft... ik denk niet... ik denk niet dat het zo is dat...'

Op dat moment, misschien iets te vroeg, interrumpeerde pater Angelini hem. Hij sprak op koele, afstandelijke toon:

'Omdat u edelen niet welwillend lijken, stel ik voor dat ik Sebastian uitnodig om naar Italië te komen naar mijn *Schola Cantorum*...'

De uitval van pater Angelini kwam geheel onverwachts. De aanwezigen kreunden. Predikant Büsche was zo uit zijn stoel opgeschrokken dat beide zijden van zijn pruik als vleugels van een grote vogel heen en weer wapperden.

'Ik neem aan, pater Angelini, dat uw voorstel slechts een uiting is van uw waardering voor de kandidaatleerling!'

'Nee, illustere rector, ik verzeker u dat mijn idee uitermate serieus bedoeld is.'

'Er komt niets van in! Ik vraag de aanwezigen om de woorden van pater Angelini zo snel mogelijk weer te vergeten, alsof ze nooit zijn uitgesproken.'

'Maar hier zou zijn stem voor altijd verloren gaan.' Pater Angelini sprak rustig. 'Terwijl hij de meest gevierde van Europa zou kunnen worden.'

'Ja, ja, ik heb het begrepen, u wilt van hem een vedette van het Italiaanse *belcanto* maken, zoals Baldassarre Ferri en vele andere slachtoffers van uw cynisme!'

'Het is niet cynisch om schoonheid te koesteren! Geen enkele sopraanstem heeft zo'n groot bereik of een vergelijkbare kracht. En dat niet alleen: tederheid, kracht en lieflijkheid tezamen, én snelheid. Geen enkel instrument kan al deze zaken tegelijkertijd aan de componist beschikbaar stellen.'

'Barbaarsheid, het is louter barbaarsheid. Ik vraag me af waarom we eigenlijk naar u luisteren, pater Angelini.'

'Het is de eerste keer dat deze bezwaren tegen me worden ingebracht. Dat ik een aanbod mag doen is nu precies de reden dat ik bij de toelatingsexamens aanwezig ben!'

Meneer Büsche was duidelijk buiten zichzelf geraakt, de aderen in zijn hals waren opgezwollen en zijn wangen verhit:

'Johann Sebastian Bach is geen vondeling, hij is de veelbelovende erfgenaam van een grote familie van musici! Hij is de beste leerling van Elias Herda!'

'U lijkt te zijn vergeten, eerwaardige rector, dat u bepaalde verplichtingen heeft ten opzichte van onze instelling. De afspraak was dat wij één leerling per jaar zouden opnemen, naar vrije keuze.' Ook pater Angelini leek nu zichtbaar geïrriteerd.

'U interpreteert onze afspraken totaal verkeerd!'

'Herinnert u zich, illustere mijnheer Büsche, dat u op de *Michaelisschule* in moeilijke tijden nog nooit geldelijke steun heeft geweigerd?'

Büsche was nu rood aangelopen van woede. 'Worden wij gechanteerd? Nooit en te nimmer! De jongeman Bach zal Lüneburg niet verlaten!' bulderde hij, en hij sloeg hard met zijn vuist op tafel waarna hij luidruchtig opstond. Hij liep met gezwinde pas de kamer uit en riep met luide stem de leerling Bach, die in de wachtkamer zat te wachten. De beoordelingscommissie bleef als versteend zitten.

Later zag Johann Sebastian door het glas-in-loodraam de ineengebogen pater Angelini de weg oversteken, achter het oude mannetje aan dat de koffers voor hem droeg. Hij nam plaats in zijn koets die over de weg naar beneden tussen de huizen van Lüneburg verdween. Met het vertrek van de kleine jezuïet vervloog ook de Italiaanse droom van Johann Sebastian Bach. Maar zijn manlijkheid was gered zonder dat hij zich dat gerealiseerd had.

* * *

Het verblijf van Johann Sebastian in de stad Lüneburg zou niet langer dan drie jaar duren. Het was hem gelukt om het gehele gymnasium in totaal negen jaar te voltooien, terwijl daar normaal twaalf jaar voor stond. Hij kon zich echter niet inschrijven op de universiteit, omdat zijn financiën dat niet toestonden. Maar zijn verblijf in Lüneburg was hem meer waard dan een universiteitsdiploma. De eerwaardige predikant Büsche (die het correct had ingeschat) wist Bach met doordachte leesstof en uitvoerige discussies de belangrijkste grondbeginselen van het lutheranisme bij te brengen; dat maakte Bach levenswijs en weerbaar in het dagelijkse leven. Zo had Sebastian een flirt — geheel platonisch welteverstaan — met Büsches dochter Margarethe.

De organist Georg Böhm, die leerling was geweest van de wijdvermaarde Jan Adams Reinken in Hamburg, werd Bachs leraar; Böhm zou door Bach worden geëvenaard en misschien zelfs overtroffen. Sebastian zou nooit de spannende bravourewedstrijden op het klavier van het fantastische orgel in de Johanniskirche vergeten. Zoals hij in Böhm ook altijd degene zag die hem van de grootsheid van het instrument had overtuigd en hem liefde voor het instrument had bijgebracht.

Hij leerde Frans doordat hij de rijke leerlingen van de *Ritterakademie* geregeld opzocht; hij werd er zo vaardig in dat hij naderhand met François Couperin een uitgebreide briefwisseling kon onderhouden. Ingenomen met Sebastians kwaliteiten introduceerde Thomas de la Salle, dansleraar van die school, hem aan het hof van Celle. Éléonore d'Olbreuse — de Franse echtgenote van Georg Wilhelm von Braunschweig-Lüneburg — verzamelde musici en cultuurminnaars uit haar land om zich heen, zoals componist François Couperin en organist Jean-Louis Marchand. Hierdoor kon Sebastian meer tijd besteden aan het klavecimbel, maar hij werd vooral een nieuwe culturele wereld gewaar. Een wereld waarvan hij tot dan toe, omdat hij zo 'opgesloten' zat in de kerkelijke omgeving, slechts een vaag idee had. We moeten hier echter opmerken dat het hem, ondanks verwoede pogingen zoals zijn orkestsuites of zijn suites voor klavecimbel, niet was gelukt om ook maar een enkel stuk te componeren in authentiek Franse stijl. Hij overtrof namelijk bijna altijd het voorbeeld dat hem was aangedragen. In Celle kwam hij in contact met wereldse muziek en zelfs met ballet en opera. Hij aarzelde niet om zich, met opmerkelijk gemak, enkele danspassen aan te leren.

In 1703 aanvaardde Sebastian, die inmiddels in alle muzikale kringen bekendheid genoot, een baan aan het hof van hertog Johann Ernst van Saksen-Weimar. Die baan werd hem aangeboden dankzij de gebruikelijke aanbeveling van een van zijn vele muzikale familieleden. In de functie van lakei had hij de taak viool te spelen in een nogal gammel orkest, samengesteld uit bediendes en andere leden van de hofhouding. Spelers van goede wil maar zonder enige vaardigheid. Het was waarachtig niet iets om trots op te zijn, maar het was zijn eerste baan en hij kreeg voor het eerst in zijn leven een echt salaris.

Het was uitgerekend in Weimar dat Johann Sebastian — niet onbelangrijk — kennismaakte met de Italiaanse musici die hij zo bewonderde en waarvan hij zich de muzikale mores eigenmaakte. Dat alles gebeurde in een periode van slechts zes maanden.

In de stad Arnstadt moest echter een nieuw orgel ingewijd en aan iemand toevertrouwd worden. De burgemeester van die stad was, voor de verandering, een verwant van de familie Bach...

*Het monumentale orgel in de Nieuwe Kerk van Arnstadt waar
Johann Sebastian zijn afspraakjes had*

II

ZIJN EERSTE UITVOERING

De agitaties van Joachim

Reeds enkele minuten weerklonken de onweerstaanbare noten van de *Prelude in D-groot* tussen de bogen van de *Neue Kirche*. Het tegen de zuilen van het schip weerkaatste geluid kwam van boven vanaf de galerij en werd verenigd met de veelkleurige stralen die de late middagzon door de glas-in-loodramen in het halfduister van de kerk naar binnen wierp. Het leek alsof de krachtige bas van de pedalen het gouden altaarstuk boven het hoofdaltaar heen en weer deed schudden en ook de grote centrale kroonluchter leek lichtjes te bewegen. Johann Sebastian zat achter het dubbele klavier van het orgel, verzonken in opperste concentratie.

Het orgel was een kolossaal houten instrument, rijk ingelegd en bewerkt met goud, en versierd met gebladerte en hoofden van cherubijnen die hemelse bazuinen bespeelden. Het behoorde tot de beste orgels in de regio van Arnstadt en misschien wel van heel Thüringen. Sebastian had hem zelf getest ter gelegenheid van de inwijdingsplechtigheid, bijna drie jaar eerder, direct na de aanvaarding van zijn baan als kerkorganist. Hoewel hij de vormgeving niet erg kon waarderen — hij vond het inlegwerk en het verguldsel nogal protserig — was hij meteen veroverd door de robuuste constructie van het instrument waardoor het een warm en krachtig geluid voortbracht.

En dit geluid was nu, in al zijn volheid, te horen in elk hoekje van de kerk. Johann Sebastian zat rechtop en onbeweeglijk als een standbeeld — dat was normaliter zijn houding —, terwijl zijn handen en voeten elkaar met enorme lenigheid achterna zaten over toetsen en pedalen. Uit de waterval van klaterende geluiden kon je opmaken dat het niet slechts een opeenvolging van zinloos lijkende bewegingen was, maar dat er werkelijk iets moois tot stand werd gebracht. De strenge gelaatsuitdrukking van Sebastian liet niet doorschemeren hoe hij zich voelde, melancholiek, opgewonden of mystiek vervoerd.

De jongeman Joachim Nepomuk Kurtz vroeg zich dat, misschien wel voor de duizendste keer, af. Deze jongeman was de kleinzoon van de strenge toezichthouder van de kerk en Sebastians enige leerling, als men van een leerling kon spreken in het geval van leeftijdgenoten van amper twintig jaar oud. Hij stond kaarsrecht achter de organist en volgde vol bewondering zijn bewegingen. De vloeiende overgangen van het ene klavier naar het andere en dan weer snel naar de pedalen, tijdens de snelle figuraties, gaven duidelijk blijk van het streven om al wat tot dan toe bekend was te overtreffen. De zang was goed hoorbaar, hoog en edel, soms energiek en onstuimig zoals aan het begin van het stuk, en soms vrij en open ondanks de restricties die door de contrapunten werden opgelegd, zoals in het daaropvolgende *Alla breve*.

40

'Wat een fantastisch geluid,' dacht Joachim met een brok in de keel en hij voelde een tranenvloed opkomen. 'Je bent groots, Sebastian, ik aanbid je,' herhaalde hij zachtjes zoals hij dat iedere keer deed als hij, samen met de jongen van de blaasbalg, die zich achter de houten rugleuning had verschanst alsof hij niet bestond, getuige was van de uitvoeringen van zijn meester. Zijn gemoedstoestand werd versterkt door de intieme sfeer in de *Neue Kirche* waar elk gebaar en elk geluid goed tot zijn recht kwam.

Het was niet de eerste keer dat Joachim die prelude hoorde. Sebastian had haar al een tijd geleden gecomponeerd en het was zijn favoriet, omdat het hem in staat stelde de kwaliteiten van het instrument en zijn eigen meesterschap als organist duidelijk te laten uitkomen. Het was hem echter nog niet gelukt om even overtuigend de gewenste versmelting van de Duitse grootsheid en de melodische Italiaanse zangerigheid tot stand te brengen.

'Tijdens het componeren maakt hij het onmogelijke vanzelfsprekend, maar als hij het stuk uitvoert overtreft hij zichzelf helemaal! Wie heeft het vóór Sebastian aangedurfd om met de pedalen een melodie te maken?' mompelde Joachim, toen Sebastian de slotfase van de prelude bereikte en daarbij bijna hoogmoedig het dissonante *Adagio* inzette dat was gebaseerd op het gebruik van het dubbele pedaal. Het thema was, in tegenstelling tot de voorafgaande pedaalaanslagen waar de vonken van afspatten, intiem en sober. Het onthulde een innerlijke strijd die tot dusverre verborgen was gehouden. De voeten van Sebastian, die van het ene naar het andere pedaal hopten, bleven de zang ondersteunen. Door het indrukken van de pedalen schudde het hele lichaam van Joachim heen en weer. Er liep een rilling over zijn rug. Hij voelde overduidelijk de fysieke aanwezigheid van de man, zijn levensenergie en zijn onontkombare lot.

Maar de gewaarwording was slechts van korte duur. Sebastian keerde weer even plotseling terug van zijn zijsprongetje als dat hij eraan begonnen was. Zijn gezicht hervond de gebruikelijke onberispelijke uitdrukking van volmaaktheid en hij zette een ongebreidelde en onvoorspelbare opeenvolging van noten in. Een fuga die Joachim voor het eerst hoorde. Een ritmische, haast onstuimige, expositie, daarna een contra-expositie met gewaagde tonale modulaties die de fuga geleidelijk steeds verder weg voerden van de oorspronkelijke *D-groot* uit het begin. Het lag buiten het bereik van Joachim om alle bijzonderheden in deze virtuoze *inventione* op te merken. De vingers van Sebastian strengelden op onverwachte wijze ineen, zijn voeten dansten als dolle stieren op de pedalen. En dan de zang... de zang bleef onverminderd voortgaan, de zang overrompelde, triomfeerde over elk technisch experiment, over elke tonale kunstgreep en geforceerde arabesk die Sebastiaan ongeremd durfde uit te proberen. 41

Na de laatste modulatie in *E-groot* keerde de fuga terug naar de openingstoonsoort en loste op in een slotthema met een statige cadens, vrijwel hetzelfde thema als aan het begin van de prelude. Beeldde zij misschien het regelmatige terugkeren van de menselijke lotgevallen uit?

Plotseling, terwijl Joachim zich aan zulke overpeinzingen overgaf, keerde de stilte in de kerk terug. Een doodse stilte met in Joachims oor naklinkende echo's van het akoestische avontuur dat hij zojuist had beleefd. Sebastian bleef onbeweeglijk op zijn plek zitten; zijn jeugdige donkere silhouet tekende zich af tegen het wit van het klavier; zijn hoofd boog licht voorover, overweldigd als hij was door de zojuist beleefde hartstochtelijke ervaring en zijn armen hingen levenloos langs zijn lichaam. Het leek alsof hij opgehouden was met ademen.

Joachim wachtte gespannen op wat komen zou. Het gebeurde niet vaak dat Sebastian zo snel klaar was, hij had slechts twee stukken gespeeld: gewoonlijk wist hij zich pas na uren en uren spelen en zingen los te rukken van het klavier. Zelden kwam het voor dat hij zich beperkte tot zijn eigen composities, aangezien hij het niet kon laten hulde te brengen aan zijn grote idolen, Johann Pachelbel en Dietrich Buxtehude. Ook al — en daar was Joachim van overtuigd en Sebastian wist dat zelf ook heel goed — had hij ze reeds ruimschoots overtroffen. Het was een gegeven dat aan Sebastian, toen hij zich naar Lübeck had begeven voor de *Abendmusiken* van Buxtehude, waar de oude maestro in de *Marienkirche* optrad op het grote orgel met drie klavieren, was aangeboden om hem op te volgen. En was het ook niet zo dat de enige reden waarom Sebastian had geweigerd was dat hij (afgaande op wat hijzelf in vertrouwen had gezegd) in dat geval met de dochter van de maestro had moeten trouwen? De arme Anna kon niet echt een schoonheid genoemd worden, en was ook nog eens overrijp en behoorlijk vrijpostig! Alleen voor iemand als Sebastian kon dat voldoende reden zijn om die baan te weigeren (had Joachim opgemerkt toen hij er een keer met Bach over had gepraat), een baan die elke andere organist als een bekroning op zijn carrière zou hebben gezien. Hadden ze hém maar dat aanbod gedaan, dacht Joachim: dan zou de stad Lübeck meteen een organist gehad hebben en dat arme wicht een echtgenoot waar ze zo naar hunkerde!

'Hij zal vast iets gaan spelen wat hij in Lübeck heeft geleerd,' hoopte Joachim vurig. Maar tegen de verwachting in zag het er niet naar uit dat Sebastian verder zou gaan met spelen. Sebastian had zich langzaam omgedraaid in de richting van de monumentale toegangsdeur beneden. Deze was ongemerkt op een kier gezet, zodat er een witte lichtstraal door naar binnen viel — de enige straal die niet door de glas-in-lood ramen verkleurd de kerk in scheen. De lichtbundel viel precies op het lichaam van Sebastian. Joachim merkte verrast een blije, haast kinderlijke uitdrukking op het, aan beide kanten door de krullen van zijn dunne pruik omrande gezicht van zijn vriend op, en een zwakke glimlach die daarna uitgesprokener werd. Ook hij draaide zich om en keek in dezelfde richting als Sebastian: in het oplichtende hokje van het deurportaal was duidelijk een silhouet van een vrouw te zien, tenger en lenig in weerwil van de geplisseerde kleding.

'Mijn hemel,' zuchtte Joachim, 'Maria Barbara!' De jongedame die haar onverwachte opwachting had gemaakt, was een van Sebastians achternichtjes en zijn meest hartstochtelijke aanbidster ('Als musicus of als man?' kon Joachim niet nalaten zich daarbij af te vragen). Maria Barbara kwam met bedaarde tred dichterbij en straalde de bekoorlijkheid van een adellijke dame uit. 'Een aangeboren eigenschap, dat moet gezegd worden,' dacht Joachim. Maria Barbara, zoals alle andere telgen uit de familie Bach, was van betrekkelijk eenvoudige afkomst. Ook zij was, net als Sebastian, op jeugdige leeftijd wees geworden en bij familieleden grootgebracht; dat was niet altijd even soepel gegaan. Naast haar aangeboren aristocratische charme, die op iedereen een onvermijdelijke aantrekkingskracht uitoefende, bezat zij een delicate sopraanstem. Zij speelde bovendien niet onverdienstelijk orgel, ook al was Sebastian geneigd om haar merites wat al teveel op te hemelen.

Toen zij bij de wenteltrap die naar de galerij met het orgel voerde, was aangekomen aarzelde Maria Barbara even. Daarna zette ze gedecideerd haar lieflijke lichaam weer in beweging, de trap op, en liep op de twee vrienden af. Voor hen staand maakte de jongedame een lichte buiging. Het was niet de eerste keer dat ze onverwachts een bezoek bracht aan de privé-optredens van Sebastian in de *Neue Kirche*. Omdat die doorgaans niet op vaste uren plaatshadden, kon men zich afvragen via welk onbekend kanaal zij zo goed geïnformeerd werd. Het leed echter geen twijfel dat Sebastian het zich maar al te graag liet welgevallen. Dat viel op te maken uit het feit dat zij mee mocht zingen en dat hij haar zelfs de handen op het klavier liet leggen. Allemaal handelingen die tegen de voorschriften van de stedelijke kerkenraad ingingen. Voor vrouwen was het verboden om op de galerij in de buurt van het orgel te komen: het was een expliciete bepaling in het contract dat door Sebastian was getekend. Al enige tijd regende het verdachtmakingen en werd er kritiek op hem geuit, want in het kleine Arnstadt verspreidden dit soort berichten zich bliksemsnel.

Joachim vroeg zich af hoe de gewoonlijk verstandige en bedaarde Sebastian zich aan zulke risico's kon blootstellen; het zou hem zijn positie kunnen kosten. Zijn plichten inzake muziek zouden op de eerste plaats moeten komen. Daarom was het in de ogen van Joachim des te verbazingwekkender dat het Barbara was gelukt zich in de gedachten van haar neef te nestelen. Zeker, ze was aardig om te zien, dat viel niet te ontkennen: lang, slank en de juiste proporties. Een onschuldig gezicht omlijst door lange zachte bruine haren als bij een Italiaanse. En dan die twee grote smaragdgroene ogen die eeuwige verwondering uitstraalden! Maar toch vond Joachim haar geen goede partij voor Sebastian. Het meisje had niet genoeg intellectuele bagage om de diepzinnige en verstandige Sebastian de fout te laten maken haar meer te geven dan alleen een hoffelijke vriendschap.

Door het verschijnen van Barbara voelde Joachim zich, zoals bij andere gelegenheden, misnoegd. Hij beschouwde de entree van de jongedame als een onrechtmatig binnendringen, een krenking van de magisch-emotionele spanning die was opgebouwd vanaf het moment dat Sebastian met orgelspelen was begonnen. Barbara aarzelde. De gezichtsuitdrukking van Sebastian bleef onveranderd, hij wachtte nieuwsgierig af. Joachim keek haar juist/echter met gefronste wenkbrauwen aan, alsof hij haar met zijn blik wilde doorboren. Ze haalde diep adem, waardoor haar kleine borsten, wit en welgevormd als twee ivoren biljartballen, in haar diepe decolleté omhoog gedrukt werden. De stem van de jongedame leek een verre echo in de lege ambiance van de kerk, bijna onwerkelijk vergeleken met het woeste kabaal van de pedalen aan het slot van de fuga.

'Ik heb vernomen, mijn beste neef, dat u net uit Lübeck bent teruggekeerd. Ik begon al te wanhopen of ik u ooit nog zou weerzien: u had enkele weken verlof gekregen, maar vier maanden lang heeft u niets van u laten horen. U zult ongetwijfeld in die grote stad nieuwe dingen hebben gezien en geleerd, en beroemde musici hebben ontmoet. Ik kan u niet zeggen hoe vereerd ik zou zijn als u uw ervaringen met mij zou willen delen.'

Ze had zonder onderbrekingen gesproken. Ze haalde diep adem wat de spanning in het korset bij haar prille borsten opnieuw duidelijk liet uitkomen. Ze beefde nauwelijks waarneembaar en bloosde tot achter haar oren. Sebastian antwoordde niet. Hij observeerde haar een tijdje, keek van haar gezicht naar haar schouders, talmde even bij het decolleté en keek haar toen recht in de ogen. Vervolgens sprak hij langzaam, met de lage stem die Joachim deed denken aan de lage noten van een cello, en woog zijn woorden rustig af:

'Barbara, als u zou weten hoe blij ik ben om u weer te zien, zou u mij vergeven dat ik u zo weinig heb geschreven. Allereerst wil ik u op de hoogte brengen van de gebeurtenissen in Lübeck om zo mijn gedrag te verklaren. Ik heb moeilijke keuzes moeten maken en daarbij de nodige behoedzaamheid in acht moeten nemen, maar ik ben er zeker van dat u het zult begrijpen.' Maria Barbara profiteerde van de pauze om het gesprek vol elan over te nemen:

'Weet u, neef Sebastian, dat mijn bezorgdheid over uw langere afwezigheid werd gedeeld door al uw vrienden en familieleden in Arnstadt? Uw voortreffelijke gezondheid is ons allen bekend en dat was dus niet de reden voor onze bezorgdheid. Het is natuurlijk juist dat u al uw energie in de muziek steekt en zich niet laat afleiden door allerlei futiliteiten als brieven schrijven en boodschappen versturen. Waar we bang voor waren was dat u zo verliefd was geworden op Lübeck, haar inwoners en haar muzikale leven, dat u niet meer terug wilde keren en ons van uw mooie spel zou beroven. Ook waren we bang dat er represailles zouden komen van de kerkenraad voor uw ongeoorloofde afwezigheid.'

'Ach nee, lieve achternicht, er is geen reden om u ergens ongerust over te maken.'

'Nee, neef Sebastian, neemt u mij het niet kwalijk maar u vergist zich. U weet niet hoeveel kleinsteedse lasterpraatjes er over u worden rondgestrooid. Hebben ze u niet al vanaf het begin beschuldigd dat u naar Weimar bent gegaan om uw eigen talenten aan te prijzen die u volgens hen niet zou hebben? Hebben ze u niet een uitbrander gegeven vanwege het excentrieke karakter van uw muziek? Het zou me niets verbazen als zij u ook nog eens zouden beschuldigen van het frauduleus aannemen van geschenken van orgelmakers als u een positief oordeel over hun orgels uitspreekt. En u roept onheil over uzelf af door uw weigering het jongenskoor te dirigeren.'

'En men kan niet zeggen dat hij het contract respecteert...' dacht Joachim vlug en zijn gezicht vertrok tot een grimas, 'Dan hebben we het nog helemaal niet over de vrijheden die hij zich tegenover haar veroorlooft!'

'Ik weet heel goed dat de eerwaardige leden van de kerkenraad voor u niets waard zijn,' ging Barbara voort, 'maar waarom wilt u alle anderen die u liefhebben en bewonderen straffen?'

'Deze rechtschapen mensen, lieve achternicht van mij, brengen hun tijd door met zich te verkneukelen over hun eigen deugden. Maar vrees niet, zij zullen niet in staat zijn om diegenen af te keuren die de kracht hebben op te komen voor hun eigen vrijheid.' Sebastian leek weinig waarde te hechten aan wat zijn achternicht te berde bracht, met uitzondering van haar gevlei. 'Ik ben u dankbaar voor uw achting, Barbara. Ik zal u daarom in vertrouwen nemen en u vertellen over de dingen die mij in Lübeck zijn overkomen. Ik weet zeker dat u de omstandigheden zult begrijpen en mij zult steunen met uw wijze raad.' Hij aarzelde kort en begon weer: 'Als het mogelijk

is, staat u mij dan een bijzondere ontmoeting toe. Een ontmoeting waarin u mij toestaat zonder remmingen of terughoudendheid mijn hart bij u uit te storten. Vergeeft u mij dat
ik u zoveel vraag, maar ik smeek u mijn verzoek in overweging te nemen met al uw begrip.'

Het was pas op dit moment dat Barbara de betekenis van
Sebastians woorden inzag. Haar ogen glinsterden:

'O, neef Sebastian, ik luister met oprechte devotie naar u, al
weet ik niet hoe ik u kan helpen, jong en onwerelds als ik ben.
Maar neemt u mij niet kwalijk als ik uw verzoek voor een
vertrouwelijke ontmoeting niet kan inwilligen...'

'Ik ben bang dat mijn woorden niet helemaal goed zijn
overgekomen, misschien heb ik mij niet duidelijk genoeg
uitgedrukt...'

'Ik bid en smeek u, voelt u zich alstublieft niet beledigd. Ik
heb geen reden te twijfelen aan uw goede bedoelingen als u
om deze ontmoeting vraagt. Maar zou onze oom te spreken
zijn over zulk gedrag? U weet hoe hij goedheid verenigt met
onbuigzaamheid. Hij zou het niet begrijpen waarom u tot mij
toenadering zoekt, terwijl u les moet geven aan Joachim Nepomuk.'

Tijdens het uitspreken van die laatste woorden had Maria
Barbara zich naar Joachim gewend om te laten zien dat ze
hem zeker wel had opgemerkt, hoewel ze daar tot dusverre
niets van had laten blijken. Joachim sprong van schrik op
toen hij zijn naam hoorde noemen, in een gesprek waarvan
hij liever niet getuige was geweest. Sebastian fronste zijn
voorhoofd: 'Ik begrijp uw ongerustheid, Barbara. Maar gelooft u mij, aan niemand anders zou ik mijn gedachten durven toevertrouwen, ik meen alleen door u begrepen te kunnen worden.'

'Moge God zelf getuige zijn, neef Sebastian: ik zou heel
graag naar u willen luisteren, maar er is geen plek waar ik u
onder vier ogen kan ontmoeten, behalve dan voor heel even.
Of misschien... hier... waar we nu zijn... een heilige en verlaten plek... Welke plek is geschikter om uw hart uit te storten
dan dit sobere onderkomen van de Heer?'

'Ik vind dat u even wijs als behoedzaam bent, beste achternicht!'

Johann Sebastian had deze keer haastig gesproken alsof hij
plotseling de situatie en haar mogelijke implicaties had doorgrond. 'Onze gemeenschappelijke vriend Joachim maakt zich
net gereed om mijn plek achter het orgel in te nemen. Hij
moet de Canon van Pachelbel oefenen. Dat stuk — en de *Gi-*

ga, hè Joachim? — heeft ons zo onthutst toen de maestro ons vanuit Neurenberg kwam opzoeken vlak voordat hij ziek werd! Joachim weet er veel dramatiek in te leggen. Ondertussen loop ik met u mee naar de sacristie, waar we elkaar in alle rust kunnen spreken.'

'Maar Sebastian,' riep Joachim uit, 'Wat is er in u gevaren? U weet toch heel goed dat de sacristie voor vrouwen absoluut verboden terrein is!' En tot zichzelf: 'Maar wat wil hij toch bereiken? Wat bezielt hem om zijn achternicht en zichzelf in zo'n lastig parket te brengen?'

Zijn waarschuwing leek geen indruk te maken bij Sebastian, wat te verwachten viel, maar ook niet bij Maria Barbara, wat hem een onheilspellend voorteken leek. 'Sebastian zou er goed aan doen, om zich voor één keer aan de partituur te houden,' gromde hij vanbinnen. 'Hij zou zijn gevoelens niet hetzelfde moeten behandelen als de noten in zijn preludes!'

Als reactie voegde Sebastian er halsoverkop aan toe:

'In de sacristie, achternichtje Barbara, kan ik u het koor laten zien met het schitterende geciseleerde houtsnijwerk. En het kleine orgel van het kerkkoor dat door de jongens van het *Lyceum* wordt gebruikt. Het instrument staat in het centrale gedeelte van het koor, maar de orgelpijpen gaan schuil achter de rugleuningen van de stoelen, zodat het geluid van alle kanten lijkt te komen. Al een tijdje wil ik u met deze wonderen laten kennismaken. U zult er van onder de indruk zijn.'

Zonder het antwoord van Maria Barbara af te wachten en opzettelijk de verontwaardigde blik van zijn vriend Joachim Nepomuk ontwijkend, stond Sebastian op (waar kwam opeens zoveel vermetelheid vandaan?) en bood zijn achternicht zijn rechterarm aan. Ze liepen haastig de krakende trap van de galerij af en verdwenen al snel in de duisternis van het transept, terwijl Joachim zijn voeten op het voetklavier liet neerploffen en woedend het eerste akkoord van de Canon inzette.

Van haar kant bekeken

Toen Sebastian de zware deur van de sacristie achter zich had geslotem, werd het Barbara Spaans benauwd. Hoewel ze zichzelf voor de gek probeerde te houden en zich voorwendde dat alles volstrekt normaal was, voelde ze haar hart overslaan en stuwen in haar keel. Als ze op dat moment had moeten praten zou ze slechts een vaag gebrabbel hebben uitgebracht, zo moeizaam ging haar het ademen af.

'Welk geheim zou hij mij willen toevertrouwen?' dacht ze. 'Waarom wil hij nu met mij spreken en is hij zo opdringerig? Heer, ik smeek u, zorg dat Sebastian begrijpt hoe moeilijk zijn afwezigheid voor mij was, zorg dat hij ziet dat mijn leven minder sprankelend zou zijn als ik ver van zijn muziek en zijn creatieve geest verwijderd zou zijn.'

De aanwezigheid van Sebastian had een diepe uitwerking op Maria Barbara. Zijn doorsnee gezicht, hoewel uitzonderlijk pafferig, zag er door het hoge voorhoofd boven zijn wenkbrauwbogen edel uit, zodat het haar zelfs ontzag inboezemde. Zijn geprononceerde lippen en zijn forse neus suggereerden een hogere leeftijd dan hij in werkelijkheid had. En dan de stem van Sebastian! Die kon haar tot in het diepst van haar ziel raken!

Ze liepen door de sacristie en bereikten het kleine orgel dat helemaal aan de andere kant stond. Het vertrek was een stuk lichter dan het binnenste van de kerk dankzij een rij brede vensters voorzien van dikke, blanke ruiten. Onder de ramen, die vlakbij het plafond konden worden geopend, hing een collectie dertiende-eeuwse miniaturen, grotendeels partituren en mystiek-religieuze teksten. Het hoge, vlakke plafond was geheel met fresco's, in een schitterende barokstijl, beschilderd. Toen ze binnenkwam had Maria Barbara terstond, precies in het centrale gedeelte van het plafond, een enorme afbeelding van Mozes en de Tafelen der Wet opgemerkt, waarop de lange volle baard van Mozes zich tot aan zijn voeten uitstrekte. Mozes leek hen, door een van die gebruikelijke, maar toch bewonderenswaardige effecten van de schilderkunst, over het gehele traject te volgen en hen streng en verwijtend aan te kijken.

Sebastian had gezwegen vanaf het moment dat ze Joachim alleen hadden achtergelaten in de lege kerk bij het hoofdorgel. Het was muisstil op het gedempte geluid van het instrument na, dat hen door de dikke panelen van de sacristie bereikte. De bassen waren nauwelijks nog te horen, zodat het weemoedige karakter van de Canon van Pachelbel werd benadrukt nu die van de dwingende baslijnen was bevrijd.

Sebastian begon zonder opsmuk de kenmerken van het grote houten koor te beschrijven, waar Hamburgse specialisten van inlegwerk vele jaren aan hadden gewerkt. Het bestond uit twee rijen van elk twintig zetels die aan weerszijden tegen de zijwanden opgesteld waren, met een centrale rij om het orgel van het kerkkoor en om twaalf andere zetels heen.

Elke zetel was afgebakend met halfronde Dorische zuiltjes die tot twee meter boven de vloer reikten — even hoog als de rug-leuningen — en beschikte over een lessenaar en een bidstoel. Het zitvlak bestond uit één enkele grote plank van een halve meter breed. Daarbovenop lagen netjes gerangschikt even-veel kussens als er plaatsen waren — prachtige, grote, dikke kardinaalsfluwelen kussens.

Hoewel Maria Barbara vanzelfsprekend erg onder de in-druk was van wat haar werd getoond — haar gevoel voor schoonheid was uitermate goed ontwikkeld —, waren haar gedachten ergens anders. Ze keek uit naar het moment waar-op duidelijk zou worden waarom Sebastian haar op deze af-gelegen plek wilde ontmoeten.

Dat moment kwam. Toen Joachim aan het einde van de Canon was gekomen, zweeg Sebastian bruusk. En toen Joa-chim, na een korte pauze, de minder sobere en bijna dansen-de tonen van de *Giga* ten gehore bracht, talmde Sebastian niet langer, naast haar zittend op de koorbank bij het kleine orgel:

'U zult ongetwijfeld hebben begrepen, Barbara, waarom ik naar Lübeck ben gegaan. Ik kon het verlangen niet langer onderdrukken om een uitvoering van meneer Buxtehude bij te wonen, aangezien hij onlangs negentig is geworden en niet veel langer meer in staat zijn te spelen. Maar ik weet niet of ik zo'n lange reis zou hebben ondernomen — het salaris dat ik van de kerkenraad ontvang staat mij slechts toe om mij te voet te verplaatsen — als de maestro zelf niet had aangegeven dat hij mij wilde zien.' Het verhaal van Sebastian strookte met het bericht dat verschillende beroemde organisten recen-telijk Lübeck hadden bezocht, zoals Georg Friedrich Händel. Ze werden aangetrokken door het vooruitzicht om, na het overlijden van Buxtehude, te kunnen spelen op het orgel van de *Marienkirche* dat het pronkstuk van het Duitse orgelgilde was. Ook Sebastian droomde hier heimelijk over, moest hij eerlijk toegeven, maar hij had er geen ruchtbaarheid aan wil-len geven, zelfs niet tegenover zijn achternicht.

'Sebastian,' onderbrak zij hem, 'hoe kunt u twijfelen aan mijn discretie?!' Hoewel ze zich een stuk beter voelde, was Barbara toch teleurgesteld over de aard van de bekentenis, die banaler bleek te zijn dan zij zich had voorgesteld. 'Mijn toewijding voor u komt ook voort uit het rotsvaste vertrou-wen dat u mij in diverse omstandigheden heeft getoond!'

Johann Sebastian gebaarde met zijn hand, alsof hij wilde vragen of hij verder mocht gaan met zijn verhaal. Hij had

49

vooraf weinig hoop gehad op een goede afloop van zijn avontuur in Lübeck, omdat hij nog zo jong en onervaren was. Het had hem daarom beter geleken om de personen die hij liefhad in Arnstadt, niet onnodig pijn te doen. Aan de andere kant had hij, tijdens zijn verblijf in Lübeck, al na enkele dagen begrepen dat de baan van Buxtehude helemaal niet zo onbereikbaar was als hij zelf dacht. De maestro had zijn techniek en zijn gaven als componist geprezen. Sebastian had veel succes gehad met een passacaglia van Buxtehude, waarbij het hem was gelukt om al improviserend zestien variaties foutloos uit te voeren. In zo'n stimulerende omgeving was hij in de stad blijven hangen en had verder niet meer aan het thuisfront gedacht; de dagen en maanden waren omgevlogen. Sebastian had samen met de oude maestro momenten gekend van sublieme samenwerking en onvermengd geluk.

Op dat moment werd Maria Barbara opnieuw met ontzetting vervuld. 'Maar dan is het toch waar.' Ze voelde haar hart hevig bonzen. 'Alles is verloren, Sebastian zal ons verlaten en naar Lübeck afreizen!' Ze had bijna de arm van Sebastian beetgepakt. Haar innerlijke beschaving weerhield haar daarvan en zij probeerde haar angst te verbergen. Maar Sebastian moest het toch opgemerkt hebben, want hij zweeg en keek haar indringend aan. Ook hij bloosde, meende Barbara te zien. 'Was dat niet wat je eigenlijk wilde? 'Hoopte je niet dat hij uiteindelijk je gevoelens zou raden?'

Achterneef en achternicht keken elkaar recht in de ogen, misschien wel voor de eerste keer zo ongegeneerd. Ondertussen was Joachim, die kort daarvoor de Canon en de *Giga* had afgerond en was teruggekeerd naar het beginthema, begonnen aan een reeks koralen, geschreven door Johann Sebastian, waarin de scheppende verbeeldingskracht een conventioneel religieus karakter had. Barbara had sterk het vermoeden dat Joachim de koralen erg waardeerde (dat lag in zijn aard), maar Sebastian zelf niet zo, alsof het componeren ervan een plichtmatig onderdeel vormde van zijn huidige baan. Ze liet dit vermoeden doorschemeren door minzaam met haar hoofd naar de deur te knikken die uitkwam op de kerk, om medeplichtig haar verbond met Sebastian ten opzichte van Joachim te benadrukken. Sebastian liet blijken dat hij de toespeling had begrepen, maar bleef bezorgd kijken:

'Lieve achternicht, volgens mij bent u erg van streek. Ik heb toch ongewild geen misbruik gemaakt van uw vriendschap en uw geduld?'

'Ach nee, neef Sebastian, natuurlijk niet.' Maria Barbara

was amper te verstaan. 'Ik ben u juist zeer dankbaar.'

'Ik ben bang dat wat ik u nu ga vertellen u nog meer van streek zal maken. Maar ik zeg u, mijn gevoelens zijn oprecht.'

Maria Barbara knikte instemmend om ontspannenheid te veinzen, maar hart bonsde des te heftiger. Ze deinsde terug toen Sebastian haar zo dicht naderde dat zijn knie haar geplooide rok bijna raakte. Ze keek naar het plafond: Mozes observeerde hen nog steeds met gefronste wenkbrauwen. Sebastian ging weer verder met zijn verhaal:

'U kunt zich wellicht een voorstelling maken van de plannetjes die ik in Lübeck aan het smeden was, Barbara. Een toekomst met uitstekende vooruitzichten en hogere waardering voor mijn talenten. Ik zou me eindelijk kunnen verlossen van mijn geldgebrek en...' Hij aarzelde even. 'Uiteindelijk kon ik op gesprek komen bij de toezichthouder van de *Marienkirche* die, naar ik hoopte, mijn verwachtingen zou kunnen vervullen. Toen vernam ik uit zijn mond bruusk de waarheid. De maestro zou heel graag door mij opgevolgd willen worden, maar zou mij nog liever als schoonzoon willen zien, door mij met zijn dochter Anna in de echt te laten verbinden.'

Maria Barbara had alles verwacht maar niet dit. Ze stamelde:

'En toen?'

'Ik kreeg zowat een flauwte. Ik was in een benarde positie terechtgekomen. Hoe zou ik mijn hart aan iemand kunnen verpanden die ik helemaal niet kende? Hoe zou ik bovendien mijn intiemste gevoelens kunnen verontachtzamen en de vertrouwelijke band vergeten die ik heb met... met een andere vrouwpersoon... hier in Arnstadt... een band die op dat moment sterker leek dan welke dan ook?'

Terwijl hij deze woorden gedempt en met gebroken stem uitsprak, bleef Sebastian onafgebroken naar Maria Barbara staren. Uiteindelijk streek hij licht over de rug van haar hand, die op haar rok lag. Barbara was in tranen en snikte onbeheersbaar:

'Voor mij... aanbiddelijke neef... u heeft het voor mij gedaan! Voor mij heeft u uw ideaal om musicus te worden opgegeven! Hoe is het mogelijk dat ik uw aandacht heb verdiend, hoe heb ik u weg kunnen voeren van de charme van een aantrekkelijke vrouw? Zult u nooit spijt van uw opoffering krijgen?' Tegelijkertijd dacht ze: 'God, mijn God, geeft u mij de kracht om dit moment te doorstaan!' Ze voelde de vurige blik van Sebastian zwaar op haar rusten. Ze zag de arm van haar neef langzaam haar middel omsluiten. Ze voelde dat ze naar hem toegetrokken werd en kon daar nauwelijks weerstand tegen bieden, tot ze onverwachts flauwviel.

Sebastian laat zich gaan

Sebastian keek naar zijn achternicht Barbara, die languit op de zachte purperrode koorkussens lag. Ze was wit weggetrokken, haar ogen gesloten, haar wangen vochtig van de tranen. Hij had haar daar voorzichtig neergelegd na haar enkele minuten — in haar bewusteloze toestand — omhelsd te hebben. Vanaf het moment dat ze zich samen in de sacristie bevonden, had Sebastian een groeiende spanning ervaren in zijn onderbuik, die naar beide zijden uitstraalde en hem deed verlangen zijn hart uit te storten. Het kwam ongetwijfeld door deze lichamelijke spanning dat hij zich aan het eind van zijn betoog had laten meeslepen. Hij had er veel meer uitgekraamd dan zijn oorspronkelijke bedoeling was geweest! Maar hij had er een groot genoegen aan beleefd; het deed hem denken aan de vrolijke bezetenheid die de virtuoze acrobatische toeren op het orgelklavier bij hem opwekten. Hij kon niet ontkennen dat hij nu echter een zekere ongerustheid in zich voelde opkomen.

Maria Barbara lag nog onbeweeglijk, maar haar wangen hadden haar natuurlijke kleur hervonden. 'Wat is ze toch mooi,' mompelde Sebastian zachtjes en hij voelde zich hevig aangetrokken tot haar. Hij vergewiste zich ervan dat Joachim nog aan het spelen was. 'Het zou niet best zijn als ook hij de schoonheid van het koor zou komen bewonderen,' gniffelde hij. Een gedachte deed hem opschrikken: 'Je hebt je flink in de nesten gewerkt, beste Johann Sebastian, illustere organist van de *Neue Kirche*! Waarom wil je dat je relatie met haar een andere fase ingaat?' Hij herhaalde deze keer hardop: 'Beminnelijk schepsel, wat ben je toch mooi!'

Hij keek lang naar het bewusteloze lichaam van Maria Barbara. Hij streelde zachtjes over haar wang en haar volle lippen. Hij streek met zijn hand door de ravenzwarte haren die haar kin en hals bedekten. Hij bemerkte dat haar gezicht een serene uitdrukking had aangenomen die hem deed denken aan die van engelen op bepaalde Italiaanse schilderijen. 'Mijn kleine verrukkelijke Barbara!' riep hij uit. Hij aaide weer met zijn vingers over haar lippen, die nauwelijks waarneembaar samentrokken. Hij boog zich zo dicht over haar heen dat hij haar adem kon voelen.

Op dat moment kwam de hand van Sebastian in beweging en begon voorzichtig het koord van het korset van Maria Barbara los te rijgen. Toen het korset eenmaal losgeregen was, legde hij het open, zodat haar kleine borsten een voor een vrij kwamen te liggen. De harmonieuze krommingen, de juiste proporties, de exacte symmetrie konden zich meten met die van de meest elegante violen. De borsten waren stevig en dansten met de roze, fluweelzachte en licht gezwollen tepels op het ritme van de ademhaling op en neer alsof ze de maat van geluidloze muziek wilden aangeven. Hij begon ze met de palm van zijn hand te strelen, heel licht maar, en voelde direct dat zijn mannelijk deel zich schoksgewijs en zonder aarzelen begon te verheffen.

Sebastian had niet gemerkt dat Barbara kortstondig had gesidderd, maar zag wel dat zijn achternicht haar ogen had geopend. Ze staarde langs hem heen in het oneindige alsof hij voor haar niet bestond. Ze spreidde haar armen en trok hem boven op haar, drukte hem met al haar kracht tegen zich aan en begon ingehouden te huilen. De kus die Sebastian opgewonden op haar lippen drukte had heel weinig van doen met de welgemanierdheid die hij tot dan toe had getoond tegenover Maria Barbara.

'Waar ben ik in hemelsnaam mee bezig?' vroeg hij zich na enkele ogenblikken af. 'Wat een vulgaire daad! In het huis van de Heer nog wel! Maar u, in hemelsnaam... u... waarom houdt u mij niet tegen, waarom heeft u mij tot dit punt toe gevolgd?'

Hij lag met zijn hele gewicht boven op haar en benam haar de adem met zijn krampachtige bewegingen; hij kuste haar gezicht, schouders, boezem, en raakte haar koortsachtig aan op alle andere plekken van haar lichaam. Sebastian was nog nooit zo intiem geweest met een vrouw. Maar hij aarzelde niet om zijn ratio overboord te gooien en een nieuw pad in te slaan. Met een onverhoedse beweging hief hij de omvangrijke rok op en begon de zachte heuvel tussen haar dijbenen te masseren. Door de dunne stof heen ervoer hij, tot dusverre, onbekende gewaarwordingen. Zijn vingertoppen, die gewend waren aan het harde ivoor van de toetsen, namen nu de zachte en meegaande glooiing van haar huid waar. Ze leek gewillig, onder de handen van Sebastian, alsof ze geen keus had. Toen hij haar probeerde aan te kijken verborg zij haar kin in zijn hals en drukte hem steviger tegen zich aan.

Sebastian besefte dat zijn inmiddels van zweet doordrenkte pruik hem erg in de weg zat. Hij rukte hem van zijn hoofd los en wierp hem over de lessenaar. De pruik viel precies voor het orgel van het kerkkoor als een vod op de grond. Daarna greep hij energiek de dunne kousen die Barbara tot boven haar middel droeg, en trok ze in een wilde ruk naar beneden. Sebastian scheurde de kousen helemaal in stukken en de overgebleven stukken smeet hij in dezelfde richting als de pruik weg.

De indringende vrouwengeur die plotseling zijn neus bereikte, vergrootte zijn opwinding nog meer en deed hem in een soort roes belanden, waarover hij nauwelijks nog controle had. Zijn vingers werden aangetrokken tot de warme en vochtige nis die nu helemaal onbeschermd lag. Hij streek zijn vingers langdurig heen en weer, waarbij hij dezelfde druk uitoefende als wanneer hij een triller op de snaren van een cello voortbracht. Maria Barbara trilde over haar gehele lichaam. Ze hijgde en kreunde af en toe; ze klampte zich schokkerig vast aan Sebastian's nek tot het hem pijn deed. Hij voelde dat het uiteinde van zijn buik op springen stond en terwijl Barbara in delirium raakte ontkleedde Sebastian zich. Hij duwde zich vastberaden maar zonder geweld naar binnen. Zij slaakte een zachte kreet: 'Mijn God!'

De onverwachte warmte die Sebastian waarnam bracht hem in buurt van de climax. Dat deed hem in de werkelijkheid terugkeren: hij bleef stil liggen om even te genieten van de opwinding die hij voelde.

'Wie had dat ooit kunnen geloven? Barbara... mijn... Barbara... tussen ons bestonden slechts woorden over muziek en kunst, in wederzijdse vriendschap en respect! En toch voelt alles zo natuurlijk aan alsof we hier altijd al naar uit hebben gekeken!' Hij werd overvallen door een gedachte: 'Maar zal zij... zal zij de dag van morgen kunnen trotseren, of zal ze mij minachten?'

Daarna gaf hij toe aan zijn begeerten en zulke gedachten werden direct verdrongen. Hij klemde zich aan haar vast, en zij aan hem, terwijl hun bewegingen steeds wilder werden. De dolverliefde monden zochten elkaar; hun van zweet doordrenkte haren raakten verstrengeld. De muziek in de kerk, die een tijdje de dans van hun lichamen had vergezeld, was nu opgehouden zonder dat ze daar erg in hadden. Sebastian bemerkte slechts dat de muren van de sacristie de onbetamelijke geluiden van hun hartstocht weerkaatsten.

Op het hoogtepunt leek de wereld te verbrokkelen en richtte Sebastian al zijn aandacht op zijn verstrengeling met Barbara. Haar bewegingen werden zo intens dat hij zich lichter voelde worden, alsof zijn achternicht onverwachts onbekende krachten had ontdekt in haar tengere jeugdige lichaam. Tegelijk schreeuwden ze het zonder enige terughoudendheid uit en zakten ze uiteindelijk ineen, terwijl ze zich nat van zweet en uitgeput tegen elkaar aan vlijden.

Minutenlang lagen de jonge volwassenen daar in volkomen stilte, half bewusteloos. Plotseling hoorde Sebastian een harde klap — het leek op een deur die was dichtgeslagen. Hij sprong op en keek naar de ingang van de sacristie: dreigend en onbeweeglijk stonden daar de toezichthouder van de *Neue Kirche*, naast hem de plaatsvervangende diaken en achter hem zijn rood aangelopen en bepruikte kleinzoon Joachim Nepomuk. Ook Maria Barbara was opgestaan en fatsoeneerde gehaast haar verfomfaaide kleding. Sebastian greep een kussen en bedekte daarmee haar borsten. Hij keek haar aan: vergiste hij zich of had hij in haar opengesperde ogen, tussen tekenen van verbijstering, een lichtflits zien opflikkeren?

***

Het voorafgaande had plaatsgehad op een middag in de herfst van 1706. Kort daarna werd Johann Sebastian Bach door de kerkenraad van Arnstadt gedagvaard om verantwoording af te leggen voor zijn veelvuldige extravaganties en niet in het minst voor het voorval waarin hij zich met zijn getrokken zwaard een onbeschaamde bewonderaar van Barbara had getoond. Hij werd verzocht om zo spoedig mogelijk een betrekking in een andere plaats te gaan zoeken. In de daarop volgende lente ontving Johann Sebastian een aanbieding uit Mühlhausen waar Johann Georg Ahle, organist van de St. Blasiuskerk, onverwachts, als een godsgeschenk, was overleden. Op 17 oktober 1707 trad Sebastian met zijn achternicht Maria Barbara in de echt. Van haar zou hij, in de dertien jaar van hun rustige en tegelijk gepassioneerde huwelijk, zeven kinderen krijgen. In de aderen van zijn kinderen die de meerderjarige leeftijd bereikten, vloeide, vermengd met hun eigen bloed, de magische vloeistof van de allergrootste muziek.

Een onbetrouwbare baas,
de hertog Wilhelm Ernst van Saksen-Weimar

III

Gods tijd

Het carillon

Dominee Georg Christian Eilmar pakte met zijn ene hand
de brief over uit zijn andere hand; hij was duidelijk niet
op zijn gemak en had een angstig voorgevoel dat de inhoud
wel eens onaangenaam zou kunnen zijn. Hij zat, met gefronst
voorhoofd, rechtop achter zijn kostbare houten bureau, omringd door schilderijen van beroemde schilders; zijn nog
jeugdige gezicht was hoekig en zijn rechte mond was ver-
wrongen tot een grimas van misnoegen. Hij verbrak de groene lakzegel, vouwde de dikke, van watermerken voorziene,
vellen voor zich open en begon te lezen:

Vrijgevige, Weledelgestrenge, Weledelgeleerde, Zeer wijze,
Zeer welwillende Heren en Patronen

Het is allereerst mijn plicht u eerbiedig te bedanken voor de wijze
waarop Uwe Luisterrijkheid en mijn zeer gewaardeerde be-
schermheren mijn geringe persoontje hebben willen vragen voor
de post van de vorig jaar overleden organist van de Blasiuskerk,
en mij de mogelijkheid hebben geboden ruimer te leven. Hoewel ik
steeds het doel voor ogen heb gehouden, namelijk een reguliere
kerkmuziek tot Gods eer en naar uw wens graag ten gehore heb
willen brengen, en verder overeenkomstig mijn geringe vermogen
aan de bijna in alle dorpsgemeenschappen vigerende kerkmuziek,
en vaak beter dan de overal uitgevoerde harmonie, zo veel moge-
lijk had willen bijdragen, en hoewel ik daarom wijd en zijd, niet
zonder onkosten te maken, een goede partituur van de meest uit-
gelezen kerkelijke stukken aangeschaft heb, zoals ik ook naar het
betaamt een voorstel om gebreken aan het orgel te verhelpen heb
ingediend, en me verder in elk opzicht met plezier van mijn taak
zou hebben gekweten: toch heeft het niet zo mogen zijn, en even-

*min laat het zich op het ogenblik aanzien dat het, al zou het tot
genoegen van de bezoekers van de kerk zelf zijn, in de nabije toekomst anders zal zijn, waarom ik u in alle nederigheid in vertrouwen meedeel dat ik ondanks mijn sobere leefwijze, gezien de af-
dracht van de huishuur en andere uiterst noodzakelijke uitgaven,
maar nauwelijks in mijn eerste levensbehoeften kan voorzien.[1]*

*Nu heeft God gewild dat mij iets onverwachts zou overkomen
waardoor mijn levenstandaard zou kunnen stijgen en ik een reguliere kerkmuziek zou kunnen verwezenlijken zonder lastige inmenging van anderen, omdat ik dankbaar een uitnodiging heb
mogen ontvangen van Zijne Doorluchtigheid hertog Wilhelm
Ernst van Saksen-Weimar om deel uit te maken van zijn hofkapel
en kamermuziekensemble.*

*Daarom wil ik u, zeer welwillende patronen, met de hoogste
achting informeren over dit plan en u vragen de eenvoudige diensten die ik uw kerk heb geleverd in ogenschouw te nemen en mijn
ontslag welwillend te aanvaarden. Indien ik in de toekomst nog
iets voor uw kerk kan betekenen, dan zal ik de daad bij het woord
voegen. Intussen blijf ik mijn gehele leven,*

Zeer welwillende Heren en Patronen, uw eerbiedigende dienaar

Joh. Seb. Bach

*Mühlhausen
25 juni 1708*

*Aan de algemeen gerespecteerde en hogelijk gewaardeerde leden
van de parochie van Sint Blasius, dit nederig geschrift.*

Dominee Eilmar vouwde de brief dicht en wierp hem nors
voor zich op het bureau.

'Binnen het jaar! Minder dan een jaar geleden is hij in
dienst getreden van de *Blasiuskirche* en nu al wil hij ervan-
door gaan. Maar wat wil hij, nóg meer loon? Loopt hij daarom zo te pronken met zijn Frans en gedraagt hij zich daarom
zo onderdanig naar die mannetjes in de raad? Hij is niet veel
meer dan een jochie en heeft nu al een hoger salaris dan die
ouwe Ahle! Nu ik eraan denk, voel ik mij schuldig tegenover
die goede oude man. Maar deze jongen... nog steeds wordt er
kwaadgesproken over de problemen die hij in Arnstadt heeft
veroorzaakt! Nee... het kan gewoon niet... hij kan toch niet zo
dom zijn dat...' Hij was enkele momenten in gedachten verzonken. 'Frohne, nu weet ik het, die lomperik van een Johann
Adolph Frohne: dat is de reden! De brief zegt het duidelijk.'

---

[1] Vertaling door Maarten 't Hart (Uit *Johann Sebastian Bach*, Arbeiderspers, 2000)

Hij pakte de brief weer op: 'Het komt dus neer op tegenstand, krenterigheid, onbegrip voor zijn werk, onbevredigende muziek. Het was te verwachten, Frohne houdt alleen maar van tafelen en van de bekoorlijkheden van zijn parochianen, met name van het vrouwelijke deel. Een fraaie toezichthouder voor een lutherse kerk met beroemde tradities!'

Zo stijf en formeel als hij bij de eerste confrontatie was, lukte het dominee Eilmar nu niet om zijn waardigheid te behouden. Helemaal alleen in het sobere kantoor van de toezichthouder van de *Marienkirche*, de tweede parochie van de stad, sprak hij hardop en schraapte elke mogelijke kritiek op zijn collega, op wie hij zijn woede zich richtte, bij elkaar.

'Arme Sebastian, niet dat je een toonbeeld van deugd bent, maar om in de handen van die armoedzaaier te vallen! Een armzalige zonder gêne, een genotzoeker die met behulp van mystiek zijn eigen afkeer van de regels verdoezelt. Hij had net zo goed geboren kunnen zijn in Italië, zo aangeboren is zijn weerzin tegen alles wat redelijk is, ordelijk, en streng volgens de lutherse leer. Voor hem heeft een dogma geen waarde en mag je je er zonder problemen van ontdoen. En nu laat deze ketter mij de beste organist ontglippen die ooit voet heeft gezet in Mühlhausen!' Hij dacht na: 'Heb ik soms een fout begaan door hun verschillen van inzicht aan te moedigen?' Hij doelde op de heftige, inhoudsloze discussies die plaats hadden gehad in het bijzijn van Sebastian en die in verbittering waren geëindigd. De jongeman moet er meer onder geleden hebben dan Eilmar ooit had kunnen vermoeden.

De heftigste discussie had plaatsgevonden toen Sebastian hem en Frohne het plan voor de restauratie van het orgel had ontvouwen, dat, naast de vele aanpassingen die er in aangebracht moesten worden, voorzag in de verwezenlijking van een klokken-concertino — een *Glockenspiel* —, te bespelen met het voetklavier. Een nogal banaal, maar onschuldig idee, waarmee Johann Sebastian met plezier had ingestemd en waarmee hij zijn kwaliteiten als ontwerper van muziekinstrumenten in praktijk kon brengen. Opgepend door een hypothetisch objectieve getuige — onwaarschijnlijk dat dat iemand van de aanwezigen zou kunnen zijn —, zou de scène het volgende verloop gehad kunnen hebben.

Eilmar, Frohne en Sebastian zaten aan een tafel in de residentie van de toezichthouder van de *Blasiuskirche*. In de kamer waarin ze zich bevonden lag alles overhoop en was alles met een laag stof overdekt. Dominee Eilmar ging door de opsomming van aanpassingen heen, een lang, door Johann

Sebastian met de hand geschreven epistel, medeondertekend door de bekende lokale expert Wender, die vijftien jaar eerder al een keer grondig aan het instrument had gesleuteld, overigens met niet al te fraaie resultaten. Eilmar las hardop: 'Drie nieuwe blaasbalgen voor het hoofdorgel en de twee hulpklavieren, ter versterking van de vier oude... demontage van de windlade van het voetklavier met als doel om er nieuwe luchtleidingen in aan te brengen...' Hij knikte instemmend, met de houding van een kenner. '... een voetklavier voor de lage bas met 32 houten pedalen om diepte aan het instrument te verlenen... vergrote klankkasten en aanpassing van de orgelpijp van de bombarde van de pedalen om het geluid ernstiger te laten klinken... een nieuw carillon voor de pedalen bestaande uit 26 klokken van 4 voet, aangevraagd door de leden van de parochie op hun eigen kosten...' Hierbij sprong Eilmar op. Een vredelievend persoon zou hier niet op ingegaan zijn of zou het onderwerp in ieder geval behoedzaam hebben aangesneden. Maar niet een lutheraan van staal zoals hij. Zijn stem schalde door de kamer:

'Wat een flauwekul is dit nu weer?! Ga toch weg, mijnheer Bach, heeft u geen belangrijker zaken aan uw hoofd dan een klokkenspel? Laat deze speeltjes toch over aan de Franse hofmusici in Parijs!'

'Illustere mijnheer Eilmar,' begon dominee Frohne aarzelend, ter verdediging van Sebastian, 'het was een idee van mij, en mijnheer Bach liet zich niet makkelijk overtuigen. Mijn gelovigen zijn eenvoudige mensen. Ik kan u garanderen dat ze het zullen waarderen. Hun harten zullen eerder bereid zijn te bidden bij het bekoorlijke geluid van een *Glockenspiel* dan bij dat van canons en fuga's, ook al wekken die terecht de bewondering van de deskundigen op.' Frohne had rustig, niet vijandig, gesproken, zoals te verwachten viel van een goedhartig man als hij. Hij ademde zwaar, wellicht vanwege een astma die chronisch was geworden, en de geprononceerde vetrollen op zijn buik schommelden mee op de deining van zijn borstkas. Zijn vollemaansgezicht was getooid met een hangsnor, inmiddels wit, hoewel hij de vijftig nauwelijks gepasseerd was. Op zijn hoofd droeg hij een baret van zwarte stof, waaronder de zijkanten van zijn pruik rommelig uitstaken.

'Eerwaardige dominee Frohne,' vervolgde Eilmar met hernieuwde geestdrift, 'zoals gewoonlijk laat u zich, als een goede barmhartige, teveel leiden door de zwakheden van uw kudde. Op deze manier, laten we wel wezen, verloochent u uw rol van predikant. En komt u minder toe aan uw plechtige taak om deze zielen op te voeden, om ze naar de Heer te brengen langs steile, door rede verlichte paden.'

'Respectabele mijnheer Eilmar, Christus heeft gezegd: Gelukkig zij die arm van geest zijn, want hun behoort het koninkrijk der hemelen. Waartoe dient het om hém op onbegaanbare en onveilige terreinen te dwingen die de glorie van de Heer op een bloeiend pad waarneemt, of zijn gezegende naam in klokslagen hoort echoën?'

'Het is makkelijk, mijnheer Frohne, om successen te behalen wanneer men zijn eigen instincten of die van anderen volgt. Er is echter geesteskracht voor nodig en zelfopoffering om te vechten voor ideeën over deugd en rede. Niemand wordt geliefd als hij zijn naaste zijn eigen zwakheden voorhoudt. Christus zei ook: het is makkelijker voor een kameel om door het oog van de naald te gaan dan dat iemand die niet goed wil doen een plekje in Gods koninkrijk vindt.'

'Zo heeft Christus dat helemaal niet gezegd!' riep Frohne verontwaardigd uit.

'Het troost me te zien dat u nog íets weet over het Evangelie. Het is echter, volgens de gedachte van Luther, de ware essentie van het geloof. Slechts zij die zich wagen aan de beheersing van ideeën, slechts zij die zich tot het domein der kunsten kunnen verheffen mogen hopen op erkenning van God. Over muziek is de boodschap van Luther helder: God predikt ook door middel van muziek. Muziek verdrijft de treurigheid en daarmee ook de duivel.'

'Als het mij is toegestaan om in alle nederigheid het standpunt van mijn leermeester Spener te uiten: muziek is dikwijls een obstakel voor innerlijke concentratie en gebed. Het is intellectuele oplichterij en dwarsboomt de overgave van de ziel aan de mystieke liefde. En als u mij een kwinkslag toestaat: gerstenat verdrijft de triestheid ook, maar u zult heus niet van mening zijn dat het daarom ook in staat is de duivel te verdrijven!'

'U, mijnheer Frohne, maakt van de zonde een deugd! En van de onwetendheid van uw zielen maakt u misbruik, met het waarachtig weinig edele resultaat dat het onze jonge musicus berooft van elke lust om nog te werken, nietwaar Sebastian?'

'Op een bepaalde manier... heb ik, althans op dit moment, niet veel aanknopingspunten kunnen vinden om met mijnheer Frohne aan het plan voor het *Glockenspiel* samen te werken. Het is niet zoals met u, illustere mijnheer Eilmar, u achtte zich namelijk waardig om teksten voor de cantate *Gott ist mein König* te verzamelen en op zeer korte termijn te publiceren.' Eilmar glimlachte tevreden. Sebastian benadrukte: 'Waarvoor ik u zeer erkentelijk ben, want dat is de meest glansrijke, de meest dramatische compositie die ik ooit heb weten te realiseren. Het is een stuk dat zich ontworsteld heeft aan de traditie en waarin ik mijn hele ziel en zaligheid heb gelegd. Ik moet echter bekennen dat het ook de verdienste is van mijnheer Frohne, omdat hij mij niet heeft tegengewerkt.'

'Hij zou er daarom goed aan doen enkele talers uit te geven om het repertoire van de kerk te uit te breiden. Er zijn onvoldoende teksten en muziekpartituren in de bibliotheek. Ik kan maar niet begrijpen hoe u met uw leerlingen in zo'n verwaarloosde bende kunt werken. Ook verbaast het me niet dat u liever in plattelandskerken speelt dan in de *Blasiuskirche*. Ik heb me afgevraagd waarom mijnheer Frohne zich niet verzet tegen de reparatie van het orgel, temeer omdat hem dat zoveel centen gaat kosten. Ach, ik vergat het bijna... het klokkenspel natuurlijk!'

Dominee Frohne zweeg, denkend aan de vele twisten met zijn orthodoxe collega die hem gedurende vele jaren van zijn leven had gekweld. Terwijl Eilmar luid sprak, overpeinsde Frohne de adviezen die hij zo dikwijls van hem had gehad en die hij ondertussen kon dromen. Wat had hij hem eigenlijk misdaan dat hij zo vijandig werd bejegend? Hij wilde slechts in vrede leven met zijn trouwe parochianen door de Heer te prijzen en genegenheid en kleine geneugten te koesteren in een onbezorgd en vriendschappelijke sfeer. Stak hij soms zijn neus in het leven van Eilmar door vraagtekens te plaatsen bij zíjn principes en zíjn methoden? Wat was er fout aan geweest dat hij zijn instemming had gegeven aan Bachs komst naar de *Marienkirche?*! Zijn goedkeuring leek zo berouwvol() en eerbiedig gezien de omstandigheden. In plaats daarvan had hij ook zijn wantrouwen kunnen uitdragen; in die tijd was er namelijk in de regio een heftige polemiek gaande tussen verschillende groepen piëtisten. Niemand van hen had echter de officiële leer van de lutherse kerk betwist. Die was als van steen — men moest het niet in zijn hoofd halen die te bekrassen: het was essentieel om iets solides, iets duurzaams te hebben waarvan men deel kon uitmaken. De piëtisten zouden altijd in de schoot van de kerk blijven, omdat het iedereen, op zijn bescheiden wijze, vergund was het geloof te beleven op een manier die bij zijn aard paste.

Johann Sebastian nam het op voor Frohne, terwijl hij zich

tot Eilmar wendde: 'Illustere mijnheer, ik kan niet ontkennen dat ik liever met geschiktere middelen mijn functie zou willen uitvoeren. We moeten echter rekening houden met de lastige omstandigheden waarin dominee Frohne zich bevindt. Hij heeft grote uitgaven moeten doen vanwege de grote schade die de brand van afgelopen jaar heeft aangericht, en hij wil, moge God hem bijstaan, de behoeftige gelovigen blijven helpen. Toch heeft hij, en dat kan ik verzekeren, het opknappen van het orgel niet in de weg gestaan.'

'Dat zou helemaal mooi zijn, het orgel is minstens honderdvijftig jaar oud en verdiende nodig een opknapbeurt!'

'Wat het klokkenspel betreft zijn we het met elkaar eens. Dankzij het begrip van de heer Frohne zullen we een excellent instrument krijgen verrijkt met een derde klavier, met uitzonderlijk luid klinkende bassen en met hoge tonen zo delicaat als kinderstemmen.'

'Mijn organist,' dacht de toezichthouder van de *Blasiuskirche*, 'is een veelbelovende jongeman. Hij heeft een goed hart. Als die hypocriet van een Eilmar zich er niet mee zou bemoeien, dan zou ik het volledig met Bach eens zijn. Jammer dat ze hem daar in Lüneburg volgepropt hebben met abstracte principes die hem verhinderen de waarden die hij in zich heeft, tot bloei te laten komen. In een wereld die zo ver beneden hem staat zal hij zichzelf moeten vormen.'

'Geen enkel ander orgel zal tot zulke levendige contrasten in staat zijn,' voegde Sebastian toe. 'Ik geloof dat ik er grote resultaten mee zal kunnen behalen.'

Dominee Frohne vervolgde zijn gedachtegang:

'Als muzikaal genie zal hij geen moeilijkheden ondervinden, maar als mens zal hij lijden. Als hij toch maar iets volwassener was, dan zou Eilmar het nakijken hebben! Hij, die zo naast zijn schoenen loopt, had voor een goed salaris moeten zorgen dat Sebastian zo nodig heeft. Het was voldoende geweest om even een bezoekje aan de gemeenteraad te brengen.' Hij zei zachtjes maar hard genoeg om te kunnen worden verstaan: 'Onze korte samenwerking aan het klokkenconcertino zal meer waard blijken te zijn dan een cantate!'

Dominee Eilmar sprong van zijn stoel op: 'Mijnheer Johann Adolph Frohne, u kunt niet ontkennen dat dit een provocatie is! U verwijst, neem ik aan, naar mijn Bijbelse tekst die de heer Bach zo graag, liever dan wat dan ook, op muziek wilde zetten. U steekt de draak met mij. De minachting die u toont voor geestelijke werken bevestigt mijn mening over u: u bent een slordig en vulgair wezen!'

Frohne zuchtte. Kon hij deze grove belediging over zijn kant laten gaan? Als het alleen om hem ging zou hij zijn mond niet hebben opengedaan, hij verwachtte toch geen wederzijds begrip. Maar het ging om de jongeling Bach: met de argeloze geloofsijver van een orthodoxe jongeman was Bach door de laatste woorden van Eilmar beledigd, want hij, Frohne, zou hem, Bach, dingen kunnen bijbrengen waar hij de komende jaren wat aan zou kunnen hebben. Hij moest niet zo makkelijk terrein aan zijn tegenstander prijsgeven. Frohne bleef zwijgen, terwijl hij zich verwonderde over de religieuze voldoening die op het gezicht van Eilmar af te lezen viel. Hij overdacht enkele geschikte zinnen om uit te spreken. Daarna zei hij, zich uitsluitend tot Sebastian wendend alsof hij de ander wilde negeren:

'Ziet u, jonge vriend, vandaag bent u getuige, of nee, slachtoffer van de chantage waarmee de lutherse kerk haar controle over de cultuur van dit land uitoefent. Zij redeneert als volgt: als kunst een eigen leven zou leiden buiten de liturgie en de religie om, dan zou zij gevaarlijk zijn. Ongeveer zoals de wetenschap, die zich ten doel stelt de raadsels van het onbekende te ontsluieren door zich niet door dogma's te laten leiden maar door de werkelijkheid te zien als iets dat continu verandert. Waarneembare feiten dus en geen stellingen: een venijnig gif dat het overleven van de Kerk in gevaar brengt. Kent u Galileo? Hij redde zich alleen maar van de brandstapel doordat hij de dingen afzwoor waar hij in geloofde, zodat hij zichzelf geweld aandeed. Goed, als kunst en cultuur het juk van de theologen zouden afwerpen, zouden ze, om kort te gaan, een nieuwe taal leren spreken, de taal van het leven en de werkelijkheid, zoals die van de wetenschap. Slimme geesten zouden dat begrijpen en de Kerk zou de schare van tegenstanders zien groeien, en dat willen de lutheranen dus niet.' Hij pauzeerde even en keek Sebastian recht in zijn gezicht aan; vanuit zijn ooghoeken genoot hij van de machteloze woede van Eilmar, die hen allebei de rug had toegekeerd. Hij ging door:

'Maar welke Kerk? Die van de mannen die gewichtig doen, van de valse profeten, van predikanten als Eilmar. Niet die van de eenvoudige mensen die in het geloof troost vinden voor hun angsten en hoop die hen helpt voort te gaan met de vermoeiende taak die ons dagelijks leven ons stelt. Zij hebben geen behoefte aan theoretische onderbouwing, noch aan profeten die voor hen een beeld van God construeren, noch aan hoogdravende predikers die liefde en geluksmomenten voor hen in regels vatten. Daarom, Sebastian, zeggen wij piëtisten dat puurheid elders te vinden is, en wij aarzelen niet om de formaliteiten en de culturele symbolen van onze kerken in de ban te doen. Ook als dat ons soms verhindert te luisteren naar prachtige muziek, zoals de muziek die u, beste jongeman, zo meesterlijk weet te componeren.'

Sebastian had de hele tijd aandachtig zitten luisteren en was onder de indruk van wat gezegd werd. Uit de woorden van Frohne kon hij opmaken dat de dominee op de hoogte moest zijn van zijn discussies met zijn broer Johann Christoph, van zijn ontmoeting met pater Angelini, en van zijn lange stimulerende dialogen met dominee Büsche, toen hij nog in Lüneburg woonde. Als Johann Christoph hem bij bepaalde gelegenheden had overtuigd met zijn gezonde verstand en meneer Büsche met het gebruik van de rede, zo had Frohne, en ook pater Angelini, hem direct in zijn zíel geraakt. 'En toch,' probeerde hij zichzelf te overtuigen, 'zou het niet goed zijn om alles in de ban te doen, dat zou pure waanzin zijn!' Hij zat doodstil, totdat hij een hese kreet uit de vertrokken mond van Eilmar hoorde komen:

'Ach, zo zit het dus! Het is je reinste ketterij! Maar ik ontsla u, toezichthouder Johann Adolph Frohne, en laat u verwijderen van de plek die u zo onwaardig bekleedt. Mijnheer Bach, ik hoop alleen dat dit geraaskal geen littekens in u zal achterlaten. Hoe vaak heeft deze man niet geprobeerd u, met uw jonge ziel vol vertrouwen, tot zijn geloof te bekeren? Ik zou graag nu van u bevestigd willen zien dat onze vriendschap hierdoor geen averij heeft opgelopen en dat we doorgaan met samen muziek maken ter meerdere glorie van de Heer, volgens de leer van Luther.'

Op het gezicht van Johann Sebastian was de innerlijke kwelling af te lezen waar hij door geteisterd werd. Hij gaf geen antwoord en keek aarzelend van de ene naar de andere dominee. Hij was er liever niet bij geweest en had zijn antwoord, al dan niet bevestigend, liever tot een ander, geschikter moment willen uitstellen als hij rustig en ontspannen over de kwestie had nagedacht. 'Wat naïef ben ik toch geweest,' verweet hij zichzelf. 'Ik had nooit moeten accepteren om het orgelproject met deze twee samen te bespreken, alsof het gedrag van Eilmar niet te voorzien was geweest.' Hij keek naar de verontwaardiging die op het gezicht van de dominee viel af te lezen. 'Maar hij heeft goede argumenten: Frohne weet geen onderscheid te maken tussen het lutheranisme en de aberraties van ambitieuze mannen op zoek naar macht. En zijn stompzinnige afkeer van muziek en cultuur is vernederend.' Hij keek naar zijn superieur. 'En waarom zou ik hem, moge God mij vergeven, geen genegenheid toedragen? Hij is zo menselijk! Hij weet door te dringen in het wezen der dingen, hij staat in voor de gevolgen van zijn eigen woorden en daden.'

'Nou, mijnheer Bach, ik wacht op antwoord. Heeft u uw tong verloren? Ik vertel u wat ik zal doen: ik zal uit deze kamer weglopen en u zult mij volgen. Of niet en dat betekent dan dat Frohne u in de val heeft gelokt. Dan zal hij het zijn die u zal beschermen en steunen op uw pad.' Dit gezegd hebbende ging dominee Eilmar met krijgshaftige pas op weg naar de uitgang. De deur was nauwelijks achter hem gesloten of Sebastian stond langzaam op en volgde, met een verontschuldigende blik op Frohne, het spoor van Eilmar.

Dit alles had amper een maand daarvoor plaatsgevonden. Toen dominee Eilmar weer bij zinnen kwam gekomen en hij de herinnering aan die niet zo geslaagde dag eindelijk had weten uit te bannen, bleken de vellen papier in zijn handen compleet verkreukeld. 'Dit ontslag zal niet aanvaard worden!' beloofde hij zichzelf ernstig. 'De gemeenteraad is ertoe verplicht om het contract te eerbiedigen! De heer Bach mag dan een groot musicus zijn, maar daarom mag hij nog niet de regels aan zijn laars lappen. Wat Frohne betreft, dit alles zal hem duur komen te staan, op mijn erewoord.'

De feiten hadden echter de plannen van de predikant van de *Marienkirche* allang ingehaald. De gemeenteraad was in de middag van 26 juni 1708 bijeengekomen, direct nadat de verrassingsbrief van Johann Sebastian Bach in handen van Eilmar was gekomen. De raadsleden waren zeer voortvarend te werk gegaan. Raadgever Meckbach had de aanvraag tot ontslag voorgelezen en steevast de familienaam van Johann Sebastian uitgesproken als Pach. Hij had benadrukt() dat Pach organist van het hof van Saksen-Weimar wilde()zou worden. Ondanks de algemene geestdrift die Sebastian met zijn toelatingsconcert tijdens Pasen van het jaar daarvoor had opgewekt, hadden de vertegenwoordigers van de parochie St. Blasius vrijwel geen bezwaar gemaakt. Wel had de een uitdrukking gegeven aan de gebruikelijke verbijstering over de bizarre muzikale stijl van Pach, en de ander gezinspeeld op de gelegenheid om toch vooral niet met de hertog Wilhelm Ernst van Saksen-Weimar in conflict te komen, een heerser die behoorlijk snel op zijn teentjes was getrapt. Een ander had er uiteindelijk op gewezen dat Pach duidelijk een twistappel was tussen Eilmar en Frohne hetgeen de schimpredes tussen de lutheranen en piëtisten, die de stad jaren hadden geplaagd, weer zou kunnen doen oplaaien. Niemand had verwezen naar de turbulente misstappen van Sebastian in Arnstadt. Dat had niet van goede smaak getuigd tegenover een pasgetrouwde jongeman die bovendien op het punt stond om vader te worden. En ook niet tegenover zijn bruid, achternicht (van moederskant) van een van de raadsleden die op de bijeenkomst aanwezig waren.

De notulen van de raadsvergadering besloten met de woorden: *Omdat het niet mogelijk is hem hier te houden, moeten we hem ontslag verlenen. Niettemin is het nodig hem te verwittigen dat men rekent op zijn hulp bij de voltooiing van de restauratiewerkzaamheden aan het orgel, het klokkenspel inbegrepen.* Er bleef een niet geringe troost over voor de eerwaardige dominee Eilmar, die dat niet had verwacht: in december van het jaar 1708 werd hij in het nieuwe verblijf van het gezin Bach in Weimar ontboden om peetvader te worden van Catharina Dorothea, hun eerstgeborene.

Een deugdzame hertog

De reis naar Weimar voor de doopplechtigheid van Catharina Dorothea was de eerste van vele die dominee Eilmar ondernam om het contact met Johann Sebastian Bach en het hof van de hertog te onderhouden. In Mühlhausen zei men dat de hertog bij het ontslag van Bach bij de *Blasiuskirche* de jonge musicus zijn onvoorwaardelijke steun had beloofd bij het aanleggen van een indrukwekkende verzameling kerkmuziek. Wat muziek betreft wilde de vorst van Weimar een centrum van geloof en moraal maken.

Zes jaar later nam de heer Eilmar de gelegenheid te baat om naar Weimar te gaan om daar te assisteren bij de uitvoering van een andere cantate die Johann Sebastian op muziek had gezet op basis van een samen met hem geschreven Bijbelse tekst. De uitvoering vond plaats in het kasteel van de hertog, in de grote zaal met fresco's. Het was een weelderig, met verguld stucwerk gedecoreerde zaal met glas-in-loodramen; over de gehele wand hingen enorme spiegels waardoor de al aanzienlijke afmetingen van de zaal nog meer werden uitvergroot. Aan het cassetteplafond hingen Boheemse kroonluchters, vol met nieuwe purperen kaarsen, allemaal voor deze gelegenheid vers aangestoken. De geslepen edelstenen braken het licht van de vlammetjes in alle kleuren van de regenboog, terwijl de antieke loden spiegels het licht oneindig vaak weerkaatsten en een myriade van dansende lichtpuntjes voortbrachten. De musici en koorzangers — een dertigtal in totaal — stonden achter in de zaal bij elkaar. De rest van de zaal stond vol met roodfluwelen stoelen met hoge rugleuningen, waarop niet minder dan tweehonderd personen een plaats hadden gevonden.

Midden op de eerste rij, die enigszins afgescheiden was van de overige rijen, zat de hertog in zijn onberispelijke, sobere, ceremoniële kleding. Hij droeg een zilverkleurige pruik met blauwige schijn van zulke afmetingen dat deze boven alle rugleuningen in de zaal uitstak. Rechts van hem zat Johann Ernst, de achttienjarige zoon van zijn overleden broer die als hertog vóór hem had geheerst, en links van hem de beroemde musicus Georg Philipp Telemann, kapelmeester in Frankfurt aan de Main. Evenals dominee Eilmar was hij een frequente gast aan het hof van Weimar. Ook hij was, recentelijk, peetvader van een kind van Johann Sebastian geworden, zijn tweede zoon Carl Philipp Emanuel. Verder zaten op de eerste rij hoogwaardigheidsbekleders van het hof, andere respectabele gasten en kerkelijke autoriteiten uit de stad. Eilmar, als auteur van de tekst van de cantate, en ook als oude bekende van Bach, bezette een stoel aan de zijkant dicht bij de artiesteningang.

Toen Johann Sebastian zijn intrede deed en langs Eilmar lopend het kleine podium voor de maestro bereikte, klapte de ontoegankelijke hertog zeer ingetogen zonder van gelaatsuitdrukking te veranderen. Het publiek volgde met een kort en droog applaus. Sebastian antwoordde met een diepe buiging naar de koninklijke hoogheden. Hij keek door de vensters naar de beboste tuin en wenkte het koor om op te staan evenals de vier vocalisten — sopraan, alt, tenor en bas — die gedurende het hele concert in die volgorde bleven staan.

De cantate begon met een instrumentaal gedeelte, waarin twee fluiten en twee gamba's zich overgaven aan een weemoedige melodie. Daarna zette het koor in, dat met snelle ritmische en intense dramatische bewegingen aan drie verschillende delen begon: *Gottes Zeit ist die allerbeste Zeit... In ihm leben, weben und sind wir, solange er will... In ihm sterben wir zur rechten Zeit, wenn er will...* Na deze smartelijke aankondiging vielen de vocale solisten in, de tenor, de bas, daarna de sopraan, allen in een wederzijdse dialoog met de instrumenten, waarbij de blokfluiten en violen de treurigheid van de melodie benadrukten. *Bestelle dein Haus; denn du wirst sterben und nicht lebendig bleiben... Es ist der alte Bund: Mensch, du musst sterben... Du must sterben*, voegde het koor toe, het voortsnellende fugatische thema meerdere malen uit volle borst herhalend.

Dit was het hoogtepunt van het drama. Het karakter veranderde nu en werd bepaald door een lijdzame aanvaarding van Gods wil. De alt zong met weemoedige ernst de woorden: *In deine Hände befehl ich meinen Geist; du hast mich erlöset, Herr, du getreurer Gott...* Daarna, terwijl de basstem — diep genoeg om de ruiten in de glas-in-lood ramen te doen trillen — de boodschap van Christus aankondigde: *Heute wirst du mit mir im Paradies sein...*, viel de alt in met het koraal *Wie Gott mir verheißen hat, Der Tod ist mein Schlaf geworden...* En hier kregen opnieuw het orkest en het koor eensgezind de overhand en voerden de cantate naar het slot. Als de muzikale component tijdens de gehele cantate niet had verzuimd het drama van de sterfelijke mens expressief te benadrukken (in de overgang van ontzetting en jammerklachten uit het begin naar de ontspannen sereniteit in de laatste aria), was het ritme en ook de sonoriteit van deze koorteksten overweldigend te noemen. Het was een lofzang op de glorie van de Almachtige, een vertrouwenwekkende smeekbede tot de zaligheid. Maar de cantate was nog niet aan het einde gekomen. Tijdens de grandioze fuga matigde het geluid zich tot een intieme eindzucht, twee stemmen overgeleverd aan de blokfluiten en de violen en daarna stilte. De nachtmerrie van de dood was verjaagd door het geloof.

Johann Sebastian, die tijdens de gehele uitvoering met wilde gebaren had staan dirigeren, nu eens het hoofd schuddend, dan weer met zijn voet stampend en de bijdragen van de solisten energiek met een enkele handbeweging aansporend, liet na het slot zijn armen slap langs zijn flanken hangen, en bleef enkele ogenblikken naar voren gebogen stilstaan. Daarna draaide hij zich om naar de zaal en keek naar de hertog. Bach leek besluiteloos alsof hij plotseling geen heer en meester meer was over wat er om hem heen gebeurde. Hertog Ernst Wilhelm zat doodstil. Hij hief zijn handen langzaam op, hield ze dicht bij elkaar en begon toen beleefd te klappen wat, ondanks de stilte in de zaal, nauwelijks te horen was. Het applaus begon langzaam vaste vorm aan te nemen, eerst klapten degenen die zó zaten dat de hertog hen konden zien, daarna zij die meer achterin zaten. Maar het stelde niet veel voor, het was nog flauwer dan dat wat Sebastian bij zijn binnenkomst in de zaal had ontvangen. Hij was even in de war. In die onbehaaglijke situatie maakte hij meerdere buigingen en vergat in eerste instantie helemaal de zangers en de orkestleden deelgenoot te maken van het applaus, evenals de jonge sopraan die tijdens de gehele cantate links van hem had gestaan en die hij zeer bekoorlijk had gevonden.

De hertog stond op en wenkte Johann Sebastian:

'Mijnheer Bach, ik heb uw compositie zeer gewaardeerd. We kunnen, nu we de uitvoering van daarnet gehoord hebben, *une meilleure définition* van de criteria opstellen waaraan uw muzikale productie zou moeten voldoen. Wilt u zo naar mijn werkkamer komen samen met de heer Telemann en dominee Eilmar. Mijn neef Johann Ernst zal u begeleiden. Het is goed dat ook hij aanwezig is.'

De vertrekken van de hertog bereikte men via een brede gang vol met vitrinekasten. Aan de rechterkant lagen die vol met honderden, zorgvuldig uitgelijnde en van etiketten voorziene, muntstukken uit verschillende tijdperken en van verschillende herkomst. In de linkervitrines lag een vrij aparte verzameling van gedroogde bloemen, bloembladen, bladeren, twijgjes, ook voorzien van naam en herkomst. Andere vitrinekasten, waarschijnlijk met de meest bijzondere stukken, bevonden zich in de studeerkamer van de hertog zelf, een ruime kamer volgepropt met kostbare voorwerpen en merendeels heilige boeken.

De hertog zat weggezakt in een ruime fauteuil bij de open haard, een monumentale constructie van groen marmer en albast. Enkele andere fauteuils stonden in een cirkel om hem heen opgesteld. Een ervan, rechts van hem, was bezet: daar zat Johann Samuel Drese, maestro van de hofkapel en, althans in theorie, de directe superieur van Johann Sebastian. Het was een oud verdord mannetje, met een enorme gekromde neus en een haakkin die deed denken aan die van heksen.

De hertog nam een voor een het respect in ontvangst dat de leden van de groep hem betoonden zodra ze de kamer waren binnengeleid, en nodigde hen stuk voor stuk uit om plaats te nemen, Telemann links van hem en Bach precies tegenover hem. Zijn neef Johan Ernst, een bleke jongen met ingevallen wangen zat liever op de rand van de haard, niet ver van het gloeiende houtskool dat opflitste in het donker.

'*Monsieur* Telemann,' begon de hertog, 'ik zou u de muntstukken willen laten zien die mij door vorst Leopold von An-

halt-Köthen zijn geschonken. Ik stel belang in uw mening.'
De hertog sprak eentonig en nasaal. Je zou hem nog geen
vijftig jaar geven. Hij was slank gebouwd, met smalle schouders en een gezicht dat op een vreemde manier half vrouwe-
lijk en half mefistofelisch was. Geronde glimmende lippen, de
neus uitgesproken gegolfd en zeer hoge wenkbrauwen boven
donkere ogen. Zijn lichtblauwe pruik bestond uit twee precies
gelijke delen die voor hem langs naar beneden over zijn buik
hingen. Hij reikte een roodfluwelen doos aan en hield het
dekseltje opgelicht: *'Ce sont des pièces assez communes,
n'est-ce pas?'*

Georg Philipp Telemann leek veel ouder, hoewel hij maar
vier jaar ouder was dan Johann Sebastian. Zijn gelaatsuitdrukking straalde gezag uit, en zijn houding was buitengewoon zelfverzekerd. Dat kwam waarschijnlijk doordat hij de
zoon was van een evangelische predikant, maar ook omdat
hij al op zijn drieëndertigste een indrukwekkend aantal composities van allerlei stijlen op zijn naam had staan. Hij nam
de doos aan van de hertog, haalde een grote lens uit de zak
van zijn gewaad en bestudeerde de munten langdurig. 'Gouden florijnen uit Florence uit het begin van de zestiende
eeuw.' 'Vierenvijftig gram, met een lelie en de beeltenis van
Johannes de Doper.' 'Een dubbele florijn.' 'Een serie Venetiaanse munten van een eeuw daarvoor, met hetzelfde gewicht,
een beeltenis van Christus erop, en een Latijnse inscriptie *Sit
tibi, Christe, datus quem tu regis iste ducatus.'* 'Met diep
ontzag kan ik bevestigen, Sire, dat het hier om belangrijke
munten gaat. Ook al zijn ze ongetwijfeld al aanwezig in de
bewonderenswaardige collectie van Uwe Doorluchtigheid.'

*'Quelle générosité, il y a des fois que Léopold ne manque de
m'étonner!'*

'Hoewel hij calvinist is,' opperde Eilmar, 'heeft de prins
nooit nagelaten om Uwe Majesteit zijn achting en genegenheid te betonen. Hoe zou hij anders zijn goedkeuring hebben
kunnen geven aan het huwelijk tussen zijn zus en uw neef, de
viceregent Ernst August?'

'Mijnheer Eilmar,' riep de hertog uit, 'u hoeft niet zo schijn-
heilig te doen! Het is voor niemand een geheim dat de zus
van Leopold *ne fait jamais de son mieux* om de verstandhou-
ding tussen mij en haar echtgenoot Ernst August te verbeteren! Over alles wat ik beslis is hij het met mij oneens. En als
híj het niet is — van de viceregent kan ik het nog wel verdragen — dan is het wel zijn vrouw of *son petit beau-frère* die
hier aanwezig is.'

71

De uitbarsting van de hertog kwam zo onverwacht dat de aanwezigen erdoor overrompeld werden; Johann Ernst kreeg, vanuit zijn hoekje bij het vuur, een krampachtige hoestbui die hij niet kon onderdrukken. Eilmar werd lijkbleek. Telemann sloeg de ogen ten hemel. Alleen Drese bleef onaangedaan, en leek zelfs te glimlachen. Johann Sebastian voelde zich, na het eerste gevoel van ontreddering, opstandig worden. Hij keek naar de hoestende jongen en daarna naar de hertog. Hij keek hem recht in de ogen, wat hij nog niet eerder had gedurfd. Maar hij zweeg. De hertog nam weer het woord:

'Laten we nu ter zake komen en het hebben over mijnheer Bach. Mij is het bericht ter ore gekomen, mijnheer de hofinstrumentalist, dat u in onderhandeling bent met de *Liebfrauenkirche* van Halle over de positie van organist in die kerk.' Sebastian schrok. 'En dat zonder mij daarvan in kennis te hebben gesteld. Er is mij een kopie van een nogal onduidelijke brief bezorgd die u recentelijk naar de heer August Becker heeft gestuurd, voorzitter van de ouderlingen van de kerk. Kijk, daar ligt hij op mijn bureau, wilt u hem even pakken, *s'il vous plaît?*'

Johann Sebastian voelde zich niet erg op zijn gemak. Hij voelde zich weer een kleine jongen. Maar hij was blij dat Johann Ernst eindelijk was opgehouden met hoesten. Hij deed wat van hem werd gevraagd en kwam naderbij met de brief in zijn hand. 'Leest u hem hardop voor,' beval de hertog. Sebastian hield de brief voor zich — zijn eigen brief, herschreven door een onbekend persoon. Hij aarzelde even en begon te lezen:

Weledelgestrenge,
Zeer geachte heer

Ik heb uw zeer eervolle missive met de benoeming in tweevoud ontvangen. Ik ben u daarvoor zeer erkentelijk en omdat het illustere Collegium unaniem voor mijn geringe persoontje heeft gekozen, zal ik mijn uiterste best doen om te gehoorzamen aan het goddelijke teken waarvoor deze benoeming een aanwijzing is. Wilt u, nobele heer, niettemin geen wrok koesteren jegens mij als ik u nog niet de uiteindelijke beslissing kan mededelen, ten eerste omdat mij het definitieve ontslag nog niet is verleend, en ten tweede omdat ik nog graag enkele zaken gewijzigd zou willen zien, zowel wat het salaris betreft als de plichten, allemaal zaken waarover ik u in de loop van de week schriftelijk zal berichten. In de tussentijd stuur ik een van de exemplaren terug, en omdat ik nog niet over mijn definitieve ontslag beschik, kan ik helaas nog geen handtekening zetten voordat ik daadwerkelijk vrij zal zijn van mijn huidige werkzaamheden. Zodra wij het eens zijn geworden over de condities, zal ik persoonlijk langskomen en zal ik u met mijn handtekening mijn serieuze intenties om bij u in dienst te treden, bewijzen.

Ondertussen zou ik u, zeer geachte heer, willen vragen om aan alle leden van de Kerkenraad mijn diepste respect over te brengen en mij bij hen te verontschuldigen voor het feit dat het mij niet mogelijk is geweest om nu al een categorisch besluit te nemen, vanwege de eredienst en de op handen zijnde vieringen aan het hof ter ere van de verjaardag van de vorst. Maar ik zal u beslist deze week nog berichten. Ik aanvaard met achting de benoeming die u mij heeft gestuurd en ik hoop dat de illustere Kerkenraad eventuele moeilijkheden zal wegnemen. In de hoop op een gelukkige afloop, verblijf ik,

Weledelgestrenge, Zeer geachte heer
Uw zeer toegewijde dienaar
Joh. Sebast. Bach
Weimar, 14 januari 1714

Tijdens het voorlezen had Johann Sebastian meerdere malen geaarzeld. De hertog had roerloos staan luisteren, evenals de andere aanwezigen, uitgezonderd Johann Ernst, de neef van de hertog, die gehinderd werd door de laatste flarden van zijn hoestbui.

'Ach, u heeft het definitieve ontslag nog niet gekregen! En wie had u dat dan moeten geven als u er nog niet eens om gevraagd heeft?!' Hertog Wilhelm Ernst leek geamuseerd. 'Ik ben blij dat u het als uw plicht ziet om een bijdrage te leveren aan de feestelijkheden! En wat een inzet voor de eredienst, dat wijst op een diep geworteld luthers geloof dat u tot rijping heeft laten komen gedurende uw *amitié avec monsieur* Eilmar!' De arme Eilmar kon wel door de grond zakken, de oude Drese deed zijn kin naar voren ten teken van afkeuring en Johann Ernst begon wederom hardnekkig te hoesten. Hij spoog in een elegante zijden zakdoek die hij uit de nauwsluitende mouw van zijn jas had gehaald. Sebastian was volledig in verwarring gebracht:

'Sire, ik kan slechts met moeite uiting geven aan mijn bedroefdheid. Moge Uwe Doorluchtigheid zijn zeer nederige dienaar op zijn woord geloven als hij beweert dat hij nooit, geen enkel ogenblik, eraan heeft gedacht om dit hof te verlaten. Ik heb slechts getracht een aanbod dat mij was gedaan na mijn bezoek in Halle, op een nette manier af te slaan. Een aanbod dat voor mij eervol was en als een verrassing kwam, aangezien ik er niet op aangedrongen had noch het had aangemoedigd. Ik ben van plan om nog een brief te sturen, waarin ik van het bod afzie en daarbij twijfels omtrent mijn bedoelingen wegneem.'

'Juist *votre deuxième lettre*, beste hofinstrumentalist, heeft mijnheer Becker geïrriteerd en hij heeft mij op de hoogte gesteld *de cette affaire*. Ik heb hem gelezen en herlezen. U schrijft: "[...] u moet hier niet uit afleiden dat ik de illustere raad een streek heb willen leveren door bij mijn goedgunstige heer een salarisverhoging in de wacht te slepen, omdat mijn heer al zó welwillend tegenover mijn verdiensten staat dat ik niet naar Halle hoef af te reizen om een salarisverhoging af te dwingen. Zelfs als ze mij in Halle een even hoog salaris zouden hebben aangeboden als hier, zou ik mijn oude baan nog niet hebben opgegeven. U, die meester in de rechten is, kan dat als geen ander begrijpen en ik zou u willen vragen dat aan de raadsleden uit te leggen. [...]"' De hertog stopte even. 'Wordt u híerdoor dus gekweld, denkt u dat aan mijn hof uw verdiensten niet naar behoren worden beloond? *Mais mon Dieu*, mijnheer Bach, beschouwt u mij dus als gierig, en ongevoelig voor de problemen van mijn onderdanen?'

'Zeer goedgunstige Sire, ik... mijn familie breidt zich uit... Uwe hertogelijke Majesteit zal mijn twijfel begrijpen. Halle is een ongelukkig misverstand, ik heb de fout begaan dat ik Uwe Doorluchtigheid niet direct op de hoogte heb gebracht. Ik vraag u om vergiffenis als ik de indruk heb gewekt dat ik de groothartigheid van mijn vorst niet heb vertrouwd.'

'Mijnheer de hofinstrumentalist, ik meen te mogen zeggen dat onze relatie tot op heden goed is geweest, in de eerste jaren zelfs *presque parfait*. Laten we daarom dit voorval maar vergeten. Vanaf morgen zult u bevorderd worden tot *Konzertmeister* en zult u een waardige beloning ontvangen die bij uw nieuwe positie hoort.'

Johann Sebastian haalde diep adem, hij had niet durven hopen op zo'n bevredigende afloop. De verrassing viel nog duidelijker af te lezen van het gezicht van de oude Drese, die alles verwacht had maar niet een promotie voor Bach. Sebastian vond het gepast om zijn oprechte dankbaarheid te uiten:

'Ik ben Uwe Doorluchtigheid zeer erkentelijk en beloof u plechtig dat ik u met volle inzet zal dienen en al uw bevelen zal opvolgen. En ik bevestig wederom de toewijding die ik heb voor mijn zeer goedgunstige heer.'

Bij deze laatste woorden van de hertog was de jongeman Johann Ernst met een duidelijk opgeklaard gezicht opgestaan. Nadat Sebastian zijn hoffelijke frasen had uitgesproken, kwam Johann Ernst naderbij en schudde hem enthousiast zijn hand. De hertog raakte licht geïrriteerd:

'Mijnheer Bach, u moet natuurlijk wel begrijpen dat u als *Konzertmeister* bijkomende plichten zult hebben. *Je veux que chaque mois vous écriviez* een nieuwe cantate om tijdens de missen in de hofkapel uit te voeren. Wat betreft de teksten en de criteria laat ik u adviseren door iemand die mijn volste vertrouwen geniet, de secretaris van de kerkenraad Salomo Franck. Deze verplichting zal u veel tijd kosten. Het lijkt me daarom gepast om zo snel mogelijk op te houden met het karwei die u met mijn neef uitvoert. Ik doel met name op de orgelbewerkingen van de concerten van Vivaldi.'

'Maar oom, dat is, in mijn gezondheidstoestand, het enige dat ik nog leuk vind! Ik mag niet veel dingen doen, maar dit is een van de redenen waarom ik wil leven. De uren die ik met de heer Bach doorbreng zijn de mooiste uren!'

'Uw leraar Gottfried Walther kan u heel goed helpen *dans ce travail.*'

'Sire,' Sebastian vond de reden voor deze beslissing onacceptabel, 'ik geloof nederig dat ik kan instemmen met de wil van mijn heer, maar dan zonder de jonge hertog zijn gelukkige uren af te nemen. In weerwil van zijn slechte gezondheid heeft hij zich naar Holland begeven om deze verzameling orgelbewerkingen te vinden. De *Estro Armonico* is het briljantste en meest intense wat er ooit op instrumentaal gebied is geschreven en ikzelf trek er lering uit.'

'Vervolgens schrijft u zulke requiems waarmee we zo-even hebben kennisgemaakt! *Voilà l'effet des Italiens*: uw cantate kon beter opgevoerd worden in een operahuis. Melodramatische aria's, vrijelijk geuite gevoelens, gepassioneerde accenten die niet passen bij traditionele kerkmuziek. En zeker niet bij begrafenismuziek! Is dit nu die beroemde reguliere muziek, waarover u sprak toen u naar Weimar kwam?'

'Sire, met alle respect, maar ik vind dat ik deze woorden niet verdien. Ik heb geprobeerd om, geholpen door de heer Eilmar, mijn contractuele verplichtingen niet te verzaken.'

'Maar mijnheer *Konzertmeister*, u heeft uw tijd alleen maar achter het orgel doorgebracht, en wel om muziek te componeren voor het klavier! U heeft ons overspoeld met tientallen toccata's, preludes, passacaglia's en fuga's!'

'U moet erkennen, Sire, dat de resultaten van de heer Bach met dat instrument uitzonderlijk te noemen zijn.' Telemann was de enige die de vorst mocht tegenspreken. 'Hij heeft de stijlen van de grote maestro's uit het Noorden verrijkt met de emotionele spanning die eigen is aan andere instrumenten, zoals de strijkinstrumenten, en de menselijke stem. Hij heeft daar het geluid van een heel orkest mee weten te na te bootsen.'

'Ik wil niet ontkennen,' gaf de hertog met tegenzin toe, 'dat de heer Bach een buitengewoon goede organist is, *c'est un plaisir de le voir jouer*. Ook heeft hij gezorgd voor een voortreffelijke restauratie van ons kleine orgel. Maar hij moet niet vergeten waar zijn hoofdtaak uit bestaat. De weinige religieuze muziek die hij schrijft, bereikt nu zelfs niet het niveau van Händel, hoewel die als man van de wereld niets anders doet dan tussen Italië en Duitsland heen en weer pendelen en slechts denkt aan het verwerven van goedkope roem.'

'Wat zegt u nu, oom! De muziek van Georg Friedrich Händel een voorbeeld voor de heer Bach? De heer Bach heeft geen behoefte aan voorbeelden, hij plaveit de weg voor de nieuwe Duitse muziek, de paden die hij uitstippelt zullen de komende eeuwen richting geven aan deze muziek.'

'Beste neef, ik kan uw jeugdige enthousiasme goed begrijpen, maar overdrijft u niet een beetje? Laat het maar aan mij over om te bepalen wat de juiste muziek is waarmee je je tot de Heer wendt. Ik steek al jaren preken af vanaf het preekgestoelte en doorgrond de harten van mijn volk goed. Anders zou ik er niet in geslaagd zijn om het oprukkende piëtisme hier in Weimar een halt toe te roepen.'

'Maar u heeft ook verboden... oom... u heeft de boeren verboden om op zondag het land te gaan bewerken en de veehoeders hun vee te laten grazen, opdat ze de dag des Heren respecteerden!' De jongeman had zich laten meeslepen; het gezicht van de hertog zag rood van woede. Johann Sebastian begon zich serieus zorgen te maken over Johann Ernst die opnieuw hardnekkig begon te hoesten. Hij probeerde de discussie een andere kant op te sturen door te reageren op de verwijzing van de vorst naar het piëtisme:

'Uwe Doorluchtigheid, het bedroeft mij ten zeerste dat er zoveel misverstanden zijn ontstaan door mijn toedoen. Ik ben uit Mühlhausen weggegaan omdat mijn kunst te lijden had onder het onbegrip van de piëtisten. Dat weet de heer Eilmar maar al te goed.' Eilmar knikte. 'In uw persoon, goedgunstige hertogelijke Hoogheid, zie ik degene die mij uit die slavernij heeft bevrijd. Voor mij betekende reguliere muziek, muziek die vrij is van onoprechte vormconventies, beschermd tegen de bekrompenheid van de massa en hooggeplaatste cultuurbarbaren. De grootse muzieksmaak van mijn heer kennende, vertrouwde ik erop dat ik ieder muzikaal aspect mocht onderzoeken, op zoek naar nieuwe expressievormen.'

De hertog leek tot bedaren gekomen: 'Natuurlijk, natuurlijk, *Konzertmeister*. Zolang het maar niets met opera van doen heeft, of met iets wat daar op lijkt. Ik heb niet voor niets het hele muziekgezelschap aan het hof ontslagen! Ik wil niet opnieuw opera-aria's ontdekken in de kerkmuziek. Hoe denkt de kapelmeester daarover?'

De oude Drese keek verschrikt op bij deze geheel onverwachte vraag: 'Uwe hertogelijke Hoogheid had dit idee niet beter kunnen verwoorden. Maar het zijn niet alleen de opera's die goede muziek verpesten. Persoonlijk kan ik ook de frivole composities van de Italianen, die zojuist nog zo werden opgehemeld door de heer Bach, niet waarderen. Of die van de Fransen: te pompeus en te lichtzinnig. De composities van Lully en Rameau zijn moreel verwerpelijk. Als de Hollanders niet zoveel moeite zouden doen om ze te publiceren, zouden we er nu misschien niet door worden overspoeld.'

'Dat land is een bron van corruptie: geen enkel religieus schilderij, geen enkel mystiek geschrift, alleen maar profane muziek. Werkelijk alles mag daar. Ze maken het zelfs zo bont dat ze de concerten van Corelli op kerkorgels spelen!'

Bij deze onverbiddelijke woorden van de hertog sprong Johann Ernst, die in een kring temidden van de anderen zat, op: 'Waarom spreekt mijn oom kwaad van een land dat ik zo liefheb, zonder dat hij het zelf kent? De Duitsers zouden er juist goed aan doen om Holland te beschouwen als een toonbeeld van beschaving.'

Hertog Wilhelm Ernst schudde zijn keizerlijke pruik, en siste vervolgens tussen zijn tanden: 'Tot waar drijft die muzikale passie u? *J'en ai marre...* ik heb er schoon genoeg van, van deze brutaliteiten. De aanwezige heren zijn ervan getuige dat de jonge hertog niet in staat is om het meest elementaire respect te betuigen jegens zijn vorst, die bovendien de broer van zijn vader is.'

'U heeft, laat u me dat nog zeggen, beste oom, over de muziek te bekrompen ideeën! Wat u betreft zou een musicus zijn harmonieën moeten componeren zoals een dominee zijn preken verpakt. Maar muziek heeft haar eigen adem, en leeft van haar eigen licht. Of zij al dan niet religieus is, is slechts een bijkomstigheid. Muziek staat boven gewetensconflicten of conflicten van patriottische aard! U wil niet dat de heer Bach met mij samenwerkt omdat u bang bent dat hij mij helpt te bewijzen dat u zich vergist!'

Deze keer was de jonge hertog, daar was geen twijfel over mogelijk, te ver gegaan. Niemand van de aanwezigen deed zijn mond open, ook het glimlachje van Drese was geheel verdwenen. De hertog siste: 'Ik zal elk woord dat u hier heeft gezegd doorvertellen aan uw broer Ernst August. De viceregent zal u dwingen excuus aan te bieden aan uw vorst.'

'U moet weten dat mijn broer er precies zo over denkt als ik!'

'Daar verbaas ik mij helemaal niet over! In dat geval, heren hofmusici, mag u helemaal geen muziek meer uitvoeren. En dat geldt met name voor u, mijnheer Bach, die, zoals het mij toeschijnt, meer toegewijd is aan mijn neven dan aan zijn eigen vorst. Over de profane muziek wil ik, afgezien van het orgel, niets meer horen aan het hof. Het zal Gods tijd zijn, de beste tijd.'

De jonge hertog Johann Ernst viel half bewusteloos op de grond.

***

De arme Johann Ernst stierf binnen een jaar, op zijn achttiende, aan de levensbedreigende ziekte die hij had opgedaan in het vochtige klimaat van de Lage Landen. Johann Sebastian was hem, achter de rug van de hertog om, blijven helpen en had hem zelfs aangemoedigd om concerten te componeren in de stijl van Vivaldi. Sebastian was in staat gebleken om alle gevraagde cantates te schrijven, een dertigtal in minder dan drie jaar. Het verbod om voor de viceregent te spelen legde hij naast zich neer: in 1716 dirigeerde Sebastian ter ere van diens verjaardag een van zijn wereldlijke cantates.

Maar hertog Wilhelm Ernst was er de man niet naar om geen sancties aan zijn verboden te verbinden. Hetzelfde jaar stierf de oude kapelmeester Johann Samuel Drese. Volgens de rangorde, en meer nog naar verdienste, zou Johann Sebastian Bach de aangewezen persoon zijn geweest om hem op te volgen. De hertog bood Telemann echter de baan aan, en toen die van goede smaak getuigde door te weigeren, benoemde hij de zoon van Drese, een boodschappenjongen zoals zijn vader en bovendien een absolute nietsnut op het muzikale vlak. Op dit punt stopte Sebastian met het schrijven van kerkelijke cantates en richtte zich uitsluitend nog op zaken die hem meer interesseerden.

De onenigheid met de hertog was inmiddels uitgemond in openlijke vijandigheid. Door toedoen van de hertogin van Weimar, echtgenote van de viceregent Ernst August, ontving Sebastian een aanbod van prins Leopold van het Hof van Köthen in Saksen. Onnodig te vermelden dat hertog Wilhelm Ernst zijn ontslag weigerde. Voor de eerste keer in zijn leven gaf Johann Sebastian zich niet gewonnen — misschien wel als eerste in de historie van het geslacht Bach. Hij deed openlijk zijn beklag bij de hertog en bracht zijn hele familie *tout court* over naar het hof van Köthen. Na een maand van bekvechten, gaf de hertog het bevel tot zijn inhechtenisneming. De reden was de volgende: het aan de dag leggen van een uitzonderlijke hardnekkigheid bij het eisen van zijn ontslag.

Vermeend portret van een jonge Johann Sebastian

IV

DE BRIEF UIT DE GEVANGENIS

Smartelijke eenzaamheid

Zeer dierbare Maria Barbara, en vooral zeer geliefde en beminde echtgenote

Opgesloten in mijn krappe vertrek, breng ik de tijd door denkend aan jou en aan mijn geliefde kinderen die al in het nieuwe huis wonen, waar ik nog maar weinig over gehoord heb. De tijd verloopt zo tergend langzaam! Ik denk niet dat ik ooit zoveel tijd voor mijzelf heb gehad. Maar ik wil dat jij er deelgenoot van wordt en daarom ben ik je nu aan het schrijven. Ik zal schrijven zolang mijn hand niet uitgeput is. Je zult uit mijn woorden begrijpen dat door deze trieste ervaring onze liefde, die ons toch al hechte gezin bindt, nog sterker zal worden.

Ik word hier goed behandeld. Mijn bewaker Friedrich is een oud-militair die tien jaar geleden samen met mij in het hoforkestje speelde. Dat waren nog eens hoopvolle tijden waarin we nieuwe dingen ontdekten! Maar het ontbreekt me hier aan niets. Friedrich helpt mij zelfs om de laatste foutjes uit mijn Orgelbüchlein te halen, je weet wel, die verzameling orgelkoralen waaraan ik gedurende de lange uren van mijn gevangenschap de laatste hand probeer te leggen. We zullen nog genoeg tijd hebben om over dit werk te praten, ik heb het geschreven met jou in gedachten. Ik wil je nu vertellen over mijn eenzaamheid, omdat ik, ondanks mijn vriendschap met Friedrich en de verplichtingen die ik heb, vaak ten prooi val aan angst, en de afwezigheid van mijn dierbaren mij erg drukt. Vooral als rond acht uur in de avond de totale duisternis is ingevallen in de burcht en het er volkomen stil is. Ik put slechts moed uit de gedachte dat eenzaamheid — mits die niet te lang duurt — een soort medicijn is die maakt dat je de kleine dingen in het leven leert waarderen.

Ik haal me weer voor de geest dat wij, nadat onze kinderen zijn gaan slapen, ons terugtrekken in onze kamer, onze kleine kamer die we helemaal voor onszelf hebben, en we ons op bed neervlijen bij de warmte van de haard die onze huid verwarmt. En jij neemt teder en langdurig dat deel van mij in je handen dat je het lieflijkste van mijn organen noemt. Je brengt het dan dichter bij je wangen en daarna naar je lippen, en laat me de wereld van de extase binnengaan. En ik rust uit op je zachte glooiingen, op je borsten die na zoveel zwangerschappen nog steeds zo vol en zelfverzekerd zijn. Jouw buik die geen geheimen voor mij kent. Hoe lang strelen we elkaar dan niet, mijn dierbare! En hoe aangenaam vinden we het om, met alle wederzijdse aandacht die we hebben voor elkaars lichamen, het moment van samensmelten uit te stellen wanneer het brandende vuur niet meer te beteugelen is en we het de vrije loop laten! Vanaf het moment van onze eerste ontmoeting in de Neue Kirche (weet je nog?) is onze liefde altijd perfect geweest! Een bewonderenswaardig samengaan van harmonieën dat zelfs de grootste muziek niet kan evenaren, zelfs niet die van de engelen in het paradijs! Dit, mijn geliefde, zijn gedachten die mij steun geven op momenten waarop de weemoed de overhand krijgt, als mijn geest en lichaam het gemis van onze hechte en intieme band voelen.

Maar binnenkort zal het voorbij zijn. Binnenkort zal dit ondraaglijke isolement voorbij zijn. Ik heb gehoord dat ze de hertog proberen over te halen mij mijn vrijheid terug te geven. Uiteindelijk zal hij toch, onnozel als hij is, moeten toegeven dat er voor hem geen winst valt te behalen uit deze absurde geschiedenis. Het zal hem vanaf nu nooit meer lukken om getalenteerde musici naar Weimar te lokken. Helaas lijkt het erop dat hij een negatief getuigschrift aan het opstellen is, dat hij zo breed mogelijk wil verspreiden. Ik zou volgens hem geen discipline hebben; ik zou opstandig en snel op mijn teentjes getrapt zijn en vooral te weinig respect hebben voor religieuze waarden; ik zou de voorkeur geven aan afwijkende expressievormen die haaks op de Duitse traditie staan en ik zou me te veel aangetrokken voelen tot het gemakkelijke succes van de lichtere muziek. Jouw Sebastian, Barbara, kun je je dat voorstellen?

Zo'n lomperik zou ik dus zijn, ik die de muziek altijd heeft verdedigd tegen afpersingen van de grijze middenmoot. Ik, die zich altijd heeft verzet tegen diegenen die de muziek aan zich willen onderwerpen. De persoon aan het hof die mij werkelijk goed heeft begrepen was Johann Ernst, de ons zo dierbare jongeman die zo bijzonder was, zo geniaal en toch zo ongelukkig. Ik mocht hem graag, omdat hij mij aan mijzelf deed denken als jong knulletje, hoewel ik nooit heb durven toegeven wat hij altijd al wist: namelijk dat de kerk en de religie bedrog rechtvaardigen en dat de muziek daar een van de slachtoffers van is. Helaas heb ik dit aan den lijve moeten ondervinden. Ik zie de teleurstelling van dominee Büsche al voor me als hij mijn verbittering zou zien, na al die jaren waarin hij geprobeerd heeft mij moreel te verheffen! Misschien laat ik deze ideeën nog wel eens varen; misschien drijft mijn ver-bittering mij wel naar de andere kant van het goede. Ik heb echter vertrouwen dat God, als hij bestaat, mij zal kunnen vergeven; in Zijn grootheid zal hij vast de oprechtheid van mijn bedoelingen herkennen. Ik ben nog niet zover dat ik datgene verloochen wat je mij al zo vaak hebt horen zeggen, namelijk dat het uiteindelijke doel van de basso continuo *en van alle muziek de verering van God en de verstrooing van de ziel zou moeten zijn. Als daar de hand mee wordt gelicht dan kan er geen echte muziek bestaan maar slechts, zoals Luther beweert, gejank en duivelse ritmes.*

Mijn gedachten keren vaak terug naar die arme Johann Ernst, naar de laatste dagen van zijn trieste bestaan, waarin hij mij van-uit bed met zijn laatste krachten uitlegde hoe hij zijn muziek het liefst, in de jaren die zouden komen, wilde ontwikkelen. Die jaren zouden helaas nooit komen. Die brave Johann Ernst, ben ik wel goed genoeg tegen hem geweest? Had ik hem soms meer moeten verdedigen tegenover de hertog, dat vond jij toch, Barbara? Ik heb hier lang over nagedacht en het antwoord is nee. Ik weet zeker, en dat weet jij ook heel goed, dat er niets dan ellende voor ons uit zou zijn voortgevloeid. En ik zou nog eerder op deze trieste plek zijn beland dan nu al het geval is. Wat een ongelukkige afloop van ons verblijf in Weimar! Wat heeft het allemaal voor zin gehad? Was ik maar wat hypocrieter geweest − de heersers kunnen dat meestal wel waarderen −, dan zat ik nu niet in de problemen.

Jij hebt vaak gesteld dat hertogen en vorsten minder waard zijn dan een van mijn voeten wanneer die over de voetpedalen van het orgel razen. Dat is heel aardig van je gezegd, moet ik toegeven. Ik geef je gelijk. Waarom zouden mijn hoofd en mijn hart, die ik ho-ger acht dan mijn voeten, in beslag genomen moeten worden door onbelangrijke principekwesties? Waarom zou ik onredelijke wraakacties en ontberingen moeten ondergaan die slechts mijn muzikale ontwikkeling in de weg staan? Waarom zou ik met mijn gezin een armoedig leven moeten leiden, terwijl mensen als Drese en de overige stakkers die ik om mij heen zie, genieten van een onverdiende welvaart? Ik wil dat mijn kinderen kunnen doen wat mij ontzegd is: studeren aan de universiteit, reizen, kortom een wereldburger zijn!

Ik weet zeker, mijn geliefde, dat jij mij begrijpt en mij niet zult veroordelen om mijn keuze. In Köthen zal het niet moeilijk voor je zijn om deze keuze te leren waarderen. De toekomst zal hoopvol zijn, met een jonge, onbevooroordeelde vorst die niet zo traditio-neel is, en openstaat voor veranderingen. Er zullen geen cantates of missen in een bepaalde vorm gegoten moeten worden, en ook geen strikte voorschriften waarnaar ik mij met mijn harmonieën moet schikken. Bij hem zal ik niet hoeven te liegen, ik zal helemaal mezelf kunnen zijn. Tenminste dat heb ik begrepen uit de woorden van mijn weldoenster, de hertogin van Weimar, die voor haar broer een grote bewondering heeft. Zij treft in hertog Wilhelm

Ernst eigenschappen die tegengesteld zijn aan die van vorst Leo-
pold. Ook zal onze armoede minder worden. Het maandloon van
33 talers dat de vorst voor mij heeft vastgesteld, is even hoog als
dat van de hofmaarschalk. We zullen ons enige luxe kunnen ver-
oorloven: jij het geborduurde kant waar je zo van houdt en ik een
mooie collectie pijpen!

De les van Dresden

Hoe zal de vorst van Köthen reageren op het document dat de
hertog op dit moment ten nadele van mij aan het opstellen is? Zal
hij weerstand kunnen bieden aan de reeks beschuldigingen die
Wilhelm Ernst in dat document tegen mij zal aanvoeren? Vaak
zijn de heersers, hoe divers hun zienswijzen ook mogen zijn, uit-
eindelijk solidair met elkaar, ten koste van hun onderdanen. Maar
ik geef niet op! De overtuiging dat ik altijd met de beste bedoelin-
gen heb gehandeld, houdt mij op de been: in dienst staan van de
mensheid, met een hoopvolle blik op de toekomst gericht.

En toch heb ik, Maria Barbara, elke dag weer zoveel fouten ge-
maakt! Foutjes die ik godzijdank maar één enkele keer maakte, en
die mijn zelfkennis hebben vergroot. Neem bijvoorbeeld het muzi-
kale duel met Jean Louis Marchand in Dresden: daarvan heb ik
geleerd dat het niet nodig is om anderen te vernederen om erken-
ning voor je eigen deugden te krijgen. Die geschiedenis is je be-
kend, maar ik moet toegeven dat ik enkele details voor je verbor-
gen heb gehouden die mij in jouw ogen in een kwaad daglicht
hadden kunnen stellen. Laat me het daarom nog een keer, in alle
eerlijkheid, aan je uitleggen. Je zult dan beter begrijpen hoe be-
langrijk het in de huidige omstandigheden voor mij is om elke
barrière tussen ons te slechten (afgezien dan van de muren van
deze cel, helaas).

Toen Marchand op doorreis was in Dresden, leidde dat bij ieder-
een tot grote opwinding, zoals je wellicht zult weten. Enerzijds
omdat wij Duitsers voor de Fransen alleen maar extreme gevoe-
lens koesteren (dat wil zeggen, minachting of verering), en ander-
zijds omdat hij terecht wordt beschouwd als een van de grote vir-
tuozen op het klavier. Ik heb je misschien al verteld dat ik hem in
mijn jeugd heb ontmoet aan het hof van Celle en dat zijn talent
grote indruk op mij maakte. Welnu, een groep muziekliefhebbers
uit Dresden vond het nodig om van zijn bezoek een groot evene-
ment te maken. Daarom schreven ze mij met de vraag of ik wilde
deelnemen aan een van de concerten van Marchand, met het doel
om hem uit te dagen. Enig spektakel zou natuurlijk geen kwaad
kunnen, met zo'n vorst die alleen maar op de muzikale uitgaven
bezuinigt. Het idee was dat ieder van ons tweeën een willekeurig
orgelstuk a prima vista *van blad zou spelen, dat door de ander was*
ingebracht. Het publiek zou met applaus zijn voorkeur kenbaar
maken.

Jij weet heel goed hoe leuk ik het vind om te duelleren op de toetsen: jij bent de eerste om te beweren dat het zelfs de duivel niet zou lukken een stuk te schrijven dat mij in moeilijkheden zou kunnen brengen. En als we niet naar jouw mening kijken — jij bent tenslotte een beetje verblind door de echtelijke liefde, nietwaar? — moeten we vaststellen dat een uitzonderlijk organist als Gottfried Walther dat bij mij nooit voor elkaar heeft gekregen. Wij zijn namelijk oude vrienden en af en toe speelden wij dit soort spelletjes om onze dierbare Johann Ernst te vermaken toen het leven aan hem begon te ontglippen. Maar om mij nu in een publiek optreden met Jean Louis Marchand te storten, dat leek me van een heel andere orde, smakeloos, een circusact om het maar zo te noemen. Waarom zouden we de muziek, het mooiste en het meest universele van alle kunsten, bezoedelen met zulke frivole invallen? Ik sloeg het aanbod daarom af, ondanks aandringen van Walther en van andere musici die mij ertoe wilden verleiden het te accepteren. 'Het zou u geluk kunnen brengen,' hielden ze mij voor. 'Misschien mag u Weimar dan wel verlaten.'

Ik moet je heel eerlijk bekennen, Maria Barbara, dat ik er ook, diep binnenin, een beetje huiverig voor was. 'Die Fransen zijn onberekenbaar,' zei ik tegen mijzelf. 'Ik weet dat ik geen fouten zal maken, dat is me nog nooit overkomen sinds ik Lüneburg heb verlaten. Maar hij... als ook hij geen fouten zal maken? Dan zal het aankomen op het interpretatievermogen van het publiek. Maar geen enkel publiek op deze wereld zou het goed kunnen beoordelen: het publiek volgt de mode en de grillen van het moment. Aan de ene kant heb je de mooie ridder die zwerft van kasteel naar kasteel en daarbij respect verzamelt van de vorsten, en aan de andere kant is er de stalknecht die tot in de perfectie met zijn paard weet om te gaan maar nog nooit een voet buiten de stal heeft gezet. Wie zou er gaan winnen?' Ook om die reden besloot ik nee te zeggen.

Maar de druk op mij werd niet minder, nee, die werd alleen maar groter. Mij werd een vorstelijke beloning in het vooruitzicht gesteld en er werden zoveel loftuitingen over mij heen gestort dat mijn ijdelheid werd gestreeld, moet ik eerlijk bekennen. Ik had daar trouwens wel een excuus voor: in die periode vernederde Wilhelm Ernst mij zo erg dat mijn eigenliefde wel een opkikkertje kon gebruiken. Vergeef je mij?

Een onvoorziene omstandigheid deed mij ten slotte overstag gaan. De heer Walther bezocht mij op een dag in de kapel toen ik aan het orgel zat, met een velletje papier in zijn hand:

'Beste Sebastian, probeert u even uit de losse pols deze korte fuga te spelen. Ik heb er de hele dag aan zitten werken. Als het u niet mocht lukken, dan zou ik als ik u was het stuk tijdens het duel voorleggen aan Marchand en dan kan hij mooi naar de overwinning fluiten!' Ik weet dat het moeilijk is om te geloven, mijn geliefde, maar toen ik dat stuk van Walther speelde maakte ik er een

puinhoop van. Het lukte me maar niet om een bepaalde noot te spelen; pas bij de derde poging slaagde ik erin. Die kwajongen van een Walther was het gelukt om de duivel te verslaan! Niet dat de muziek bijzonder mooi was, hoor, nee, maar dat hoefde ook niet voor het duel. Ik zou er heel goed gebruik van kunnen maken. Dit muziekstuk was het geheime detail dat ik jou niet langer wilde onthouden.

Zoals mij gevraagd was, schreef ik daarop een brief aan monsieur Marchand *waarin ik een uitzonderlijk nederige en eerbiedige toon aansloeg om hem in de val te lokken. Nu pas begrijp ik hoe diep een rechtvaardig mens kan zinken als ongunstige omstandigheden hem dwingen zijn eigen bestaan te verdedigen. Zoals je weet trok Marchand zich niet terug uit de wedstrijd — een Fransman zou dat nooit doen — vooral niet als hij te gast is bij anderen. Het was wel goed dat hij mij het lesje leerde dat ik verdiende.*

De datum werd uiteindelijk aan mij bekend gemaakt. Met zorg was gekozen voor de laatste dag van het verblijf van Marchand in Dresden als de al hooggespannen verwachtingen hun hoogtepunt zouden hebben bereikt. Marchand en ik zagen elkaar nog op de avond ervoor. Ook Walther was aanwezig, vergezeld door een paar bekende organisten uit de stad. Er werden enkele regels voor het duel vastgesteld: zo mocht er bijvoorbeeld geen noot in voorkomen die, na een voorbereiding van een minuut, niet kon worden gespeeld door tenminste twee van de bij het concert aanwezige organisten. Daarop protesteerde meneer Walther hevig, wat Marchand zichtbaar ongerust maakte. Ook ik vroeg mij af: en als er nu in de zaal alleen maar middelmatige organisten zaten? Niet één minuut en ook niet honderd minuten zouden voldoende zijn om de kluwen van valstrikken te ontwarren waaruit de fuga van Walther bestond!

De concertzaal waarin we de volgende dag zouden spelen bevond zich in het paleis van maarschalk graaf von Flemming. De vele aanwezigen — bestaande uit edelen, officiers uit het leger en mooie, modieus geklede dames — maakten een kabaal dat meer bij een groentemarkt paste dan bij een cultureel evenement. Plotseling zag ik dit als een aanwijzing voor naderend onheil. Ik keek naar het orgel. Het was een prachtig en gloednieuw instrument, dat tegen de achterwand was geplaatst. Toen ik (samen met de heer Walther en de graaf von Flemming) de zaal binnenliep, werd ik ontvangen met een applaus dat mij wat overdreven voorkwam. Misschien omdat ik wat te laat was en het publiek dat niet kon vergeven? Het publiek denkt altijd dat hen niets te verwijten valt! Meneer Marchand was er nog niet. Tijdens het wachten zat ik op de eerste rij en wisselde ik enkele beleefdheidsfrasen uit met de burgemeester.

Met het verstrijken van de tijd nam het geklets in de zaal toe. Het geduld van de aanwezigen raakte op. Het orgel stond daar maar: stil, onaangeraakt en elegant, in afwachting van het duel. Uitein-

delijk werd besloten om twee bedienden op pad te sturen om Marchand te gaan zoeken. Ze kwamen terug met het bericht dat het rijtuig van de Fransman twee uur daarvoor zijn herberg had verlaten, met daarin de illustere musicus en een onbekende jongedame. Ze waren de andere kant opgereden, dus niet in de richting van het paleis van de graaf. Ik zal nooit te weten komen of Marchand mij heeft ontweken omdat hij mijn truc door had, of omdat hij vond dat de ontmoeting met de mooie dame hem meer te bieden had dan met zijn vele muzikale collega's. Als dat laatste de echte reden was dan (vergeef me, mijn liefje) zou ik hetzelfde gedaan hebben.

Maar ach, wat schrijf ik nu, ik wil je alleen maar ongeduldig maken; als je boos wordt ben je zo schattig! Als je dan voor het klavecimbel zit en zachtjes een of andere aria neuriet, terwijl je jezelf begeleidt met je slanke vingers. En als ik je stilletjes van achteren besluip en, op het moment dat je het het minst verwacht, de verkeerde bladzijde omsla en jij mij dan uitfoetert:

'Sebastian, maar wat doe je toch, je brengt me uit mijn concentratie: ik kan niet zingen als je zo doet!'

'Die partituur stelt niets voor, ik heb die namelijk zelf geschreven!'

'Domoor die je bent! Ga er dan nog een schrijven en laat mij alsjeblieft met rust!'

Ik kijk je dan in je stuurse ogen en houd van je; en ik denk eraan dat mijn leven geen waarde zou hebben zonder jou. Ik glip met mijn hand je decolleté in en doe alsof ik je met geweld wil vastgrijpen. Ik pak je borst vast en duw mijn onderbuik stevig tegen je arm aan om je te laten voelen dat het instrument van mijn verlangen springlevend is en klaar om zich te tonen. Berustend doe je dan de klep van het instrument naar beneden en laat je je in mijn armen vallen, terwijl je je stevig tegen mij aandrukt. Verstrengeld laten we ons op het tapijt vallen en in no time zijn we één. Alles is zo perfect, zonder bladzijden die omgeslagen moeten worden, het is een en al liefde. Wat voel ik me beroofd van deze dingen; het is onrechtvaardig, mijn geliefde Barbara!

Maar godzijdank zal het spoedig voorbij zijn. Ik zit hier al bijna een maand opgesloten wat mij een eeuwigheid lijkt. Om eerlijk te zijn is mijn kamer helemaal niet zo klein. Er staat een Italiaans spinet met enkelvoudige snaren, een werktafel, en enkele planten om mij eraan te herinneren dat het leven niet stopt. Er is een open haard waarin ik de verfrommelde brieven werp die mislukt zijn; ik kijk met plezier hoe ze vrolijk in brand vliegen. Er is ook een raam dat uitziet op de binnenplaats van het kasteel; er komt niet veel licht door naar binnen maar het is een luxe voor een gevangene, vooral als ik denk aan de onmenselijke omstandigheden waaronder Wilhelm Ernst de echte gevangenen vasthoudt. Ik behoor daar niet toe: ik heb het voordeel erkenning te krijgen voor al het werk dat ik heb verricht.

Als ik moe ben breng ik mijn tijd pijprokend door en koester ik luie gedachten waarnaar ik al eerder heb verwezen. Ik heb een kort muziekstuk geschreven met als titel Erbauliche Gedanken eines Tabakrauchers, *met een vocaal gedeelte waarvan ik graag zou willen dat jij het een keer zong. Terwijl ik een van mijn nieuwe pijpen rook, zal ik dan naar je luisteren als succesvol musicus, hofcomponist en, uiteindelijk, vrij man.*

Herinner je je de vraag nog, liefje, die je me soms stelde: hoe het toch komt dat de menselijke stem anders klinkt als iemand praat met zijn longen vol rook. Op een dag zal ik het je uitleggen, antwoordde ik, als de juiste gelegenheid zich voordoet. Nou, liefje, eigenlijk wist ik het zelf ook niet. Met alles wat ik weet van muziek en geluid — ik vraag me af of je me gelooft — ging ik het antwoord op deze simpele vraag uit de weg. Maar nu niet meer, vanwege een toevallige omstandigheid waarover ik je nu zal vertellen.

Blaaspijpen en orgelpijpen

Je zult je wellicht nog herinneren dat ik vorig jaar in Halle ben geweest om het nieuwe orgel in de Liebfrauenkirche *na te kijken. Ik moet erbij zeggen dat de leden van de Kerkenraad in Halle, en de heer Becker in de eerste plaats, voortreffelijke mensen zijn. Ik had mij indertijd jegens hen niet geheel voorbeeldig gedragen, maar ik denk dat ze heel goed begrepen dat ik wel zo moest doen om niet in onmin te raken bij mijn vorst. Ze waren zelfs een beetje te vriendelijk, moet ik zeggen, omdat ze door mijn toedoen een behoorlijke tijd verstoken waren gebleven van een organist. Feit is dat ze mij uitnodigden, samen met twee andere organisten, Johann Kuhnau van de* Thomaskirche *in Leipzig en Christian Friedrich Rolle uit Quedlimburg. Deze laatste is een groot expert op het gebied van akoestiek en heeft speciale cursussen gevolgd in Engeland. Ik moet toegeven dat deze experts nodig waren, want het door Cuncius gebouwde orgel was een totaal fiasco! De kasten van de blaasbalgen waren vervormd door de warmte van de zon die er gedurende de hele bouwperiode door een groot raam op het westen op had staan branden. De door de balgen geproduceerde druk, die met een windmeter werd gemeten, bleek geheel ontoereikend en dat maakte het geluid van het hoofdorgel behoorlijk zwak. Maar het grootste defect was nog wel de verlaging van het instrumenteel recitatief op het centrale klavier. Behalve dat ze lelijk dof waren geworden en het metaal te dun was, klopte de toonhoogte van de orgelpijpen soms helemaal niet, vooral bij de lage bassen van de pedalen. Iets wat ik natuurlijk volstrekt onacceptabel vind, zoals je weet.*

De arme Cuncius wist niet hoe hij zich moest verontschuldigen en beloofde dat hij ervoor zou zorgen dat deze gebreken zo spoedig mogelijk verholpen zouden worden. Maar wij konden nauwelijks geloven dat hij ons met zo'n erbarmelijk resultaat had durven afschepen. En dit voor een bedrag van wel 6300 talers! Je had het gezicht van Rolle moeten zien toen hij vaststelde dat de lengte van de orgelbuizen zó verkeerd gekozen was dat hij dat gewoon met een eenvoudig liniaaltje kon vaststellen! En je weet dat de lengte van de pijp de toonhoogte bepaalt. Zoals bij de menselijke stem (die door de rook van een pijp kan worden veranderd, waar we het over hadden). Maar laten we niet te snel gaan.

De lengte van de pijp, dat is waar het hier om draait: hoe korter de pijp, des te hoger het geproduceerde geluid. Denk aan de glas-harmonica, dat grappige instrument dat nu in de mode is en waarop je tonen kunt maken door je vingers tegen de draaiende glazen kommen (van verschillende grootte) te houden. Voor het orgel en voor snaarinstrumenten geldt hetzelfde, maar ook voor de menselijke stem. Daarom zing jij als een nachtegaal. Die mooie keel van jou die de goede God jou heeft geschonken, is klein. Ter-wijl ik met mijn robuuste bouw klink als een grote trom. Weet je hoe dat komt? Ik zal mijn best doen om het je uit te leggen, maar het is niet eenvoudig en omdat ik geen natuurkundige ben ben ik bang dat ik me niet helemaal correct zal uitdrukken.

Geluid is niets anders dan een golf, niet veel anders dan de gol-ven op een meer. Als er een geluidsgolf langskomt, bewegen de luchtdeeltjes heen en weer als de bladeren van een populier waar de wind langs strijkt. Een golf kent bergen en dalen. De afstand tussen twee dalen (of twee bergen) wordt de golflengte genoemd en is van belang in dit verhaal. Ja, ons oor is er namelijk gevoelig voor hoe snel de golfdalen of -bergen elkaar (in de tijd) opvolgen als ze het trommelvlies raken. Met andere woorden, ons oor is gevoelig voor hun frequentie. Als de golfdalen of -bergen met wei-nig tussenruimte aankomen (een hoge frequentie) klinkt het geluid hoog: in het tegengestelde geval — een lage frequentie — klinkt het geluid als van een bas.

Nu zal ik je uitleggen hoe de lengte van de buis de golflengte van het geluid bepaalt. In een buis die aan een uiteinde afgesloten is, zoals bij een orgel, worden vooral die geluidsgolven versterkt waarbij de luchtdeeltjes bij het afgesloten uiteinde niet bewegen maar juist wel bij de opening van de buis (waar er dus een maxi-mum in de beweging van de luchtdeeltjes is). De langste golf die aan deze voorwaarde voldoet is vier keer zo lang als de orgelpijp zelf en wordt grondtoon of eerste harmonische genoemd. Om de laagste noot van een orgel te kunnen spelen heb je een pijp van enkele meters nodig! En nu vraag je je natuurlijk af wat dat alle-maal met de rook van mijn pijp te maken heeft. Nou, die aardige meneer Rolle heeft mij dit allemaal precies uitgelegd. Luister hoe het gegaan is.

Terwijl we druk in de weer waren met het krakkemikkige orgel, nam ik een trekje van mijn pijp. Lange halen met dichte aange-name rook. Op dat moment, toen ik antwoord gaf op een vraag,

89

klonk mijn stem anders dan anders, warmer en dieper. 'Ach,' zei ik, 'daar heb je het weer! Kan iemand mij uitleggen hoe dat nou komt?' Mijnheer Rolle keek mij lachend aan en vroeg mij opnieuw een lange haal te nemen en een noot te blazen op een fluitje die hij uit zijn jaszak haalde. En wat denk je? De fluit klonk ook anders dan normaal, althans voor onze geoefende oren.

'Illustere mijnheer Bach, u maakt kennis met een eenvoudige mechanische eigenschap van de materie! Namelijk dat de snelheid van het geluid afhankelijk is van de dichtheid van de materie waarin het zich beweegt. De natuurkundige Isaac Newton heeft ontdekt dat in het geval van een gas de geluidssnelheid lager wordt naarmate het gas dichter is.' Ik beken dat ik niet helemaal begreep waar hij het over had. Meneer Rolle legde mij toen uit dat de geluidsfrequentie kan worden berekend door de geluidsnelheid te delen door de golflengte. Hij legde mij dat heel precies uit maar als ik probeer zijn redenering in zijn precieze vorm te herhalen zal dat alleen maar tot verwarring leiden, ben ik bang. Alles werd mij geheel duidelijk door wat hij mij verteld had. De golflengte van het geluid was dus het enige wat niet veranderde, want die werd be-paald door de afmetingen van de fluit (of van onze keel tijdens het praten). Maar de geluidssnelheid in de rook uit mijn pijp (dikke rook vanwege de koolstofdeeltjes) was blijkbaar lager dan in normale lucht. En datzelfde gold dus ook voor de frequentie. Deze verandering was precies de verklaring van het effect dat we met onze oren waarnamen.

De uitleg van Rolle bracht mij en die goedzak van een Kuhnau in zo'n goed humeur dat we buitensporig veel aten tijdens het banket dat door de Kerkenraad was aangeboden. Om het nog maar niet over de wijn te hebben waar we ons te goed aan deden. Een on-vergetelijke lunch! En je weet wat het betekent als ik dat zeg... Met als resultaat dat we 's middags, toen we weer terug aan het werk waren, de theorie van het geluid probeerden te verifiëren met zul-ke rare geluiden dat ik daarover maar beter kan zwijgen.

Mijn liefje, ik geloof dat ik me heb laten meeslepen, maar in deze onwerkelijke sfeer van de gevangenis lijkt alles zinloos, behalve de naakte waarheid die vrij is van uiterlijke vormen en conventies. Als ik aan meneer Rolle denk, met zijn heldere verstand, vraag ik me af welke nieuwe gezichtspunten mij zouden kunnen worden geopenbaard door het bezit van wetenschappelijk kennis. De we-tenschap gooit mythes en mystificaties omver en stelt de mens in staat ver boven de materie uit te stijgen. Hoe zou mijn muziek klinken als ik meer zou weten van de wis- en natuurkundige wet-ten die de harmonie van het geluid beschrijven? Mijn lot heeft he-laas anders beschikt. Desondanks begint in mij het idee vorm te krijgen dat orde en evenwicht de basis moeten gaan vormen van mijn toekomstige muziek, als ik die tenminste iets van kristallen puurheid wil meegeven. Ik heb grootse plannen en Köthen zal het begin inluiden van deze nieuwe fase!

Mijn geliefde echtgenote, mijn zeer geliefde kinderen! De avond begint te vallen en ze zullen mij zo mijn eten brengen. Een karige maaltijd met enkele slokjes bier — goed voor de gezondheid. Terwijl ik zit te eten zal Friedrich vragen of hij naast mij aan tafel mag zitten en hij zal vertellen over vroegere tijden in Weimar toen hertog Wilhelm Ernst daar nog niet heerste en wij muziek maakten met weinig middelen en zonder pretenties. Toen we Corelli ontdekten en de eerste stukken van Vivaldi... ik was een onbezorgd kind met het hart van een kostschoolleerling! Daarna ben jij gekomen en jij hebt me volwassen gemaakt, Barbara. Jij liet mij de wereld zien met ogen die vrij waren van overdreven vroomheid. O, wat is mijn liefde voor jou toch groot en onmogelijk om te beschrijven! O, hoe graag wil mijn kleine tedere orgaan nu door jou bespeeld worden, door jou die er hemelse harmonieën uit zal delven...

Je gepassioneerde, zeer toegewijde
Johann Sebastian

Aan mijn geliefde echtgenote Maria Barbara
Weimar, 30 november 1717

Detail van een orgel gebouwd door Gottfried Silbermann in 1721

V

Harmonie en Onvolmaaktheid

O ver de echtheid van de brief uit de gevangenis in Weimar kan men twisten. Enerzijds omdat men weet dat
Johann Sebastian liever niet te veel uitweidde in zijn brieven
(ze waren gewoonlijk heel erg *to the point*), anderzijds omdat
het ongeloofwaardig is dat hij zoveel moeite deed om Maria
Barbara theoretische begrippen van de akoestiek uit te leggen. Deze begrippen vonden de meeste mensen in die tijd
maar nutteloos. Wat wel vaststaat is dat Bach verzot was op
zijn pijp en er veel tijd aan besteedde. Tijdens het roken gaf
hij zich over aan, in zijn woorden, opbouwende gedachten.
'*So oft ich meine Tabaks-Pfeife, Mit gutem Knaster ange-
füllt, Zur Lust end Zeitvertreib ergreife, So gibt sie mir ein
Trauerbild, Und füget diese Lehre bei...*' Het zijn de woorden
waarmee Sebastian zijn muziekstuk *Erbauliche Gedanken
eines Tabakrauchers* begint die hij in de brief aan Maria
Barbara noemt. En hij besluit met: '*... Ich kann bei so gestal-
ten Sachen mir bei dem Toback jederzeit erbauliche Gedanken machen. Drum schmauch ich voll Zufriedenheit zu Land,
zu Wasser und zu Haus mein Pfeifchen stets in Andacht aus.*'
Het was dus wel waarschijnlijk dat hij het effect van de rook
op de stem had opgemerkt, hij die altijd lette op de karakte-
ristieken van het geluid en gewend was om zelfs de kleinste
variaties in het geluid van instrumenten waar te nemen. Dat
hij het leuk vond om aan Maria Barbara dat effect te verklaren, met het enthousiasme van iemand die iets nieuws had
ontdekt, was ook geloofwaardig. Maar het is waarschijnlijker
dat hij dat mondeling heeft gedaan, op een van die avonden
die ze samen bij de huiselijke haard doorbrachten, hij met

zijn pijp bungelend in zijn mond, in afwachting van de lief-
desspelletjes die komen zouden. Ook de expliciete verwijzin-
gen naar de intieme aspecten van hun hartstocht — waar iemand als Sebastian afkerig van was, hij wilde alleen maar iets
over zichzelf zeggen door middel van de taal der muziek —
doen twijfelen aan de authenticiteit van de brief.

Soortgelijke, en misschien niet minder gerechtvaardigde
twijfels bestaan er over de intense briefwisseling die Johann
Sebastian in de jaren 1719-1720 met Isaac Newton zou hebben onderhouden. Deze briefwisseling — in feite een serieuze
verhandeling over de muzikale harmonie met veel belangrijke details — begon met een brief van Johann Sebastian waarin hij Newton om uitleg vroeg over bepaalde fysisch-
mathematische aspecten van het geluid. Zó begon hij: 'Met
aarzeling wend ik mij tot U edele om opheldering te vragen over
bepaalde aspecten van de muziek en het geluid die eerder tot het
terrein van de wetenschap gerekend moeten worden dan tot dat
van de kunst. Ik loop daar de laatste tijd steeds tegen aan tijdens
mijn werk aan het hof van Köthen, waar ik mij dankzij de open
geest van mijn vorst heb kunnen wijden aan muzikale experimenten waarover ik nooit heb durven dromen. [...] Ik kan muziek maken zonder enige tijdsdruk of andere restricties, vrij om haar te
kleuren met mijn levenservaringen en verbeelding.
De aard van het geluid werpt echter bepaalde vragen bij mij op.
Is het misschien zo dat mijn gebrek aan kennis van natuurkundige
wetten het bereiken van mijn doelen bemoeilijkt? Bestaat er een
kans dat ik in herhalingen verval als ik mijn muziek niet onophoudelijk opfris met behulp van een doordacht ontwerp? Muziek hoort
bij het leven. Het vereist continue aandacht om niet in verval te
raken, zoals dat geldt voor elk aspect van het leven.'

De doelen die hij in de brief aan Maria Barbara vanuit de
gevangenis in Weimar had uiteengezet, waren dus niet
slechts vage voornemens; het bleek dat ze Sebastian duidelijk
voor ogen stonden in zijn nieuwe rol van *Kapellmeister* aan
het hof van Köthen.

Het is jammer, dat moet gezegd, dat aan de echtheid van de
briefwisseling — die ons vrijwel compleet, zoals gewoonlijk
via Franz Ottokar Bach, heeft bereikt — wordt getwijfeld. Zij
bevat zaken die ons perplex doen staan. Er staan bijvoorbeeld
wetenschappelijke denkbeelden in die Newton, ook al was hij
nog zo geniaal, in die tijd onmogelijk had kunnen bedenken.
Verschillende anachronismen zijn er in te vinden, ook in de
muzikale gedeeltes: op een zeker moment wordt er naar een
klarinet verwezen, een instrument dat de interesse van Johann Sebastian onmogelijk had kunnen opwekken, omdat

het toen simpelweg nog door niemand werd bespeeld!

Het vlotte taalgebruik staat ook nogal in contrast met de formele taal uit andere brieven waarvan we de echtheid wel met zekerheid kunnen vaststellen. Het is trouwens zo dat de unieke brieven die ons via Franz Ottokar hebben bereikt in het Italiaans zijn geschreven! Bach was het Engels én het Italiaans niet machtig en het was niet makkelijk voor hem om in het kleine Köthen een geschikte vertaler te vinden. Om maar te zwijgen van de kosten die zo'n, over langere tijd uitstrekkende, dienstverlening met zich mee zou brengen en die voor de in financieel opzicht verstandige Bach vroeg of laat de pan uit zouden rijzen. Eenzelfde argument geldt voor Newton: hij kende zeker geen Duits en ging, indien mogelijk, nog zuiniger met geld om dan zijn penvriend! Hoe de twee grote mannen met elkaar hebben gecommuniceerd, vooropgesteld dat we Franz Ottokar mogen geloven met betrekking tot de authentieke oorsprong van de briefwisseling, blijft tot op dit moment een raadsel.

Authentiek of niet, deze verleidelijke verzameling brieven is vooral interessant om tenminste twee redenen. Ten eerste fungeert zij als scheidslijn tussen de jonge jaren van Johann Sebastian — een zigzaggend, stijgend pad in een strenge omgeving met kortstondige sprinten van creatieve rebellie — en zijn volwassenheid wanneer de maestro uit Eisenach zijn eigen, heldere criteria voor het componeren en wat hij met zijn werken wilde bereiken, heeft weten op te stellen.

Ten tweede verklaart de briefwisseling mogelijk hoe het fenomeen Bach muziek heeft weten te concipiëren die het hoogtepunt vormde van de melodische inspiratie en creativiteit, hoewel zij gehoorzaamde aan zeer nauwgezette mechanische voorschriften en abstract uitgedachte structuren; het is namelijk zo goed als zeker dat hij notenschema's gebruikte om, uit zijn hoofd, zijn ingewikkelde meerstemmige canonische variaties te bedenken.

Nadat hij op uitdrukkelijk verzoek van Newton hem met moeite de wiskundige regels had uitgelegd die ten grondslag liggen aan de muzikale harmonie, gebruikmakend van de concepten uit die tijd, preciseert Johann Sebastian zich in een brief van 1 december 1719 nader: '*Geloof echter niet dat goede muziek alleen maar gemaakt kan worden door slaafs de regels te volgen. Die regels dienen namelijk (voorzichtig) overtreden te worden. Dat wat in al haar details te voorspelbaar is, is geen kunst: een kunstwerk ontstaat uit het onverwachte, en levendigheid ontspringt uit het onvolmaakte. Chaotische inspiratie,*

helemaal aan de andere kant van het spectrum, is echter geheel
onvruchtbaar: totale onbekendheid met de regels levert minder op
dan het zorgvuldig breken van diezelfde regels, wat wél kan leiden
tot constructieve resultaten. In de eerste plaats dus orde en even-
wicht; daarover heeft u geschreven in uw bewonderenswaardige
essay over het vraagstuk van de tik. Orde en evenwicht om een
chaotische verzameling van geluiden te vermijden. Orde en even-
wicht met als doel om ons via bewuste keuzes te richten op het
nieuwe.

Door het onverwachte zó te brengen dat het niet onverwacht
lijkt, kunnen we de ontwikkeling van de kunst stimuleren, waarbij
we aan de ene kant het triviale vermijden en aan de andere kant
het dwalende voortschrijden via toevalligheden uitsluiten. In dit
opzicht, illustere heer, stellen wetenschap en kunst dezelfde eisen
en zijn ze gelijkwaardig.'

Wat een goed opgebouwd betoog vergeleken bij de wazige
gedachten uit Sebastians jeugd toen hij zich door het mistige
Lüneburg liet voortrijden op zoek naar onderdak! De paar
brieven die hier zijn aangehaald maken ons nieuwsgierig
naar het vervolg van de briefwisseling. Maar als we die hier
nu in het geheel zouden behandelen zouden we genoodzaakt
zouden zijn om de avonturen van Johann Sebastian te onderbreken precies op het moment dat de *Kapellmeister* meer
vrijheid begon te krijgen bij zijn nieuwe broodheer met wie
hij op het punt stond te vertrekken naar het kuuroord
Karslbad voor een betoverende vakantie van twee maanden,
waar hij bovendien Antonio Stradivarius tegen het lijf zou
lopen! We verbannen de briefwisseling als geheel daarom
liever naar de appendix aan het eind van dit boek.

Echter, enkele delen van de correspondentie met Newton,
zoals de passage hierboven, zijn zo onontbeerlijk om te begrijpen hoe volwassen Sebastians keuzes waren, dat we wel
genoodzaakt zijn om er hier extra aandacht aan te besteden.
Zoals bijvoorbeeld het vraagstuk van de eerder genoemde tik
waarover zoveel gesproken wordt in de briefwisseling. Met
deze term bedoelde Sir Isaac Newton de verzwakking van de
klankkleur als een geluid heel snel wordt geproduceerd, zoals
het geval is bij percussie of bij het pizzicato. Als gevolg van
iets wat hij de onzekerheidsrelatie noemde, bevatte zulk geluid, in meer of mindere mate, alle akoestische frequenties!
Dat was een fantastische vondst. Het was in de ogen van Sebastian van groot belang omdat het zijn bekende voorkeur
voor de welgetemperde stemming bij het gebruik van het
klavecimbel rationeel verklaarde.

Voor die tijd was dat een moedige keuze! Was Bach, door

de toonladders van perfecte harmonie in te ruilen voor een meer praktische en vooral tijdsbesparende stemming, namelijk de welgetemperde stemming, bezweken voor de verleiding om aan muzikale massaproductie te doen, geholpen door een welwillend maar niet zo scherp gehoor? Dit soort beschuldigen werden aan zijn adres gedaan. Inderdaad is zijn productie wat hoeveelheid betreft indrukwekkend te noemen: het is niet moeilijk voor te stellen hoe hij, in het holst van de nacht, urenlang bezig was met het volschrijven van notenbalken tot hij zelfs zijn gezichtsvermogen onherstelbaar beschadigde. Maar het is evengoed waar dat dat nooit ten koste van de kwaliteit ging, behalve als dat met opzet gebeurde, zoals in een paar bekende gevallen.

Sebastian zou de toekomst bepalen, ondanks afkeurende oordelen van zijn tijdsgenoten. Hij zette grote vraagtekens bij de in zijn tijd heersende gedachte dat harmonie iets was wat vaststond en objectief was. Het door Newton gerechtvaardigde toepassen van de welgetemperde toonladder — met haar nauwelijks waarneembare dissonanten — op het klavecimbel was voor Bach een stap in de richting van vernieuwing.

In een latere brief, van 25 januari 1720, uitte Johann Sebastian deze overtuigingen: 'Cultuur kan naar mijn mening heel ruim worden geïnterpreteerd. Grote revoluties zijn mogelijk, ook al is dat niet naar de zin van veel fatsoenlijke musici die de waarheid ontkennen, ook eenvoudige en voor de hand liggende waarheden. Revoluties die hen zouden dwingen om de overtuigingen waarop ze hun leven en hun werk hebben gebaseerd, te herformuleren. Wat ons gehoor bereid is te tolereren — we hebben het hier over muzikale uitingen die afwijken van de norm — hangt af van gewenning en smaak. Denk aan al die mensen — ongetwijfeld de meerderheid — die slechts gemakkelijke dansritmes weten te waarderen, of simpele volksliedjes, en terugdeinzen voor complexere muziekvormen. Vormen die mijzelf bijna lichamelijk raken en die onherroepelijk leiden tot spirituele opwinding.

[...] Daarom kunnen we nooit uitsluiten dat de mensheid het op een dag zonder notenschrift kan stellen. Als klein kind had ik een nachtmerrie waarin dat gebeurde, althans wat ik er me ervan herinner. Ik was ervan ondersteboven. Maar nu zou ik lang genoeg willen leven om het aanbreken van die dag mee te maken, als die ooit mocht komen.'

Deze passage is onderdeel van een lange uiteenzetting van Johann Sebastian in reactie op vraagstukken over de harmonie die waren opgeworpen door Newton. Bach was met name begeistert door het verschijnsel dat binnen een muziekstuk dat in een bepaalde toonsoort geschreven is, overal de grondtoon rondspookt, ook al wordt die niet gespeeld. Dat komt doordat een grondtoon voortdurend als combinatietoon wordt gegenereerd door de noten waaruit een consonant akkoord bestaat. In de woorden van Newton: '*Dat de tonica uit het niets ontstaat is naar mijn bescheiden mening een wonderlijk, maar niet onbekend fenomeen. Net zoals de heer Händel mij een tijdje geleden vertelde, leert u mij nu dat orgelbouwers de klanken aan het laagste uiteinde van de bassen weten te versterken door middel van het verschil tussen twee andere, minder lage bassen. Zouden we hiermee de oorsprong van onze harmonie kunnen verklaren? En biedt het geen verklaring voor de scherpzinnige observaties van Aristoteles over de tonica, waarnaar u in uw brief heeft verwezen? De tonica achtervolgt ons overal, ook als zij niet wordt gespeeld: zij vormt de basis van het muzikale weefsel, het steunpunt voor de hele compositie.*'

We hebben het hier over een heel sterk argument ter ondersteuning van een fysiologische component, objectief gezien, van de harmonie; een argument waaraan Bach slechts weinig betekenis leek te hechten. Dat blijkt uit diezelfde brief van 25 januari, waarin hij zijn plannen omtrent het componeren uiteenzet en benadrukt hoe belangrijk het is om onconventionele muziekvormen te onderzoeken. Zo wil hij bijvoorbeeld de *basso continuo* nieuw leven inblazen: '*Ik probeer muziek voor mijzelf te schrijven en dat is, mijnheer, het moeilijkste wat er is (vooral als je ook nog eens het publiek deelgenoot wil maken van je bedoelingen). Het is voor mij niet genoeg als de essentiële ingrediënten van de muziek — melodie, harmonie, klankkleur, ritme en dynamiek — allemaal afzonderlijk de perfectie bereiken: zij moeten bovendien streven naar wederzijdse vervoering. Dat lukt niet via het slaafs volgen van eenvoudige mechanische formules. Heden ten dage kan de monodische muziek ons niet meer bekoren, maar we hoeven de melodie slechts te ondersteunen met de akkoorden van een basso continuo en het lege en onbevredigende gevoel binnenin ons verdwijnt als sneeuw voor de zon. Zelfs een perfect consonant akkoord kan niet te lang worden aangehouden zonder dat het ons luisterplezier vergalt. Harmonie verliest dan haar vitaliteit. Daarom is mijn* basso continuo, *zolang die geen vrolijke melodieën vergezelt zoals bij trompetliederen, klaterende watervallen van fluiten of felle uithalen van violen, an sich juist niet continu, maar onregelmatig en onvoorspelbaar. Sterker nog, ik wil dat hij luidruchtig is en daarom geef ik de voorkeur aan het klavecimbel.*

Omdat muziek iets is dat continu in beweging zou moeten zijn, kan door een onveranderlijke tred in de melodie de aandacht verslappen. Perfect gelijkgestemde instrumenten in een orkest die allemaal precies gelijk spelen, en tonen voortbrengen zonder enige dynamiek en zonder fluctuaties zoals een triller of een vibrato: dat is de dood voor het geluid. Of noten van gelijke duur en een gebrek aan accenten; of een onveranderlijk timbre, kortom alles waardoor gewoonlijk de muziek voorspelbaar wordt. Mijn favoriete denkbeeld is dat muziek moet leven. Een fluctuerend idioom, met hier en daar wat ruis en een tegenstelling, maakt meer indruk, omdat het dichter staat bij het leven, dat tenslotte niets anders is dan een versmelting van rede en gevoel en uit oorzakelijkheden en toevalligheden bestaat. Een musicus moet daarom moed hebben.'

Eerder had hij, verwijzend naar een opmerking van de Engelse wetenschapper, geschreven: 'Wat ik bijzonder vind is de gedachte dat ruis, als mengelmoes van alle akoestische frequenties, zich voordoet als het rijkste van alle geluiden, het meest complete. Een geniaal idee! Geen enkele collega-musicus van mij zal het met u eens zijn dat de ruis spanning aan de muziek verleent zoals het clair-obscur essentieel is voor de levendigheid van een schilderij. Zullen toekomstige componisten in staat zijn iets met deze gedachte te doen? Er zullen beslist heel veel generaties nodig zijn om het menselijke gehoor aan deze nieuwe taal te laten wennen. Daarom is dat mijn taak nu niet, omdat ik al genoeg te stellen heb met de onwil van het publiek om veranderingen te accepteren, zelfs als ik mij slechts een heel klein beetje op onbekend terrein begeef.

Op dit moment werk ik aan een reeks concerten op dringend verzoek van de markgraaf van Brandenburg. Ik heb mij voorgenomen om in deze concerten gebruik te maken van ongewone combinaties van instrumenten — strijkinstrumenten, blaasinstrumenten en het klavecimbel —, en zo een geheel aan geluiden te creëren dat licht dissonant is volgens de huidige wetten van de harmonie. Uw betoverende analyse van het geluid zal mij begeleiden in die onderneming. Hoewel ik de zo kundig geperfectioneerde, concerterende stijl van Vivaldi niet afwijs, ben ik vastbesloten om, op zoek naar nieuwe emotionele ervaringen, de gebruikelijke consonanten uit te dagen'

In de fase waarin de briefwisseling zijn over het algemeen serieuze karakter verliest, heeft Newton het briljante idee om aan Sebastian een reeks van experimenten voor te stellen. Als goed fysicus wilde hij dat de conclusies met betrekking tot de wiskundige relaties die de harmonie beschrijven naar behoren werden geverifieerd, zonder stil te staan bij de moeilijkheden die een musicus zou ervaren bij het gebruik van laboratoriuminstrumenten. Met dezelfde methoden hoopte hij het geheim van het ontwerp van de beste violen te kunnen achterhalen, zodat hij er misschien als zichzelf respecterende Engelsman financieel profijt uit zou kunnen trekken. In zijn eigen woorden: 'Omdat het gebruikte hout in de vioolbouw bekend is en de kunst van het frezen geen geheimen voor ons zou moeten hebben — het volstaat om er een uit elkaar te halen en elk *onderdeel ervan nauwgezet te kopiëren —, moet de verklaring voor het mooie geluid zitten in de chemische behandelingen en de afwerking, in het bijzonder de lak. Doet u mij een genoegen, geachte heer, en stelt u daar eens een vraag over aan die meneer Stradivarius zodra u hem tegen het lijf loopt.*

Maar het zou helemaal geweldig zijn als u met speciale apparatuur tot een objectief oordeel zou kunnen komen over de kwaliteit van het instrument. Hier bevinden we ons niet op een glibberig gebied als dat van de harmonie! Het zou niet moeilijk voor u moeten zijn om een aantal van wat jullie musici een diapason noemen op de kop te tikken — van deze stemvorken worden er onderhand veel gemaakt —, waarbij elke diapason op een dubbele frequentie resoneert vergeleken met de vorige.'

Newton gaat verder met een gedetailleerde beschrijving van het soort metingen die Bach voor hem zou moeten uitvoeren, eindigend met: '*U zou op deze manier twee verschillende instrumenten met elkaar kunnen vergelijken, of hetzelfde instrument in verschillende bouwfasen, bijvoorbeeld een viool voordat én nadat hij gelakt is, mits meneer Stradivarius zo vriendelijk wil zijn om u die ter beschikking te stellen. U zult dan kunnen verifiëren of het lakken inderdaad het verschil uitmaakt, zoals ik vermoed.'*

Hoewel Johann Sebastian grote vraagtekens zette bij de mogelijkheid om de talrijke en zeer subtiele trucs van de vioolbouwers te ontsluieren, wat hij niet naliet om Newton met krachtige argumenten onder de neus te wrijven, gaf hij hem graag zijn zin. Hij liet zich helpen door zijn vriend Silbermann, een beroemd bouwer van toetsinstrumenten.

De experimenten waren niet allemaal even succesvol. Het analyseren van de muziekinstrumenten liep uit op een faliekante mislukking, maar de verificatie van het effect van de tik werd juist een enorm succes. Een geheel toevallig succes volgens Sebastian, die beschrijft hoe hij als musicus de onzekerheid van het wetenschappelijk experimenteren voor deze ene keer heeft gevoeld (wat voor één keer geen kwaad kon): '*Op dit punt raakte de heer Silbermann totaal gedesillusioneerd en ook, excuseert u mij mijn geroddel, geïrriteerd. Slechts door mijn vasthoudendheid ging hij ermee akkoord om het experiment met een cello te herhalen. Ook dit leidde tot onduidelijke resultaten en vergrootte onze twijfel.*

Toen herinnerde ik mij een ander vraagstuk, het vraagstuk van de tik dat u mij eens uit de doeken heeft gedaan met de betoverende hypothese van de onzekerheidsrelatie. Het was een opluchting voor mij en Silbermann dat er na alle tegenslagen eindelijk eens een succesvolle verificatie van een van uw ideeën tot stand kwam, namelijk, dat een willekeurige tik tegen de stemvork alle mogelijke akoestische frequenties produceert, werkelijk alle. Zij worden ech-

ter direct gedempt afgezien van één, de enige frequentie waarop de stemvork in staat is langdurig te trillen!

Die onzekerheidsrelatie van u, waarvan wij ons tot enkele maanden geleden geen enkele voorstelling konden maken, leek ons opeens bijna een vanzelfsprekendheid. "Echt waar," riep Silbermann uit, "om een willekeurige stemvork in trilling te brengen hoeven we er alleen maar even tegen aan te tikken." We waren het erover eens dat de verklaring van een natuurkundig verschijnsel, zodra die verklaring eenmaal gevonden is, geheel vanzelfsprekend lijkt. Hetzelfde geldt voor muziek: als die eenmaal bekend is, lijkt het of ze altijd deel van ons is geweest.'

Tegenover deze spontane uitbarsting van een nieuweling in de wetenschap, klinkt het antwoord van Newton teleurstellend en venijnig en laat hij niet na zijn algemeen bekende arrogantie te bevestigen: '*Het stelt mij zeer teleur dat mijn op stemvorken gebaseerde spectrumanalysator zo weinig succes heeft gehad. Ik heb er niet genoeg bij stilgestaan hoe die dingen precies functioneren. Voordat ik mijn jammerlijke falen ruiterlijk toegeef, zou ik toch het liefst in eigen persoon bij de uitvoering van het experiment aanwezig zijn. Excuseert u mij als ik me een beetje te openhartig uitdruk, maar die eigenschap is uzelf ook niet vreemd.*

Over uw toevallige verificatie van mijn onzekerheidsrelatie zou ik willen zeggen dat ik mij daarover verheug, hoewel er natuurlijk helemaal geen reden was om daar aan te twijfelen. Dat geldt ook voor uw laatste observatie, namelijk dat de instrumenten waarop jullie muzikanten spelen, objectief gezien (naar jullie volle tevredenheid) ontstemd zijn.'

De brief dateert van 29 april 1720. Op deze datum eindigt de briefwisseling. Johann Sebastian, voldaan over de confrontatie met zichzelf tijdens de correspondentie met zijn illustere penvriend, had een mooie toekomst voor zich liggen. Met de intellectuele muzikale creaties van zijn laatste jaren, toen zijn krachten en passies hem in de steek begonnen te laten, bleef hij trouw aan zijn ideeën tot aan zijn dood.

De St. Thomaskerk in Köthen

VI

HELGA

De godin van de schoonheid

Barones Helga von Bülow lag met haar ogen half gesloten op haar rug en werd het subtiele laagje glibberig slijk gewaar dat over haar lichaam werd uitgesmeerd. Zij gaf zich helemaal over aan de behandeling door het jonge meisje. Onder haar deskundige handen deinden de altijd nog volmaakte rondingen van de adellijke dame heen en weer alsof het Helga zelf was die die bewegingen veroorzaakte. Ze keek tussen de spleetjes van haar oogleden door naar het witte, versierde stucwerk op het plafond en fixeerde haar blik op het gedeelte waar gevleugelde putti waren afgebeeld in vrolijke houdingen. 'Hun gezichten lijken op die van mij,' dacht ze. Intense vreugde deed haar rillen, in weerwil van het lauwe kleimengsel dat haar beschermde. Ze ervoer een schok toen de vingers van het meisje het zachte gebied om haar borsten begonnen te masseren. Zo verliepen enkele minuten in stilte, waarin Helga zich overgaf aan het *dolce far niente*.

Toen vroeg ze achteloos: 'Suzanna, hoe kun je de aandacht van een man op je vestigen als die jou niet lijkt op te merken?'

'Mevrouw! Dat moet u niet aan míj vragen, u bent hier de schoonheid! Niemand kan zomaar aan u voorbij lopen zonder betoverd te worden!'

'Er schijnen personen rond te lopen die overal waarde aan hechten behalve aan amoureuze fantasieën. En verder beginnen mijn jaren ook te tellen.'

'Wat zegt u nu, barones? Elk jong meisje zou jaloers op uw lichaam zijn! En uw gezicht...' Suzanne begon een dun laagje olijfgroene modder over haar wangen uit te spreiden, 'uw gezicht is zo lieflijk dat ik, als ik een man was, de verleiding niet zou kunnen weerstaan er een kus op te geven.'

'Suzanne, hoe haal je het in je hoofd?! Je wordt met de dag oneerbiediger. Als het niet jouw verdienste was dat ik me zo goed voel, dan had ik je allang gedegradeerd tot keukenhulp.'

'Neemt u mij mijn eerlijkheid niet kwalijk, mevrouw, maar het zijn mijn vrienden die dat zeggen. Mijn verloofde, als we de... als we de... nou ja, kortom, soms roept hij uit: Was jij maar even de barones...'

'Wat een hork, hoe durft hij zo brutaal te zijn? Laat hem maar oppassen, anders krijgt hij de baron achter zich aan. En jij, meisje, jij zou wel wat deugdzamer mogen zijn en jouw bazin wel wat meer mogen respecteren. Wie weet hoeveel praatjes jij wel niet over mij verzint om mee te pochen tegenover je vrienden.'

'Dat is niet waar, mevrouw. Dat zweer ik bij alles wat ik lief heb.'

'Oftewel bij je overmoedige verloofde. Vergeet maar wat ik je gezegd heb... Trouwens, dat vriendje van jou, die moet wel iets verdienstelijks hebben, jou kennende, jij bent niet het type dat snel tevreden is...'

'Inderdaad, mevrouw de barones, er zijn dames hier in Karlsbad die om zijn diensten vechten.'

'Ben jij dan nooit jaloers?'

'Zou dat dan moeten? Hij heeft mij lief. Dat de adellijke dames hem ook leuk vinden maakt hem alleen maar interessanter. Barones von Richthoven bijvoorbeeld...'

'Ja, hou nu maar op, hoor,' onderbrak Helga haar. 'Ga maar door met je massage en laat je niet afleiden. Hier graag, op de dijbenen. En probeer je niet in te leven in je verloofde.'

Suzanne bloosde en kon niet nalaten bekoorlijk te lachen.

'Wilde u het nog hebben over hoe de interesse van een man op te wekken, mevrouw de barones?'

'Zeker, ik wil zien tot hoever je boosaardigheid gaat.'

'Ik zou in ieder geval moeten weten wat de voorkeuren van uw cavalier zijn. Zaken die ervoor zorgen dat de een aan uw voeten knielt, kunnen andere mannen doen wegrennen!'

Helga von Bülow voelde zich tegelijkertijd onbehaaglijk en geamuseerd. Hoeveel zou ze aan Suzanne kunnen toevertrouwen? Het jonge meisje was niet dom en er waren genoeg zaakjes die beter niet openbaar gemaakt konden worden.

Tevens wist Suzanne heel goed dat zij én haar vriend zo met een enkel woord op straat konden worden gezet. 'Vooruit,' dacht Helga, 'kom maar op met je adviezen'. Suzanne zou er toch haar eigen draai aan geven. En de tijden waren voorbij dat baron von Bülow zich zorgen maakte om zijn reputatie. Risico's waren nagenoeg niet aan zulke adviezen verbonden, misschien zou het wat kunnen opleveren. Het was tijd om actie te ondernemen: de seizoenen verstreken steeds sneller en er bleef steeds minder tijd over om te leven.

'Hij is een groot musicus, Suzanne, die door iedereen wordt bewonderd. Maar hij is er zo een die alleen maar aan muziek denkt.'

'Ah, ik denk dat ik het al begrijp, de concerten in de tuinen van het Kurhaus waar u altijd heen gaat... ik ken namelijk een van de assistenten...'

'Inderdaad. Hij speelt zo goed... Al vanaf de eerste keer dat hij in Karlsbad kwam optreden, twee jaar geleden, heeft hij grote indruk op mij gemaakt. Hoewel ik weinig af weet van muziek, is het hem gelukt om mij met een wereld kennis te laten maken waarin je zonder gebaren of woorden kunt communiceren.'

'Neem me niet kwalijk hoor, maar die concerten zijn zo vreselijk saai, die illustere musicus zelf zal dan wel een grote indruk op u hebben gemaakt!'

'Zeg toch niet van die malle dingen, wijsneusje. Denk liever aan je werk, de modder op mij wordt hard. Zulke muziek is niet voor jou gemaakt, lieve Suzanne. Het gewone volk heeft geen behoefte aan kunst, het weet zich prima te vermaken met aardse geneugten.'

'En waarom, barones, dacht u dan dat ik nuttig zou kunnen zijn?'

Helga had spijt van haar zojuist gemaakte opmerking:

'Wijsheid komt niet met ontwikkeling, en ook niet met verfijnde manieren. Misschien kun jij een klein beetje aan mijn wijsheid toevoegen.'

Suzanne glimlachte. Ze begon voorzichtig met een vochtig en warm doekje het slijk van Helga's lichaam te verwijderen. Haar rondingen kwamen een voor een aan het licht. Onder de druk van het doekje voelde Helga die langverwachte sensatie van lichamelijke levenskracht die haar zorgen deed verdwijnen. 'Waarom ben ik toch steeds zo neerslachtig?' vroeg ze zich af. 'Waarom ben ik niet sterk genoeg om mijn neerslachtigheid te overwinnen?' Waarom was haar levensvreugde niet in staat om haar neerslachtigheid uit te bannen? Ze had haar hele leven — en ze had er maar een — in het teken gesteld van een avontuur waarvan ze met verbijstering de dwaasheid inzag. Ze had haar talenten verkwist, haar waardevolle jeugd, haar schoonheid, haar puurheid die zij tevergeefs had beschermd. Die had ze allemaal ingeruild voor een plekje aan het hof. Ze had niet kunnen voorspellen — hoe dom was ze geweest! — dat in die wereld van uitgedoofde zielen, ook haar ziel uiteindelijk zou uitdoven.

Haar ethische normen had ze aan de wilgen gehangen! Ze had ervoor gekozen om door iedereen bewonderd te worden en over iedereen macht te kunnen uitoefenen, alsof ze op het toneel stond. Haar vader, die zij zo vaak had tegengewerkt en misschien ook had vernederd — pas nu realiseerde zij zich dat —, was er niet in geslaagd haar haar eigen kijk op de wereld te leren waarderen. Om gelukkig te zijn, stelde hij, moet je er eerst in slagen positief naar jezelf te kijken. Wat anderen van je denken is niet belangrijk. Als je niet hebt geleerd om dingen te doen waar je zelf tevreden over bent, iets *eigens* waarmee je iets concreets achterlaat in de wereld om je heen, dan zweef je als het ware in het luchtledige. Het zogenaamde succes dat je uiteindelijk hebt bereikt, zal dan als een last op je schouders drukken.

Helga had deze woorden opgevat als een excuus van een nietig man — een schuwe wiskundeleraar — die door sociale omstandigheden (pech en misschien ook wel angst) van meet af aan zijn levensdoelen die pasten bij zijn intelligentie, had opgegeven. 'Arme man,' trilde ze van ontroering, 'ik heb hem zo teleurgesteld! Wat zou ik mij nog graag een keer tegen zijn schouders aan willen vlijen! Uit mij is niets dan ellende voortgekomen. Ik heb mijn vreugde verdronken met leugens. En dan de liefde... de liefde, ik heb zelfs niet eens mijn best gedaan om die te simuleren! Hoe had ik dat ook kunnen doen, in het museum van schijnvertoningen waarin ik gevangen zit?! Wie heeft er aandacht voor mijn zielenroerselen, wie heeft mij een doel in het leven kunnen geven dat ik mijzelf heb onthouden?' Ze richtte zich bruusk tot Suzanne: 'Vertel me eens, meisje, wat is jouw recept voor een musicus die wel heel erg overtuigd is van zichzelf?'

'Mevrouw, laat u mij alstublieft geen onzin meer uitkramen. Ik houd me alleen maar bezig met massages, schoonheidsmiddelen en dergelijke.'

'Wie weet kun je me iets leren.'

'Ik denk dat u, barones, interesse zou moeten tonen in de geheimen van zijn kunst: vraag hem eens dingen die een dame gewoonlijk absoluut niet zou vragen.'

'Lieve hemel, Suzanne, je vraagt iets onmogelijks van me. Ik zou niet weten wat ik zou moeten vragen. Ik weet niet eens het verschil tussen een toccata en een prelude, of tussen een canon en een fuga.'

'Vraagt u hem dát dan. Doe het dan zo dat u hem nog een keer kunt zien, dat het gesprek dus niet afgerond is. En sta erop dat hij u op zijn instrument alles illustreert wat hij u uitlegt.'

'In zijn aanwezigheid heb ik alleen maar een paar gelegenheidswoorden durven uiten. Maar op deze manier zal het nog erger zijn: ik zal lomp en verwaand overkomen. Hij zal me opmerken, maar niet zoals ik zou willen!'

'Ik denk dat dat wel mee zal vallen, mevrouw. Praat in ieder geval niet te veel, en probeer op te vallen door nieuwsgierigheid en aandacht te tonen voor zijn woorden en voor zijn ideeën. Niet om hem als man, als u niet wilt dat zijn gevoelens op hol slaan. Vermijd te veel bewondering. Een getalenteerd persoon zoals hij heeft geen behoefte aan lovende woorden.'

'Suzanne! Je bent veel te bescheiden, je kunt veel meer dan je denkt. Luister bijvoorbeeld naar hoe je nu praat als een deskundige. Van wie heb je al die finesses geleerd? Van je verloofde soms, die dat op zijn beurt weer heeft geleerd van zijn bezoekjes aan barones von Richthoven?'

Het jonge meisje lachte smakelijk. Zonder te antwoorden hielp ze de vrouw des huizes overeind. Helga trok haar grote lakense pantoffels aan, ging staan en liep naar de ronde badkuip in het midden van het vertrek. Het lichtblauwe water draaide er schuimend en kolkend in rond. Helga bleef even voor een van de grote sombere spiegels staan die de vertrekken van het *Kurhaus* verfraaiden. In haar naakte toestand voelde ze zich tevreden over haar eigen lichaam. Haar roodblonde haren, die Suzanne niet behandeld had, reikten in lange natuurlijke krullen tot haar heupen. Ze had een rond gezicht van een onbeschrijfelijke zachtheid. Haar zachte lippen waren lichtroze als die van een baby.

'Mevrouw, u bent de godin van de schoonheid!' riep Suzanne liefdevol uit alsof ze de gedachten van de barones had gelezen. Helga zuchtte. Ze liep met gekruiste armen het trapje van de badkuip op en liet zich in het onophoudelijk kolkende water glijden. In de spiegel die boven de kuip hing, leek haar trillende en langzaam vervagende silhouet op een vlam waar een briesje langs streek.

Het *Königstrinkhaus*, het koninklijke koffiehuis, lag aan de rand van het grote park rondom de residentie van de vorst, niet ver van het *Kurhaus* en het grote plein van Karlsbad. Laat in de middag kwamen hier de illustere gasten bijeen van Zijne Majesteit Karel VI van Habsburg, koning van Bohemen en Hongarije, keizer van Duitsland. Met als doel onder aangename kout een dagelijkse dosis van het beroemde water te drinken, wat een goede gezondheid garandeerde zonder je lichamelijk te hoeven inspannen en af te moeten zien van de geneugten des levens.

Het *Trinkhaus* bestond uit een vierkant middendeel met tientallen klaterende fonteinen en een galerij voor het café van minstens vijftig meter lang, afgebakend met zuilen. De binnenmuur en de gewelven van de zuilengang waren beschilderd met fresco's die landelijke en door de god Pan geïnspireerde tafereeltjes voorstelden, bevolkt door mythologische figuren. Door hun volle vormen en sensuele houdingen, versterkt door levendige kleuren, ademde het café een uitgesproken galante sfeer. Op de open plek voor het café spoot een ronde fontein haar waterstralen boven het dak van het gebouw uit.

De talrijke gasten van de keizer, die zelf op dat moment afwezig was wegens staatszaken, zaten in groepjes bijeen in de galerij. Er waaide een licht briesje dat voor verkoeling zorgde in de zomerhitte. Toen Helga von Bülow arriveerde, stralend aan de arm van haar wettelijke echtgenoot — minister in dienst van de koning van Pruisen —, heerste er net grote hilariteit onder de aanwezigen. Uit het luidruchtige gelach van de mannelijke gasten — zo onuitstaanbaar Duits dat gelach, dacht Helga — viel op te maken dat iemand onder de koninklijke vrouwelijke hoogheden zojuist een van die indiscrete grappen moest hebben verteld die over het algemeen de conversatie levendig houden.

Baron von Bülow, aan zijn rechterkant leunend op Helga en aan de andere kant op een kostbare ivoren wandelstok, begaf zich direct naar de groep mensen onder wie zich de markgraaf Christian Ludwig von Brandenburg bevond. De baron was hem het grootste respect verschuldigd omdat von Brandenburg, als jongere broer van de overleden koning van Pruisen Friedrich I, halfbroer om precies te zijn, de oom van de huidige vorst was. Christian Ludwig was een openhartig man, iemand die direct vertrouwen inboezemde. Hij was de veertig al gepasseerd maar zag er veel jonger uit. Hij had bijna een leeftijdgenoot kunnen zijn van prins Leopold von Anhalt-Köthen, die links van hem zat en zeventien jaar jonger was. Twee alleenstaande adellijke vrouwen maakten deel uit van de groep: een oude vrouw met haar gezicht onder het poeder, wier naam Helga zich niet kon herinneren, en de bekoorlijke barones von Richthoven, wier heldendaden vaak onderwerp vormden van de verhalen van Suzanne. Terwijl ze naast de barones ging zitten — op een brede Franse fauteuil met gekrulde poten — nam ze met een huivering de aanwezigheid van Johann Sebastian waar, die aan de andere kant van de kring zat, tegenover Leopold. Maar ze keek bewust de andere kant op.

'Welkom, baron.' De markgraaf deelde de nieuwkomer een hartelijk plaagstootje uit: 'Door welk fortuinlijk toeval heeft u uw bestuursverplichtingen in de steek kunnen laten om u te voegen bij dit gezelschap van luie nietsnutten?'

'Het concert, Uwe Hoogheid. De barones wilde niets missen van wat de heer Pach ons allemaal ten gehore gaat brengen. Zij is erg geïnteresseerd geraakt in muziek en heeft het er zelfs over om zelf een instrument te gaan bespelen. Alsof dat makkelijk is op haar leeftijd!'

'De heer *Bach* bedoelt u, baron *von Pülow*,' onderbrak prins Leopold hem gniffelend, duidelijk ingenomen met zijn woordgrapje.

'*Il ne faut pas toucher à votre précieux Kapellmeister*, nietwaar prins?' merkte Christian Ludwig op en lachte als enige van de aanwezigen mee met Leopold.

'De reputatie van de heer Bach is mij welbekend,' verdedigde von Bülow zich en keek daarbij naar Johann Sebastian om te laten zien dat hij wist over wie ze het hadden. Sebastian had een zilveren pul met oor en deksel in zijn handen, die hij af en toe naar zijn lippen bracht, zoals de andere aanwezigen dat deden. Drinken van het water was onderdeel van het ceremonieel, maar de uitgesproken onaangename smaak ervan deed het gezicht van Sebastian iedere keer samentrekken als hij op het punt stond een slok te nemen. 'Hoe viezer het water is,' dacht Helga, terwijl ze haar blik afwendde van de componist, die zij ongewild voor de tweede keer had bespied, 'des te beter kan het de mensen zuiveren van hun geestelijke en lichamelijke zonden.' Daarna zei ze zachtjes tegen barones von Richthoven: 'Ik ben niet per se tegen zijn calvinistische afkeer van standenhiërarchie, maar prins Leopold moet werkelijk een zwak hebben voor zijn kapelmeester als hij hem zo midden tussen zoveel gekroonde hoofden laat zitten! Een grote eer voor hem, maar ik geloof niet dat de musicus zich erg op zijn gemak voelt.'

'Hij is gekleed als een belastingontvanger,' lachte de barones in haar oor. 'Arme kerel, maar wat een schatje! Ik moet zeggen... als man mag hij er wezen.' Helga vond de opmerking platvloers. Ze nam nerveus een slokje. Ze kon niet ontkennen dat de donkere kleding van Johann Sebastian, hoewel in prima staat, er armoedig uitzag vergeleken met de koninklijke kledij van de anderen. Zijn pruik was niet alleen armetierig vergeleken bij de ontzagwekkende pruiken van Leopold en Christian Ludwig, maar ook bij die van de andere adellijken en hoogwaardigheidsbekleders van het hof, zelfs met inbegrip van haar sjofele echtgenoot.

Slechts één persoon viel nog meer uit de toon dan Bach: een lange slanke heer met krulharen, die naast de musicus zat. Helga verwonderde zich nog meer toen ze vernam dat hij slechts een eenvoudige vioolbouwer was, die tot het gevolg van prins Leopold behoorde. En ook nog eens een vioolbouwer die geen woord Duits sprak, zoals ze die middag kon vaststellen.

'*Quand même, je suis sûr que vous n'avez jamais rencontré monsier Stradivarius, mon cher baron von Bülow,*' sprak Leopold op bemoedigende toon. 'Hij zal mijn solisten binnenkort voorzien van enkele van zijn superieure strijkinstrumenten. *Avec sa collaboration, nous ferons de notre orchestre* een onnavolgbaar ensemble, *n'est-ce pas monsieur Kapellmeister*? Ik betreur het ten zeerste dat ook de markgraaf van Brandenburg van hetzelfde voorrecht mag genieten!' De markgraaf lachte: 'Het kleine orkest op mijn kasteel in Berlijn, beste prins, is nog maar amper hersteld nadat mijn haastige neef het wijs achtte om het *en bloc* met verlof te sturen, ja, een fraai begin van zijn bestuurlijke loopbaan. Dat was in uw voordeel, dat moet gezegd, aangezien u er zonder te aarzelen direct de beste instrumentalisten uit heeft gepikt. Loopt er een betere violist in Duitsland rond dan Spiess? Of een fluitist zoals Freytag? Of een trompettist zoals Schreiber?'

'Ik mag me gelukkig prijzen, mijn vriend, en dat zal het concert van vandaag bewijzen. Heeft u zich afgevraagd waarom ik het goed vind dat uw concerten zoveel tijd van mijn *Kapellmeister* in beslag nemen? Nou, omdat ik bij u in het krijt sta.'

'Mag ik hopen dat de heer Stradivarius ook zo'n bijzonder product voor mij zal maken?'

'*Ça je ne crois pas du tout*,' barstte prins Leopold uit. '*Votre équipe y a beaucoup travaillé, pendant plusieurs mois, n'est-ce pas, monsieur Stradivarius?* De vioolbouwer uit Cremona knikte behoedzaam. '*Et elle ne pourra pas se permettre de tels engagements dans le futur.* Hij heeft dat zelf tegen mij gezegd.' Antonio Stradivarius knikte opnieuw bevestigend en zichtbaar berouwvol.

'Ik heb ervoor gezorgd dat u vandaag bij een uitzonderlijk evenement aanwezig bent,' begon Leopold, na een slokje water uit zijn pul te hebben genomen. 'We zullen het juweeltje van de heer Stradivarius — dat hij ons persoonlijk ter beschikking heeft gesteld — gaan vergelijken met een Duitse viool van de hoogste kwaliteit. De heer Bach heeft speciaal voor dit doel een concert geschreven voor twee violen en orkest. Wilt u ons in het kort uw bedoelingen toelichten, *Kapellmeister*?'

Helga had het idee dat Johann Sebastian daar absoluut niets voor voelde, omdat hij zich achter zijn pul had verstopt en veinsde er een slok uit te willen nemen. Maar hij begon uitgebreid te praten:

111

'Omdat Zijne Doorluchtigheid zich heeft verwaardigd deze wens uit te spreken en ik heel goed weet dat de ontplooiing van mijn bescheiden kwaliteiten afhankelijk is van zijn verheven oordeel, zal ik met plezier uitleggen met welke ideeën dit muziekstuk tot stand is gekomen. Na ontvangst van de nieuwe viool heb ik van de gelegenheid gebruik gemaakt om een oud idee van me uit te werken, namelijk het nabootsen van de menselijke zangstem. Met een viool zou zoiets moeten lukken, als meest verheven instrument. Voor de drie concerten die zullen worden uitgevoerd — twee voor soloviool zullen voorafgaan aan het concert dat door Zijne Hoogheid is aangekondigd — heb ik Vivaldi als voorbeeld genomen, de beroemde Venetiaan. Je moet deze keuze wel maken als je in de muziek het zangerige karakter wilt benadrukken en veel aandacht wilt besteden aan de melodielijn van de solopartijen. Daarom heb ik uitvoerig gebruik gemaakt van de concerterende stijl, waarbij het orkest zich nadrukkelijk en collectief mengt in de thematische formulering van de solist. De zang komt vooral goed tot uitdrukking in het middenstuk dat een laag tempo heeft: daarin heb ik mijzelf enige vrijheid gegund — met de grootmoedige toestemming van mijn vorst — om mijn zielenroerselen volledig tot uiting te kunnen brengen.'

'Onze sobere *Kapellmeister,*' onderbrak een lachende Leopold hem, 'is een hartstochtelijk man. *On lui dirait un italien déguisé!*'

Helga schrok bij het horen van deze koninklijke, nogal onvoorziene grap en Johan Sebastian leek zichtbaar in verlegenheid gebracht. Het leek zich te willen verontschuldigen:

'Maar ik heb niet nagelaten om mijn inspiratie te beteugelen door een rigoureus muzikaal ontwerp. De verscheidenheid aan thema's en de concerterende stijl hebben mij niet belet om ze in een fugatische vorm uit te werken, en de instrumentele ritornellen zelf maken gebruik van het contrapunt. Natuurlijk heb ik de techniek niet veronachtzaamd: alleen zo kunnen Uwe Doorluchtigheden het meesterschap van de solisten en de instrumentklanken op waarde schatten. In het concert voor twee violen heb ik, om de twee violen te kunnen vergelijken, gebruik gemaakt van de continu herhalende vorm, door de muzieklijnen te dupliceren. De twee solisten spelen zodoende dezelfde melodieuze frase vlak na elkaar. Ik heb ervoor gekozen dat de twee violen aan het eind van het stuk het schouwspel samen domineren. Maar ook in de ritornellen zullen zij in het samenspel overheersen, naast hun solistische rollen. Dit zal duidelijk maken aan uwe Hoogheden dat het Vivaldiaanse model voor mij slechts een startpunt was. Vergeeft u mij als ik, zoekend naar nieuwe expressievormen, mij hooghartig heb gedragen door de onwrikbare regels van de grote musici van onze tijd met voeten te treden. Ik hoop nederig dat Uwe Hoogheden mijn werk even welwillend zullen ontvangen als mijn heer.'

'Het werk is dus geschikt om de instrumenten op waarde te kunnen schatten,' verklaarde de baron von Bülow het air van een kenner. 'U heeft ons niet verteld wie de solisten zullen zijn, mijnheer Bach.'

'Dat zullen uiteraard Spiess en Marcus zijn, onze eerste en tweede violist. Maar het is nog belangrijker als Uwe Doorluchtigheid prins Leopold,' Sebastian aarzelde even en keek in de richting van zijn vorst, 'ons zou willen vereren met een gastoptreden met de *viola da gamba.*'

'U, Doorluchtigheid!' riep Helga als eerste verrast uit zonder haar verbazing te verbergen. Zij sprak voor de eerste keer, zodat alle ogen op haar werden gericht.

'U weet zeker niet, barones, hoezeer ik het op prijs stel om persoonlijk bij muzikale gebeurtenissen betrokken te zijn? Dit concert heb ik van dag tot dag onder mijn ogen vorm zien aannemen, *n'est-ce pas, monsieur le Kapellmeister?* Het is mijn wens om bij te dragen aan het succes ervan. *Et le jouer pour vous, madame*, die er uitzonderlijk charmant uitziet vandaag — de baron zal mij deze vrijheid vergunnen —, *sera le plus grand des plaisirs!'*

Leopold leek euforisch: het was duidelijk dat de taak die hij op zich had genomen — ondanks zijn gedegen studies in Berlijn was dit de eerste keer dat hij voor zo'n groot publiek optrad — hem nerveus maakte. Bij het horen van zijn woorden was Helga onaangenaam verrast; ze was helemaal niet gediend van de aandacht van de prins. Zonder haar hoofd te draaien spiedde zij in de richting van Johann Sebastian en zag hem in gedachten verzonken zitten aan de andere kant van de zuilen.

'Die man,' dacht ze, 'heeft alles uit zijn leven gehaald, wat ik ook zou hebben gewild. Maar misschien is ook hij ongelukkig: hij is te veel gericht op de toekomst, onophoudelijk op zoek naar dat wat er nog niet is, naar dat wat hij nog niet heeft bereikt. Hoe weinig het ook is dat hij nog niet heeft bereikt. Mijn God, ik zou er alles voor over hebben om deelgenoot te zijn van zijn leven!'

'Ik zie dat u in gedachten bent, vriendin van me,' merkte barones von Richthoven op. 'Het is geen geheim dat prins Leopold gedeeltelijk afstand zou willen doen van zijn troon om van uw bekoorlijkheden te mogen genieten. Houd moed... als u een beetje slim bent... hij is heel ruimdenkend... en hij is jong en ziet er goed uit.'

'Als u dat zegt... waarde barones... ik zou kunnen proberen enkele viola da gamba lessen van hem te krijgen, als hij echt zo getalenteerd is.' Barones von Richthoven bedoelde wat anders en haar gezicht betrok; ze keerde zich om naar de oude hofdignitaris die naast haar zat en had de rest van de middag geen aandacht meer voor Helga.

Zoete klanken

De aankomst van prins Maximiliaan van Habsburg — een neef van de keizer — met zijn omvangrijke gevolg werd met zoveel ceremonieel begroet dat het duidelijk geen alledaagse gebeurtenis was. De aankomst was een aanwijzing dat het concert kort daarop zou beginnen met aansluitend het diner. Als het weer het toestond, vonden deze evenementen gewoonlijk in de buitenlucht plaats, het eerste concert bij het *Trinkhaus* tegenover de fontein, het tweede op het grote terras met uitzicht op het bos dat achter de koninklijke residentie lag.

In groepjes van drie, vier volgden de gasten Maximiliaan en de andere koninklijke hoogheden over de korte laan naar het muziekpaviljoen, dat eruit zag als een gigantische zeeschelp. Die gelijkenis werd versterkt door de paarlemoeren kleur van het gewelf. Op het voortoneel zaten de zestien orkestleden van Köthen in een halve cirkel. Aan de linkerkant stond vooraan een groot klavecimbel van Italiaanse makelij te pronken. Voor het paviljoen stonden in verschillende rijen tientallen fauteuils opgesteld; vlak bij het voortoneel waren die groot en versierd met gedetailleerde historische afbeeldingen, bestemd voor de koninklijke hoogheden.

Voordat hij ging zitten liep prins Leopold naar Bach en Stradivarius, die aan de zijkant met elkaar aan het discussiëren waren, en zei zachtjes tegen hen:

'*On est d'accord que ce soit monsieur Marcus, lors du concert double, qui va jouer le Stradivarius, n'est-ce pas? Bien entendu,* mijnheer *Kapellmeister*, zorgt u ervoor dat u dat niet verklapt tijdens de aankondiging. Iedereen zal denken dat Spiess hem zal bespelen, omdat hij *Konzertmeister* is!'

Johann Sebastian was verrast door deze keuze. Stradivarius betwijfelde of hij het goed begrepen had. Maar ze hadden geen tijd om vragen te stellen en misschien zouden ze daar niet eens de moed voor hebben gehad. Leopold was al weer verder gelopen en nam samen met Maximiliaan van Habsburg en Christian Ludwig von Brandenburg plaats in de koninklijke fauteuils.

Antonio Stradivarius werd door een van de vele bodes in rood uniform opgehaald en naar zijn plaats begeleid. Helga zat met haar man op de eerste rij, uiterst links, vanwaar ze zicht zou hebben op Johann Sebastian die, eenmaal op het podium, door het enorme klavecimbel grotendeels aan het zicht onttrokken zou worden. Sebastian wachtte onderaan het trappetje en keek in de richting van zijn vorst. Toen het geroezemoes uiteindelijk was verstomd, draaide Leopold zich naar rechts om en gaf na het toestemmend knikje van Maximiliaan Johann Sebastian met een weids armgebaar het startsein.

Sebastian liep het trappetje op naar het kleine ronde podium. Daar stond hij even stil en boog vervolgens naar het publiek:

'Zoals Zijne Doorluchtigheid, prins von Anhalt-Köthen, het verlangde, zal het kamerorkest van het hof drie concerten uitvoeren die speciaal door mij zijn geschreven voor de nieuwe viool van Stradivarius. Deze viool is het meest perfecte instrument dat tot nu toe is vervaardigd in zijn werkplaats in Cremona. De heer Stradivarius is hier zelf aanwezig...' Sebastian wees in de richting van de vioolbouwer die houterig uit zijn stoel omhoog kwam. 'Ik voel me zeer vereerd om twee concerten voor viool en orkest ten gehore te brengen in de toonsoorten *A*-klein en *E*-groot. De illustere musici Josephus Spiess en Martin Friedrich Marcus zullen na elkaar met de nieuwe viool optreden. Zij zullen vervolgens samen het concert in *D*-klein spelen. Zijne Hoogheid de prins, en daar zijn we hem zeer dankbaar voor, zal zich welwillend tonen en deelnemen aan de uitvoering van dit stuk.' Een gemompel steeg op uit het publiek. Johann Sebastian boog ten laatste male, draaide zich om naar het orkest en gebaarde naar Spiess om op te staan. Vastberaden zette hij in.

Helga von Bülow keek verrukt. Het ensemble klonk als één enkel meerstemmig instrument dat met overtuiging de strijd aanbond met de zeer heldere klank van de stradivarius. Spiess was boven iedereen uit te horen met zijn warme en tegelijk kristalheldere geluid. Maar wat vooral indruk maakte in de ogen van Helga waren het voortsnellende ritme en de structurele precisie van het stuk te midden van de thematische rijkdom. Elke noot was perfect, elk akkoord werd op het juiste moment ingezet. Het tweede deel ontroerde haar vanwege het monotone thema van de viool, dat een droevig karakter kreeg door de hardnekkige *basso continuo* van het clavecimbel en dat slechts gedeeltelijk werd gematigd door de brede melodielijn van het orkest.

Zelden had zij zo'n intense emotie gevoeld. De nobele gedaante van Sebastian die afstak tegen het parelmoeren gewelf, zijn dominante gebaren die geen tegenspraak duldden, het perfecte vakmanschap van Spiess, de totale toewijding van het orkest: alles raakte haar diep. Ze voelde een heftige impuls om te roepen: 'Bravo, bravo, Sebastian!' maar ze hield zich in. In plaats daarvan begon ze zo hard te klappen dat haar handen er pijn van deden.

En dan Marcus! In het adagio dat ondersteund werd door een stevige basso ostinato, wist hij uit het instrument een zo trieste lyrische klank te halen dat Helga de tranen in haar ogen voelde opwellen. Het daaropvolgende allegro assai — in de vorm van een frivole rondo — kon dat niet meer ongedaan maken.

Na afloop van het stuk was een groot deel van het gehoor

nagenoeg in trance, en dat had Helga nog nooit eerder gezien bij een openbaar optreden. De spanning onder het publiek, dat in afwachting was van het klapstuk van de avond, was op haar hoogtepunt. Plotseling werd het doodstil. Prins Leopold was gaan staan en nam helemaal alleen, zonder pages of begeleiders, plaats op het podium tussen de orkestleden. Hij ging op de tweede rij zitten, rechts van Sebastian. Hij zette de knieviool tussen zijn benen en begon met stemmen, zijn buurman als referentie nemend. Hij had zich een air aangemeten als van een echte musicus, maar kon niet voorkomen dat hij door zijn weelderige koninklijke kleding en de pracht van zijn torenhoge pruik vanuit elke plek in het publiek duidelijk opviel. Helga bekeek hem met sympathie, en glunderde toen hij Sebastian met een subtiel gebaar te kennen gaf klaar te zijn.

Naderhand zou barones von Bülow zich niet meer precies kunnen herinneren hoe confuus zij zich nu tijdens de voorstelling voelde. Ze vroeg zich af wat van alle menselijke kunstwerken nog verhevener zou kunnen zijn. De voorafgaande adagio had haar al ontroerd, maar het largo, met zijn melodieuze fugato, deed haar nu helemaal wegzwijmelen. Om de beurt zongen de twee violen in een delicaat contrast van passie en uitgebalanceerde symmetrie. Helga was niet in staat te zeggen welke van de twee instrumenten het beste was. Voor haar gevoel leken beide op stemmen van engelen uit het paradijs.

Het adagio greep haar zo aan dat ze het levenskrachtige en meeslepende slot-allegro nauwelijks meer hoorde. Het was voor alle musici een grote triomf. De twee violisten, de klavecinist en de dirigent kregen een groot applaus. Ook Leopold, die op uitnodiging van Sebastian was gaan staan, werd onthaald op een daverende ovatie. Ten slotte, omdat het geklap maar niet ophield, liet de prins blijken dat hij iets wilde zeggen. Terstond werd het stil.

'Slechts een enkeling wist van tevoren wie van de twee violisten op het instrument van de heer Stradivarius zou spelen. Welnu, ik ben heel benieuwd hoeveel van u gemerkt heeft dat het Marcus was, en niet Spiess, zoals je op grond van zijn functie zou kunnen verwachten.' Een gemompel steeg op uit de zaal en hield langdurig aan. 'Maar ik heb u niet op de proef willen stellen: van mij mag iedereen voor zichzelf uitmaken welke van de twee violen kwalitatief de beste is en, vergeef mij mijn boosaardigheid, de beperkingen van zijn eigen muzikaliteit ontdekken.' Terwijl het applaus aanzwol verzocht

Leopold Bach via het trappetje het podium te verlaten. Leopold verwijderde zich daarna terstond om zich onder zijn gelijken te voegen.

Baron von Bülow kwam, met Helga aan zijn zijde, op de musicus af:

'Het zou buitengewoon plezierig zijn, mijnheer Bach, als u ons met een huisbezoek zou willen vereren. Morgen wil mijn echtgenote de barones deze fantastische muzikale gebeurtenis, een openbaring voor haar, luister bijzetten met een klein etentje voor bevriende muziekliefhebbers.'

'Ik zou me zeer vereerd voelen mits mijn vorst niet iets anders voor mij heeft geregeld voor morgenavond.'

'Dat ben ik al nagegaan, *Kapellmeister*. U bent morgen helemaal vrij.'

'Omdat u ons zo welgezind bent, mijnheer Bach,' sprak Helga gehaast met een zo natuurlijk mogelijk klinkende stem, 'zou ik u willen vragen mij muzikaal te onderrichten. Tijdens het concert van vandaag heb ik besloten dat ik mijn muzikale belangstelling met meer kennis over dit onderwerp moet gaan verrijken.'

Johann Sebastian aarzelde even: 'Met groot genoegen zal ik uw verzoek inwilligen, mevrouw de barones. Ik hoop dat ik uw achting waard ben. Het is voor mij beslist heel plezierig om u iets te leren als dat zo hoffelijk wordt verzocht.'

'We zouden morgen al kunnen beginnen. Kunt u zorgen dat u, voor zover mogelijk, in de middag al bij ons bent? We hebben een klavecimbel en andere instrumenten, waarop ik helaas niet zelf kan spelen, maar waarop u alles kunt demonstreren wat u nodig acht. U bent er toch ook bij, baron?'

'Helaas niet, mijn lieve, helaas ben ik afwezig. Door zaken kan ik er niet eerder zijn dan na het avondeten. Maar ik vertrouw erop dat u de honneurs waarneemt tegenover de heer Bach. Afgesproken dus, illustere *Kapellmeister*?' Sebastian maakte een buiging. Het hart van Helga ging tekeer en zij voelde, enigszins geschrokken, iets van geluk.

Toen even later Antonio Stradivarius, die zich verloren voelde te midden van zoveel adel, een poging waagde naderbij te komen, gebaarde Johann Sebastian hem enthousiast, alsof hij smeekte om hulp. Het daaropvolgende gesprek werd in het Frans gevoerd, maar Helga was zich daar niet van bewust, zo ver was zij heen.

'Mijnheer Stradivarius,' riep de musicus uit, 'uw bewonderenswaardige viool is met geen woorden te beschrijven. U heeft uzelf overtroffen! U vindt in mij een enthousiast pleitbezorger van uw meesterschap.'

'Als het muziekstuk groots is, wil elk instrument wel bespeeld worden. Geen enkele viool van mij heeft vóór de dag van vandaag zoveel geluk gehad. Kunt u, mijnheer de *Kapellmeister*, uw voortreffelijke solisten mijn dank overbrengen?'

'Natuurlijk. Ik heb trouwens een opdracht te vervullen, mijnheer Stradivarius, voordat u ons verlaat. De Engelse wetenschapper Isaac Newton heeft mij verzocht om u de volgende vraag te stellen: op wélk moment tijdens de constructie van uw violen kunnen de ambachtslieden in uw werkplaats niet zonder u? Wanneer is uw rol onvervangbaar?' Stradivarius lachte: 'U probeert mij het geheim der geheimen te ontfutselen, mijnheer Bach. U maakt er misbruik van dat ik bij u in het krijt sta!'

'Ach, mijnheer Stradivarius, niemand zal met uw vakmanschap kunnen wedijveren!' verzekerde baron von Bülow hem.

'Inderdaad, en een recept is slechts een recept. Het is eigenlijk best eenvoudig. Het zit hem allemaal in de klankkleur van de *tik* die beide bladen van de klankkast gedurende de fabricage produceren als er door de knokkels van de vingers op wordt getrommeld. U weet dat de bladen heel dun zijn en steeds verder kunnen worden afgeslepen. Nou, de dikte is pas dán goed als mijn oren de klankkleur van de tikken, op bepaalde strategische plekken, goed vinden.'

Von Bülow barstte in een welluidende lachsalvo uit: 'Is dat alles, mijnheer de vioolbouwer?' Ook Sebastian lachte mee.

'Nee, over twee details heb ik het nog niet gehad. Ten eerste moet een tik op het voorblad precies een halve toon lager klinken dan een tik op het achterblad. Ten tweede moet de gemiddelde frequentie van alle tikken drieënhalve toon liggen onder de belangrijkste resonantiefrequentie van de voltooide klankkast. Of, als u daar de voorkeur aangeeft: onder de frequentie van de tweede snaar (de *A*), wat zo'n beetje op hetzelfde neerkomt.'

'Het belang van de tik!' riep Johann Sebastian uit, terugdenkend aan de briefwisseling met Newton. 'Ach, dat is toch kinderspel, mijnheer Stradivarius?' Het gesprek eindigde met deze plagerige opmerking, waarna ze in het gevolg van prins Maximilian richting banket liepen.

Fuga in canonische vorm

Helga von Bülow ijsbeerde heen en weer in de ruime salon;

118

hier en daar stond ze even stil om de bloemen en haar gouden en zilveren spulletjes te schikken en de linnen gordijnen die tot de parketvloer hingen, recht te hangen. Een vrolijke gespannenheid was bij haar opgekomen tijdens het diner op het koninklijk paleis (waar ze Johann Sebastian van verre had gadegeslagen, zonder hem te hebben gesproken) — en was die nacht, waarin ze nauwelijks had geslapen, nog verder toegenomen.

In de ochtend, toen ze zich had overgegeven aan de behandeling door Suzanne, had ze haar gedachten niet voor zich kunnen houden. Tot dusverre had ze die meid, van wie ze bijna de moeder had kunnen zijn, nog nooit in vertrouwen genomen. Maar in deze omstandigheden, waarin ze had besloten overal een spelletje van te maken, had ze in zekere zin steun gezocht bij haar, wat onverwacht prettig bleek te zijn. 'Zij is een vriendin,' dacht ze, terwijl ze zich met een zucht liet neerploffen op de rococodivan. 'Die dames aan het hof zijn nog geen fractie waard van wat zij waard is!'

De persoon in kwestie gluurde even om de dienstdeur:

'Is alles goed met u, mevrouw de barones?'

'Ik ben behoorlijk in de war, Suzanne. Hoe zie ik eruit?'

'Is mevrouw nog niet genoeg de hemel in geprezen?'

'Het is al goed, bespaar me je gevlei. Je bent toch niet eerlijk. Het begint trouwens al laat te worden, hij kan elk moment arriveren. Ik zou willen dat jij nog even het klavecimbel oppoetst, hij lijkt wel dof.' Suzanne ging de benodigde spullen halen en keerde terug om de dienstorder uit te voeren.

'Hij glimt weer als een zonnetje, mevrouw. Er moet vaker op gespeeld worden.'

'Vandaag zullen we daar wat aan doen. Weinig instrumenten hebben die eer.'

'Wat moet ik laten opdienen?'

'Laat bij zijn binnenkomst de Italiaanse likeuren brengen. Verder kom je alleen als ik je roep. Ik zit hier niet op zomaar iemand te wachten, dat begrijp je toch wel? En zorg ervoor dat de gebruikelijke schare adellijke dames hier niet opeens komt binnenvallen, en al helemaal niet die von Richthoven. Bij het diner zie ik ze al meer dan genoeg.'

Suzanne had de aanwijzingen van haar bazin instemmend aangehoord. Toen Helga klaar was, maakte het meisje een buiging voor haar, nam haar hand en drukte die tegen haar wang: 'Mijn lieve barones...' mompelde ze bijna onhoorbaar en spurtte direct daarop als een gazelle weg.

Er was nog geen half uur voorbij of Suzanne verscheen weer in de deuropening om te vertellen dat Sebastian was gearriveerd. Helga's ogen fonkelden. Ze praatte zichzelf moed in, ze wankelde op haar benen en haar gezicht — dat voelde ze duidelijk — liep rood aan. Hij verscheen in de deuropening en droeg dezelfde donkere kleding als de vorige dag, afgezien van een groene zijden zakdoek die uit zijn zak hing en geëmailleerde zilveren manchetknopen — ook groen — die opzichtig onder de mouwen van zijn colbert tevoorschijn kwamen. Terwijl de barones von Bülow hem tegemoet liep, groette Sebastian haar met de gebruikelijke plichtplegingen, die echter niet tot haar doordrongen.

'Ik ben zo dankbaar, mijnheer de *Kapellmeister*, dat u mijn verzoek heeft ingewilligd.'

'Mevrouw de barones, ik sta geheel te uwer dispositie voor zover mijn eenvoudige verdiensten dat toestaan.'

'Ik ben ervan overtuigd, *maestro*, dat u mij heel goed zal kunnen adviseren. Ik ben van plan om mijn dagen te vullen met mijn nieuwe passie: muziek.' Terwijl ze praatte merkte Helga dat ze nog op de drempel van de salon stonden. Ze nodigde Sebastian uit om op de sofa plaats te nemen waar ze op hem had zitten wachten. Ze zag dat Sebastian vluchtig om zich heen keek om te zien of er nog meer aanwezigen waren. 'Hij verwachtte niet dat ik alleen zou zijn,' realiseerde ze zich. 'Ben ik soms te brutaal geweest?'

Ze converseerden een tijdje over algemene dingen zonder persoonlijke zaken aan te stippen. Daarna legde Helga uit dat ze in Karlsbad voor de eerste maal oprecht had genoten van een concert, terwijl ze tot dan toe louter plichtsgetrouw haar waardering over concerten had uitgesproken. (Dat concert, uitgevoerd door het orkest van Köthen, had twee jaar eerder plaatsgevonden.) Johann Sebastian uitte af en toe beleefdheidsfrasen, terwijl hij naar het tapijt keek en alleen af en toe opkeek naar de barones die naast hem zat.

Nadat ze de fameuze Italiaanse likeuren hadden geproefd, vertelde Helga dat ze haar leven meer inhoud wilde geven en haar tijd beter zou willen invullen, met activiteiten die haar verbeeldingskracht zouden stimuleren. Ze maakte zelfs een toespeling op de leeftijd van de baron von Bülow en dat hij alleen maar voor politieke zaken beschikbaar was.

'Dus, barones,' vatte Johann Sebastian het gesprek kort samen, 'u heeft nooit een instrument leren bespelen? Dat is heel jammer. U moet die lacune aanvullen. Zingt u wel eens?'

'Als meisje had ik een mooie stem. Maar ik zong alleen

maar simpele aria's en na mijn huwelijk ben ik ermee gestopt.'

'Maar die aria's zijn heel belangrijk, daardoor heeft u noten leren lezen en heeft u de beginselen van de harmonieleer leren kennen. Zullen we het eens proberen?' Helga schrok. 'Als u nu een melodie uitkiest, dan begeleid ik u op het klavecimbel. Op die manier kan ik uw aanleg inschatten.' Het was waarschijnlijk al te laat voor Helga om het initiatief van haar gast te ontmoedigen: 'Hier in Karlsbad zijn alleen maar heel serieuze partituren te vinden. Ik zou niet weten waar ik mijn oude liedjes zou kunnen vinden.'

'Zoals?'

'Mijn favoriet was *Die Schöne Müllerin*.'

'De melodie van *Die Schöne Müllerin* is prachtig! Als u mij even een veer en een inktpot geeft, dan zal ik uw deel meteen uitschrijven.'

Helga begreep dat ze de ontmoeting geen andere draai meer kon geven. Het was inmiddels zinloos om haar originele plan door te drukken. Maar ja, als hij nou eens hetzelfde van plan zou zijn? Ze kon zich maar beter helemaal overgeven aan wat komen zou. Vroeg of laat zou het moment van de waarheid door het lot worden aangekondigd. Ze leidde Johann Sebastian naar haar eigen schrijftafel in de lichtste hoek van de kamer, en keek over zijn schouders mee, terwijl hij bedreven de noten van het oude volksliedje uitschreef. In zeer korte tijd veranderde de witte bladzijde in een complete partituur, inclusief tekst.

'Ik heb ook maar meteen de begeleiding genoteerd, zodat u beter kunt volgen hoe ik de melodielijn heb geharmoniseerd.' Johann Sebastian draaide zich naar haar om, maar zonder haar echt aan te kijken. 'Hij vindt me vast leuk,' sprak Helga zichzelf moed in. 'Maar zal dat voldoende blijken te zijn? Hoe graag zou ik willen dat hij wist dat mijn hart onaangetast is en dat ik in mijn leven nog nooit iemand heb liefgehad!'

'Nu zal ik, met uw goedkeuren, mijn handen op uw mooie Da Prato leggen. Het is een wonderbaarlijk instrument maar ik betwijfel of het naar behoren is gestemd.' Sebastian deed de klep van het klavecimbel omhoog en liet zijn vingers over het klavier glijden. Hij vond in een hoekje van de klankkast het kleine sleuteltje waarmee hij de snaarspanning kon aanpassen en met snelle bewegingen, waarbij hij met zijn vrije hand verschillende toetsen bespeelde en de belangrijkste akkoorden aansloeg, verkreeg hij een resultaat waarmee hij tevreden leek te zijn. Helga keek hem tegelijkertijd bewonderend en ongeduldig aan, verbaasd dat de musicus in omstandigheden als deze zo zijn best deed om ook in de kleinste details de perfectie te bereiken.

'Mooi, laten we beginnen,' spoorde Sebastian haar aan. Hij begon vlot met het thema en liet Helga op het juiste moment invallen. Zij zong met een vertrouwen waar zij zelf versteld van stond. Ze merkte dat haar stem ondersteund en voortgedreven werd door het volle geluid dat Johann Sebastian uit het klavier toverde. Tijdens het spelen maakte Sebastian met gebiedende hoofdknikjes zijn goedkeuring kenbaar en dat deed haar bruisen van energie. Zij voelde opnieuw blijdschap in zich opborrelen.

Na de aria stroomden de tranen over Helga's wangen. Ze wendde zich in een reflex af om niet gezien te worden, maar Sebastian sprong direct op en ging bij haar staan. De zekerheid van de *maestro* leek plotseling verdwenen. 'U huilt, barones.' Hij was zichtbaar aangedaan. Hij pakte haar hand en wreef die even tussen zijn eigen handen. Op het moment dat Helga zich in zijn armen wilde vlijen, liet hij haar los. Sebastian deinsde verlegen terug, terwijl Helga haar tranen droogde en haar snikken probeerde in te houden.

'Wat ben ik toch dom. Ik heb me laten meeslepen door de lotgevallen van de mooie molenaarster, alsof het echt was. Of doemde er soms opeens een herinnering uit mijn jeugd op?' Ze voelde de ogen van Sebastian op zich rusten, maar dat wilde zij nu liever niet; zij voelde zich geheel weerloos. Ze zocht wanhopig naar woorden, naar een uitweg uit deze pijnlijke situatie. Uiteindelijk stelde ze een vraag waarvan ze onmiddellijk spijt moest hebben: 'Kunt u mij uitleggen, mijnheer de *Kapellmeister*, hoe u precies uw vermaarde fuga's componeert? Na het concert van gisteren prees iedereen uw gave om inspiratie en logica in uw muziek te laten samensmelten. Er werd gezegd dat u in staat bent om meerstemmige fuga's te improviseren op een manier waar andere musici alleen maar van kunnen dromen.'

Sebastian zweeg, het was duidelijk dat hij niet in staat was zijn verwarring te beteugelen. Hij treuzelde wat en ging toen weer achter het klavecimbel zitten. Toen hij weer wat kon uitbrengen, zei hij: 'Ik zal u allereerst een praktische demonstratie geven, daarna zal ik antwoord geven op uw welwillende vragen. Laten we eens kijken naar het eenvoudige thema in *C*-groot van de *Schöne Müllerin* die u zojuist heeft gezongen. Vanuit een rechtlijnige melodie zal ik haar geleidelijk omvormen tot een canonische fuga met een toenemend aantal melodielijnen tot ik er vijf van heb. Ik zal dan die werkwijze in tegenbeweging herhalen, zodat ik weer de melodielijn zal terugvinden waarmee ik ben begonnen. Ondertussen zal ik onopvallend overgangen in toonsoort introduceren, zodat het thema zich uiteindelijk zal presenteren in *D*-groot in plaats van in *C*-groot. Op dat punt zou ik willen dat u op mijn teken opnieuw gaat zingen, aangezien uw stem het waard is om nog een keer beluisterd te worden.'

Na deze woorden begon Sebastian met groot gemak aan de uitwerking van het oorspronkelijke thema. Naarmate hij vorderde begon de muziek vorm te krijgen en werd het geluid voller, alsof meerdere klavecimbels eraan bijdroegen. Het thema van de mooie molenaarster raakte nooit zoek, maar manifesteerde zich in verrijkte vormen door een veelvoud aan improvisaties, die een gezamenlijke aanloop tot de zang suggereerden. Helga keek vol bewondering naar de handen van Sebastian, die door iedereen de hemel in werden geprezen en die nu helemaal voor haar alleen bewogen. Ze had graag haar handen willen verenigen met die van Sebastian, ze zou graag deel willen nemen aan die sublieme vertolking.

Toen de vijf melodielijnen bereikt waren, lukte het haar niet meer om de bewegingen van Sebastian te volgen. Zijn vingers die in aantal verdubbeld leken haalden uit het klavecimbel het geluid van een heel orkest. Op dat moment begon hij aan de tegenbeweging. Het geluid werd, frase naar frase, rustiger en verloor de ritmische cadens die het had gekregen op het hoogtepunt van de fuga, om vervolgens voller te worden door de melancholie van het oorspronkelijke liedje. Helga voegde zich bij Sebastian: deze keer had zij het gevoel dat ze onverschilliger zong, bijna gelaten. Was het mogelijk dat dat door de andere toonsoort kwam?

'U heeft aanleg voor muziek, barones.' Sebastian keek haar nu zonder enige schroom recht in de ogen. 'Het is absoluut niet te laat om muziek te gaan maken. Sterker nog, het is een plicht tegenover uzelf, omdat u er veel plezier aan zult beleven. Ik raad u het klavecimbel aan. U zult ergens een goede leraar vandaan moeten toveren...'

'En u dan, *Kapellmeister*...'

'Het zal een eer voor mij zijn om uw vorderingen vast te stellen als onze wegen elkaar door het lot weer zullen kruisen.'

Helga schrok. Het gesprek met Sebastian ontwikkelde zich anders dan zij had gehoopt. En dan híj had gehoopt, althans dat idee had zij. Te intens was de aantrekkingskracht tot die man, te onvoorwaardelijk haar bewondering om geen reactie bij hem op te kunnen wekken. Hoe was het mogelijk dat de enige persoon die zij had begeerd in haar leven, ongevoelig was voor haar charmes? Nee, Sebastian hield zichzelf voor de gek, en dat was niet de eerste keer. Waarom leek alles haar te ontglippen? Wat zou ze moeten doen? Er restte nog maar weinig tijd tot het diner. Ook had ze steeds minder tijd van leven, en in haar naargeestige wereldje liepen verder geen personen rond die ze de moeite waard vond. Als Sebastian nu, in de situatie waarin ze zich nu bevonden, door die deur zou vertrekken — waarvan het luxueuze houtsnijwerk op slag geen waarde meer voor haar zou hebben —, dan zou ze hem voor eeuwig kwijt zijn.

Haar mijmeringen veroorzaakten een lange stilte. Een veelbetekende stilte die niet verloren moest gaan.

'Nou, *maestro*...' fluisterde Helga, terwijl ze met haar elleboog op de rand van het klavecimbel steunde. Ze boog naar voren en bracht haar gezicht zo dicht bij dat van Sebastian dat hij haar adem wel moest voelen. Haar schouders en haar diepe decolleté bevonden zich precies op de hoogte van zijn ogen. Helga merkte dat Sebastian haar geur bewust opsnoof.

'Nou, *maestro*... ik had gehoopt...,' herhaalde ze met een blik op zijn nu rood gekleurde slapen.

'U heeft gelijk, mevrouw de barones... ik moet u... ik moet u nog iets uitleggen. De fuga, daar ging het over. U wilde nog dat ik nog iets zou toelichten over de vorm ervan.'

Helga wendde zich wat af, maar bleef smekend naar Sebastian kijken, met grote zachte en trieste ogen, terwijl haar koperkleurige haren tot de snaren van het klavecimbel reikten.

'Ja, Sebastian,' zei ze heel zachtjes.

'Het opbouwende element van de fuga is de canon. De canonische werkwijze bestaat uit het spelen van een thema dat met zichzelf wedijvert. Met een passende vertraging. Dus niet eenstemmig, maar met een passende vertraging. Laat me het anders uitleggen. Zodra het oorspronkelijke thema gedeeltelijk is gespeeld, valt een kopie met dezelfde toonsoort in als tweede melodielijn om het muzikale vlechtwerk te verrijken. Dit mechanisme wordt herhaald voor een derde stem, een vierde, enzovoorts. De moeilijkheid zit hem vooral hierin dat deze stemmen of melodielijnen, ontstaan uit de herhaalde verschuiving van het thema, een harmonisch consonant geheel moeten vormen.'

Johann Sebastian schetste op het klavier een kort muzikaal voorbeeld, waarbij hij het improvisatiemateriaal hergebruikte

waarmee hij het thema van de *Schöne Müllerin* had ver-
fraaid:

'In deze driestemmige canon zult u opmerken dat elke stem
een drievoudige rol vervult: het exposeren van de eigen melodielijn en het harmoniëren met de melodielijnen van de
andere twee stemmen.' Sebastian herhaalde de uitvoering
heel langzaam en illustreerde daarna de theorie aan de hand
van een vijfstemmige canon.

'Zoals u kunt horen, mevrouw, wordt de zaak lastig met
meer dan drie stemmen. Met zes stemmen moet elke noot op
hetzelfde moment aan zes verschillende voorwaarden voldoen. Het zou menselijkerwijs onmogelijk zijn om zonder de
nodige voorbereiding zoveel stemmen uit de mouw te schudden. En ook met vijf stemmen zou ik meermalen in de fout
zijn gegaan, moet ik toegeven, als ik niet al eerder het thema
van de *Schöne Müllerin* tot een fuga had bewerkt. Hier en
daar heb ik een foutje gemaakt, maar ik reken erop dat die
aan uw welgemeende aandacht is ontsnapt. Vergeeft u mij,
maar ik heb in werkelijkheid een ingewikkelder canon gespeeld dan de simpele canon die ik u zojuist heb beschreven.
Terwijl het originele thema in *C* werd gespeeld, heb ik de
tweede stem in *G* laten invallen, een kwint erboven — zó, ziet
u? — en de derde in *D*, weer een kwint erboven. Ik heb dus,
afgezien van een verschuiving in de tijd, ook een stijging in
toonhoogte gerealiseerd. U zult ongetwijfeld hebben opgemerkt dat de stemmen elk een andere tempo hadden. De
derde stem bijvoorbeeld is *per diminutionem*, oftewel dubbel
zo snel, zodat het thema twee keer wordt gespeeld in de tijd
dat de eerste stem het thema één enkele keer formuleert. De
tweede stem... luistert u hoe ik het apart van de andere
speel... is *per augmentationem*: het thema wordt tot dubbele
lengte uitgerekt.'

Helga von Bülow, die in het begin nogal afwezig was geweest, luisterde nu met onverdeelde aandacht. Gaandeweg
waren de woorden van Sebastian erin geslaagd om haar van
zichzelf los te schudden; ze was de spanning vergeten die zij
tot kort daarvoor nog had gevoeld. Ze gaf aan dat ze hem nog
volgde.

'Met de vierde stem — ik neem aan dat u dat direct heeft
bemerkt — heb ik een omkering van het thema bewerkstelligd, door de noten in hoogte te laten stijgen daar waar ze
hadden moeten dalen, en viceversa. En met de vijfde stem
heb ik mijn favoriete spelletje uitgehaald, een canon *per motum contrarium*. Dan wordt het thema in tegenbeweging

uitgevoerd, door vanaf de coda te beginnen. Kijk, op dit punt heb ik de toonsoort van de eerste en de derde stem verwisseld, met deze geleidelijke transformatie,' en hier speelde Sebastian een lange frasering, 'zodanig dat ik, als ik klaar ben met het ontrafelen van de canonische opbouw, het thema in *D*-groot overhoudt. En u, barones, heeft nog beter gezongen dan de eerste keer.'

'U heeft me betoverd, illustere *Kapellmeister*. Uw geluid klinkt zo natuurlijk, zo dicht bij wat je verwacht, dat ik er nooit een dergelijke structuur achter had kunnen vermoeden. Als ik u niet met mijn eigen ogen had zien spelen, had ik het nooit voor mogelijk gehouden.' Helga voelde zich nu een heel andere persoon dan bij het begin van hun ontmoeting. Of had haar karakter zich in tweeën gesplitst en was het de nieuwe persoon bij wie de muziek nu helder en ondubbelzinnig voor ogen stond?

'U heeft mij nog niet uitgelegd, *maestro*, hoe de fuga zich verhoudt tot de canon.'

'De fuga is in zichzelf een soort canon, tenminste als je kijkt naar hoe zij is opgebouwd. Maar anders dan bij de canon is er meer ruimte voor de verbeeldingskracht en meer vrijheid om je emoties erin uit te drukken. Nadat de tweede stem het thema heeft geëchood met variaties in toon en snelheid zoals in de zuivere canon, kan de eerste stem een nieuwe poneren, met als doel de eerste duidelijker te laten uitkomen. Waarna de andere stemmen, de een na de andere, zich uitleven op het thema en het contrathema. Uiteindelijk, als alle stemmen hun entree hebben gemaakt, bereiken de vrijheidsgraden hun maximum en ontspringt de muziek als een onstuitbare waterval aan de geest van de componist. Zo voel ik dat althans.'

'O, nu begrijp ik eindelijk uw meeslepende vioolconcerten! Zou u mij alstublieft nog een ander voorbeeld kunnen laten horen, mijnheer de *Kapellmeister*?'

'Met alle plezier. Als ik na de expositie van het thema van de *Schöne Müllerin* mijn didactische doelstellingen uit het oog had verloren en mij zou hebben overgeven aan de inspiratie van het moment, zou ik het canonische schema hebben doorbroken met een contrathema. Ik hoop dat ik de draad weer kan oppakken... ja, zo... ik denk dat ik zoiets heb gespeeld.' Sebastian presenteerde opnieuw het thema van de molenaarster: de eerste stem, de tweede *per augmentationem*, daarna de variant. De variant was een liefdeszang, lyrisch en smartelijk zoals het largo van het concert voor twee violen. Het was een onverwachte openbaring van de harts-

126

tocht die binnenin Sebastian brandde; zoiets had Helga al vanaf het begin vermoed. Sebastian stopte en lachte haar blozend toe: 'Barones von Bülow, uw gasten zullen zo wel komen. Wilt u niet de laatste voorbereidingen treffen? En ik zou graag, als u mij dat toestaat, even wat tijd voor mezelf hebben.'

Helga stond roerloos, en kon niets meer uitbrengen. Werktuiglijk trok zij aan het koord van de bel. Sebastian maakt een buiging, pakte haar hand, bracht die even naar zijn lippen, en stond al op de drempel op het moment dat Suzanne binnensnelde. Helga, de godin van de schoonheid, bleef wezenloos achter en keek uitgeput door het raam naar de uitgestrekte velden.

Dat speelde zich af op 4 juli 1720. Diezelfde avond, terwijl in het huis van von Bülow de ontvangst van de gasten in volle gang was, stierf in Köthen Maria Barbara, geveld door een plotselinge ziekte. Johann Sebastian wist van niets, tot het moment van zijn terugkeer tien dagen later. Er restte hem slechts een witte grafsteen om samen met zijn vier kinderen te bezoeken. Deze kinderen waren overgebleven van de zeven die door zijn geliefde nicht uit Arnstadt op de wereld waren gezet.

De depressie waarin Johann Sebastian na de dood van Maria Barbara raakte, droeg ertoe bij dat hij zich twee maanden later terugtrok uit de sollicitatieprocedure voor een interessante betrekking bij de *Jacobkirche* in Hamburg die hem op het lijf geschreven leek. Jan Adams Reinken, de uitmuntende, bijna honderdjarige organist die aan het hoofd stond van de sollicitatiecommissie, was zeer teleurgesteld. Bij Sebastians beslissing woog tevens mee dat hij bij in diensttreding de kerk een grote schenking zou moeten doen. Bovendien zou het vertrek uit Köthen het einde betekenen van een onbekommerde periode van muziek maken en een terugkeer naar de verplichtingen voor de kerk.

Het effect van deze gebeurtenissen was dat Johann Sebastian in Köthen harder ging werken dan ooit en heel snel de zes prachtige *concerti grossi* voltooide die hij de markgraaf van Brandenburg had beloofd en die na de dood van de musicus de Brandenburgse concerten werden genoemd. De begeleidende brief, die Bach niet eigenhandig had geschreven, was geheel in het Frans opgesteld (behoorlijk slecht Frans overigens) als uiting van respect voor de geadresseerde. Het is duidelijk dat in betere tijden de markgraaf voor Sebastian een mogelijke en gewenste werkgever zou kunnen zijn. De brief was als volgt geformuleerd:

A Son Alteße Royalle
Monseigneur
Crétien Louis
Marggraf de Brandenbourg etc. etc. etc.

Monseigneur,
Comme j'eus il y a une couple d'années, le bonheur de me faire entendre à Votre Alteße Royalle, en vertu de ses orders, & que je remarquai alors, qu'Elle prennoit quelque plaisir aux petits talents que le Ciel m'a donnés pour la Musique, & qu'en prennant Congé de Votre Alteße Royalle, Elle voulut bien me faire l'honneur de me commander de Lui envoyer quelques pieces de ma Composition; j'ai donc selon Ses tres gracieux orders, pris la liberté de rendre mes tres-humbles devoirs à Votre Alteße Royalle, par les presents Concerts, que j'ai accommodés à plusieurs Instruments; La priant tres-humblement de ne vouloir pas juger leur imperfection, à la rigueur du gout fin et delicat, que tout le monde sçait qu'Elle a pour les pièces musicales; mais de tirer plutot en benigne Consideration, le profond respect, & la tres-humble obéissance que je tache à Lui temoigner par là. Pour le reste, Monseigneur, je supplie tres humblement Votre Alteße Royalle, d'avoir la bonté de continüer Ses bonnes graces envers moi, et d'être persuadée que je n'ai rien tant à cœur, que de pouvoir être employé en des occasions plus dignes d'Elle et de son service, moi qui suis avec un zele sans pareil

128

Monseigneur
De Votre Alteße Royalle
Le tres humble & tres obeissant Serviteur
Jean Sebastien Bach
Coethen, 24 Mar 1721

De kronieken vertellen ons dat de concerten, die met zoveel ijver en geestdrift waren geschreven, nooit werden uitgevoerd aan het hof van de markgraaf. Waarschijnlijk kwam dat — laten we daar voor het gemak maar vanuit gaan — door het gebrek aan geschikte musici.

Johann Sebastian hertrouwde na anderhalf jaar — een periode die lang genoeg was om blijk te geven van de innige liefde die hem met Maria Barbara had verbonden. Hij had een toegewijde moeder voor zijn kroost gevonden in Anna Magdalena Wilcke, veertien jaar jonger dan hijzelf en dochter van een trompettist uit Thüringen. Het huwelijk voltrok zich begin december. Met een door prins Leopold verleende huwelijksdispensatie vond de plechtigheid plaats in het huis van Johann Sebastian, in de lutherse traditie.

De vorst zelf trouwde kort daarop, acht dagen later. Zijn keus viel op Friederica Henrietta von Berndburg, een prinses van amper twintig jaar met een zwakke gezondheid en een nog slechter karakter. Het bleek al snel dat zij heel weinig met muziek op had, en Johann Sebastian in het geheel niet kon verdragen. De brief aan de markgraaf van Brandenburg gebruikte zij als bewijs voor zijn gebrek aan loyaliteit jegens zijn vorst Leopold, zodat Sebastian, om de relatie met hen te verbeteren, erover dacht om een van zijn concerten te bewerken voor knieviool, met de nodige vereenvoudigingen ten gerieve van hem. De joviale Leopold kon echter niet op tegen zijn chagrijnige vrouw. Hoe meer hij de verdiensten van zijn *Kapellmeister* ophemelde, des te meer deed zij haar best om zijn werkomstandigheden slechter te maken.

Langzamerhand begon de *goodwill* te slinken die hij bij Leopold had gekweekt — de prins was zelfs peetvader van Leopold August, het jongste kind van de componist. Hierover schreef Johann Sebastian, in voor zijn doen zware bewoordingen, een brief die hij enkele jaren later naar zijn oude studiemakker Georg Erdmann stuurde, intussen een Russische diplomaat in Dantzig. Ten tijde van de brief woonde Johann Sebastian inmiddels zeven jaar in Leipzig, waar hij Johann Kuhnau had opgevolgd, zijn vroegere maat met wie hij orgels keurde. Om zich een beeld te kunnen vormen van de situatie in Leipzig verdient de brief aan Erdmann het om van a tot z gelezen te worden.

129

Hoogedelgeboren Heer[2],

Uw Hoogedelgeborene zult een oude trouwe dienaar wel willen excuseren dat hij de vrijheid neemt U met deze brief lastig te vallen. Er moeten ongeveer vier jaar voorbij zijn, sinds Uw Hoog-

---

[2] Gedeeltelijk vertaald door Maarten 't Hart, overgenomen uit zijn boek *Johann Sebastian Bach* (Arbeiderspers, 2000). Maarten 't Hart schrijft zelf over zijn vertaling: 'Hoewel het bijna onmogelijk is het wonderlijke Duits van Bach zo precies mogelijk in het Nederlands te vertalen, ben ik toch zo dicht mogelijk bij de oorspronkelijke tekst gebleven om een indruk te geven van Bachs ongrammaticale, "intricate" schrijfstijl.'

edelgeborene mij gelukkig maakte met een vriendelijk antwoord op de brief die ik U schreef; als ik mij dan herinner dat U toen zeer welwillend verlangde dat ik U zou berichten over mijn lotgevallen, zal ik mij hier gehoorzaam van die taak kwijten.

Van mijn jeugd af zijn U mijn levensfeiten goed bekend, tot aan de mutatie, waarbij ik als kapelmeester naar Köthen trok. Daar had ik een genadige en de muziek zowel kennende als liefhebbende vorst; bij wie ik ook van plan was de rest van mijn leven te blijven. Helaas moest geschieden dat de bedoelde Serenissimus huwde met een Berenburgse prinses, waarbij het er vervolgens op begon te lijken alsof de muzikale inclinatie van bedoelde vorst zich leek te verflauwen, temeer daar die vorstin een amusa scheen te zijn: zo beschikte God het dat ik hierheen tot de Director Musices en Cantor van de Thomasschool geroepen werd.

Hoewel het mij weliswaar aanvankelijk helemaal niet beviel om van een kapelmeester een cantor te worden, waarom ook mijn beslissing een kwart jaar lang traineerde, werd echter deze station mij dermate gunstig voorgespiegeld, dat ik eindelijk (temeer daar mijn zonen tot studeren geïnclineerd schenen) het in de naam van de Hoogste waagde, en mij naar Leipzig begaf, mijn examen aflegde, en vervolgens die mutatie bewerkstelligde. Hier ben ik nu naar Gods wil nog steeds werkzaam.

Daar ik echter (1) vind dat deze dienst lang niet zo aantrekkelijk is als men hem beschreven had, (2) vele accidentia dezer post mij ontgaan zijn, (3) het een zeer dure plaats is en (4) er een wonderlijke en de muziek weinig toegedane overheid is, waardoor ik bijna steeds in ergernis, nijd en vervolging leven moet, zo voel ik mij genoodzaakt met de hoogste bijstand mijn fortuin elders te zoeken. Mocht U Hoogedelwelgeborene, voor een oude trouwe dienaar in uw woonplaats een geschikte post weten of vinden, zo verzoek ik U heel gehoorzaam voor mij een zeer welwillende recommandatie te verlenen. Aan mij zal het niet mankeren dat de zeer welwillende voorspraak en intercessie enige satisfactie zal opleveren, mij naar beste vermogen bevlijtigend.

Mijn huidige dienstbetrekking levert ongeveer 700 thaler op, en als er wat meer lijken zijn dan gewoonlijk, dan stijgen ook naar proportie de accidentia. Is er echter een gezonde lucht, dan vallen daarentegen zulke ook, zoals ik dan vorig jaar aan accidentia 100 thaler heb ingeboet op gewone lijken. In Thüringen kan ik met 400 thaler verder komen dan in deze plaats met nog eenmaal zoveel honderden? vanwege het excessieve, kostbare levensonderhoud.

Nu moet ik ook nog een weinig vermelden van mijn huiselijke toestanden. Ik ben voor de tweede keer getrouwd en mijn eerste vrouw zaliger is in Köthen gestorven. Uit het eerste huwelijk zijn nog drie zoons en een dochter in leven, die Uw Hoogedelgeborene nog in Weimar gezien heeft zoals U zich zeer welwillend zult herinneren. Uit het tweede huwelijk zijn in leven een zoon en twee

*dochters. Mijn oudste zoon is een rechtenstudent, de beide anderen
zitten nog op school, een in de eerste, de andere in de tweede klas,
en de oudste dochter is ook nog ongehuwd. De kinderen uit het
tweede huwelijk zijn nog klein, en de eerstgeboren knaap is zes
jaar oud. Maar het zijn allemaal geboren Musici, en ik kan u verzekeren, dat ik al een Concert Vocaliter en Instrumentaliter met
mijn familie geven kan, temeer daar mijn huidige vrouw een heldere sopraanstem heeft, en ook mijn oudste dochter niet slecht
meedoet.*

*Ik overschrijd bijna de maat der hoffelijkheid als ik U Hoogedel-
geborene met nog meer belast, daarom ijl ik naar het slot toe met
alle respect mijn leven lang verblijvend,*

*de aan Uw Hoogedelgeborene geheel gehoorzame, toegedane
dienaar*

Joh. Sebast. Bach
Leipzig
28 oktober 1730

De brief aan Erdmann klinkt dus als een smeekbede om hulp.
Men kan terecht veronderstellen dat, om redenen die verderop uit de doeken zullen worden gedaan, Johann Sebastian
hoopte op hulp vanuit de kringen rondom prins Friedrich
August I, koning van Polen en keurvorst van Saksen. Sebastian had kennelijk niet vermoed dat de reputatie van Erdmann
twijfelachtig was, aangezien die tot over zijn oren in de
schulden zat. Het was geen toeval dat het verzoekschrift van
Bach, voor zover men weet, geen enkel effect sorteerde.

Een fanatieke tegenstander van Sebastian, de rector van de Tho-masschule Johann August Ernesti

VII

CANTATES EN TWISTEN

Een wurgcontract

De tegenslagen waarover Johann Sebastian rept in zijn brief uit 1730 aan Georg Erdmann zijn zo ongewoon en verbazingwekkend dat ze nader onderzoek verdienen. Zeven jaar ervoor was de tegenspoed begonnen met de ondertekening van zijn arbeidscontract in Leipzig; in de bijlage had de musicus uitputtend de verplichtingen opgesomd die hij moest nakomen. In feite hadden de raadsleden Sebastian al eerder, nog voor ze hem een definitief voorstel deden, verzocht een opzetje van zo'n verklaring op te stellen. Verderop zullen we zien waarom ze zo achterdochtig waren. De plechtige opdracht van Bach leidde tot het volgende document, opgesteld door een officiële schrijver:

BIJLAGE BIJ HET ARBEIDSCONTRACT VAN DE KANTOR VAN DE ST. THOMASSCHOOL

Omdat de Zeer Geleerde Gemeenteraad van Leipzig mij als Kantor van de St. Thomasschool heeft aangesteld en mij heeft gevraagd om een bijlage met de volgende punten, namelijk:

1 — dat ik de leerlingen het goede voorbeeld van fatsoenlijk gedrag geef, mij ijverig inzet voor de school en de jongens zorgvuldig lesgeef;

2 — dat ik mijn uiterste best zal doen om de muziek op zo'n hoog mogelijk peil te brengen in de twee hoofdkerken van de stad;

3 — dat ik de Zeer Geleerde Raad alle respect en gehoorzaamheid betuig en haar eer en reputatie zoveel mogelijk zal beschermen en hoogachten; en dat ik, als een raadslid voor een muzikale gelegenheid over de jongens wenst te beschikken, ik hen zonder aarzelen zal uitlenen; maar dat ik niet zal toestaan dat ze afreizen naar het platteland voor begrafenissen en bruiloften zonder medeweten en voorafgaande goedkeuring van de huidige Burgemeester en de Schooldirectie;

4 — dat ik keurig zal gehoorzamen aan alles wat de respectabele Schoolinspectie en de Schooldirectie mij zullen opdragen in naam van onze Geleerde Raad;

5 — dat ik geen enkele jongen tot de school zal toelaten die niet reeds de basisprincipes van de muziek onder de knie heeft, of die geenszins geschikt is om enige vorming op dat gebied te ontvangen; en dit alles met medeweten en voorafgaande goedkeuring van de respectabele Inspecteurs en Directieleden;

6 — dat ik de jongens zélf regelmatig zal onderwijzen in de vocale muziek, maar ook in de instrumentale muziek, zodat de kerk niet tot onnodige uitgaven wordt gedwongen;

7 — dat ik er, om de goede orde in de kerk te bewaren, voor zal zorgen dat de muziek niet te lang duurt en geen theatraal karakter zal aannemen, maar dat zij juist de mensen zal bewegen tot vroomheid;

8 — dat ik de Nieuwe Kerk goede leerlingen zal verschaffen;

9 — dat ik de leerlingen mild en respectvol zal behandelen, maar hen in geval van ongehoorzaamheid met mate zal corrigeren of hen bij de verantwoordelijke persoon zal aanmelden;

10 — dat ik het onderwijs in de School trouw op mij zal nemen en verder alles wat daar mee samenhangt;

11 — en dat ik, in het geval ik me daar niet persoonlijk mee bezig kan houden, een ander competent persoon zal inschakelen voor het onderwijs zonder bijkomende kosten voor de Zeer Geleerde Raad en de School;

12 — dat ik de stad niet zal verlaten zonder toestemming van de huidige Burgemeester;

13 — dat ik in het geval van begrafenissen, volgens de traditie en voor zover mogelijk, samen met de jongens zal lopen;

14 — dat ik geen enkele post aan de universiteit zal aannemen zonder de goedkeuring van de Zeer Geleerde Raad.

Ik verplicht mij schriftelijk en ik beloof op basis van dit document dat ik het voorafgaande plichtsgetrouw zal naleven en er niet tegenin zal gaan, op straffe van ontslag.

Aldus naar waarheid opgesteld heb ik deze bijlage persoonlijk ondertekend en verzegeld.

Opgetekend in Leipzig op 5 mei 1723. Johann Sebastian Bach

Dit document, waarvan de talrijke en strenge bepalingen je doen afvragen in hoeverre men hem als nieuwe *Kantor* geloofwaardig vond, werd ter ondertekening voorgelegd aan Sebastian in de raadszaal aan het einde van een moeizame zitting waarin de ex-*Kapellmeister* van Köthen werd benoemd. Wat een schril contrast tussen de hoop die hij had toen hij Köthen verliet — waarbij hij op het punt had gestaan een lagere positie te accepteren — en de confrontatie met de alledaagse werkelijkheid!

En dat was nog niet alles, want enkele dagen later werd Sebastian gedwongen een even gedetailleerde als overbodige akte van afzwering van het calvinisme te ondertekenen. Dit omdat Johann Sebastian zich in Leipzig niet alleen voor zijn vroegere gedrag moest verantwoorden tegenover de gemeenteraad die hem in dienst had genomen, maar ook tegenover de kerkenraad die toezicht hield op alle zes kerken van de stad. De aktes van afzwering hebben ons in oorspronkelijke staat bereikt, van de hand van Bach zelf. Het zijn twee beknopt aktes en de uiteindelijke versies. De eerste onderschrijft de 'artikelen' die naar aanleiding van pastorale bezoeken vanaf 1592 waren ingevoerd op scholen en kerken in het keurvorstendom Saksen en die als doel hadden om de ware leer te ondersteunen en de dwalingen van de calvinisten te veroordelen. De tweede verwerpt de ontkenning van deze artikelen door de calvinisten.

BEVESTIGENDE AKTE

Ik, ondergetekende, Johann Sebastian Bach, voorgedragen Kantor van Leipzig, verklaar bij dezen dat de beweringen in de hier bijgevoegde artikelen op alle punten conform de Heilige Geschriften zijn en dat ik de intentie heb om mij aan deze punten te houden met Gods genade en nooit in zal stemmen met opvattingen die hiermee strijdig zijn.

ONTKENNENDE AKTE

Ik, ondergetekende, Johann Sebastian Bach, voorgedragen Kantor van Leipzig, verklaar bij dezen dat de ontkenningen in de hier bijgevoegde artikelen onjuist zijn en onwettig en dat ik niet met deze punten wil instemmen en ze op geen enkele manier wil verdedigen.

Maar laten we terugkeren naar de raadszitting van 5 mei. Het hoofdpunt op de agenda: een beslissing nemen over de nieuwe *Thomaskantor*, i.e., de muziekleraar en koordirigent van de *Thomasschule*. De baan was in werkelijkheid belangrijker dan je op het eerste gezicht zou vermoeden, omdat het ook de functie van *Director Musices* inhield, die verantwoordelijk was voor alle muzikale activiteiten in de kerken van Leipzig. De opvolger van Kuhnau, die een goed componist was geweest en ook liefhebber van wiskunde en filosofie, moest in de ogen van de raad niet alleen een uitmuntend musicus zijn, maar ook een bijzonder talentvolle leraar en organisator.

Op het moment van de verkiezing had de raad al een reeks vruchteloze pogingen achter de rug met musici naar wie de voorkeur uitging. Na een kortstondig contact met de gewaardeerde Friedrich Rolle — een oude vriend van Johann Sebastian en Kuhnau zelf — wilde de raad nog hoger inzetten: de zeer geprezen Georg Philipp Telemann. Die gebruikte het ontvangen aanbod echter meteen om zijn salaris in Hamburg te laten verhogen en bedacht zich wel twee keer om naar Leipzig te verhuizen. De derde uitverkorene — Johann Christoph Graupner, *Kapellmeister* te Darmstadt — had zich, na een beslissing lang voor zich uitgeschoven te hebben, verscholen achter het veto van zijn landgraaf. Bleven over, afgezien van Johann Sebastian, een schare musici van de vierde categorie.

Gezien de omstandigheden zou men zeggen dat de beslissing een uitgemaakte zaak was. Niets was echter minder waar, omdat het raadslid Platz een protegé, een middelmatige en onbeduidende muziekleraar, naar voren wilde schuiven en allerlei bedenkingen over Bach uitsprak. Zoals gewoonlijk in dit soort gevallen vond hij moeiteloos diverse medestanders onder de raadsleden, zoals de rector van de *Thomasschule*, Johann Heinrich Ernesti, die uitgenodigd was voor de vergadering en de directe baas van Bach zou worden.

'Deze mijnheer Bach,' bulderde Ernesti op een manier die liet zien dat hij gewend was de lakens uit te delen, 'wekt geen enkel vertrouwen. Het is iemand die zich vreemd en ondisciplinair gedraagt.'

'U haalt me de woorden uit de mond,' steunde Platz hem. 'We geloven toch niet dat we een beroep op hém kunnen doen voor het onderricht van de koren? Of voor de lessen Latijn?'

'En wat te zeggen van de handhaving van de orde? Zeer geachte raadsleden, de heer Bach heeft te veel tekortkomingen om ze te kunnen negeren: ik vrees dat hij niet kan worden beschouwd als een toonbeeld van morele integriteit!'

'De hertog van Saksen-Weimar waarschuwt ons voor zijn aangeboren afkeer van gezag,' mengde raadsman Kregel zich in de discussie.

'Aan de andere kant is er de aanbeveling van prins Leopold

die we niet kunnen negeren, heren,' wreef raadsman Lehman hun onder de neus.

'Leopold von Anhalt-Köthen!' riep rector Ernesti fel uit. 'Zijn oordeel is geheel vertroebeld door zijn calvinistische kijk op de dingen.'

'Maar de heer Bach is luthers gebleven...'

'Vreemd, vindt u niet, raadsleden? Zo lang aan het hof van een calvinistische vorst rondgehangen en er dan toch nog onbedorven uitkomen! Alleen een zeker cynisme, en een desinteresse voor de godsdienst kan zoiets verklaren.'

'Precies,' zei Kregel. 'In feite heeft de heer Bach al een hele tijd geen gewijde muziek meer gecomponeerd, behalve dan een paar cantates die hij nu voor ons eigen gebruik in elkaar heeft gedraaid.'

'Was hij overigens in Mühlhausen zelfs niet bevriend met de piëtisten? De overtuigingen van de heer Bach zijn blijkbaar niet rotsvast, voor hem is alles inwisselbaar. Voor geen goud zou ik de opvoeding van mijn kinderen aan deze man willen toevertrouwen.' Ernesti ging gekweld zitten.

'Ik vind dat aspect,' kwam het gemeenteraadslid Baudiss tussenbeide, 'minder belangrijk dan het stipt en regelmatig geven van de lessen. Zal de heer Bach in staat blijken om zijn privélessen op te geven? En dan die lange absenties als hij als deskundige een oordeel moet vellen over allerlei orgels? Ik heb zo het gevoel dat hij een enorme geldwolf is!'

'Wat dat betreft,' werd hij onderbroken door een stem van achteren, 'doen wij voor niemand onder: wij pretenderen de Almachtige te zijn ten koste van een laagbetaalde koster die allerlei klusjes voor ons moet opknappen!'

'Het is nu niet het juiste moment voor grapjes, hooggeachte raadsman Born. Het gaat hier om een kwestie van het hoogste belang: kunnen we er van op aan dat de heer Bach zijn heftige drang tot componeren tot een minimum zal kunnen beperken, zodat hij zich waardig zal kunnen kwijten van de taak die hem wacht? Zal hij zijn verlangen om te experimenteren kunnen beteugelen en met grote regelmaat alle zondagscantates kunnen produceren die wij van hem verlangen?'

'Nee, nee en nog eens nee,' besloot Ernesti op besliste toon en hij ging opnieuw staan. 'Zo'n type benoemen zou een grote vergissing van deze raad zijn.'

'Ik denk,' begon Platz weer, aangemoedigd door de woorden van de rector, 'dat we, omdat alle goede eigenschappen onmogelijk in één persoon verenigd kunnen zijn, de voorkeur zouden moeten geven aan een kandidaat waarvan we zeker weten dat die kan geven wat ons het meest aan het hart gaat. Ook al staat hij als componist of instrumentalist misschien niet op hetzelfde niveau als de heer Bach.'

Dat monterde Ernesti op: 'Die eigenlijk, laten we wel wezen, eerder een acrobaat op de toetsen is dan iets anders: veel uiterlijk vertoon en weinig inhoud!'

'De brief van de heer Graupner leert ons dat Bach de meest geschikte *musicus* is om deze functie te bekleden,' merkte Lehman op.

'Wat kon u anders verwachten van Graupner na al die tijd dat hij ons aan het lijntje heeft gehouden?'

'Om kort te gaan, illustere heren,' onderbrak de burgemeester hem, die tot dan toe had gezwegen, hoewel hij de vergadering voorzat, 'weinigen hier lijken dus bereid om de heer Bach te steunen. Ik word er een beetje moedeloos van. We hebben er al zoveel vergaderingen over gehad. Willen we nu, op dit punt aangekomen, alles wéér ter discussie stellen, helemaal opnieuw? Als we niet kunnen geloven dat de heer Bach zijn woord zal houden, waarom hebben we hem dan überhaupt om een bijlage gevraagd? Lijkt u dat document, dat hij zal moeten ondertekenen, niet bindend genoeg?'

'De religie, illustere mijnheer Langer, de religie,' articuleerde Ernesti duidelijk, met opgeheven wijsvinger. 'Wat de religie betreft hebben we, vrees ik, geen enkele manier om hem te controleren.'

'Zeer gewaardeerde rector, om hem daarover te peilen zouden we een debat met onze musicus moeten organiseren. We zullen theoloog Schmid de leiding geven en als hij van oordeel is dat er niet voldoende garanties zijn voor de morele gezondheid van onze jongens zullen we onze maatregelen nemen. De clausules die we hem zullen laten ondertekenen, geven ons voldoende speelruimte.'

'Goed, goed.' Platz gaf toe. Hij had duidelijk geen trek om zich tegen de burgemeester te verzetten. 'Laten we de heer Bach aannemen, op voorwaarde dat hij op proef komt. Het spreekt vanzelf dat de illustere heer Ernesti eerst garanties zal moeten krijgen omtrent zijn lutherse geloof. Ik zal de heer Bach persoonlijk aanvallen als hij een misstap begaat. Niemand zal mij dan het voorrecht kunnen ontnemen om een opvolger aan te wijzen!'

Met de tussenkomst van Platz werd de discussie gesloten, tot grote opluchting van de raadsleden die het na maanden van tegenspoed helemaal beu waren. Om zes uur 's avonds werd Johann Sebastian, die in een aangrenzende kamer wachtte, unaniem benoemd en gevraagd om ter plekke de veelbesproken brief met zijn verplichtingen te tekenen onder de doordringende en afkeurende blikken van de aanwezigen. Geen enkel punt in het document gaf hem zelfs maar een klein beetje speelruimte. Een enorme hoeveelheid werk, geen enkele vrijheid, geen enkele zelfstandigheid, geen hulp, zeer beperkte betrekkingen met de universiteit (waar hij zoveel waarde aan hechtte), volledige onderschikking aan de autoriteiten, zowel civiel als religieus. Johann Sebastian tekende met de gelatenheid van iemand die besloten heeft een sprong in het duister te wagen, de gapende afgrond in. Hij stelde een enkele, bedeesde, vraag:

'En Latijn?'

'U geeft zelf Latijn, illustere heer. En als u zo nodig een vervanger wilt, dan betaalt u die uit eigen zak.'

'Volgens mij zou de heer Telemann, als hij de benoeming zou hebben geaccepteerd, die verplichting bespaard zijn gebleven.'

'Maar u bent Telemann niet, hooggeachte heer Bach!'

Ter aanvulling van het document ondertekende Johann Sebastian uitdrukkelijk de verplichting om iedere week een nieuwe cantate te componeren die in de twee hoofdkerken, de *Thomaskirche* en de *Nicolaikirche*, uitgevoerd zou worden. De cantates mochten niet langer dan twintig, dertig minuten duren, moesten geïnspireerd zijn door de beginselen van de traditionele kerkmuziek (geen theater, waarschuwde de rondwarende geest van hertog Wilhelm Ernst) en moesten veelvuldige herhalingen, zoals in de preken van de dominee, vermijden. Johann Sebastian had op dit punt zeer heldere ideeën. Zo zou hij veelvuldig putten uit oud materiaal door zijn eigen liturgische muziek die hij in de Weimar-periode had geschreven, te hergebruiken. Ook Wilhelm Ernst zou dus uiteindelijk zijn nut afwerpen. Maar noch dit noch andere zaken maakte hij bekend aan de raadsleden, die hij vanaf dat moment als persoonlijke vijanden zou gaan beschouwen.

En niet ten onrechte, want de eerste tastbare aanwijzing dat hij zich in een wespennest had begeven kreeg Johann Sebastian al heel snel, tijdens de ceremonie ter gelegenheid van zijn installatie. De predikant van de *Thomaskirche* en het raadslid dat verantwoordelijk was voor het muzikale leven in de stad verlaagden zich tot een ordinaire scheldpartij over wie als eerste het woord mocht voeren en de nieuwe *Kantor* welkom zou heten. Gedurende de heftige woordenwisseling bleef de arme Sebastian niet bespaard wat zich werkelijk tijdens de aanstellingsprocedure had afgespeeld, zoals het voorbehoud dat gemaakt was ten aanzien van zijn morele en professionele betrouwbaarheid. Zo begon zijn betrekking, die later nog veel zwaarder bleek te zijn dan hij op grond van de niet erg rooskleurige voorspellingen had kunnen vermoeden.

Het voorval met de universiteit

Een voorbeeld kan verhelderen hoe Johann Sebastian zich terstond midden in het kruisvuur van zijn verschillende werkgevers bevond. Bach, die het nog amper kon verdragen, had besloten rechtstreeks enkele smeekbedes te richten aan vorst Frederik August I van Saksen, die twee jaar later koning van Polen zou worden. In deze geschiedenis zijn de werkgevers enerzijds de gemeenteraad, en anderzijds het rectoraat van de universiteit. De brieven aan de vorst vertellen ons veel, zo niet alles, over het werkklimaat waarin Johann Sebastian verkeerde, en over de houding van de componist in die omstandigheden. Het is daarom de moeite waard om ze aan een nader onderzoek te onderwerpen.

Voor de duidelijkheid moet hier benadrukt worden dat de universiteitskapel, die als een van de stadskerken kon worden beschouwd, contacten onderhield met de *Kantor*. De oude ritus aan de universiteit waaraan Bach refereert, behelst de godsdienstige handelingen behorende bij de traditionele ceremoniën en de nieuwe ritus de recentelijk geïntroduceerde, dagelijkse religieuze activiteiten. Dit in gedachten houdend volgen nu de overigens povertjes geschreven brieven aan de keurvorst (zij bevatten de gebruikelijke opeenvolging van formele titels, die om het kort te houden slechts één keer zullen worden vermeld).

Uwe Doorluchtigheid
Zeer Machtige Koning en Keurvorst
Zeer Goedgunstige Vorst

Moge Uwe Hoogheid en Uwe Doorluchtigheid zich verwaardigen mij goedgunstig te willen toestaan u met de meest nederige onderdanigheid voor te leggen dat het directorium van de muziek voor de oude en nieuwe ritus van de illustere universiteit van Leipzig, met haar adequate honoraria en onregelmatige toeslagen, altijd verbonden is geweest met de functie van Kantor van de St. Thomas; maar de vacature die ontstond na de dood van mijn voorganger, werd opgevuld door de organist van de St. Nicolaas, [Johann Gottlieb] Görner. Toen ik mijn aanstelling aanvaardde,

werd mij het directorium *van de zogenoemde oude ritus toevertrouwd, maar de vergoedingen daarvoor werden later ingehouden en samen met de leiding van de nieuwe ritus toebedeeld aan
bovengenoemde organist van de St. Nicolaas. En hoewel ik Uw
illustere universiteit naar behoren het verzoek heb voorgelegd of
ze de oude bepalingen niet intact konden laten, bleek dat ze mij
slechts de helft van het vastgestelde* salarium *van twaalf florijnen
konden aanbieden.*

*Omdat, Zeer Goedgunstige Koning en Keurvorst, de illustere
universiteit mij heeft aangenomen en uitdrukkelijk heeft belast
met de zorg voor de muziek voor de oude ritus, en ik die taken tot
dusverre op mij heb genomen; omdat het* salarium *dat naar de
leiding van de nieuwe ritus werd overgeheveld specifiek bij de
oude ritus hoorde, en beide ritussen bovendien oorspronkelijk
onder één leiding vielen; omdat, hoewel ik niet van plan was om
bij de organist van de St. Nicolaas de leiding van de nieuwe ritus
aan te vechten, de inhouding van het salaris behorende bij de oude
ritus (al voordat de nieuwe ritus was ingesteld), mij diep heeft
geraakt en vernederd: en omdat het niet de gewoonte van de
kerkpatronen is om af te wijken — in de zin van verlagen of geheel
en al afschaffen — van wat is vastgesteld als compensatie voor een
kerkdienaar, en omdat ik, ondanks dat alles, al langer dan twee
jaar de dienst van de oude ritus heb uitgevoerd zonder enige vergoeding, smeek ik Uwe Majesteit en Doorluchtigheid nederig de
illustere universiteit van Leipzig te verordonneren zich te houden
aan de vroegere afspraken, en mij naast de leiding van de oude
ritus de leiding van de nieuwe ritus toe te vertrouwen, en in het
bijzonder mij de emolumenten van de oude ritus in het geheel uit
te betalen evenals de* accidentia *behorende bij beide ritussen.*

*Een zo grote gunst in aanmerking nemende, verblijf ik mijn ge-
hele leven,*

*Uwe Majesteits en Uwe Doorluchtigheids
zeer nederige en gehoorzame dienaar
Johann Sebastian Bach*

Leipzig, 14 september 1725

*Aan Zijne Doorluchtigheid, Zeer Machtige Prins en Vorst Frederik
August I, Koning van Polen, Groothertog van Litouwen, Rusland,
Pruisen, Mazovia, Žemaitija, Kiev, Vilnius, Podolia, Podlachia,
Livonija, Smolensk, Servië en Herzegovina, &c., &c. Hertog van
Saksen, Jülich, Clives en Bergen, met uitzondering van Engern en
Westfalen; Grootmaarschalk en Keurvorst van het Heilige Room-
se Rijk, Landgraaf van Thüringen, Markgraaf van Meißen, met
uitzondering van Oberlausitz en Niederlausitz, Burggraaf van
Maagdenburg, Prins en Graaf van Henneberg, Graaf van de Mar-
ken, van Ravensberg en Barby, Heer van Ravenstein &c., Aan
Mijn Zeer Goedgunstige Koning, Keurvorst en Vorst &c.*

141

Het schijnt dat de smeekbede hierboven persoonlijk door Johann Sebastian aan de vorst werd afgegeven tijdens de inwijding van het nieuwe orgel dat door Silbermann was vervaardigd voor de *Sophienkirche* in Dresden. Franz Ottokar Bach vertelt ons met een flinke dosis sarcasme wat het commentaar van de koning zou zijn geweest nadat de musicus weer vertrokken was:

'Zes taler verschil per jaar, en hij verdient zevenhonderd taler, meer dan al zijn gelijken! Zijn muziek mag dan wel groots zijn, maar zijn krenterigheid doet er niet voor onder! Maar ja, ik wil wel dat hij tevreden blijft, dus laat de universiteit maar een verslag schrijven met steekhoudende argumenten.'

Dat verslag moet Johann Sebastian belangrijk hebben gevonden, want hij vond het nodig om zo snel mogelijk weer in contact met de koning te treden.

Uwe Doorluchtigheid &c. &c.

Omdat dankzij de door Uwe Majesteit welwillend afgekondigde opdracht, ingevolge mijn nederige smeekbede aangaande de zaak waarin ik als schuldeiser van de universiteit van Leipzig optreed, voornoemde universiteit het nederige rapport heeft geleverd en mij punctueel van de toezending in kennis heeft gesteld, en ik het mijnerzijds noodzakelijk acht mijn toekomstige verdediging op mij te nemen, smeek ik Uwe Majesteit en Uwe Doorluchtigheid zeer nederig en gehoorzaam mij een kopie van het genoemde rapport te doen toekomen en zich welwillend te verwaardigen om Uwe Majesteits Hoge Besluit uit te stellen totdat ik mij met de nodige argumenten ertegen heb weten te wapenen. Ik zal mijn plichten niet verzaken voor zover dat in mijn vermogen ligt en ondertussen blijf ik mijn gehele leven, in de diepste onderdanigheid,

Uwe Majesteits en Uwe Doorluchtigheids
meest toegewijde en gehoorzame [dienaar]
Johann Sebastian Bach
Leipzig, 3 november 1725

Het was niet moeilijk te voorspellen voor Johann Sebastian dat het rapport hem ongelijk zou geven, omdat het opgesteld was door diezelfde personen die hem in zijn ogen onrecht deden, namelijk de rector en het korps van professoren en doctorandi van de universiteit. Het rapport bestond uit meerdere pagina's waarin tot in de kleinste details uit de doeken werd gedaan waarom de eisen van de heer Bach volstrekt onrechtmatig waren. Allereerst werd ontkend dat de muzikale leiding van de oude en nieuwe ritus volgens de tradities noodzakelijkerwijs verbonden zou moeten zijn met de taken van de *Thomaskantor*. De universiteit had hierover de zeggenschap, maar had toch aan Bach de leiding van de oude ritus toevertrouwd. De universiteit, die aan de leerlingen van de *Thomasschule* noch aan de instrumentalisten van de gemeente had toegestaan deel te nemen aan zijn muziekuitvoeringen in de universiteitskapel, bekritiseerde echter zijn povere samenwerking met haar (hoewel de gemeenteraad daaraan medeschuldig was). Johann Sebastian werd er verder van beschuldigd niet de waarheid te hebben verteld over zijn, veronderstelde, gratis verrichtingen. Dit werd gestaafd met allerlei bijgevoegde boekhoudkundige documenten. Men greep meteen de gelegenheid aan om allerlei insinuaties aan zijn adres te maken over zijn geringe arbeidsproductiviteit als muziekdirigent en zijn onbekwaamheid in het onderhouden van contacten met de studenten. Het werd zelfs nodig gevonden de hulp van andere personen in te roepen, zoals van Görner, die al eerder in een brief van Bach was genoemd; iemand die van onschatbare waarde was gebleken tijdens het sabbatsjaar van de *Kantor*. Verder hadden de twaalf aan Görner uitbetaalde talers niets te maken met het al eerder vastgestelde honorarium voor Kuhnau, waarvan Bach vond dat het hem toekwam. Kortom, de vorst werd nederig verzocht ervoor zorg te dragen dat Bach zich niet druk zou maken en genoegen zou nemen met wat hem uitbetaald werd, een bedrag waar helemaal niets mis mee was.

143

Onnodig te zeggen dat Johann Sebastian, na de tekst gelezen te hebben, direct een derde smeekbede naar de vorst stuurde, misschien wel de langste van alle door hem geschreven epistels waarvan met zekerheid de authenticiteit is vastgesteld. We beperken ons hieronder tot enkele passages.

Uwe Doorluchtigheid &c. &c.

Dat Uwe Majesteit en Uwe Doorluchtigheid zich heeft verwaardigd om mij op mijn verzoek een kopie te doen toekomen van het antwoord van de universiteit alhier in reactie op mijn bezwaar betreffende het Directorium Musices *van de oude en nieuwe cultus van de St. Pauluskerk en het mij tot dusverre geweigerde salarium dat toekomt aan de oude cultus, daarvoor dank ik Uwe Majesteit zeer nederig. Hoewel ik had verwacht dat de universiteit mij onmiddellijk tegemoet zou komen en mijn gefundeerde verzoek zonder problemen zou inwilligen, heb ik echter moeten constateren dat dat om diverse redenen niet het geval was en dat de universi-*

teit zich te harer verdediging de moeite heeft getroost een opsom-
ming te maken van [...].

Dan volgen er zeven verschillende punten met de eerder genoemde betwistingen door het academisch personeel. Sebastian reageert zeer nauwgezet op elk van deze betwistingen,
maar met weinig steekhoudende argumenten. Kennelijk is de
kwestie voor hem vooral een erezaak geworden — vergeet zijn
frustraties niet ten opzichte van het academisch milieu waartoe hij niet heeft kunnen toetreden —, maar zijn vasthoudendheid wat de financiële kant van de zaak betreft sugge-
reert dat die voor Bach helemaal niet zo onbeduidend was.
De *Kantor* sloot bij zijn brief zelfs verklaringen van de wedu-
wen Kuhnau en (zijn voorganger) Schelle bij — arme oudjes!
—, die getuigden dat hun respectieve echtgenoten altijd
twaalf florijnen en nog iets hadden ontvangen voor de muzikale leiding van de oude cultus, en dan hebben we het nog
helemaal niet over de nieuwe cultus.
    Bij punt zes over zijn werkrelatie met de studenten, brengt
Johann Sebastian energiek een tegenbeschuldiging in:

[...] dat het vroeger tussen de leerlingen van het directorium van
de nieuwe cultus en de Kantor nooit zo boterde — zozeer dat ze
hem geen gratis diensten wilden verlenen — mag geen excuus zijn
om nu het salarium dat toekomt aan de oude cultus, te beknotten.
Het is geen geheim dat de studenten die van muziek houden daar
met alle plezier aan deelnemen. Wat mij betreft zijn er nooit mis-
verstanden geweest met mijn leerlingen: zij hebben regelmatig
onder mijn leiding deelgenomen aan vocale en instrumentale uit-
voeringen, zonder aarzeling en tot dusverre helemaal gratis en
zonder vergoeding. [...]

Het laatste argument van Johann Sebastian is werkelijk heel
naïef:

[...] Tenslotte heeft het Rectoraat mij in eerste instantie een half
salaris van zes florijnen aangeboden, dat zou men zeker niet ge-
daan hebben als men vond dat ik geen gelijk had. [...] Ik smeek
Uwe Majesteit en Uwe Doorluchtigheid daarom zeer nederig om
de universiteit welwillend te gelasten niet alleen de dingen bij het
oude te laten en mij in de toekomst het totale bedrag van 12 florij-
nen voor de oude ritus uit te betalen, en voorts de onregelmatige
opbrengsten van de universitaire promotieplechtigheden, maar
om mij bovendien mijn achterstallige honorarium uit te betalen,
namelijk 18 talers van 5 gram plus de rest van het gewone salari-
um van 33 florijnen, en alle door mij gemaakte onkosten te ver-

goeden. Of, mocht de universiteit nog niet overtuigd zijn door het-
geen hier is voorgelegd, om haar te gelasten de kwitanties van
Schelle en van Kuhnau van de buitengewone honoraria *en de ge-*
wone salaria *vrij te geven.*
Ik zal U mijn gehele leven nederig dankbaar zijn voor deze hoge
gunst en blijf Uwe Majesteits en Uwe Doorluchtigheids meest on-
derdanige en gehoorzame dienaar

Johann Sebastian Bach
Leipzig, 31 december 1725

In de reactie uit Dresden van 21 januari 1726 werd de aanvraag van Bach vanzelfsprekend afgewezen, aangezien de
oude en nieuwe cultus niets met elkaar te maken hadden.
Johann Sebastian zou de leiding over de eerste behouden met
de slechts dáármee samenhangende opbrengsten. Franz Ottokar leert ons dat zijn oom de smadelijke nederlaag zo slecht
opnam dat hij dagen niet aanspreekbaar was. Een nederlaag
ten opzichte van Görner, die hij zag als een stuk onbenul en
die hij op een gegeven moment zelfs met een rol partituren te
lijf ging vanwege zijn belabberde uitvoering van de *basso
continuo.*

Alleen tijdens zijn eerdere gevangenschap in Weimar was
Sebastians toorn groter geweest. Hij maakte van de gelegenheid misbruik om de oude cultus van de universiteit te ver-
onachtzamen, die hij tot dan toe blijkbaar alleen serieus had
genomen, omdat hij op een bescheiden stijging van zijn in-
komen had gehoopt. Onnodig te zeggen dat de wederzijdse
pesterijen van Johann Sebastian en de universiteit vanaf dat
moment vaste vormen zouden aannemen.

Het stond buiten kijf dat het werk van de *Kantor* in Leipzig
over het geheel genomen ondankbaar was. Als een van de
belangrijkste docenten aan de *Thomasschule* moest Johann
Sebastian iedere maand een week lang toezicht houden op de
school door er voltijds te gaan wonen, de mensa en de
schoonmaak van de slaapzalen te controleren, zich te bemoeien met de verlichting, met de hygiëne, met de veel voor-
komende besmettelijke ziekten (maar niet met de verwar-
ming, want die was er niet), en bovendien met de discipline.
Kortom, de rol van conrector bij toerbeurt.

Daarnaast waren er nog de normale verplichtingen: het
lesgeven, het componeren, het schrijven van een onophoudelijke reeks van cantates, het onderrichten van maar liefst vier
jongenskoren, zoveel als de school er had. Twee daarvan waren behoorlijk goed en traden op in de twee voornaamste

kerken: één koor, *Chorus Musicus* genoemd, werd geleid door Sebastian zelf en het andere door de eerste prefect, een oudere leerling waarin Sebastian vertrouwen had. De andere twee koren bestonden daarentegen uit de minder gemotiveerde studenten en waren de *Kantor* een doorn in het oog. Deze studenten zongen in de kleinere kerken en ook zij werden gedirigeerd door prefecten, maar de verantwoordelijkheid voor hun gedrág rustte geheel op de schouders van de arme Sebastian.

Alleen al het repeteren van een nieuwe cantate was een heidense klus. Het kwam dus niet als een verrassing dat hij na vijf van zulke jaren (waarin de Kantor maar liefst driehonderd cantates had geschreven!) besloot om definitief op te houden met dit soort muziek om zich vervolgens, tegen de zin van zijn stadsgenoten, te gaan storten op zijn grote meesterwerken.

Het voorval met de Gemeenteraad

146

Hoe Johann Sebastian zelf dacht over de koorknapen van de *Thomasschule* en over de omstandigheden waaronder hij muziek moest maken, valt te lezen in een polemisch verzoekschrift dat hij de Gemeenteraad toezond, vier jaar na zijn nederlaag omtrent de kwestie van de cultus op de universiteit. Het document was een repliek op de door de raad in een openbare zitting genomen beslissing om een deel van zijn honoraria in te houden zolang hij er nog niet toe was overgegaan om zijn verplichtingen reglementair na te komen. In het bijzonder werd Johann Sebastian nogmaals verweten dat hij geen waardige vervanger had gevonden voor de docent Latijn.

In feite had de *Kantor* toen al een tijdperk afgesloten: als hij zich toch weer zou moeten bezighouden met liturgische muziek, dan zou hij zich niet meer richten op veel korte cantates, zoals vermeld in het contract, maar juist op monumentale werken. De schitterende *Matthäus Passion* was net opgevoerd in de *Thomaskirche* met de inzet van twee orgels, twee koren en twee orkesten. Eindelijk was dat dan de grootse reguliere kerkmuziek waar Johann Sebastian al jaren naar streefde. Tijdens het componeren had hij wellicht zichzelf voor ogen gehad, vooral daar waar het koraal weerklinkt (als Christus het Golgotha bestijgt):

O Haupt voll Blut und Wunden, voll Schmerz und voller Hohn!
O Haupt, zu Spott gebunden mit einer Dornenkron!
O Haupt, sonst schön gezieret mit höchster Ehr und Zier,
jetzt aber hoch schimpfieret,
gegrüßet seist du mir!

De tekst die Bach naar de gemeenteraad van Leipzig had gestuurd, illustreert fijntjes zijn geschillen met de gemeentelijke gezagsdragers. Deze geschillen waren niet minder fel dan die met de universiteit. De tekst luidt:

KORT MAAR HOOGSTNOODZAKELIJK ONTWERP
VOOR EEN GOED GEORGANISEERDE KERKMUZIEK
MET ENKELE ONBEVOOROORDEELDE BEZWAREN
TEGEN HET VERVAL ERVAN

Een goed verzorgde kerkmuziek heeft vocalisten en instrumentalisten nodig.
De vocalisten zijn allen leerlingen van de Thomasschule. *Er zijn vier soorten: sopranen, alten, tenoren en bassen. Als men wil dat de koorzangen in de kerkelijke stukken correct worden uitgevoerd, dan moeten de vocalisten in twee categorieën worden verdeeld: concertisten en ripienisten.*

Er zijn gewoonlijk 4 concertisten, of liever 5, 6, 7, of 8 als men met twee koren wil musiceren.
Van de ripienisten moeten er ook minstens 8 zijn, oftewel twee per stem.
De instrumentalisten worden ook in verschillen categorieën opgedeeld: violisten, hoboïsten, fluitisten, trompettisten en paukenisten. N.B. Tot de violisten worden ook gerekend de altviolist, de cellist en de bespeler van de viola da gamba.
De Thomasschule *telt 55 leerlingen. Die worden opgedeeld in vier koren, voor de vier kerken waar ze deels moeten* musiceren *en deels motetten en koralen moeten zingen. In drie kerken, de St. Thomas, de St. Nicolaas en de Nieuwe Kerk, behoren de leerlingen muzikaal te zijn. De overigen, diegenen die niets van* muziek *begrijpen en amper een koraal kunnen zingen, gaan naar de St. Peterskerk.*
In ieder koor zouden minstens 3 sopranen, 3 alten, 3 tenoren en evenveel bassen moeten zitten, zodat zelfs als er iemand ziek wordt (wat vooral in het huidige jaargetijde zeer vaak gebeurt, zoals de vele recepten van de schooldokter voor de apotheek aantonen) er een dubbelkorig motet kan worden gezongen. (Het zou nog beter zijn als er 4 personen zouden zijn voor iedere stem, wat zou neerkomen op een totaal van 16 personen per koor.)
Hiermee komt het aantal dat iets van muziek *moet begrijpen, op*

36 personen.
De instrumentele muziek *bestaat uit de volgende onderdelen:*

2 of 3 op de eerste viool	*1 op de* viola da gamba
2 of 3 op de tweede viool	*2 of 3 op de* hautbois
2 op de eerste altviool	*1 of 2 op de* basson
2 op de tweede altviool	*3 op de trompet*
2 op de cello	*1 op de pauken*

In totaal: minstens 18 personen voor de instrumentale muziek.
N.B. *Mocht het zo zijn dat er in een kerkelijk stuk ook fluiten voorkomen (zoals* flutes à bec *of dwarsfluiten), wat voor de afwisseling vaak het geval is, dan zijn daarvoor nog minstens twee extra personen nodig. Dat brengt het totaal dus op 20 personen.*

Voor de instrumentele kerkmuziek *zijn 8 personen aangesteld: 4 stadsblazers, 3 beroepsviolisten, en nog een leerling. Goede manieren weerhouden mij ervan een oordeel uit te spreken over hun muzikale kennis en vaardigheden. Tevens moeten we ermee rekening houden dat zij enerzijds inmiddels met emeritaat zijn en anderzijds ook niet zo geoefend zijn als zou moeten. Dit is de lijst:*

dhr. Reiche op de 1^e trompet	*vacant,* cello
dhr. Genssmar op de 2^e trompet	*vacant,* viola da gamba
vacant, 3^e trompet	*dhr. Gleditsch, 1^e* hautbois
vacant, pauken	*dhr. Kornagel, 2^e* hautbois
dhr. Rother op de 1^e viool	*vacant, 3^e* hautbois *of* taille
dhr. Beyer op de 2^e viool	*leerling,* basson
vacant, altviool	

Er ontbreken de volgende personen die hoogstnoodzakelijk zijn, niet alleen ter versterking van het geheel, maar ook omdat ze nu eenmaal niet gemist kunnen worden:

2 violisten *op de eerste* viool
2 violisten *op de tweede* viool
2 altviolisten
2 cellisten
1 violist *op de* viola da gamba
2 fluitisten

We zijn er tot dusverre in geslaagd om deze lacunes aan te vullen met de hulp van studenten *van de universiteit en vooral met behulp van onze eigen leerlingen [van de St. Thomasschool]. De studenten hebben zich aanvankelijk met genoegen ter beschikking gesteld, in de hoop er op een dag een of andere gunst uit te kunnen slepen of in ieder geval te worden beloond met een salaris of honorarium (zoals vroeger de gewoonte was). Maar omdat dat zich niet voordeed (integendeel, de toch al schaarse* beneficia *die eerder aan het* chorus musicus *werden toegewezen, zijn geschrapt) is de inzet van de studenten minder geworden, want wie is bereid om te werken of een dienst te leveren zonder daarvoor beloond te worden? Bovendien moeten we niet vergeten dat ik (gezien het tekort aan bekwame musici) vaak de 2ᵉ viool aan de leerlingen heb moeten toevertrouwen, en de altviool, de cello en de viola da gamba altijd: het is niet moeilijk in te zien dat door dit soort maatregelen het vocale koor is verzwakt. En dan hebben we het alleen nog maar over de* muzikale uitvoeringen op de zondag. *Als ik ook nog over de* muziek op feestdagen *zou reppen (waarop ik in beide hoofdkerken de muziek moet verzorgen), zou het personeelgebrek nog duidelijker in het oog springen, omdat ik in zulke gevallen gedwongen ben de leerlingen die een instrument bespelen aan het andere koor uit te lenen en het dus zonder hun hulp moet stellen.*

Daarnaast kan niet onvermeld blijven dat door het toelaten [tot de school] van zoveel onervaren jongens die gespeend zijn van enig muzikaal gevoel, het niveau van de muziek *noodzakelijkerwijs daalt. Het is namelijk evident dat een jongen die niets van* muziek *begrijpt en niet eens een tweede stem kan zingen, natuurlijk geen aanleg voor* muziek *heeft en bijgevolg onbruikbaar zal zijn voor de muzikale diensten. En ook diegenen die net op de school zijn aangekomen en wel over enige rudimentaire kennis beschikken, kunnen niet direct worden ingezet zoals wenselijk is. Hoewel het jaren zou kosten om ze op te leiden voordat ze kunnen worden gebruikt, waartoe de tijd simpelweg ontbreekt, worden ze bij aankomst direct verdeeld onder de diverse koren; om te kunnen deelnemen aan de godsdienstige plechtigheden moeten ze echter in ieder geval wel over enig maatgevoel en een goede stem beschikken. Maar als ieder jaar wel iemand van degenen die iets aan* muziek *gedaan hebben de school verlaat en wordt vervangen door een ander die of nog niet bruikbaar is of helemaal niets kan, is het niet moeilijk in te zien dat het niveau van het* chorus musicus *alleen maar kan dalen.*

Het is overigens bekend dat mijn gewaardeerde voorgangers *Schelle en Kuhnau zich moesten wenden tot de heren* studenten *als ze goedklinkende* muziek *wilden maken met een ordelijk ensemble; hetgeen lukte, omdat uw Zeer Nobele en Zeer Geleerde Raad extra gratificaties verleende aan enkele vocalisten — een bas, een tenor en ook een alt — en aan instrumentalisten, in het bijzonder twee violisten, om hen te stimuleren de muzikale optredens in de kerken te komen versterken.*

Nu de huidige status musices *totaal verschilt met die van vroeger, in de zin dat de techniek is verfijnd en de* smaak *zich enorm heeft ontwikkeld, en daardoor de oude* muziek *ons niet veel meer zegt, moeten alle zeilen worden bijgezet om musici te vinden en aan te nemen die in staat zijn de huidige muzieksmaak te begrijpen, de nieuwe muziekstijlen te beheersen, en dientengevolge de componist en zijn werk recht te doen. Juist nu zijn die* benificiën

149

aan het chorus musicus *ontnomen, terwijl ze eigenlijk hadden moeten zijn verhoogd.*

Verder is het heel vreemd dat men van de Duitse musici *eist dat ze* ex tempore *elke muziekstijl (of die nu uit Italië, Frankrijk, Engeland of Polen komt) kunnen spelen en dan ook nog even goed als de virtuozen voor wie die gecomponeerd is, en die wel de partituur lang van te voren hebben bestudeerd en bijna uit hun hoofd kennen. Deze virtuozen,* quod notandum, *worden rijkelijk beloond voor hun inzet en vlijt om te kunnen presteren. Maar daar wordt niet naar gekeken en ze laten de Duitse* musici *aan hun lot over, zodat sommigen moeite hebben het hoofd boven water te houden, laat staan dat ze in staat zijn hun stijl te verbeteren of zich te onderscheiden. Een enkel voorbeeld volstaat om deze beweringen te illustreren: ga eens naar Dresden en kijk hoe goed de* musici *daar door Zijne Koninklijke Majesteit worden betaald. Die hebben geen moeite om in hun onderhoud te voorzien en hebben nog plezier in het leven, en omdat ieder zich met slechts één instrument hoeft bezig te houden, kan het resultaat niet anders zijn dan bewonderenswaardig en prachtig om naar te luisteren. De conclusie ligt voor de hand dat het mij, bij uitblijven van beneficiën, onmogelijk wordt gemaakt de* muziek *op een hoger plan te brengen.*

150

Ik voel mij genoodzaakt hieronder ter afsluiting een lijst op te nemen van de huidige leerlingen, hun resultaten in muziek *bekend te maken en als kritische vraag ter overweging mee te geven of de* muziek *in zulke omstandigheden wel kan overleven of dat voor een verder verval moet worden gevreesd. De groep* leerlingen *dient in* drie *klassen te worden onderverdeeld. De bruikbaren zijn dan:*

1) Pezold, Lange, Stoll, prefecten. *Frick, Krause, Kittler, Pohlreüter, Stein, Burckhard, Siegler, Nitzer, Reichhard, Krebs* senior en junior, *Schöneman, Heder en Dietel.*

De motetzangers, *die zich nog verder moeten perfectioneren om mettertijd te kunnen worden ingezet bij de* figurale *muziek, heten:*

2) Jänigke, Ludewig senior en junior, *Meißner, Neücke* senior en junior, *Hillemeyer, Steidel, Hesse, Haupt, Suppius, Segnitz, Thieme, Keller, Röder, Oßan, Berger, Lösch, Hauptman en Sachse.*

Degenen van de laatste categorie zijn helemaal geen musici *en heten:*

3) Bauer, Grass, Eberhard, Braune, Seyman, Tietze, Hebenstreit, Wintzer, Ößer, Leppert, Haußius, Feller, Crell, Zeymer, Guffer, Eichel en Zwicker.

Totaal: 17 zijn bruikbaar, 20 nog niet klaar en 17 niet capabel.

Joh. Seb. Bach
Director Musices
Leipzig, 23 augustus 1730

Wat een toeval, de leerlingen van de derde groep, de slechtsten, waren voor het merendeel aanbevolen door de raadsleden. De *Thomasschule*, evenals de *Michaelisschule* van Lüneburg waartoe indertijd Johann Sebastian was toegelaten, was namelijk bestemd voor de armen; wie het kon betalen schreef zich in aan de *Nicolaischule*, de school van de rijken. Het was niet makkelijk om bij de *Thomasschule* binnen te komen en enige hulp kon daarbij geen kwaad. De zaak van het aanbevelen van leerlingen bleef knagen aan de *Thomaskantor*, die zelf ook gebruik gemaakt had (en vaker dan een enkele keer) van soortgelijke steun. Maar ja, in menselijke lotgevallen ontspringen goed en kwaad vaak uit dezelfde bron, ook al zijn ze makkelijk van elkaar te onderscheiden.

Het voorval met de rector

Zes jaar later barstte de bom met betrekking tot deze zaak in een geruchtmakend voorval dat het hoogtepunt van de Leipziger twisten markeerde. Na 1730 bevond het professionele leven van Sebastian zich in relatief rustig vaarwater dankzij de benoeming van Johann Matthias Gesner tot rector van de *Thomasschule*. Hij was een ontwikkeld man, een beroemd filoloog, en bovendien een groot bewonderaar van de *Kantor*. Helaas was Gesner voorbestemd tot hogere doelen en werd in '34 hoogleraar aan de universiteit van Göttingen.

151

Het ongeluk wilde dat Johann August Ernesti hem opvolgde, de jonge zoon van de oude rector die had bijgedragen aan de moeizame start van Johann Sebastians loopbaan in Leipzig; hij was nog bitser en pedanter dan zijn vader. De pogingen van Sebastian om hem voor zich te winnen door hem maar liefst twee keer als peetvader van zijn kinderen te vragen, liepen op niets uit (in die jaren was er een zeer overvloedige productie van kleine Bachjes met zijn nieuwe vrouw Anna Magdalena, mogelijk ter compensatie voor de bittere tegenslagen in zijn werk). Er ontstonden meningsverschillen en al snel brak de hel los.

Het loont de moeite om het verloop van de ruzie te volgen aan de hand van de diverse, onbetwistbaar authentieke protestbrieven die Johann Sebastian aan de Gemeenteraad van Leipzig schreef, evenals zijn laatste smeekbede (waardoor hij zijn gemoedsrust tenslotte weer hervond) aan de nieuwe keurvorst van Saksen, Frederik August II. Waar nodig vullen we de ontbrekende gedeelten weer aan met informatie uit het waardevolle en gedetailleerde dossier van Franz Ottokar Bach.

Het begon allemaal op de dag waarop de plek van eerste prefect vrij kwam, dus van degene die het eerste koor moest dirigeren en in geval van nood de *Kantor* zelf moest vervangen bij de leiding van het *chorus musicus*. Johann Sebastian had de juiste persoon op het oog: een zekere Gottfried Theodor Krause, die hij enkele jaren daarvoor, in het eerder geciteerde memorandum aan de raad, als een van zijn beste leerlingen had aangemerkt. Zijn vertrouwen in deze persoon was zo onwankelbaar dat hij niet aarzelde hem te benoemen en hem de handhaving van de discipline van de jongste leerlingen toe te vertrouwen, met alle middelen die hij geschikt zou achten.

Even rap werd deze Krause door rector Ernesti weer uit zijn functie ontheven en een naamgenoot in zijn plaats benoemd, Johann Gottlob Krause, een man die van alle kanten naar voren werd geschoven. 'Een waardeloos sujet,' zo had Johann Sebastian zich met weinig tact uitgedrukt tegenover de rector van de school. De *Kantor* vertelde de gemeenteraad onverbloemd de waarheid in de volgende protestbrief:

Uwe Luisterrijke,
Weledelgestrenge, Zeer Gewaardeerde, Weledelzeergeleerde,
Zeer Achtenswaardige Heren en Patronen.

Moge Uwe Hoogheid en U edelen de volgende uiteenzetting met instemming tot U nemen: hoewel de Kantor, *zoals afgesproken met Uw Zeer Geleerde Raad conform het reglement van de St. Thomasschool, scholieren tot prefecten mag benoemen die hij capabel acht en die niet alleen een goede en heldere stem hebben, maar ook in staat zijn (in het bijzonder de prefect die in het eerste koor zingt) het* chorus musicus *te dirigeren mocht de Kantor ziek zijn of afwezig (deze zaken gebeurden tot nu toe altijd zonder inmenging van de rector), heeft niettemin de huidige Rector Magister Johann August Ernesti een nieuwe werkwijze geïntroduceerd en buiten mijn medeweten om en tegen mijn wil de prefect van het eerste koor vervangen door Krause, die tot dan toe prefect van het tweede koor was; ook heeft hij niet af willen zien van zijn beslissing ondanks mijn vriendelijke protesten. Omdat dit tegen het bovengenoemd Schoolreglement en de traditie ingaat, het bovendien mijn opvolgers schade berokkent en dit alles ten koste zal gaan van het* chorus musicus *kan ik hiermee niet akkoord gaan en vraag ik Uwe Hoogheid en U edelen daarom heel nederig het geschil tussen mijnheer de Rector en mijzelf voor een goede uitoefening van mijn functie welwillend en goedgezind op te lossen; en in overeenstemming met Uw goedheid en Uw goede zorgen voor de St. Thomasschool aan mijnheer de Rector Magister te laten weten,*

*omdat de inmenging van de Rector bij de vervanging van de pre-
fecten de harmonie op het spel zet en welwillende leerlingen
schaadt, dat hij vanaf nu aan mij alleen de vervanging van de
prefecten moet overlaten, zoals het Schoolreglement en de traditie
ons voorschrijven, zodat ik op deze manier door U gesteund word
bij de uitoefening van mijn functie.*

*Hopende op een positief antwoord, verblijf ik met het nederigste
respect voor Uwe Hoogheid en Uwe Zeer Nobele edelen, uw meest
gehoorzame dienaar*

Joh. Sebast. Bach
Leipzig, 12 augustus 1736

*Aan de Vrijgevige, Weledelgestrenge, Zeer Gewaardeerde, evenzo
Weledelzeergeleerde Heren, de Burgemeester en de Wethouders
van de illustere Magistratuur van de stad van Leipzig. Aan mijn
Zeer Achtenswaardige Heren en Mijn Patronen.*

De al te makkelijke smoes waarmee Ernesti rugdekking werd
gegeven was dat de raad klachten ter ore waren gekomen
over de overdreven (maar door de Kantor wenselijk geachte)
strengheid van de eerste prefect. Volgens Franz Ottokar hadden enkele zeer jonge leerlingen zich vreselijk misdragen
tijdens een huwelijk in de kerk door indiscrete opmerkingen
te maken over bepaalde lichamelijke attributen van de bruid.
Het schijnt dat iemand zelfs zijn handen niet had kunnen
thuishouden. Theodor Krause was, na hen flink de mantel te
hebben uitgeveegd, overgegaan tot lijfstraffen, zoals het uit-
delen van klappen en naar men zegt zelfs stokslagen op de
minder edele lichaamsdelen. De reactie van Ernesti was veel
drastischer geweest dan Sebastian had beschreven. Bezittin-
gen van en betalingen aan Krause werden geconfisqueerd c.q.
opgeschort en de stakker kreeg als straf een publieke afranse-
ling met stokslagen op de binnenplaats van de school ten
overstaan van alle opgetrommelde leerlingen.

De ongelukkige eerste prefect had zich naar Bachs huis gehaast waar hij, ondertussen de hand van de maestro vast-
houdend, had verteld dat hem slechts één uitweg restte: de
Thomasschule verlaten en elders zijn geluk beproeven, liever
dan nog eens zo'n onuitwisbare schande te ondergaan. Zulk
een schande zou vervolgens toch weer op de *Kantor* zelf af-
stralen, die direct de volle verantwoordelijkheid voor de acties van zijn prefect op zich had genomen.

Door een machteloze woede overmand had Johann Sebastian, voordat hij zijn brief naar de gemeenteraad had gestuurd, de andere Krause verboden om het koor te dirigeren.

Hij vertelde iedereen die het horen wilde dat zijn verbod niet zozeer te maken had met het onwaardige gedrag van de jongeman (die andere Krause), ook al was dat evident, alswel met de onaanvaardbare bemoeienis van een rector die niet alleen niet in zijn recht stond maar ook nog eens een volslagen muzikale leek was. Het kwam zelfs zover dat Johann Sebastian deze dingen recht in het gezicht van Ernesti zei, tijdens een kort maar gedenkwaardig onderhoud dat hem enkele jaren van zijn leven kostte.

'Komt u binnen, gaat u zitten, mijnheer de *Kantor*...' Het pezige gezicht van rector Johann August Ernesti zag er alles behalve bemoedigend uit.

'Goedemorgen, hooggeachte rector.' Johann Sebastian nam plaats op de stoel die Ernesti had aangewezen. 'Wat een verschil toch met de studeerkamer van Büsche,' dacht hij wederom, 'het lijkt op de studeerkamer van een cicisbeo: vol met kleine aanstellerige spulletjes, prullaria van goud, spiegeltjes, geborduurde vitrages. En maar een stuk of twintig boeken, waar natuurlijk nog nooit in gekeken is!'

'Beste mijnheer Bach, ik ben, niet zonder reden, ontevreden over de manier waarop u de kwestie met Gottlob Krause heeft afgehandeld. Ondanks het respect dat ik heb voor uw leeftijd, voel ik mij verplicht u de hiërarchische verhoudingen in herinnering te brengen.'

'Mijnheer Ernesti, ik zal deze keer heel duidelijk tegen u zijn: vanaf het moment dat u een straf heeft opgelegd die de reputatie van de eerste, door mij benoemde, prefect zo bezoedelt, ben ik gestopt uw gezag te erkennen, vooral voor zover het de muzikale activiteiten van de school betreft.'

'Ja, ja, ik weet heel goed wat voor verhaaltjes u allemaal over mij rondstrooit, illustere mijnheer de *Kantor*. Ik zou een bedreiging vormen voor de *Thomasschule* door de muzikale opleiding zo te verwaarlozen. Zoiets heeft u toch uitgekraamd, mijnheer?'

'Ik kan niet ontkennen dat ik uw muzikale vakkennis behoorlijk ondermaats vind.'

'En ik vind dat ik mij niet hoef te excuseren: de muziekstudie is een modegril die veel tijd kost en die tijd kan veel nuttiger worden besteed. Alleen zang vind ik belangrijk. Het sterkt de borstspieren en bevordert de spijsvertering.'

'Ik heb het niet alleen over uw desinteresse voor de muziek, als ik zo vrij mag zijn, mijnheer de rector. Als het waar is dat de gezondheid van de jongens u ter harte gaat, legt u mij dan alstublieft eens uit waarom u ze de straat opstuurt om buiten in de ijskoude regen te gaan zingen, louter en alleen om wat kleingeld voor de school bij elkaar te scharrelen.'

'U lijkt me niet de juiste persoon om hierover te klagen, hooggeachte heer. Alstublieft, vertelt u mij eens, is er werkelijk niets dat ú over het hoofd heeft gezien bij het bijeenharken van allerlei toelagen?'

'Ik verzoek u, rector, om persoonlijke zaken hierbuiten te houden, omdat ook ik dan... dan enkele dingen kan opwerpen. Laten we ons aan de feiten houden. De feiten zijn dat op de *Thomasschule* niets meer naar behoren functioneert.'

'We weten, mijnheer Bach, dat u uw school in Lüneburg diep in uw hart koestert. Dat is te begrijpen. Maar Leipzig is andere koek, hier is geen ruimte voor verspillingen. En dan zijn de tijden ook nog eens veranderd.'

'Maar ik sta niet toe dat de leerlingen constant ziek zijn en opgevreten worden door de teken en luizen. Elke keer als mijn week van surveillancewerk voorbij is en ik naar huis terugkeer, ben ik bang dat ik mijn familieleden besmet.'

'Het doet mij een groot genoegen, mijnheer de *Kantor*, dat u zich om uw familie en uw leerlingen bekommert, dat laatste is trouwens uw plicht.'

155

'Is dat ook úw plicht niet? Waarom zien we u nooit in de slaapzalen en in de gemeenschappelijke ruimten?'

'Mijnheer de *Kantor*, totdat het tegendeel is bewezen ben ik degene die u hierheen heeft geroepen om *uw* functioneren ter discussie te stellen en niet andersom. U heeft het goed gezegd: laten we bij de feiten blijven. Uit de feiten blijkt dat u over het algemeen niet goed leiding geeft. Dat vond mijn vader ook, die toen al een heel leven van ervaringen achter de rug had.' (Johann Sebastian knipperde even met zijn ogen.) 'Excuseert u mij, maar u geeft uw assistenten het slechte voorbeeld. Een bewijs daarvoor is uw Krause die zijn leermeester bij de eerste de beste gelegenheid naar de kroon heeft gestoken.'

'Krause is iets te ver gegaan, maar hij heeft in alle eerlijkheid gehandeld. Een eerste foutje moeten we kunnen vergeven. In plaats daarvan verzoek ik u mij, gewaardeerde rector, één enkele gebeurtenis te noemen waarin ik de stok ter hand heb genomen.' Sebastian was rood van verontwaardiging. Ernesti barstte in lachen uit:

'De stok niet, maar wel een pruik. Een paar stevige pruiken kunnen meer pijn doen dan een karwats!'

Johann Sebastian voelde zowel woede als vernedering:

'Ik had al gedacht dat ze u dit zouden vertellen, mijnheer

Ernesti. Maar dat is slechts twee keer voorgekomen, en altijd als reactie op zeer ernstige provocaties waarover we het hier nu maar niet zullen hebben.'

'Twee keer... maar gek genoeg altijd met leerlingen op wie ik bijzonder gesteld ben.'

'Zeer matige leerlingen, mijnheer de rector. Ik verzeker u, dat waren zeer matige leerlingen.'

'Tja... verachtelijke personen zoals Gottlob Krause, zo omschreef u hem toch, illustere mijnheer de *Kantor*? Ik kan maar niet begrijpen waarom u zo'n hekel heeft aan die jongeman. En dan te bedenken dat hij zo respectvol en gehoorzaam is, en nooit het in hem gestelde vertrouwen beschaamt.'

'*Divide et impera*,' mompelde Johann Sebastian zachtjes.

'Pas op, ik versta u goed, mijnheer de *Kantor*, en ik begrijp het Latijn beter dan u denkt,' waarschuwde Ernesti kortaf, en draaide voorzichtig aan een van de knopen op zijn jas, die hij zorgvuldig dicht hield. 'U mag hem niet zulke verdachtmakingen toedichten. Gottlob Krause is en zal de eerste prefect zijn, omdat hij de oudste van de leerlingen is die zo'n functie waardig kunnen bekleden! Dat u mijn gezag in deze of een andere benoeming niet wilt erkennen, doet totaal niet ter zake. Zó heb ik besloten en ik reken erop dat u zo vriendelijk wilt zijn de benoeming van Krause te ondertekenen.'

'Ik ben niet van plan te buigen, mijnheer de rector. Ik zal de zaak onder de aandacht brengen van de bevoegde personen, rekent u daar maar op.'

'Ik kan u verzekeren dat de autoriteiten van Leipzig, zoals de inspecteur van de *Thomaskirche*, allen op mijn hand zijn. Probeer een hogere beschermheer te vinden, als u dat lukt, aan het hof van Dresden bijvoorbeeld... of nog hoger...' Ernesti hief de ogen ten hemel. 'Ik groet u en wens u veel geluk, illustere *Kantor*!'

Johann Sebastian was plotseling opgestaan, siste drie woorden tussen zijn tanden door: 'Ik teken niet!' en liep weg zonder te groeten.

Ernesti had echter al besloten tot actie over te gaan. Hoewel iedereen het erover eens was dat zijn oogappel een modderfiguur had geslagen tijdens de generale repetitie voor de benoemingsceremonie tot eerste prefect, dwong de rector hem de betrekking ogenblikkelijk te aanvaarden en beval hij de leerlingen ondertussen onder niemand anders' leiding te gaan zingen, de *Kantor* inbegrepen. Franz Ottokar Bach schrijft over een Johann Sebastian die gedurende een rampzalige week vlak voor de Maria-Hemelvaart van 1736 van de

156

ene naar de ander kerk rent en de controle over de situatie niet probeert te verliezen; ook hindert hij het werk van Gottlob Krause en probeert hij hem te vervangen door een vertrouwenspersoon. Het schijnt dat in die dagen in de Godshuizen van Leipzig scheldwoorden rondvlogen die meer thuishoorden in een taveerne of nog erger. 'Het zou overigens niet de eerste keer zijn,' observeert de neef van Bach op zijn gebruikelijke ondeugende wijze, 'dat mijn illustere oom zich als een beest uitleeft in onbetamelijke oorden.'

Het is de moeite waard een korte samenvatting te geven van Franz Ottokars verslag van de scène in de *Nicolaikirche* tijdens de vooravond van 12 augustus, waarvan hij beweert er als jongen bij te zijn geweest.

Het was om vijf uur 's middags dat Johann Sebastian buiten adem aankwam bij de *Nicolaikirche*. Hij baadde in het zweet en hijgde als een paard. Hij was door iemand ingelicht dat de heer Kittler — een andere leerling waar hij waardering voor had, zoals de lezer zich misschien nog herinnert, en aan wie hij had gevraagd het koor te dirigeren tijdens de vesperdienst — door de rector was gesommeerd daarvan af te zien. Maar toch was gezang het eerste wat Sebastian hoorde toen hij de kerk binnenliep. Het was een onbekend stuk van bedenkelijke kwaliteit, niet het motet dat hij zorgvuldig had voorbereid voor die gelegenheid. Haastig rende hij onder de ogen van de verbaasde gelovigen het middenschip door. Midden in de apsis achter het hoofdaltaar dirigeerde daar, onmiskenbaar door zijn weidse en gewichtige gebaren, de eerste prefect Gottlob Krause het koor. De *Kantor* naderde hem tot op een paar meter afstand maar durfde de muziek niet te onderbreken: hij beperkte zich tot een intens minachtende blik op Krause. Een triomfale glimlach was het antwoord, een arrogante uitdaging van iemand die meende het recht aan zijn zijde te hebben.

Toen de muziek was afgelopen ging Johann Sebastian dichtbij Krause staan, zodat de jongens in het koor hem niet konden horen:

'Hoe haalt u het in uw hoofd, mijnheer, om met mijn voorschriften de hand te lichten? Wie heeft u bevoegd om mijn muziek te negeren waar de leerlingen de hele week aan hebben gewerkt?'

Krause had duidelijk geen zin om daarop te antwoorden. Hij haalde slechts opzichtig zijn schouders op en begon te snuffelen in zijn partituren op de lessenaar, alsof de *Kantor* voor hem niet bestond.

157

'Ik praat tegen u, mijnheer.' Sebastian was een octaaf hoger gaan spreken. 'Geef antwoord!'

Nu hief Gottlob Krause zijn wijsvinger ten hemel:

'*Ubi maior, minor cessat*,' vonniste hij goed articulerend, klaarblijkelijk met de bedoeling te snoeven met zijn uitstekende Latijn.

'Uw onbeschoftheid, mijnheer, is zelfs nog groter dan uw verdorvenheid!' De *Kantor* schreeuwde bijna. De dominee die de heilige mis opdroeg begon luider te spreken en probeerde Sebastian te overstemmen, maar het geroezemoes dat terstond opsteeg uit de groep jongens maar ook vanuit de schare gelovigen aan de andere kant van het altaar, toonde aan dat de discussie inmiddels voor iedereen te horen was.

'Alleen het respect dat ik heb voor de plek waar we ons bevinden weerhoudt mij ervan u te vertellen waar het op staat, zeer gewaardeerde *Kantor*,' glimlachte Krause ostentatief. Johann Sebastian was paars aangelopen. Hij schreeuwde:

'Waagt u het niet te lachen. U zult aan mij rekenschap moeten afleggen van uw arrogantie, verachtelijke armoedzaaier!'

'Ik zal de rector overbrengen dat u de draak steekt met mijn armoede!'

'Laffe huichelaar, u zult mij vroeg of laat eens moeten uitleggen waarom u toch altijd de rector aan uw kant hebt!'

'Wilt u hiermee soms insinueren, illustere mijnheer de *Kantor*, dat ik iets heb om hem mee af te persen?'

Johann Sebastian had het niet meer. Met een zwaai veegde hij de bladmuziek van de lessenaar van Krause. Daarna greep hij hem bliksemsnel bij het witzijden sjaaltje om zijn hals vast, nog voordat die over zijn verbazing heen was, en begon hem met zijn andere hand hardhandig tegen zijn borst weg te duwen, zodat de ander haastig achteruitdeinsde naar de deur naar de sacristie. Toen hij daar was aanbeland miste Krause de eerste trede en verdween hij plotseling uit het zicht van de koorknapen. Nooit eerder in zijn leven was Johann Sebastian zo boos geweest. Hij keek naar het stuk zijde in zijn hand en wierp het door de deuropening heen weg naar de eerste prefect die languit op de grond lag.

Het verdere verloop van de roerige vesper is door Sebastian zelf in de brief beschreven die hij de volgende dag naar de Gemeenteraad stuurde. Het is interessant die brief onder de aandacht te brengen, samen met de andere van de daaropvolgende dagen, omdat zij een heel goed beeld geven van de groeiende woede waaraan de arme *Thomaskantor* ten prooi was gevallen. Het is ook nuttig hier even de pessimistische en overdreven onderdanige toon ervan te benadrukken: die toon is enerzijds een aanwijzing dat het de musicus erg ter harte gaat dat de raadsleden achter hem staan, maar onthult anderzijds hoe hij over hun intelligentie dacht.

Vrijgevige, Weledelgestrenge, Zeer Gewaardeerde, evenzo Weledelzeergeleerde, Zeer Achtenswaardige Heren en Patronen.

Ofschoon ik Uwe Hoogheid en U edelen gisteren al heel nederig heb verzocht om mij welwillend van Uw bescherming te willen verwaardigen, middels een zeer nederige verhandeling over de bemoeienissen van Rector Ernesti die mij, door de vervanging van de prefect, zeer onbillijk heeft gehinderd in de uitoefening van de aan mij toevertrouwde taken van dirigent van het chorus musicus en van Kantor van onze St. Thomasschool, voel ik mij toch verplicht opnieuw en zo onderdanig mogelijk aan Uwe Hoogheid en U edelen het volgende uiteen te zetten. Hoewel ik aan de Rector Ernesti duidelijk heb laten weten dat ik bij U over dit onderwerp reeds een klacht heb ingediend en in afwachting ben van een duidelijke stellingname van de kant van Uwe Hoogheid en U edelen, heeft hij niettemin opnieuw de euvele moed gehad, daarbij niet het noodzakelijke respect betonend aan Uw Zeer Edele en Zeer Geleerde Raad, om elk van de leerlingen, op straffe van uitsluiting en zweepslagen te verbieden de plaats van Krause in te nemen, die, zoals ik gisteren in mijn zeer nederige geschrift heb aangegeven, niet in staat is om een chorus musicus te leiden (terwijl de Rector mij wil dwingen hem als prefect van het eerste koor aan te nemen), zowel wat het zingen betreft als het dirigeren van een motet. Zo bleek dat gistermiddag tijdens de dienst in de St. Nicolaas, tot mijn grote schande en mijn publieke vernedering, geen enkele leerling, uit angst voor zulke straffen, de moed heeft gehad om de koorzang en al helemaal niet om het motet te dirigeren, zodat de religieuze plechtigheid er zelf onder te lijden zou hebben gehad als een ex-leerling van de St. Thomasschool, Krebs genaamd, op mijn verzoek de taak niet op zich had genomen, in de plaats van een leerling.

159

Zoals reeds voldoende is beschreven en becommentarieerd in mijn vorige zeer nederige geschrift, is het, volgens het Schoolreglement en de huidige praktijk, absoluut niet aan de Rector om de prefecten te vervangen; bovendien heeft hij een ernstige nalatigheid begaan en heeft hij mij ten zeerste beledigd in de uitoefening van mijn functie, door mijn gezag over de studenten aangaande kerk- of andere muziek, te beschadigen dan wel kapot te maken; het gezag dat mij is toegekend door Uw Zeer Edele Raad toen ik met deze functie begon. We moeten vrezen dat, als zulke onverantwoordelijke acties zich blijven herhalen, religieuze plechtigheden zullen worden verstoord, de kerkmuziek ernstig geschaad en de School binnen de kortste keren aan kwaliteit zal inboeten, zodat er vele jaren nodig zullen zijn om haar weer op het oude niveau terug te brengen.

Daarom smeek ik Uwe Hoogheid en U edelen opnieuw zeer nederig de Rector zo snel mogelijk te verbieden — elk uitstel is gevaarlijk — om de uitvoering van mijn taken te verhinderen en hem te verbieden dat hij de leerlingen belet te gehoorzamen door ze zonder reden te bedreigen met wrede straffen, en hem op te dragen ervoor te zorgen, wat zijn plicht is, dat de School en het chorus musicus *vooruit gaan in plaats van achteruit.*

In afwachting van een positief antwoord en bescherming Uwerzijds van mijn functie, verblijf ik met het meest gehoorzame respect voor Uwe Hoogheid en U edelen, uw meest gehoorzame dienaar

Johann Sebastian Bach
Leipzig, 13 augustus 1736

En twee dagen later:

Memorandum

Hier volgt het ware en onverkorte verslag over de student Krause die de Rector mij wil opdringen als eerste prefect:

De bewuste Krause had vorig jaar al zo'n slechte reputatie vanwege zijn ongeregeld leven en de daaruit voortvloeiende schulden dat men een vergadering heeft moeten beleggen waarin hem te verstaan werd gegeven dat, hoewel hij vanwege zijn losbandige leven van de school zou moeten worden gestuurd, men, rekening houdend met zijn armlastigheid — hijzelf had opgebiecht dat hij meer dan 20 taler aan schulden had — en met zijn belofte zijn leven te beteren, het nog een trimester zou aanzien; en al naargelang de veranderingen in zijn gedrag, zou hem worden medegedeeld of hij op de School kon blijven of dat hij zou worden weggestuurd. De Rector is altijd zeer gecharmeerd geweest van voornoemde Krause, zelfs in die mate dat hij mij persoonlijk heeft gevraagd hem de functie van prefect te bezorgen. Omdat ik hem heb gezegd dat hij daarvoor verre van geschikt was, heeft de Rector geantwoord dat ik hem toch zou moeten aannemen, opdat bovengenoemde Krause zijn schulden zou kunnen afbetalen en zodoende de School een grote schande bespaard zou worden — zijn termijn was bijna afgelopen en men zou hem zo op een pijnloze wijze kunnen kwijtraken. Ik besloot toen de Rector zijn zin te geven en Krause de functie van prefect van de Nieuwe Kerk te geven (waar de leerlingen slechts motetten en koralen hoeven te zingen en niets te maken hebben met andere concert musique, *aangezien het de organist is die zich daar mee bezig houdt), waarbij ik in gedachten hield dat zijn tijd op School er zo goed als op zat, zodat ik er niet bang voor hoefde te zijn dat hij het tweede koor en al helemaal niet het eerste koor zou gaan dirigeren. Maar*

omdat naderhand de prefect van het eerste koor, Nagel, uit Neu-
renberg, afgelopen Oudejaarsavond klaagde dat hij niet verder
kon vanwege zijn zwakke constitutie, zag ik mij genoodzaakt
vroegtijdig een wisseling door te voeren bij de prefecten, door de
tweede prefect te bevorderen tot dirigent van het eerste koor en de
reeds te vaak genoemde Krause noodzakelijkerwijs voor het twee-
de koor te gebruiken. Maar omdat deze de maat verkeerd sloeg,
wat ik heb vernomen van mijnheer de conrector (die toezicht
houdt op het tweede koor), en omdat de leerlingen die fout bij na-
vraag geheel op het conto van de prefect schreven en aan zijn on-
regelmatige tempo weten; en omdat ik onlangs zelf zijn ritmege-
voel tijdens een zangles aan een test heb onderworpen, waarvoor
hij jammerlijk faalde, omdat hij zelfs de twee voornaamste ritmes
niet accuraat kon slaan, te weten de vierkwartsmaat en de drie-
kwartsmaat, waarbij hij de driekwartsmaat als vierkwartsmaat
sloeg en vice versa (iets wat alle leerlingen kunnen bevestigen); en
omdat ik volledig van zijn ongeschiktheid overtuigd ben; daarom
heb ik hem niet de functie van prefect van het eerste koor kunnen
toebedelen, ook al omdat de kerkelijke muziekstukken die door het
eerste koor worden uitgevoerd, grotendeels mijn eigen composi-
ties, in moeilijkheidsgraad en complexiteit niet te vergelijken zijn
met de stukken die door het tweede koor worden uitgevoerd (al- 161
leen op feestdagen), zodat ik bij het maken van keuzes rekening
moet houden met de kwaliteiten van de uitvoerenden. Derhalve,
hoewel er nog meer argumenten kunnen worden aangevoerd om
de ongeschiktheid van voornoemde Krause duidelijk aan te tonen,
acht ik de aangedragen bewijzen voldoende om aan te tonen dat
de klachten die door mij nederig aan Uw Zeer Edele en Geleerde
Raad zijn toegestuurd, gegrond zijn en de noodzaak voor een snel-
le en tijdige oplossing rechtvaardigen.

Joh. Sebast.Bach
Leipzig, 15 augustus 1736

Vier dagen later gaat er een vierde brief op de bus:

Vrijgevige &c. &c.

Uwe Hoogheid en U edelen zullen zich nog herinneren wat ik mij
verplicht voelde aan u te rapporteren omtrent de ongeregeldheden
tijdens de openbare dienst acht dagen geleden door toedoen van
de Rector van de plaatselijke St. Thomasschool, Magister Ernesti.
Omdat deze ongeregeldheden zich vandaag opnieuw hebben
voorgedaan, zowel in de ochtend als in de middag, heb ik besloten
om de motetten zelf te gaan dirigeren, teneinde chaos en turbatio
sacrorum in de kerk te voorkomen, en de zang door een student te
laten uitvoeren. Omdat de zaken zich mettertijd zullen verergeren,
zal ik zonder de doortastende hulp van U, Mijn Beschermheren,

niet in staat zijn mijn taken uit te voeren ten overstaan van leer-
lingen die mij niet gehoorzamen en zal het mij vergeven moeten
worden wanneer nieuwe, wellicht onherstelbare, wanordelijkhe-
den zich voordoen; ik leg Uwe Hoogheid en U edelen deze feiten
naar behoren voor en smeek U zeer nederig zich te verwaardigen
onverwijld de activiteiten van de Rector te doen staken en het door
mij verzochte besluit, in overeenstemming met uw alom bekende
ijver voor het algemeen belang, spoedig door te voeren en de
daardoor gevreesde consequenties te voorkomen, zoals publieke
schandalen die de kerk geen goed doen, alsmede wanorde in de
School, de ondermijning van mijn gezag, essentieel voor mijn rol
tegenover de leerlingen, en andere ernstige gevolgen.
  Ik blijf van Uwe Hoogheid en U edelen Uw gehoorzame dienaar,
                                          Johann Sebastian Bach
                                      Leipzig, 19 augustus 1736

Vanzelfsprekend had Johann August Ernesti geen woord van
dit alles gemist. Ook hij bestookte de raad met schriftelijke
getuigenissen waarin hij de feiten vanuit zijn standpunt be-
lichtte. 'Als ik mijn gezag niet zou laten gelden zou ik volstrekt nutteloos zijn, zo niet schadelijk,' stelde hij onbedoeld
ironisch. Hij haalde de naam van de *Kantor* door het slijk:
een leugenaar in hart en nieren, een baliekluiver, opvliegend,
gewelddadig, omkoopbaar ('het schijnt dat de contouren van
een taler al voldoende zijn om zijn stem van die van een
zwarte kraai plotsklaps te laten veranderen in die van een
nachtegaal!').

De over en weer vliegende beschuldigingen kwamen zelfs in
de stadskrant terecht, wat aanleiding gaf tot vermakelijke
grappen maar ook tot verontruste reacties uit het lezerspu-
bliek. Onder zoveel opwaaiend stof bleef de raad lange tijd
besluiteloos. Johann Sebastian had in hun ogen gelijk: maar
ze vonden hem zo'n zeurpiet, en hij had hun zoveel problemen bezorgd dat het een te groot offer was om dat toe te geven!

Deus ex machina

Uiteindelijk kwam de ontknoping. Frederik August II, de
katholieke Keurvorst van Saksen en Koning van Polen, besloot Johann Sebastian de eretitel van Componist van de
Hofkapel te verlenen, een titel waar de *Kantor* herhaaldelijk
en eerbiedig om had gesmeekt vanaf het moment van de kro-
ning. Het kwam tot die toekenning dankzij de steun van de

ambassadeur van Rusland, Hermann Carl von Keyserlingk, een groot bewonderaar van Bach.

Sebastian pronkte ogenblikkelijk met zijn zwaar bevochten onderscheiding in de brieven die hij, in een korte tijdspanne, naar de Kerkenraad van Leipzig stuurde en waarin hij zijn versie van de feiten van A tot Z herhaalde, zich bovendien beklagend over de terughoudendheid van de gemeenteraad. De koninklijke gunst maakte dat de meningsverschillen als door een wonder werden bijgelegd. De raad gaf Johann Sebastian ten slotte in februari 1737, gedeeltelijk, gelijk door te stellen dat het benoemen van de prefecten zijn exclusieve bevoegdheid was. Ook aan Ernesti werd een niet gering zoethoudertje gegeven: bij de benoemingen zou de *Kantor* rekening moeten houden met de leeftijd van de prefecten (de Krause van de rector was bijvoorbeeld de oudste en zou daarom tot het eind van de periode mogen aanblijven); voorts zou men op geen enkele manier met geweld (lees: door handtastelijk te worden om de orde te handhaven tijdens de diensten in de Leipziger kerken) aan iemand anders hun wil mogen opleggen; als dat gold voor de rector, dan gold dat ook voor de *Kantor*. Ten slotte waren lijfstraffen aan de prefecten uit den boze, en al helemaal niet in het openbaar zoals bij Gottfried Theodor Krause was gebeurd.

In dat laatste punt zat hem in essentie de overwinning van Johann Sebastian. Ook wierpen de koninklijke gunsten boven verwachting hun vruchten af, omdat na enkele oorlogzuchtige oprispingen van de kant van Ernesti, die de rest van het jaar aanhielden, de felle aanvallen steeds zwakker werden en de *Kantor* uiteindelijk zijn bezigheden in de *Thomasschule* weer kon oppakken zonder telkens opnieuw lastiggevallen te worden.

De rust werd helemaal hersteld door het briljante idee van Johann Sebastian — die nog niet helemaal tevreden was over de afloop van de gebeurtenissen — om de vorst het dossier van Krause toe te sturen. De begeleidende brief die de periode van de grote Leipziger twisten afsloot, ging als volgt:

Uwe Doorluchtigheid,
Zeer Machtige Koning en Keurvorst,
Zeer Goedgunstige Vorst

Dat Uwe Hoogheid zich zeer welwillend heeft verwaardigd om mij met de titel van Hofcomponist te vereren, zal ik mijn hele leven zeer nederig en dankbaar op prijs stellen. En omdat ik het volste vertouwen heb dat ik de goedgunstige bescherming van Uwe Hoogheid mag genieten, zou ik in de moeilijkheden waarin ik mij momenteel bevind zeer nederig het volgende beroep op u willen doen.

Mijn voorgangers, de zangleraren van de St. Thomasschool, hebben altijd, volgens het traditionele Schoolreglement, het recht gehad de prefecten van de chorus musicus *te benoemen, en wel omdat zij als geen ander wisten wie de meest geschikte kandidaten waren voor de post, en van zulk voorrecht heb ik ook zelf lang mogen genieten zonder tegenspraak van wie dan ook.*

Desondanks heeft de huidige Rector, Magister Johann August Ernesti de onbeschaamdheid gehad om de post van prefect zonder mijn medewerking in te vullen door op die plek een persoon met zeer weinig muzikale talenten te benoemen; en toen ik zijn middelmatigheid, die een negatieve invloed had op de muziek, opmerkte en mij genoodzaakt voelde in te grijpen door hem te vervangen door een capabeler persoon, heeft bovengenoemde Rector Ernesti zich niet alleen hardnekkig gekant tegen mijn voornemen, maar heeft hij ook de leerlingen, wat een grote belediging en vernedering voor mij is geweest, ten overstaan van iedereen onder bedreiging van zweepslagen verboden om nog met mij samen te

164

werken in de uitvoeringen. Hoewel ik heb gepoogd om bij de Gemeenteraad mijn rechtmatige privileges te verdedigen (zie bijlage A) en bij de Kerkenraad van deze stad heb gesmeekt om een rechtzetting van het mij aangedane onrecht (zie bijlage B), heb ik van de laatste tot nog toe geen enkel antwoord mogen ontvangen, en van de eerste slechts de hier bijgevoegde kennisgeving (zie bijlage C). Aangezien echter, Zeer Goedgunstige Koning en Heer, de Raad mij geheel heeft beroofd van mijn rechten middels deze kennisgeving die is gebaseerd op een nieuw Schoolreglement uit 1723, waaraan ik mij niet verbonden voel, voornamelijk omdat het nooit door de plaatselijke Kerkenraad is bekrachtigd, smeek ik Uwe Hoogheid in al mijn nederigheid om goedgunstig:

1) de plaatselijke Raad te gelasten mij zonder tegenwerking mijn Jus quœsitum *te garanderen omtrent de benoeming van de koorprefecten, en mij bij de uitoefening van dat recht te beschermen;*

2) de plaatselijke Kerkenraad te gelasten om Rector Ernesti te dwingen zich bij mij te verontschuldigen voor alles wat hij mij misdaan heeft en bovendien om de toezichthouder Dr. Deyling te instrueren het gehele leerlingencorps te verzoeken dat alle leerlingen mij in het vervolg het nodige respect en gehoorzaamheid zullen betuigen.

Ik zal eeuwig dankbaar deze hoogste Koninklijke gunst erkennen en verblijf in diepste onderwerping Uwe Hoogheids meest nederige dienaar

Johann Sebastian Bach
Leipzig, 18 oktober 1737

Aan Uwe Doorluchtighied, aan de Zeer Machtige Prins en Vorst Frederik August &c. &c.

Franz Ottokar Bach laat onvermeld of Ernesti zich ooit bij de gekrenkte *Kantor* heeft verontschuldigd en hij informeert ons ook niet over het lot van de arme en bekwame Theodor Krause, die waarschijnlijk als enige niet ongehavend uit de strijd was gekomen.

Een portret van een Johann Sebastian op leeftijd.
Het overhemd dat hij draagt is een kado van een aanhanger van
Newton

VIII

Terug naar zijn jeugd

Hoe was eigenlijk de relatie tussen Johann Sebastian en zijn leerlingen? Was die nu echt zo slecht dat ze hem na zijn dood dupeerden door zijn weduwe een deel van de erfenis te onthouden, zoals door de lasteraars van de *Kantor* werd beweerd? Laten we dit belangrijke aspect uit de Leipziger periode (die bijna de helft van het leven van Bach omvat) eens nader onderzoeken.

Hoe ontoereikend zijn didactische talenten misschien ook waren (veel mensen beweerden echter het tegendeel), het lijdt geen twijfel dat hij zich voor zijn studenten, althans voor de meest getalenteerden onder hen, inzette alsof het zijn eigen kinderen waren. Hij kreeg daar de warmte en toewijding voor terug die hij verdiende. Op een van hen was hij zelfs, volgens Franz Ottokar Bach, zo gesteld geraakt dat hij perioden van verwarring doormaakte die hem deden terugdenken aan zijn jeugdjaren. Verderop zullen we even stil blijven staan bij deze leerling, die voortijdig overleed.

De inzet van Johann Sebastian voor zijn leerlingen ging veel verder dan de lessen die hij aan de Thomasschule gaf. Veel van hen waren welkome gasten bij de *Kantor* thuis en genoten daar aanvullend onderwijs; zij waren een goed voorbeeld voor de zonen van de maestro. Hij bracht zo veel van zijn kostbare tijd met zijn leerlingen door.

Anna Magdalena maakte grote schalen met aardappelen en worstjes klaar als ze weer eens iemand over de vloer hadden en zij vertelde hun dat ze zich niet hoefden te schamen om de honger te stillen die ze hadden opgedaan tijdens de lessen op de Thomasschule. Aldus werden de jongens in het huis van Bach overladen met affectie; hun geest werd verkwikt door de talenten van Bach en hun lichaam gesterkt door de worstjes van zijn vrouw. Dit alles kostte Johann Sebastian, die ook aan de school en de kerk een niet onaanzienlijk deel van zijn energie wijdde en, om zijn beurs te spekken, ook nog privé-lessen aan dilettanten, legerofficiers en aristocraten gaf, veel extra energie. Toch deed hij het graag, omdat het persoonlijke contact met de jongemannen zijn nieuwsgierigheid en zijn intellect enorm prikkelde. Wat was het fijn te verkeren met gepassioneerde jongens die muziek boven alles stelden en hun hele leven daaraan wilde opofferen!

Gaandeweg kwamen er in huize Bach — een enkeling bleef hangen, zoals zijn toekomstige schoonzoon Johann Christoph Altnickol — een zekere Philip Kirnberger over de vloer, onderzoeker op het gebied van de harmonieleer en de gelijkzwevende stemming, de beide broers Ludwig en Tobias Krebs, Gottlieb Goldberg, waarnaar de gelijknamige variaties waren vernoemd, en vele anderen die op de een of andere manier opgenomen zouden worden in de kronieken van de muziekgeschiedenis.

Johann Sebastian vond zichzelf de minst hooghartige leraar die er mogelijk was. Niets van wat hij speelde was volgens hem te hoog gegrepen voor zijn leerlingen. Wat hij voorspeelde, hoefden ze hoefden alleen maar na te spelen. Zijn leerlingen dachten daar natuurlijk anders over, vooral als hij van ze verlangde dat ze net zoals hij twee noten aanhielden met duim én pink, terwijl de andere vingers een snel en elegant thema afhandelden alsof die vingers geheel vrij beschikbaar waren.

Wanneer de *Kantor* de jongeman die hij voor zich had waardeerde, wist hij een geduld en volharding op te brengen die positief afstaken tegen zijn routinewerk op de *Thomasschule*. Maar toch kwamen ook de beste leerlingen vroeg of laat in aanraking met de heftige woedeaanvallen van de *maestro*. Hij was er zo op gebrand om zijn muziekkennis over te dragen dat een onverhoopte mislukking hem zwaar teleurstelde en hem buiten zinnen kon brengen.

'Lieve hemel, Christoph,' riep hij bijvoorbeeld tegen de arme Altnickol, die er maar niet in slaagde een lastig meerstemmig fugato op het orgel ten gehore te brengen, 'je bent zo ijverig maar je hebt geen greintje fantasie. Als je op deze manier doorgaat, dan zal het je nooit lukken!' Meer van zulke scheldtirades volgden dan, terwijl de jonge organist dan van schrik verstijfde achter het instrument. Maar meestal nam na verloop van tijd zijn woede af om plaats te maken voor een vaderlijke houding en bemoedigende woorden:

'Vooruit, probeer het opnieuw... kijk, nu gaat het goed... iets sneller... da capo... je hand niet teveel optillen... ja, zo... nu is het perfect... goed zo, Christoph, heel mooi... het is geen makkelijk stuk, dat is waar. Ik heb het zelf ook vaak moeten oefenen!'

De enige leerling die Sebastian nooit streng berispte was een Italiaan, Paolo Cavatini, een geniale, stugge en onnoemelijk arrogante jongeman. Zijn grote donkere ogen straalden een enorme melancholie uit, maar ook een betoverende sensuele charme. Hij had vrouwelijke trekken, zwarte krullende haren, en uitnodigende halfgesloten lippen die een dubbelzinnig begin van een schreeuw of een glimlach konden betekenen. Zijn welgestelde familie had hem vanuit Bologna naar Johann Sebastian gestuurd, opdat hij rechtstreeks van de maestro de kneepjes van het vak zou kunnen leren. Hij woonde een paar maanden in huize Bach, min of meer in de hoedanigheid van pensiongast. Geen van de zonen van de *Kantor* kon hem luchten of zien en Anna Magdalena wantrouwde hem. Op zestienjarige leeftijd overleed hij aan een longontsteking.

Op een dag, de laatste van een reeks ontmoetingen waarbij Paolo alleen in de muziekkamer was achtergebleven bij zijn leraar, terwijl deze hem enkele passages op het klavecimbel voorspeelde, ging de jongeling voor hem staan, leunend tegen de schrijftafel. Hij stond kaarsrecht met zijn armen gekruist voor zijn borst en keek zoals gewoonlijk uitdagend. Hij droeg een kort paarsfluwelen jasje, als van een page, en een broek van ivoorwitte stof, zo nauwsluitend dat de gezwollen vulling van zijn manlijke attributen duidelijk zichtbaar was. Ook zijn lange benen hield hij gekruist alsof hij zijn bekken naar voren wilde drukken.

Zonder het te willen nam Johann Sebastian hem nauwlettend op, met aandacht voor de kleinste details. Paolo staarde hem eveneens intens aan. Maar Sebastian keek weg en begon in de partituur te frommelen.

'Kijk,' kon hij slechts stotterend uitbrengen, 'kijk... ik zal onderaan de bladzijde uitdrukkelijk noteren hoe dit moet worden gespeeld...'

De jongen bleef zwijgen. Hij verplaatste zijn gewicht van de ene op de andere voet. Sebastian voelde zijn doordringende blik en begon wat neer te pennen, maar dat leek hem een handeling die volstrekt uit de toon viel in de huidige situatie. Er ontstond een maalstroom van gedachten, terug naar een ver verleden, naar andere ontmoetingen die een stempel op zijn jeugd hadden gedrukt.

'Deze jongen... wat een innerlijke opwinding... wars van alle regels, prachtig. Hoe kan men immuun blijven voor zijn charme? En zijn talent... zelfs Friedemann is niet...' Hij durfde hem niet aan te kijken. 'Zal hij een nieuwe Monteverdi worden? Om de rest van mijn leven dicht bij hem te zijn... hij zal mijn denken stimuleren, een geliefde rivaal worden aan wie ik mij kan spiegelen!'

'Neemt u mij niet kwalijk, maar ik ben het niet met u eens, mijnheer de *Kantor*!' riep de jongeling ten slotte uit en de maestro schrok op. 'En daar neem ik niets van terug. Uw vingerzetting vind ik eigenlijk niet zo soepel, het thema wordt er minder mooi en onrustig door, wat niet de bedoeling van u kan zijn!'

'Misschien heb je gelijk, mijn jonge vriend, maar ik blijf erbij dat een te vrije beweging een te sterke cadans kan veroorzaken, wat helemaal niet wenselijk is.'

'Alleen een musicus zonder muzikale gevoeligheid zou zo'n fout kunnen maken!'

'Paolo, ik heb veel leerlingen gehad en ik heb oneindig vaak kunnen verifiëren wat ik nu beweer! Mijn oplossing is de gulden middenweg. Waarom wil je je nooit neerleggen bij mijn oordeel?'

'De redenen die u, mijnheer de *Kantor*, naar voren brengt ter ondersteuning van uw standpunten zijn meestal valide. Maar zo nu en dan zou u ook wel eens kunnen luisteren naar andere suggesties!'

'Ik vind niet dat je nu redelijk bent, Paolo.' Sebastian was zichtbaar aangedaan. 'Over mijn conclusies heb ik diep nagedacht en ze zijn het resultaat van veel levenservaring.'

'Mijnheer Bach, u verwijst veel te vaak naar uw levenswijsheid. Laat anderen, middelmatige en onwetende leraren, daar hun toevlucht toe nemen. U moet en kunt uit een ander vaatje tappen.'

'Goed, Paolo, je hebt gelijk... ook de jeugd heeft zijn kracht. Onervarenheid kan vruchtbaar zijn, zij draagt de onmisbare kiem van het nieuwe in zich. Maar de vrucht van de rede, dat zul je niet ontkennen, staat boven alles. En ik weiger om er geen beroep op te doen.'

'Dat is waar, de muziek die u schrijft is daar het levende bewijs van! De rede domineert de bezieling en de inspiratie!'

'Dat kan een keer het geval zijn geweest, maar ik vertrouw erop dat dat dan een op zichzelf staande fout was. Ik geloof dat een kunstzinnig hoogtepunt juist wordt bereikt als rede en creativiteit elkaar raken en zo wederzijds beïnvloeden en versterken.'

'Ja, maar dan moet u zich wel bevrijden van de lutherse soberheid waardoor u geremd wordt!'

'Paolo, ik dacht dat ik die invloeden van me af had weten te schudden! Ik heb je nog nooit zulke venijnige woorden horen uitspreken: je bent de enige die er zo over denkt.'

'Dat wil ik niet tegenspreken, mijnheer de *Kantor*, gezien de mensen door wie u omringd wordt. Uw leerlingen zijn allemaal Teutonen zonder enige fantasie!'

'Het zijn serieuze jongens, Paolo, die graag iets willen leren.'

'En uw familie dan? Friedemann, die bij anderen niet bang is om zijn kennis te spuien, hangt aan uw lippen en zwijgt als u spreekt. Emanuel herhaalt slechts uw ideeën, ook al begrijpt hij ze amper.'

'Denk je dat echt?'

'En Dorothea? En uw vrouw? Nooit hebben ze een eigen mening.'

'Paolo! Ik heb naar je geluisterd alsof je mijn eigen zoon bent, meer nog dan een zoon, en ik heb je al mijn vertrouwen gegeven. Waarom heb je vandaag besloten om mij zo te kwetsen?' Hij keek hem smekend aan.

De woorden van Sebastian leken de jongen plotseling bij zinnen te brengen. Zijn oogopslag werd minder agressief en nam een verbazingwekkend zachte uitdrukking aan. Hij keek met zijn betoverende ogen naar de *Kantor* en straalde een zo intense warmte en aantrekkingskracht uit dat Sebastian zich overweldigd voelde.

'U, mijnheer, bent een uitmuntend leraar... u bent erin geslaagd mijn leven weer zin te geven. Het spijt me als ik soms onredelijk ben: de devotie die ik voor u voel is soms ondraaglijk...'

'Dat is het dus, Paolo. Maar waarom zou je jezelf kwellen? Ik kan je alles geven wat je wil... ik ben blij als ik je kan steunen in je ambities...' Hij aarzelde en dacht even na. 'Toe, speel dit thema eens voor mij zoals jij het in je hoofd hebt. Ik wil dat we er samen over nadenken.'

De jonge Cavatini liep heupwiegend naar het klavecimbel toe, alsof hij licht danste. Zijn ranke figuur, brede schouders en bevallige bewegingen completeerden de schoonheid van zijn gezicht. Hij nam plaats op de plek waar Johann Sebastian had gezeten en begon te spelen.

Het geluk was niet met hem want het lukte hem niet de passage die hij had bekritiseerd correct te spelen. Hij keek de *Kantor* onthutst aan. 'Probeer het nog maar eens,' zei deze zachtjes. Paolo begon opnieuw te spelen, maar het werd er niet beter op. Hij herhaalde de passage diverse keren, steeds krampachtiger, maar zonder ook maar enigszins in de buurt te komen van de subtiliteit die Sebastian had willen overdragen. Paolo sprong op en viel languit op het wollen vloerkleed met zijn gezicht naar beneden en met gebalde vuisten, trappelend als een klein kind dat last had van kuren.

'Nee, nee, nee...' krijste hij, terwijl zijn lichaam schokte. 'Ik ben het leven niet waard. Vertrap me, mijnheer. Sla me en beledig me. Alleen zo kan ik verlost worden van mijn schaamte!'

Hoewel Johann Sebastian het exorbitante gedrag van zijn leerling wel gewend was, was hij deze keer toch uit het veld geslagen. Hij probeerde hem tot bedaren te brengen maar werd overstemd door Paolo's gekrijs en zijn schouderklopjes werden niet gevoeld. De hysterische aanval van Paolo stopte plotseling toen Sebastian hem stevig bij zijn schouders beetpakte en hem omdraaide: zijn ogen waren droog, geen enkele traan was er te zien, maar rond zijn mond en slapen was het heftige kloppen van de aderen duidelijk te zien. Het was de eerste voorbode van de ziekte die hem spoedig zou vellen, en Johann Sebastian voorvoelde dat als geen ander. Hij tilde de jongen op, of liever, hij sloot hem met al zijn kracht in zijn armen, wat in zijn herinnering een eeuwigheid leek. Op dat moment besloot hij hem, in de toekomst, nooit meer teleur te stellen.

Wilhelm Friedemann en Carl Philipp Emanuel Bach

IX

DE NOTENSCHRIJVER

MUZIKALE OFFERANDE
ZEER NEDERIG OPGEDRAGEN
AAN ZIJNE MAJESTEIT DE KONING VAN PRUISEN &C.
DOOR
JOHANN SEBASTIAN BACH

Zeer goedgunstige Koning,

Ik draag hierbij zeer nederig aan Uwe Majesteit een Muzikale
Offerande *op, waarvan het nobelste onderdeel van Uw hoogver-
heven hand zelf afkomstig is. Met een eerbiedig genoegen herinner
ik mij nog goed de heel bijzondere koninklijke welwillendheid, toen
Uwe Majesteit, enige tijd geleden, tijdens mijn verblijf in Potsdam,
zich verwaardigde mij een thema voor een fuga op het klavecimbel voor te spelen en mij tegelijkertijd goedgunstig opdroeg het
onmiddellijk uit te voeren in Uw verheven aanwezigheid. Mijn
zeer nederige plicht was om het bevel van Uwe Majesteit op te
volgen. Ik bemerkte echter al heel snel dat de uitvoering van de
taak bij gebrek aan de noodzakelijke voorbereiding achterbleef bij
wat zo'n voortreffelijk thema vereiste. Ik nam daarom het besluit
en verklaarde me ook direct bereid om dit werkelijk koninklijke
thema zo volledig mogelijk uit te werken en het vervolgens we-
reldkundig te maken. Dit voornemen is nu naar vermogen uitgevoerd en heeft slechts als onberispelijk doel om, hoewel slechts in
één nietig aspect, de roem van een monarch te verheerlijken wiens
grootheid en kracht, in alle krijgs- en vredeswetenschappen en ook
in het bijzonder in de muziek, iedereen wel moet bewonderen en
vereren. Ik neem de vrijheid om de volgende zeer nederige smeekbede toe te voegen: moge Uwe Majesteit zich verwaardigen het*

onderhavige bescheiden werk te vereren met een welwillend ont-
haal en nog lang Uwe verheven koninklijke gunst te verlenen aan
Uw Majesteits zeer nederige en gehoorzame dienaar,

de auteur
Leipzig, 7 juli 1747

D e zeer zorgvuldig geschreven en door een beroepsschrij-
ver in prachtig schoonschrift opgestelde brief hoorde bij
het werk (een weelderig in leer uitgevoerd boek, met gouden
sierranden) dat bestemd was voor Frederik II, die in 1740 tot
koning van Pruisen was gekroond en in de geschiedenisboe-
ken bekend stond als 'de Grote'. Speciaal voor de koning, een
niet onverdienstelijk fluitspeler, was in het stuk een rol voor
dit instrument weggelegd. Het was de afsluiting van een korte
maar heftige geschiedenis, die in het leven van Johann Sebastian misschien wel de hoogste erkenning markeerde van
zijn grootsheid.

Twee maanden daarvoor had de *Kantor* van zijn eerstgeborene Carl Philipp Emanuel, gediplomeerd klavecimbelspeler
aan het Hof van Pruisen, de volgende missive ontvangen:

Lieve, zeer illustere vader

Zijne Majesteit koning Frederik heeft zich verwaardigd een zeer
welgemeend verlangen uit te spreken, en dat heeft zich zeker niet
tot een enkele keer beperkt, om met U kennis te maken. Dat komt
niet zozeer door de diepe eerbied waarmee ik als zoon altijd over
U spreek, maar eerder door Uw zeer goede naam. Aan het Hof
wordt U de oude Bach genoemd, en deze benaming bevat de toe-
gewijde erkenning van alles wat U aan de wereld van de muziek
heeft bijgedragen. De koning is daar zeer goed bekend mee; hij
weet zelfs, voor zover ik dat kan inschatten, Uw recente werken te
waarderen die tot het domein van zuiver wetenschappelijk onder-
zoek behoren. Uw gotische werken, zoals een enkeling dat noemt.
Ik denk dat mijn vorst het zeer op prijs zou stellen, en ikzelf ook,
als U het Hof in de nabije toekomst met een bezoek zou willen ver-
eren. U kunt bij mij thuis te gast zijn, zodat U met mijn kleine ge-
zin kennis zult kunnen maken. U bent nog sterk genoeg om de
ongemakken van de reis te kunnen trotseren. U zou zich door Wil-
helm Friedemann kunnen laten vergezellen: de koning heeft mijn
broer aangewezen als de persoon die hij het liefst achter een kla-
vier aan het werk zou willen zien; na U welteverstaan. Uw komst
naar Berlijn zou mogelijkerwijs de reputatie van onze familie in
dit deel van het land nog meer kunnen versterken, die, om eerlijk
de waarheid te zeggen, dankzij Uw verdiensten en Uw wijsheid al
heel erg goed is.

De ontwikkeling en de ruimdenkendheid van Frederik hebben
ervoor gezorgd dat de hoofdstad floreert en heel levendig is. Je
komt er grote mannen uit heel Europa tegen; het zegt genoeg dat
de heer Arouet zelf, een verlicht Frans filosoof bekend onder de
naam Voltaire, van plan lijkt zijn eigen land te verlaten om zich
hier te gaan vestigen. Wat de muziek betreft, zij neemt een zeer
belangrijke plek in. Het zal voor U, zeer gewaardeerde vader, een
voortreffelijke gelegenheid zijn om zich te onttrekken aan de piet-
luttige atmosfeer in Leipzig of het frivole klimaat in Dresden waar
ze van U zelfs verwachten, heb ik mij laten vertellen, dat U opera's
beluistert!
Ik verwacht daarom het goede nieuws van Uw aankomst in
Berlijn en blijf voor altijd
Uw zeer toegewijde, zeer genegen zoon
Carl Philipp Emanuel
Potsdam, 12 april 1747

Deze uitnodiging van Carl Philipp Emanuel kon Johann Sebastian niet negeren en hij begaf zich op reis. Allereerst naar
Halle om Friedemann op te pikken, die daar sinds een jaar
als organist werkzaam was, een post die zijn vader in een
roerige periode drieëndertig jaar eerder had geweigerd.

De straatmuzikant

De koets reed rustig over de kronkelweggetjes door de bos-
schages van het platteland rondom Berlijn. Het was een comfortabel tweespan, geruisloos en met voortreffelijke vering,
speciaal voor de gelegenheid gehuurd. Sebastian had lange
tijd niet gereisd en de *Kantor* beschouwde deze privéreis als
een uitzondering op de regel. Terwijl ze over het centrale
plein van een rustig dorpje reden, stak Sebastian onverwacht
zijn hoofd uit het raampje en riep:
'Halt, koetsier, halt!' Daarna, tegen Friedemann: 'Mijn Chaconne, hoor je dat? Iemand speelt mijn Chaconne!'
Tegen de muur van het gemeentehuis stond een gedrongen
sujet met een ruige rood-grijze baard vol overgave zijn viool
te bespelen. Het instrument verdween bijna tussen zijn gezwollen spieren en zijn grove handen; zijn ogen waren daarbij geheel toegeknepen. Om hem heen zag Bach een nieuwsgierig groepje van twaalf tot vijftien personen, deels
jongetjes, met verbaasde bewondering staan luisteren.
'Friedemann, het is de Chaconne van het stuk dat ik in Kö-

then heb geschreven voor Josephus Spiess. Maar deze man speelt het zelfs nog beter. Wat een verbeeldingskracht legt hij in zijn eigen toevoegingen als hij de noten even kwijt is!'

Wilhelm Friedemann zweeg: hij staarde de straatmuzikant aan alsof hij door hem behekst was. Het bizarre type speelde bedreven door alsof er niemand om hem heen stond. Hij leek het rijtuig dat op enkele meters afstand van hem was gestopt, noch de uitgestapte gentlemen, die hem stomverbaasd opnamen, opgemerkt te hebben. Af en toe gooide iemand van de omstanders een muntstuk voor de violist op de grond. Het metalen gerinkel harmonieerde fraai met de trillers in zijn vioolspel.

Toen de man met de lange baard klaar was met spelen, knikte hij bij wijze van bedankje naar het publiek, alsof hij zich op dat moment pas, met zichtbaar genoegen, bewust was geworden van de omstanders. Daarna zag hij vader en zoon Bach staan. Hij leek te willen aangeven (alsof hij de deskundigheid van de twee had geraden) dat hij klaar was, dat hij hoopte voor de test geslaagd te zijn, ook al verwachtte niemand dat, ook hijzelf niet.

Johann Sebastian deed een pas naar voren en zei: 'Ik spreek mijn oprechte waardering voor u uit, mijnheer. Kunt u mij alstublieft vertellen waar u de muziek die u speelde, heeft leren kennen?'

'Ach, een keertje was er een concert in de koninklijke burcht in Berlijn. Ik moest over een muur heen klimmen. De volgende dag kwam ik terug voor de passages die ik vergeten was.' De schorre straatmuzikant sprak in korte en schelle, maar correct verwoorde zinnen. Hij krabde menigmaal zijn hoofd en graaide met zijn vingers in de diepe kluwen haren die onmerkbaar overliep in zijn baard. 'Dat stuk heb ik zojuist gespeeld, het is een partij van Bach, is mij verteld. Klopt dat, heren?'

'Dat klopt inderdaad,' riep Friedemann uit. 'Een vioolpartij in *D*-klein van Johann Sebastian Bach, de grootste hedendaagse componist!'

Sebastian bracht zijn zoon met een zeer strenge blik tot zwijgen: 'Meneer, u speelt verbazingwekkend virtuoos. Waarom treedt u eigenlijk op openbare pleinen op?'

'Zo is mijn leven nou eenmaal.'

'U zou een belangrijke plek kunnen krijgen in welk orkest dan ook, en er zijn vermaarde solisten die veel van u zouden kunnen leren.'

Bij het compliment van de *Kantor* glunderde de behaarde

violist als een kind. Hij keek vertederd naar zijn viool:

'Dat weet ik ook, edele reiziger. Maar vrijheid is voor mij belangrijker. Ik wil mijn eigen baas zijn.'

'Dat begrijp ik, maar toch vereist de muziekkunst een minimale welstand om tot bloei te komen. Denkt u dat uit ontberingen meesterwerken kunnen ontstaan?'

'Zeer nobele heer, u kwetst mij. Vijf talers per dag, zoveel levert dit mij op. Meer dan Telemann, daar durf ik om te wedden.'

Johann Sebastian bekeek vluchtig het neergeworpen kleingeld op de grond. 'Twee, drie talers per week, in goede weken dan,' dacht hij. En hardop: 'En uw familie, en uw kinderen?'

'Had ik het niet over vrijheid? Alles heb ik achter de rug.'

'Maar de wereld van de muziek dan, wilt u daar niet bij horen? Wilt u niet dat uw verdiensten naar waarde worden geschat?'

'Dan had men mij niet toegestaan de Chaconne van Bach te verbeteren daar waar ik haar onvolmaakt vind, meneer. Het oordeel van de deskundigen? Dat wordt bepaald door afgunst en hypocrisie.'

'Maar u zult buitengewone resultaten weten te behalen.'

179

'Dit is mijn publiek, meneer. Een ideaal publiek. Het geeft me alles wat ik nodig heb.'

'Zou ik een paar bladzijden van uw partituur mogen hebben?' vroeg Sebastian. 'Ik betaal er uiteraard voor.'

'O, ik heb niets opgeschreven, hoor. Wat ik schep gaat met mij het graf in, hihi. Ik wil wel voor u een thema met variaties spelen: u bent vrij om er gebruik van te maken als u wil.'

Zo gezegd nam het gezicht van het merkwaardige personage weer dezelfde extatische uitdrukking aan als tijdens de voorafgaande sonate en hij leek zich opnieuw te ontrekken aan de werkelijkheid om zich heen. Hij zette de muziek in. Het groepje nieuwsgierigen was allengs groter geworden, aangetrokken door de aanwezigheid van de koets, maar ook door het woord en weerwoord tussen de straatmuzikant en de twee gedistingeerde reizigers. De muziek die vader en zoon die middag hoorden, bleef nog lang in hun hoofden rondspoken. Niets in die muziek was in orde, geen enkele noot viel op de goede plaats, geen enkele maat eindigde daar waar je het logischerwijs zou verwachten. Maar toch, ondanks het feit dat het aan alle kanten rammelde, beroerde die prachtige muziek de diep verholen plekjes in hun ziel.

Ze stapten weer in hun koets, terwijl ze terugwuifden naar de violist, die met weidse gebaren groette, hartelijk maar zonder dat hij al te duidelijk zijn dankbaarheid liet blijken voor de royale gift van Wilhelm Friedemann.

Eén vader, twee zonen

De twee familieleden zaten lange tijd zwijgend tegenover el-kaar, terwijl het rijtuig het ritje hervatte over het zacht glooi-ende platteland, langs in bloei staande velden. Iets in hun verhouding was vertroebeld geraakt, wat Johann Sebastian reeds lang had verwacht en gevreesd. Het gezicht van Frie-demann, met zijn fijne, bijna aristocratische trekken, leek versomberd door gedachten. Sebastian zei: 'Hij zal mijn leef-tijd gehad hebben. Wat een natuurtalent! Wie weet wat voor schanddaden hij heeft gepleegd in zijn jeugd dat hij nu op deze manier verbannen is uit de samenleving.'

'Denkt u dat, vader? En als het nu echt zijn keuze is ge-weest?'

'Een keuze om tussen de luizen te leven, alleen dan te eten als er eten is, in de stallen te slapen, de liefde te bedrijven met prostituees, als een dief op muren te klauteren om naar muziek te kunnen luisteren? Een man in wie zoveel creatief talent huist?'

'De dingen hebben alleen de betekenis die we ze geven, va-der. Niets heeft een doel en een verdienste buiten ons oor-deel. Niets bezit een eigen behoefte.'

'Maar sommige zaken zijn nu eenmaal onmisbaar, daar kan niemand zonder!'

'Laat iedereen dat maar voor zichzelf uitmaken. Er zijn mensen die voor de vrijheid elk offer willen brengen.'

'Vrijheid kun je op vele manieren bereiken. Ook door ijverig en met eerlijke bedoelingen een rol in het leven te spelen.'

'Slaat dat verwijt op mij, vader? Mijn weg is anders dan de uwe. Hoeveel moeite heeft het u niet gekost om uw huidige vrijheid te bereiken, een vrijheid waarvan u vanwege uw leef-tijd inmiddels niet volledig meer kunt genieten? Middelmati-ge personen respecteren, eerbied hebben voor prinsen, gods-dienstige devotie veinzen, idioten opleiden, een familie grootbrengen.'

'Daar heb ik vrijwillig voor gekozen, Friedemann, het was niet moeilijk om die keuzes te maken om een geregeld be-staan te kunnen leiden. Had ik zonder die regelmaat de mu-ziek kunnen maken die ik de wereld nu schenk? Had ik de toekomst van mijn kinderen kunnen zekerstellen? Jij zou hier niet zitten, in deze koets, als ik anders had gehandeld.'

'Dat weet ik wel, vader, dat u het middelmatige Leipzig duldt om ons te kunnen laten studeren aan de universiteit, dat heeft u uitstekend gedaan. U bent wijs en rationeel te werk gegaan. Net als in uw muziek. Maar te vaak werd het vuur dat in u brandt gedoofd!'

'Friedemann, wat kraam je toch een onzin uit!'

'Ik ben eerlijk tegen u, vader. Ook daarom heb ik u vaak teleurgesteld.'

'Heb ik ooit mijn waardering voor jou verborgen gehouden? Jij bent van mijn kinderen degene met het meeste talent, voor jou heb ik *Das Wohltemperierte Klavier* uitgedacht en geschreven. Hoeveel tijd heb ik er niet aan besteed om van jou een man te maken en een betere musicus!'

'Kijk, daar zit het hem nou net in: u heeft te veel van mij verwacht. Of u had misschien iets anders van mij verwacht. Ik kan mijzelf niet opofferen voor iets dat in de verre toekomst ligt. Een toekomst die er nooit zal zijn. Omdat ik niet ben zoals u, vader. Hooguit heb ik nu bereikt wat ik kon bereiken en niet meer dan dat, begrijpt u vader?!'

Wilhelm Friedemanns ogen waren vochtig geworden. Sebastian had een brok in zijn keel:

'Dat is niet waar! Jij bent al beroemd. Je moet alleen maar wat constanter worden, minder rusteloos. Vergeet die ervaring in Dresden, je zult zien dat het in Halle anders zal worden. Ontwikkel je zelf, stap voor stap.'

'Nee, vader, ik zoek de zin van het leven niet in de muziek. Het is niet verstandig als zonen dezelfde weg bewandelen als hun vaders.'

'Maar hoezo? Neem Philipp Emanuel: hij heeft niet jouw talent, geloof me, maar hij schopt het toch ver. Hij kent het geheim van het leven.'

'En wat is dat dan volgens u?'

'Grote afstanden overbruggen in kleine stapjes. Soms heel kleine.'

'Maar je hebt dan wel een doel nodig.'

'Dat zou toch geen probleem moeten zijn? Begin met iets, houd op met drinken, je weet hoeveel ik om je geef.'

'Alleen tijdens momenten van dronkenschap kan ik het leven waarderen. En voel ik mij vrij. Die momenten had ik misschien niet nodig gehad als ik de zoon was geweest van die violist van daarnet die zo'n grote indruk op ons heeft gemaakt.'

'Wil je me nu kwetsen, Friedemann? Maar ik ben je dankbaar voor je eerlijkheid, die heb je tenminste weten te bewaren.'

'Inderdaad, daarom beken ik u nu, vader: ik heb uw contrapunt... overgeschreven... en dat heb ik vaker gedaan... Ik heb geprobeerd om uw orgelbewerkingen van Vivaldi als mijn eigen werk te slijten. Ik had geld nodig.'

'Toen je dronken was?'

'Toen ik dronken was.'

'De concerten van L'Estro Armonico?'

'Inderdaad.'

'Arme Johann Ernst!' Sebastian schudde zijn hoofd.

'Johann Ernst?'

'Ja, de vroegtijdig overleden hertog Johann Ernst had die partituren helemaal uit Holland meegebracht!'

Het rijtuig was ondertussen in de bebouwde kom aanbeland. Het stopte voor het huis van Carl Philipp Emanuel, een klein, hemelsblauw gepleisterd vakwerkhuis met hier en daar onbeschilderde, donkerrode balken. De zoon en broer van de twee reizigers ontving hen feestelijk. Enkele meters achter hem liep een mollige huisvrouw met pafferige wangen en een glimlach van oor tot oor. Een kwajongen van amper twee jaar, met een even rond gezicht, die sprekend leek op beide ouders in vroeger tijden, hield haar hand vast.

'Vader, Friedemann, daar zijn jullie eindelijk! Kom binnen, alles staat voor jullie klaar. Het zal niet luxueus zijn, maar het zal u aan niets ontbreken en u kunt heerlijk uitrusten. Aan het Hof praat men over niets anders meer dan over jullie komst.'

'Lieve mensen, wat fijn om bij jullie te zijn.' Johann Sebastian omhelsde ze alle drie, kneep in de bolle wangen van zijn kleinkind en streek zachtjes over zijn haren. 'Je ziet er blij en tevreden uit, mijn beste Emanuel.' Hij aarzelde even en was bang dat zijn woorden Friedemann in verwarring zouden kunnen brengen, maar dat was niet het geval.

'Mijn broer treedt zo te zien perfect in de voetsporen van zijn grote vader,' zei deze, zonder enig sarcasme, en Emanuel begon verheugd te lachen.

'Hou op, hij doet het zelfs nog beter,' riep Sebastian uit, 'Zelfs mij zou het niet gelukt zijn om de sympathie te winnen van zo'n moeilijke en veeleisende vorst. Dat we hier uitgenodigd zijn is helemaal jouw verdienste, Emanuel.'

'Neem me niet zo in de maling, lieve vader. De koning betaalt me twintig keer zo weinig als zijn prima donna's. En zonder uw begeleiding had ik niets klaargespeeld. Ik weet heel goed dat ik op het klavecimbel veel meer succes heb als ik uw stijl navolg. Daarbij vergeet ik niet wat u gezegd heeft: vingers moeten niet van de toetsen opgeheven worden, maar van de ene naar de andere toets glijden.'

'Geen ander kon die techniek beter toepassen dan u,' merkte Friedemann op. 'Omdat onze vader het niet zelf heeft willen doen, is het aan jou om een essay te schrijven over de klavecimbeltechniek.'

'Ach, waarom niet... Ik zal jullie een geheimpje verklappen: ik zat daar al een tijdje aan te denken.'

Al pratend waren ze het kleine, maar leuke en goed onderhouden huisje binnengelopen. Ze pakten de draad van het gesprek weer op nadat de gasten zich in hun kamers hadden opgefrist en omgekleed. De toon was hartelijk, met grapjes over en weer, zodat Sebastian allengs de vermoeidheid en de bittere emotie voelde verdwijnen die de reis en het gesprek met zijn oudere zoon hadden veroorzaakt.

'Dus, Philipp Emanuel, in jouw brief verwijt je mij dat ik muziek maak die de hersenen beroert en niet het hart. Gotische muziek, schrijf je. Denkt men zó over mij in Berlijn? Ik dacht dat zulke kritiek alleen van die boerenkinkels uit Leipzig kwam!'

'Ach, vader, het was absoluut niet mijn bedoeling om u te bekritiseren. Wie kan de perfectie van uw muziek benaderen? Geen enkele oprechte componist is daartoe in staat. Feit is dat het publiek té goede muziek niet echt kan waarderen. De mensen zijn daarvoor veel te nuchter, die vragen om kunst waar je wat aan hebt, zonder te veel abstracties.'

'Het publiek heeft zich onze vader bijna geheel toegeëigend, broertje van me,' kwam Friedemann tussenbeide. 'Nu heeft ook híj recht om te leven.'

Johann Sebastian keek Friedemann verrast en dankbaar aan: 'Inderdaad, ik heb niet het eeuwige leven: de jaren die mij nog resten wil ik voor mijzelf hebben!'

'Maar vader, u weet in andere mensen zoveel emotie op te wekken als u uw eigen composities speelt. Vooral daarom bewonder ik u zo. Geen enkele andere musicus slaagt erin om zoveel gevoel in uw cerebrale muziek te leggen als uzelf. Tussen twee haakjes, uw perfect gecomponeerde muziek mist vitaliteit, vind ik.'

Sebastian luisterde, maar zijn gelaat bleef onbewogen door de woorden van Emanuel.

'Luister maar naar je koning die het allemaal zo goed schijnt te weten, zoon.'

'Vader,' barstte Friedemann uit, 'ik heb nooit aan u getwijfeld, vergeet dat niet.'

'Dat zou helemaal wat zijn, en waarom zou je, Friedemann?!' Philipp Emanuel keek zijn broer met verbazing aan.

Het gesprek werd op dit punt onderbroken door een onverwachte gebeurtenis, die Sebastian opnieuw onrustig maakte. Er werd een gezant van het Hof aangekondigd, die een urgente boodschap kwam overbrengen: de koning had besloten het gebruikelijke avondconcert te annuleren, zodat hij diezelfde dag nog naar de oude Bach zou kunnen luisteren. Zijne Majesteit en zijn talrijke gasten konden zo'n kans immers niet aan zich voorbij laten gaan.

'Lieve hemel, Emanuel, ik ben zo afgemat,' bekende Sebastian nadat de bode was vertrokken. 'Ik betwijfel of ik voldoende in vorm ben voor zo'n exclusief gezelschap.'

'Ongetwijfeld zult u de koning versteld kunnen doen staan. Hoezeer hij het zich ook probeert in te beelden, hij zal nooit kunnen vermoeden waartoe u in staat bent.'

'Denk je dat, Emanuel?'

'Ja. En jullie zullen weer op krachten komen door de lunch die mijn lieve vrouw voor jullie aan het bereiden is. Wat vinden jullie van een Franse uiensoep, een varkentje aan het spit en een rode bourgogne?' Zijn vrouw kwam net binnenlopen.

'Het eten is klaar,' zei Maria. 'Komen jullie alsjeblieft aan tafel, anders wordt de soep koud. Smul er maar lekker van!'

'Jullie verwennen me te veel, lieve mensen. Als ik hier een paar dagen blijf verander ik in een oude man met een buikje.'

'Een braspartij zo nu en dan zal u goed doen, vader,' lachte Friedemann. 'En ikzelf vind het niet onprettig als zich de gelegenheid voor een drinkgelag aandient.'

Aankomst aan het Hof

Het was de eerste zondag van mei 1747. Johann Sebastian kwam met zijn zonen aan bij het koninklijk paleis *Sanssouci* dat Frederik II recentelijk had laten optrekken op gepaste afstand van het oude Hof van de Hohenzollern. Omringd door meerdere personen heette de koning hen hartelijk welkom bij de deur die vanuit de zalen van de linkervleugel toegang gaf tot de grote entreehal. Hij had speciaal de muziekzaal verlaten om de oude Bach dezelfde eer te verlenen die gewoonlijk voorbehouden was aan regerende vorsten. Philipp Emanuel was zichtbaar aangedaan. Ook Friedemann toonde

185

Frederik de Grote, koning van Pruisen

zich niet ongevoelig voor de omstandigheden.

Frederik liep in de richting van Sebastian:

'*Mon cher, célèbre, vieux maestro, il nous est donné enfin de faire votre connaissance!* U bent de Notenschrijver, om een poëtisch beeld te gebruiken dat Luther voor u zou hebben uitgekozen!'

Johann Sebastian uitte een lange reeks van eerbiedige en gelijkluidende zinnen — die hij altijd te voorschijn wist te toveren als hij voor de groten der aarde stond —, dankte de koning voor zijn grote goedgunstigheid en verklaarde dat hij goed op de hoogte was van zijn uitzonderlijke kwaliteiten als musicus; maar hij repte ook over zijn eigen vermoeidheid door de zware reisdag.

Frederik, met zijn kleine peervormige gezicht en goedige uitstraling die contrasteerde met de rijkdom van zijn kleding, leende hem een gewillig oor. Over zijn nauwsluitende kleding droeg hij een roodfluwelen, met hermelijn afgezette mantel. Zijn pruik was kort en sober, maar hij pronkte overvloedig met kant en juwelen. Toen Sebastian uitgesproken was, zei de koning spontaan:

'*Je souhaite, monsieur Bach, que vous rencontriez mes musiciens de Cour.* Johann Joachim Quantz, de beste onder mijn fluitisten; de heer Marpurg, muziektheoreticus, een vriend van Rameau, maar ook mijn raadgever in oorlogszaken; de heren Graun, de een violist en de ander zanger. Zoals u ziet, illustere *Kantor*, bevindt uw zoon zich in uitmuntend gezelschap. En hij doet voor hen niet onder, nietwaar mijnheer Quantz?'

'Niemand kan de fluit beter begeleiden, zoals Uwe Majesteit uit eigen ervaring goed weet.'

'Ik vergat nog mijn organist, Joachim Nepomuk Kurtz. Maar komt u toch eens naar voren, mijnheer, waarom verstopt u zich? U bent toch niet bang om uw jeugdvriend Johann Sebastian Bach de hand te schudden?'

'Joachim,' bracht Sebastian enthousiast uit, 'dat is lang geleden! Wat leuk om u te zien! Ik had al gehoord dat u hier was.'

'Sebastian!' Joachim omarmde hem. 'Hoe vaak heb ik niet over u horen praten. Hoe vaak heb ik geen heimwee gehad naar onze oude vriendschap, de vele uren die wij samen achter het orgel in de kerk van Arnstadt hebben doorgebracht!'

'Niets is voorgoed voorbij, Joachim.'

'Ik durfde niet te hopen...'

'Ach, mijn vriend!'

'Maar, mijnheer Bach,' besloot Frederik de ontroerende ontmoeting te onderbreken, 'zullen we naar de muziekzaal gaan waar u eindelijk de personen kunt ontmoeten die op u wachten?'

De groep zette zich in beweging, met Frederik en Sebastian voorop, door een galerij waarop kamers uitkwamen die ook onderling met deuren met elkaar verbonden waren. Het waren studeerkamers, salons, en bibliotheken, zoals kon worden opgemaakt uit de aanwezigheid van bureaus, speeltafels, en in cirkels geplaatste fauteuils. Versierd met gouden en pastelgroen stucwerk afgewisseld met spiegels, waren ze sober en uitermate verfijnd ingericht en hadden ze allemaal iets gemeenschappelijks: een fortepiano gebouwd door Silbermann!

'*Je lui en ai acheté une quinzaine,*' legde de koning uit. 'Alle fortepiano's die hij de afgelopen maanden heeft vervaardigd. Ik weet, mijnheer Bach, dat u heeft meegeholpen om ze te perfectioneren. Gelooft u niet dat ze een belofte voor de toekomst zijn, hoe denkt u daarover?'

'Dat onderschrijf ik volledig, Uwe Majesteit, omdat de zwakheden van de uitvoerende kunnen worden verdoezeld door het effect van hard en zacht. Maar om de toonzuiverheid en de technische perfectie te kunnen beoordelen, als u welwillend mijn nederige mening wil aanhoren, zullen weinig instrumenten het klavecimbel kunnen overtreffen.'

'Dat is onmiskenbaar het geval, *maestro*, maar ik wil wedden dat muziek door dit nieuwe instrument heel erg populair zou kunnen worden. Ikzelf kan uren turen naar het wonderbaarlijke mechanisme van de hamertjes en de viltjes die gelijktijdig op en neer dansen, wat een genot. *Il fallait le génie d'un italien pour l'inventer!* En dan het geluid... wat roepen die fluwelen harmonieën verleidelijke beelden op! *J'irai vous prier, plus tard, d'en jouer à mon bénéfice, monsieur Bach.'*

Ze kwamen ten slotte aan bij de muziekkamer waar de koning over had gesproken. Het was een weelderig en bont geschilderd concertzaaltje dat baadde in het licht. Diverse muziekinstrumenten stonden langs de muren opgesteld. Zo op het eerste gezicht telde Sebastian maar liefst acht fortepiano's en klavecimbels; achterin het zaaltje bespeurde hij nog een mooi orgel, waarin hij dadelijk de hand van zijn vriend Silbermann herkende.

Er bevond zich een twintigtal mensen in het zaaltje. Sommigen zaten, anderen stonden met elkaar te converseren, een enkeling bestudeerde de muziekinstrumenten. Het waren merendeels mannen, maar de weinige adellijke dames in het gezelschap vielen op vanwege hun prachtige kleding. De eerste die Sebastian met een schok gewaar werd was Helga von Bülow. Hij vond haar even onweerstaanbaar stralend als tijdens zijn ontmoetingen met haar vele jaren eerder.

'U kent wellicht Helga, mijn vrouw?' vroeg Joachim toen zij op het groepje musici afliep. 'Helga... Helga von Bülow,' stamelde Johann Sebastian. 'Neemt u mij niet kwalijk, mevrouw, maar ik ken u alleen onder deze naam.'

'Mijnheer de *Kantor*!' De ogen van Helga schitterden van vreugde, maar drukten tegelijkertijd berusting uit. 'Mijn man stierf een jaar na uw verblijf bij ons in Karlsbad. Ik heb uw raad opgevolgd en heb het klavecimbel leren bespelen. Joachim was mijn leraar.'

'Die geluksvogel,' dacht Sebastian. Zijn hart was weer tot

rust gekomen. 'Zij had van mij kunnen zijn!' Hun blikken spraken boekdelen. 'Volgens Friedemann heb ik te vaak het vuur dat in mij brandt gedoofd.' En hardop: 'U had geen betere kunnen vinden, mevrouw. Ik ben blij dat u uw ambities heeft kunnen waarmaken.'

'Mijnheer Bach,' riep de vorst hem tot de orde, 'niemand kan de charme van mevrouw Kurtz betwisten, maar laat ik u toch even voorstellen aan mijn zus Anna Amalia, een groot bewonderaar van u.' Johann maakt een buiging naar de jonge prinses. Frederik liep meteen verder: 'En dit is Barbara Campanini, zij wordt misschien wel de grootste danseres van deze eeuw. Zoals elke Parmezaanse, is zij bevlogen. Ik móést haar hier aan mijn Hof hebben.'

'Ik heb over haar Parijse triomfen gehoord.'

'Rameau heeft zelfs muziek voor haar geschreven!'

'Wat een eer!'

'Verbaast u zich, mijnheer Bach, over mijn belangstelling voor ballet? Toe nou, u kunt niet voor mij verborgen houden dat u het minacht. Maar ja, ik aarzel niet om u te verklappen dat ik er een echte kunst van zou willen maken, *je veux en faire un art. Et c'est pourquoi je suis en train d'amener à Berlin les meilleures gens d'Europe.* Ik moedig voor dit doel nieuwe ideeën aan en nieuwe muziek.'

Barbara was een zeer mooie, eigengereide en nogal jonge vrouw, je zou haar niet meer dan twintig jaar geven. Ze keek Sebastian buitengewoon provocerend aan. 'De beroemde Barbarina,' dacht hij, en kon slechts met moeite zijn blik van haar decolleté afhouden, die zo diep was dat haar tepels bijna zichtbaar waren. De beleefde groet van de jonge vrouw bracht de *Kantor* terstond in verwarring. 'Het is duidelijk,' dacht hij, 'dat haar houding meer past bij een gearriveerde dame dan bij een ballerina die zich als groentje op vreemd terrein begeeft.' Hij wendde zich vragend tot Philipp Emanuel. 'Het is de minnares van de koning,' fluisterde die in het oor van zijn vader. 'En niet alleen van hem... kan ik me zo voorstellen.'

Een sarabande met fortepiano's

Nadat de introductieronde was beëindigd, verhief Frederik zijn stem, zodat iedereen hem kon horen:

'*Et maintenant, mes chers amis, je vais prier monsieur Bach de bien vouloir se prêter à un essai de mes fortepianos.* Hij moet ons beslist zijn beroemde *Goldbergvariaties* ten gehore brengen! Wist u dat ze geschreven zijn om de nachtelijke angsten en slapeloosheid van graaf von Keyserlingk, *l'ambassadeur de Russie à Dresde*, te verdrijven? Daarom zijn ze allemaal gebaseerd op één enkel thema, een aria, een sarabande. Maar evenals Keyserlingk vind ik ze allesbehalve slaapverwekkend. Integendeel, ik kan maar niet genoeg krijgen van de zuivere vocale melodielijnen, de meerstemmige rijkdom, de variëteit aan tempo's en temperamenten, en de buitengewoon levendige afwisseling van klanken. Het verbaast mij niet, mijnheer de *Kantor*, dat de graaf u heeft beloond met een vaas vol *louis d'or*!'

'Een tabaksdoosje, Majesteit,' preciseerde Quantz.

'Een tabaksdoos vol met *louis d'or*. Goed, *maestro*, wilt u het instrument eens uitproberen?'

'Het is voor mij een grote eer het verzoek in te willigen dat Uwe Majesteit zich zo goedgunstig heeft verwaardigd mij te doen. Niettemin vraag ik U nederig Uw verheven aandacht te vestigen op het feit dat die variaties geschreven zijn voor het klavecimbel. Bepaalde gedeelten voorzien in het gebruik van twee klavieren.'

'Ja, *maestro*, dat weet ik heel goed. Daarom vraag ik altijd aan uw weledele zoon om ze voor mij op dát instrument te spelen! *De votre part j'attends un exploit hors du commun.* Ik weet zeker dat de fortepiano het u mogelijk maakt om nieuwe effecten te bewerkstelligen. Eindelijk krijgen we uw legendarische *fantasie* te horen!'

'Als dit de wens is van Uwe Majesteit, dan zal ik mijn uiterste best doen om Uw vertrouwen niet te beschamen. Maar ik vraag vergiffenis als mijn vermoeidheid en het late uur mij parten gaan spelen.'

'Kom op, illustere *Kantor*, houd op met klagen anders ga ik me ook nog schuldig voelen dat ik zoveel van u vraag! Laten we gewoon beginnen. Ten eerste wil ik de fortepiano horen die daar voor ons staat, ook al is het niet de beste uit de collectie.'

Johann Sebastian was gespannen. Niettemin ging hij achter het instrument van Silbermann zitten en begon, na een paar akkoorden uitgeprobeerd te hebben, te spelen. De gasten van de vorst schaarden zich om hem heen. Ze volgden met hun ogen de handen van Sebastian die over de toetsen heen en weer flitsten. Op de fortepiano — dat bespeurde Philipp Emanuel ogenblikkelijk — hief Sebastian duidelijk de vingertoppen van de toetsen op, tilde zelfs zijn hele hand op en liet die op het juiste moment weer zachtjes terugvallen. Hard en zacht wisselde hij beheerst af om zo subtiel mogelijk het gemis van het tweede klavier te verdoezelen zonder concessies te doen aan de helderheid van het klavecimbel. Nieuw was de ondoorgrondelijke klankkleur veroorzaakt door akoestische reflecties, waardoor de muziek van de oude Bach extra degelijk klonk.

Na het thema en de eerste twee canonische variaties, met respectievelijk twee en drie melodielijnen, kon de koning zich niet meer inhouden en begon enthousiast te klappen, de anderen volgden.

'Bravo, *maestro, vous êtes même plus grand que je n'avais imaginé!* Loopt u allen even mee, heren, naar de fortepiano in mijn studeerkamer, die nog voller klinkt.'

Helga keek geruststellend naar Sebastian. Hij stond bereidwillig op en legde met het hele gezelschap het eerdere traject in omgekeerde volgorde af. In de privéstudeerkamer van de koning werd het optreden hervat met arabeske variaties op het thema, afgewisseld met andere, canonische variaties. Na ieder stuk barstte Frederik los in een daverend applaus en gejuich. 'Onder deskundige handen brengen deze instrumenten wonderen voort!' herhaalde hij aan een stuk door. 'Vindt u deze fortepiano niet nóg beter dan de eerste, mijnheer Bach?'

De groep verplaatste zich van kamer naar kamer tot de meeste van de fortepiano's van de koning, zo niet allemaal, waren uitgeprobeerd door de oude Bach. Door de vijfentwintigste variatie — een pregnant adagio in mineur, mystiek van karakter — en de drie swingende variaties die erop volgden, raakte de koning in extase. Het afsluitende gedeelte, twee vrolijke volksliedjes — *Kraut und Rüben haben mich vertrieben* en *Ich bin so lange nicht bei dir g'west* — en de herhaling van de sarabande, werd in de muziekzaal gespeeld, dit keer op het klavecimbel. Na het hoogtepunt waarop het overvloedige materiaal van de *Goldbergvariaties* oploste in een verrassende eenvoud — waardoor júist iedereen in vervoering werd gebracht —, bracht de koning hulde aan de illustere gast door zijn artistieke keuzes te prijzen.

Het hele gebeuren had ruim twee uur in beslag genomen, verplaatsingen incluis. Volgens Franz Ottokar Bach, die beweert getuige te zijn geweest van het voorval, wat wij dit keer helemaal niet geloven, was bij geen enkele gelegenheid aan het Hof van Pruisen een musicus zo triomfantelijk toegejuicht. Maar de koning was echter absoluut nog niet tevreden. Ondanks het late uur, onthulde hij terstond een van zijn andere woeste ideeën.

Canonisch monument op basis van een koninklijk thema

'Mijnheer Bach, ik weet dat u in staat bent om meerstemmige canons en fuga's zo uit uw mouw te schudden *sans aucune préparation*. Ik geloof niet dat ik de slaap vannacht zal kunnen vatten als ik geen demonstratie heb gezien van die gave.'

'Moge het mij vergund zijn u nederig te melden dat Uwe Majesteit mijn bescheiden talenten te goedgunstig inschat. Ik zou mij niet... op dit moment, in deze staat van vermoeidheid... ik zou mij niet aan zo'n hachelijke onderneming durven wagen...'

'Ach, mijnheer de *Kantor*, enkelen van hen die hier vanavond aanwezig zijn beweren stellig dat u dat al vaker heeft gedaan, zij waren daar namelijk zelf bij!'

'Illustere mijnheer Bach,' kwam Helga tussenbeide in de veronderstelling dat er een beroep op haar werd gedaan, 'voor u zal het geen probleem zijn. Uw muziek is als uw ademhaling.'

'Ik zal u op weg helpen, *maestro*, door u het thema in te fluisteren.' De koning pakte zijn fluit, die naast hem op de lessenaar lag (waarschijnlijk zijn eigen lessenaar, aangezien hij helemaal van schildpad en massief zilver was gemaakt). '*Voilà, c'est un thème que je n'ai pas eu le temps de trop élaborer.*' Hij speelde het thema twee keer en daarna herhaalde hij het op het klavecimbel, met begeleiding:

Toen hij daarmee klaar was vroeg de vorst: '*Qu'est-ce que vous en pensez, monsieur Bach?*'

'Een nogal modern thema, Majesteit. Een ondoorgrondelijk thema met een gewaagd en niet zo duidelijk ritme, voortkomend uit niet-alledaagse keuzes. Desondanks, juist vanwege deze verheven complexiteit, laat het thema weinig ruimte voor improvisatie, zeker niet voor een canonische constructie van meer dan twee stemmen.'

'Een uitzonderlijke opdracht voor een uitzonderlijk musicus, *maestro*. Ik geeft toe dat ik dit thema heb verzonnen om u op de proef te stellen.'

Philipp Emanuel leek geagiteerd. Het zinde hem absoluut niet dat zijn vader werd behandeld als een circusfenomeen. Hij wist niet zeker of zijn vader aan zulke hoge verwachtingen zou kunnen voldoen, vooral nu het uitgangspunt een, op zijn minst extravagant, muzikaal thema bleek te zijn.

'Het is een vermoeiende dag geweest,' mompelde hij tegen Joachim Quantz, 'en hij is de jongste al niet meer. U bent de enige aan wie de koning toestaat opmerkingen te maken over eventuele fouten in zijn spel. Zou u dit optreden niet kunnen verhinderen?'

'Wees ervan overtuigd, Philipp Emanuel, dat het onmogelijk is om de koning op andere gedachten te brengen. Maar wees trouwens niet bang, met al die notenschema's in zijn hoofd zal uw vader echt geen fouten maken!'

'Waarom zou het hem niet geoorloofd zijn fouten te maken?' vroeg Friedemann zich af toen hij flarden uit dit gesprek opving. En hardop: 'Ik weet zeker, vader, dat u de gelegenheid niet aan u voorbij zult laten gaan om zich te wagen aan zo'n buitengewoon origineel thema. Zijne Majesteit zal zich als verfijnd kenner als geen ander realiseren dat dit het maximaal haalbare is waartoe een mens in staat is, wat de uitkomst ook moge zijn.'

Ook de andere aanwezigen begonnen hem aan te moedigen. Helga bewoog haar lippen zonder geluid: 'Alstublieft, ga die opdracht uitvoeren!' Johann Sebastian ging achter het klavecimbel zitten en oefende wat met het koninklijk thema, één, twee, drie keer, alsof hij er met zijn gedachten niet helemaal bij was. Maar zijn geest stond allesbehalve stil en doorliep in een zeer kort tijdsbestek het gehele muzikale idee dat aan hem ontsprong. Hij riep in zijn herinnering het ontwerp op van de *Schöne Müllerin*, dat hij had geschetst voor Helga en hij beleefde opnieuw de vele ervaringen die hij had opgedaan als leraar van anderen, maar ook van zichzelf. Hij haalde zich ten slotte weer de fascinerende muziek voor de geest van de straatmuzikant. 'Ook dat kan nuttig zijn,' dacht hij. Hij vatte weer moed, sloot zijn ogen en begon zonder aarzelen te spelen.

Hij probeerde alle bestaande canonische vormen uit, iedere keer een andere variant van het thema. Het ging goed, beter dan hij durfde hopen. Een schitterend voorbeeld van een contrapunt was een driestemmige canon, *per augmentationem in contrario motu*, waarin de middenstem het originele thema zonder beperkingen droeg en de twee andere eromheen dansten, spottend met de vormen van vergroting en tegengestelde beweging. De canon *per tonos* was het meest elegante voorbeeld van een eeuwigdurende tonale verhoging dat Sebastian ooit zonder voorbereiding had weten te bedenken. Maar liefst zes keer doorliep hij een spiraal die het thema terugleidde naar het beginpunt, maar dan steeds een toon verhoogd. Toen de toonsoort uit het begin onherstelbaar zoekgeraakt leek, vond hij die, als bij toverslag, onverwacht weer terug. Met deze eeuwig stijgende canon sloot hij wat terecht gezien wordt als de bijzonderste van zijn verrichtingen af. Maar dat viel nog in het niet bij de indrukwekkende contrapuntische uitwerkingen die de *Kantor* twee maanden later naar de koning stuurde en waar deze anekdote op gebaseerd is. *Das Musikalische Opfer*, in haar definitieve versie, is een verbluffend bewijs van hoe iemand sublieme muziek kan creëren door onvoorwaardelijk op het intellect te vertrouwen zonder zich te laten inperken door het keurslijf van de vorm. Dat blijkt in het bijzonder uit de vierdelige *triosonate* voor fluit, viool en *basso continuo* die Sebastian in het geheel van canonische structuren had opgenomen, alsof hij de indrukwekkende verzameling in tweeën had willen splitsen. Hoewel hij zich strikt aan het sobere thema van de vorst had gehouden, kan de trio tot de meest elegante en aangename muziekstukken uit de gehele barokperiode worden gerekend. Met de hulp van God, zoals hij zelf zou hebben gezegd, of, waarschijnlijker, met de hulp van die violist die hij op straat had zien spelen, had het genie van Sebastian op deze manier degenen van repliek gediend die hem in Berlijn met het weinig bevredigende epitheton van gothische componist hadden onthaald.

De inzet van Johann Sebastian was tomeloos geweest, meer nog dan bij andere gelegenheden, en kan het beste samengevat worden met het woord RICERCAR waarmee de originele editie van *Das Musikalische* Opfer wordt geopend. In die tijd was dit de Italiaanse term voor *fuga*. Maar voor Sebastian was dit ook een acroniem van de Latijnse tekst *Regis Iussu Cantio Et Reliqua Canonica Arte Resoluta* (het thema op bevel van de koning en het overige op canonische wijze volbracht). Waarbij 'op canonische wijze' niet alleen slaat op het gebruik van het canon maar ook op het verwezenlijken van een perfecte vorm (canoniek).

Dat de *Kantor* veel zorg aan het werk heeft besteed kan men afleiden aan de korte opmerkingen in het Latijn die bij de diverse onderdelen onderaan de bladzijden zijn toegevoegd. Boven het canon in eeuwige opklimmende modulatie schreef hij: *Ascendenteque Modulatione ascendat Gloria Regis*, een zin die het in het voorafgaande canon kenbaar gemaakte denkbeeld versterkte: *Notulis crescentibus crescat Fortuna Regis.*

Maar iets wilde Johann Sebastian onvoltooid laten, en wel enkele secundaire passages in de canons. Een eerbetoon aan de koning die het thema had voorgesteld, een eerbetoon op eenzame hoogte. Maar uit het materiaal van Franz Ottokar blijkt dat de koning niet alleen het manuscript in de staat liet waarin het hem was toegekomen — het zou vervolgens aangevuld zijn door Kirnberger, een leerling van Sebastian — maar hij nam ook niet eens de moeite bepaalde stukken te spelen die speciaal voor hem waren bedacht, althans niet in het openbaar. Ondanks de aandoenlijke, onderdanige begeleidingsbrief die de *Kantor* had geschreven, schreef hij geen enkel woord terug, alsof hij vond dat de 'Notenschrijver' slechts had gedaan wat hem was opgedragen.

Johann Sebastian op zijn oude dag, in gedachten verzonken voor de Tabula Mirifica van Athanasius Kircher, een notenschema waarmee de meest ingewikkelde canonische variaties konden worden uitgedacht.

X

VERSLAGEN DOOR DE DOOD

Weledelgestrenge Heer,
Zeer Gewaardeerd Commissielid

Ik wil allereerst graag mijn nederige en gepaste dankbaarheid
kenbaar maken voor de zo welwillende ontvangst van mijn recen-
te brief [...]. Ik neem echter de vrijheid om U opnieuw lastig te
vallen met het volgende; want toen ik vernam dat er een vacature
was voor de post van organist in Naumburg en terstond besloot
het verzoek op naam van de heer Altnickol in te dienen bij de No-
bele Gemeenteraad, heb ik ogenblikkelijk mijn oude leerling ge-
schreven om hem van mijn besluit op de hoogte te brengen en hem
er tegelijkertijd op te wijzen zo snel mogelijk zijn eigen verzoek te
schrijven. [...] met veel plezier doe ik u daarom de tekst toekomen
die hij mij heeft gestuurd. Als u ook deze brief zou willen vereren
met Uw hoge gunst, acht ik het als mijn plicht om mijzelf, Wel-
edelgestrenge Heer en Zeer Gewaardeerd Commissielid, mijn ge-
hele leven lang te beschouwen als Uw nederige en zeer toegewijde
dienaar

Joh. Sebast. Bach
Leipzig, 31 juli 1748

Aan de Heer Christian Friederich Schaller
Commissielid
Commissaris van de Kamer van Financiën
Eerste Inspecteur van het Gerechtshof
Ontvanger van de Belastingen van het grondgebied van Thürin-
gen
en bovendien van de Graaf van Stollberg,
van Zijne Majesteit de Koning van Polen, Keurvorst van Saksen
&c., en Burgemeester van de stad van Naumburg.

De beroemde chirurg

Burgemeester Schaller zat nu recht voor Johann Sebastian. Hij leunde met zijn elleboog op het speeltafeltje — het bovenblad bestond uit kostbaar geruit inlegwerk van wit hout en ebbenhout — en met zijn vingers streek hij langzaam langs zijn baard en onderlip. Deze beweging herhaalde hij met onverbiddelijke precisie en was heel duidelijk waarneembaar in het gezichtsveld van Sebastian. In de donkere baard zaten witte golvende banen, scherp afgetekend als de nerven van wijnbladeren. Zijn haviksogen waren levendig, met glinsterende sterretjes op de pupillen en de blauwe iris. Schaller articuleerde zijn woorden zorgvuldig. Hij was goed te verstaan, zodat Johann Sebastian geen enkele lettergreep miste. Zijn manier van redeneren was kernachtig en zo vloeiend en natuurlijk dat er geen plaats was voor dubbelzinnigheid. De zeer scherpe afbakening van het beeld, de eenvoud van gebaar en woord, de perfecte waarneming van de gesproken woorden fascineerden de geest van Sebastian als geen enkele andere gebeurtenis in de vijfenzestig jaren van zijn leven. Hij liet zich onderdompelen in het genot van absolute helderheid.

198

Was het dus toch mogelijk voor de mens om het wezen der dingen te doorgronden? De samenhang en de zin ervan te begrijpen, zonder ruis en subjectieve onnauwkeurigheden? Had de werkelijkheid een eigen diepere betekenis, een eigen rede? Terwijl hij zich overgaf aan zulke aangename bespiegelingen, werd Johann Sebastian naast en achter zijn gesprekspartner andere gedaantes gewaar. Ook zij trokken de aandacht met precieze, onmiskenbare bewegingen, en ook zij spraken duidelijk en begrijpelijk, op bedaarde toon. Er was iemand die kalm pionnen op het schaakbord verschoof, iemand die een vel papier beschreef, een ander die een kelk water naar zijn mond bracht en nog iemand die in gedachten verzonken met zijn vingertoppen over zijn voorhoofd wreef. Doordat zijn gezichtsveld allengs groter was geworden had Sebastian het gevoel dat hij in zekere zin verder van de burgemeester verwijderd was geraakt. Maar dat was niet zo: tussen hen stond alleen maar het tafeltje. Wat hij hoorde kwam nog even krachtig en helder door; niet alleen de stem van de man met de grijzende baard en kristalheldere ogen, maar ook de andere stemmen.

Maar nu begon het toch lastiger te worden voor Sebastian

om de inhoud van de gesprekken te volgen of de bewegingen om hem heen duidelijk te onderscheiden. Het lukte hem nog wel om van elk gebaar de beweegreden te doorgronden. Dat zijn gezichtsveld groter werd, deed hem zwellen van trots. Hij genoot van de complexiteit van alle gebeurtenissen om hem heen. Vergiste hij zich, of gaven de personen die bij hem stonden elkaar antwoord en streefden ze ernaar om een gemeenschappelijk doel te ontdekken, ook al bewandelden ze verschillende wegen?

Dit duurde maar even, want geleidelijk werd Sebastian een nieuwe sensatie gewaar. Een groeiend besef dat hij er buiten stond. Het was alsof iets hem aan zijn schouders hem wegtrok, steeds verder weg, en hem allengs een buitenstaander maakte van wat zich om hem heen afspeelde. De stemmen hadden hun intensiteit niet verloren, maar klonken minder duidelijk en versterkten elkaar en doofden elkaar bij tijd en wijle uit. De gebaren waren eveneens vager geworden, minder uitgesproken. Burgemeester Schaller, die zich inmiddels in de menigte tussen de anderen had gemengd, streek over zijn baard die evengoed een kelk had kunnen zijn of een van zweet parelend voorhoofd. Ook zijn ogen hadden evengoed kelken kunnen zijn of de vierkanten van het schaakbord; en zijn voorhoofd een vel papier, en zijn vingers pennen die onbegrijpelijke tekens neerschreven. De bewegingen en de woorden werden steeds onduidelijker omschreven, zijn gezichtsveld raakte verbrokkeld, de geluiden waren een grote brij geworden.

Inmiddels voelde Sebastian zich geheel buitengesloten van de werkelijkheid die hij waarnam. Hij was verbijsterd. Hoe kon het dat de bemoedigende zekerheid van daarnet opeens aan flarden was gegaan? Waarom was hij zijn heldere begrip van de gebeurtenissen om hem heen kwijt?

Het laatste wat hij zag was een kolkende massa van kleuren en figuurtjes. Daarna kwam de duisternis en met haar de stilte... de duisternis en de stilte, precies op het moment dat het lemmet van het scalpel van John Taylor in zijn oogbol binnendrong en het vloeistof van de kristallens vermengd met bloed naar buiten spoot. Johann Sebastian voelde geen pijn. Door de zware dosis pijnstillers die de Engelse chirurg hem van tevoren had toegediend, was hij geheel buiten kennis geraakt. Anna Magdalena, die naast zijn bed zat en zijn hand vasthield, slaakte een kreet van afschuw en liet zich neervallen op het bewusteloze lichaam van haar man.

'Please, take her away,' gelastte Taylor aan Philip Emanuel

en diens zwager Christoph Altnickol, beiden met lijkbleke gezichten en wijd opengesperde ogen. 'Ik had nog zo gezegd dat het helemaal geen goed idee was dat *madame* Bach bij de operatie aanwezig zou zijn. *Hurry up, please.*'

Toen de twee mannen even later weer terug waren gekeerd, waren Taylor en zijn jonge assistent druk in de weer met het doorboorde oog van Sebastian. Het gezicht van de patiënt was besmeurd met bloed en de armen van de chirurg waren rood tot aan de ellebogen. Minieme spatjes zaten op de schouders en het boord van het witte overhemd van Taylor en hier en daar was een klontertje bloed op zijn haardos terecht gekomen. De Engelse chirurg — met zijn lange en stevige gestalte had hij eerder het voorkomen van een arbeider dan van een wetenschapper — bewoog zijn lenige vingers in de bloederige brij, met schijnbare kennis van zaken en badend in het zweet. De assistent wiste met een hand diens voorhoofd af met een lap en reikte met de andere hand nu eens een verbandgaas, dan weer een pincet of het scalpel aan waar de chirurg steeds gehaaster om vroeg.

De jonge Christoph Friedrich, die de kamer niet uit was geweest, had zich in een donker hoekje teruggetrokken: hij keek opzettelijk de andere kant op en leek vurig te bidden. De jongste zoon, Johann Christian, hield zich zo zorgvuldig in een ander hoekje verborgen dat niemand hem meer opmerkte. Emanuel en Altnickol stonden op gepaste afstand, klaar om te helpen. Het lukte hun niet om hun weerzin en hun angstgevoel te verbergen. Ze keken elkaar vragend aan, machteloos, alsof ze een weg waren ingeslagen waarvan ze niet wisten waar die heen voerde.

'Nu moet alles weer gehecht worden,' besliste Taylor, die na een eerste aanval van nervositeit zijn zenuwen weer enigszins in bedwang had. Hij sprak plechtig articulerend een lange Latijnse zin uit, zoals hij ook bij aanvang van de operatie had gedaan. Hij beval de assistent: '*Needle and gut string*', die zich vervolgens haastte om het gevraagde materiaal aan te reiken. Het gezicht van Taylor, dat goed verlicht werd door het licht van het raam en van de talrijke kandelaars die rond het bed waren opgesteld, was inmiddels opgeklaard. Terwijl zijn hand met het draad in het kielzog regelmatig op en neer bewoog, kneep hij tevreden glimlachend af en toe de lippen samen om ze daarna weer te ontspannen.

Nadat zijn hoofd verbonden was, werd de patiënt door de genezers gewassen met het lauwe water dat was klaargezet in her en der in de kamer verspreide emmers en teiltjes. Het naakte lichaam van Sebastian leek volkomen levenloos. Philipp Emanuel en zijn zwager tilden hem op, terwijl de assistent het hoofd stevig vasthield en trokken diverse doorweekte lakens en een beschermend zeildoek onder hem vandaan. Voorzichtig trokken ze hem een nachthemd aan en bedekten hem met een dunne deken. Taylor maakte aan één kant van het bed lange zwachtels vast, die hij over het voorhoofd van Sebastian leidde naar de andere kant van het bed, waar hij ze zo bevestigde dat er spanning op bleef staan.

'Hij mag zich vijftien dagen absoluut niet bewegen,' verordonneerde Taylor. 'Dat is absoluut noodzakelijk, denk erom. Anders zullen we de operatie voor de tweede keer moeten overdoen, *for the second time!*'

'Mijn God!' mompelde Emanuel, 'mijn arme vader, hij wordt zo gekweld!'

'Op dit velletje heb ik opgeschreven hoe de medicamenten moeten worden toegediend. Ik vertrouw erop, meneer Altnickol, dat mijn instructies zeer nauwgezet worden gevolgd. De kleinste nalatigheid kan de werking van mijn *ars medica* tenietdoen.' Hij keek streng op. '*Natura non facit miracula: sicut cura, talis exitus.*'

'Weest u maar gerust, hooggeachte heer Taylor, ik zal mijn schoonvader geen moment uit het oog verliezen. Daar zal ik goed op letten.'

'De rekening bedraagt vijftig gulden. U kunt dit bedrag op uw gemak aan mijn assistent voldoen voordat ik over vier dagen weer naar Leipzig vertrek. Het weghalen van de zwachtels en de hechtingen laat ik over aan dokter Faber, die mijn volste vertrouwen geniet.

'Zoals u wilt, illustere dokter.' Christoph Altnickol probeerde zijn gezichtsspieren te ontspannen en een vriendelijk glimlachje op zijn gezicht te toveren, maar het tegenovergestelde was het resultaat. 'Vijftig gulden!'dacht hij. 'Dat is wat de *Kantor* aan zijn vervanger betaalt voor een heel jaar Latijn!' En hardop: 'Uit naam van de gehele familie, mijnheer, betuig ik mijn innige dankbaarheid voor de dienst die u heeft geleverd.'

'Uw schoonvader heeft geluk gehad dat ik helemaal uit Leipzig ben overgekomen, anders was hij zijn zicht helemaal kwijtgeraakt!'

'Laten we hopen dat het een goede keuze is geweest. Op zijn leeftijd zijn twee operaties vlak achter elkaar niet niks.'

'Maakt u zich niet druk, mijnheer Altnickol, zijn vitale functies zijn allemaal nog in orde. Het hart van de *Kantor* is sterk.

Het zal zo zijn als bij de heer Händel, die na mijn operatie een paar jaar jonger is geworden.'

'U zult de geschiedenis ingaan als de chirurg van de musici, mijnheer Taylor,' zei Emanuel, die zijn uiterste best deed om hartelijk over te komen maar desalniettemin sombere voorgevoelens had. De Engelsman leek echter tevreden te zijn met deze omschrijving, herhaalde de zin dan ook en liet er een lachje op volgen. Hij vervolgde:

'Ik hoop dat niemand anders van de familie Bach mijn hulp nodig zal hebben, maar mocht dat het geval zijn, dan zie ik het als een plicht om zo snel mogelijk langs te komen.'

Ze verlieten allemaal tegelijk de kamer. Niet in staat om zijn ogen van het roerloze silhouet van zijn vader af te houden, dook de kleine Johann Christoph als laatste op. Wat de vijftienjarige jongeman die dag had meegemaakt ging alle verbeelding te boven.

Het zwarte licht

Taylor verdween al spoedig helemaal uit het zicht doordat hij Europa weer was begonnen te doorkruisen in zijn pittoreske rijtuigje, dat geheel was gedecoreerd met in levendige kleuren geschilderde ogen, overal voorafgegaan door triomfantelijke aankondigingen van zijn op handen zijnde komst.

Een maand later verscheen de oude dokter Faber, een familievriend, in huize Bach met een dokterstas onder zijn arm. Liessgen, de vrouw van Altnickol, en Catharina Dorothea, de oudste dochter van Bach, ontvingen hem en brachten hem naar de kamer van Sebastian, maar zonder met hem mee naar binnen te gaan. In die korte tijd had Faber niet kunnen nalaten de twee vrouwen te vergelijken: Dorothea was niet bepaald aantrekkelijk met haar haarknot in haar nek, gedoemd om een ouwe vrijster te blijven; Liessgen daarentegen zag er patent en sensueel uit, een frisse bruid vol leven. Hij dacht: 'Arme Dorothea, haar grote vaderliefde heeft haar ongeschikt gemaakt voor het leven.'

In de kamer werd hij opgewacht door Altnickol, Anna Magdalena als enige vrouw, en de drie zonen van Sebastian die nog thuis woonden. Dit keer ontbrak zelfs de gehandicapte en inmiddels volwassen Gottfried Heinrich niet. Deze liep verloren rond, zijn handen samenwringend en een onsamenhangend melodietje fluitend. Anna Magdalena liep op dokter Faber af om haar grote bezorgdheid te uiten maar ook om haar vertrouwen in hem kenbaar te maken.

'Met alle genegenheid die u Sebastian toedraagt,' zei ze met ingehouden stem, 'zou niemand anders hem liefdevoller kunnen behandelen.'

De dokter klopte haar vriendelijk op de schouder: 'Mijn taak is makkelijk, mevrouw, gedane zaken nemen geen keer. Maar maakt u zich niet ongerust: Taylor kan niet twee keer hebben gefaald!'

'God zou het niet toestaan, nietwaar mijnheer Faber?'

'Ik hoop het, mevrouw. Zou u nu alstublieft samen met uw zonen de kamer uit willen gaan? Hebben jullie daar iets op tegen, jongelui? De hulp van de heer Altnickol is voldoende. We zullen u roepen zodra we klaar zijn.'

'Bent u het, dokter Faber?' vroeg Johann Sebastian met zwakke stem. Hij maakte aanstalten om zich op één elleboog op te richten, vergetend dat hij met zijn hoofd stevig vastge-bonden zat aan het bed. 'Ik heb met smart op u gewacht, mijn beste vriend... u bent de rechter... u bent degene die het von-nis zal vellen.' Hij sprak onregelmatig, alsof zijn mond ver-lamd was.

'Te veel pijnstillers,' mompelde Faber in het oor van Alt-nickol. 'Ik hoop dat hij snel weer op krachten komt.'

'Wij hebben precies gedaan wat de heer Taylor heeft voor-geschreven.'

'Maar natuurlijk.' Iets luider vervolgde hij: 'Ik ga u een beetje pijn doen, beste Sebastian. Een klein beetje maar, het duurt niet lang. Voor de avond valt zult u de gezichten van uw familieleden weer kunnen herkennen.'

De lippen van Sebastian, die zichtbaar waren door een ope-ning tussen zwachtels en de lakens, plooiden zich tot een ge-forceerd, verdrietig glimlachje.

'Mijn muziek,' fluisterde hij. 'De gedachte dat ik weer kon gaan schrijven... zelf weer muziek kon gaan schrijven... heeft mij gesteund... tijdens deze lijdensweg.'

'U heeft een onnavolgbare schoonzoon, mijnheer de *Kan-tor*. De hele tijd is hij uw oog geweest, uw hand!' Dokter Fa-ber die al druk in de weer was rondom het hoofd van Sebasti-an, probeerde onmiskenbaar de conversatie op gang te houden.

'Arme Christoph, wat heb je je opgeofferd. Je hebt voor mij je lieve Liessgen verwaarloosd... je dierbare bruid...'

'Ach, mijnheer Bach, ik heb alles aan u te danken. U bent een leraar en een vader voor mij geweest. Ik heb u met veel vreugde bijgestaan.'

203

'Sinds jullie huwelijk... heb ik jullie nooit kunnen zien... ik heb mij slechts kunnen laven aan het geluid van jullie stemmen... van jullie liefdevolle stemmen.'

'Ze hebben hem allemaal onvoorwaardelijk hun affectie getoond,' dacht dokter Faber in stille bewondering, terwijl hij met watten het oog van Sebastian depte. 'Wat een bijzondere man. Zijn sobere manier van leven, zijn veeleisende houding, geen lachje te veel. Is dat niet een bewijs van innerlijke rijkdom?'

'Mijn *Kunst der Fuge*, Christoph, wat zou ik die graag willen afmaken,' hervatte Sebastian moeizaam het gesprek. 'We zijn zo traag gevorderd... maar binnenkort zal ik de achterstand weer kunnen inhalen...'

'Wees gerust, mijnheer Bach, het grootste deel van het werk is gedaan. Ik zal u met al mijn energie blijven helpen.'

'Goedhartigheid of rechtvaardigheid?' overpeinsde Faber, terwijl de twee aan het praten waren. 'Met beide kun je de sympathie van de mensen winnen. Sebastian kan streng zijn, hij is gierig, koppig en zelfzuchtig. Maar hij heeft nooit geprobeerd op te eisen wat hem niet toekwam. En nooit heeft hij anderen gedwongen zich bij zijn ideeën aan te sluiten. Hij is daarom een rechtvaardig mens. En de wereld wordt meer gedragen door rechtvaardige mensen dan door goede mensen.'

'We hebben onze hand toch niet overspeeld, Christoph, met zo'n abstracte, speculatieve constructie?' vroeg de *Kantor*. 'Die contrapuntische aanpak... die eindeloze reeks canons, zonder één enkel echt thema... al die... al die interpretatieproblemen. Het effect van het timbre negeren, de melodie helemaal opgeven... zal ik mijzelf niet buitensluiten, mij opsluiten in een wereld zonder vooruitzichten?'

'Uw muziek, mijnheer Bach, is de spiegel van uw ziel. Zij is oprecht, omdat zij gehoorzaamt aan uw onbedwingbare zielskracht.'

'Misschien is het zo als je zegt, mijn vriend. Maar mijn ziel is gedoofd, mijn lichaam voelt inmiddels niets meer, leeft niet meer...'

'Uw intellect leeft nog, leeft nog als altijd. Uw geest heeft zich bevrijd, en verheft zich.'

'Mijn overtuiging dat... muziek het leven is en met het leven mee verandert, is nu voor mij vanzelfsprekend geworden. Je weet niet hoe jouw woorden mij troosten, Christoph... Een van mijn zonen denkt daar anders over. Jij bent jong, en toch begrijp je... Toen de heer Taylor mij opereerde had ik een nachtmerrie... zo'n verschrikkelijke nachtmerrie die net echt lijkt. Die heeft mij aan het twijfelen gebracht... misschien is het allemaal een mislukking geweest... mijn oog voor details... garandeert dat de grootsheid van het geheel? De som van oneindig kleine deugden is niet vanzelfsprekend gelijk aan het hoogste goed...'

'U heeft zowel het een als het ander bereikt, mijnheer de *Kantor*. U bent de enige die daartoe in staat is gebleken. Telemann en de andere galante maestro's voelen zich genoodzaakt zichzelf goedkoop te verkopen, volgens de richtlijnen van Mattheson voor de componist: namelijk door de natuur geïnspireerde en breed toepasbare muziek maken. Maar u heeft weerstand geboden aan wereldlijke verlokkingen en gemakkelijke successen. U heeft zich verre van aardse zaken gehouden, u heeft de zuiverheid van de menselijke rede verdedigd, u heeft de opperste synthese van de taal der muziek bewerkstelligd!'

'Dank je, mijn kind. Wat zou ik graag willen dat de anderen, voor wie jij geen waardering kunt opbrengen, zouden weten hoe vaak ik hun muziek heb beluisterd en bestudeerd voordat ik tot die synthese kwam... bij mijn laatste woord aankwam...'

'Nu, mijnheer de *Kantor*,' onderbrak Faber hem, 'moet ik u vragen te zwijgen. Ik sta op het punt de hechtingen bij uw oog weg te halen en u mag absoluut niet bewegen.'

Johann Sebastian slaakte een zucht en vertrouwde zich geduldig toe aan de handen van de arts; het lukte hem te zwijgen ook op momenten dat de pijn ondraaglijk werd. Toen Faber klaar was, trok hij aan de bel. Iedereen kwam binnen, ook Sebastians dochtertjes Carolina en Susanna, en het gezelschap stelde zich met gespannen gezichten in een halve cirkel om het bed op. Anna Magdalena was de enige die ging zitten, naast Sebastian: ze pakte zijn hand, haar kleine ronde ogen glinsterden van de tranen.

'Open je oogleden, Sebastian,' zei zij teder, op een seintje van Faber, 'wij zijn hier allemaal bij je. Open ze langzaam.'

Het verzoek was overbodig, want Johann Sebastian had zijn ogen al enkele ogenblikken nauwelijks zichtbaar geopend en probeerde door de spleetjes van zijn oogleden de silhouetten om hem heen te onderscheiden. Hij wachtte even en fluisterde toen:

'Ik zie... ik zie een zwart licht... alleen maar een zwart licht...'

'Hier ben ik, Sebastian, kijk eens naar me. Ik zit hier recht voor je!'

'Ik had dit al voorspeld, Magdalena... precies zo zou het begin van het einde zich aankondigen.'

'Waar heb je het over, Sebastian?'

'Magdalena, kinderen, ik voel het stervensuur naderen... het uur dat altijd in mijn gedachten was.'

'Sebastian! Het komt omdat je het licht bent ontwend, zo is het toch, mijnheer Faber?'

'Ik had niet verwacht dat de *Kantor* meteen scherp zou kunnen zien,' fluisterde de dokter. 'Maar absolute duisternis had ik evenmin verwacht! Nu is de situatie nog slechter dan voorheen.' Hij zette een kaars voor het gezicht van Sebastian. 'Ziet u deze vlam, mijnheer Bach?'

'Ik voel de warmte.'

'Lieve hemel, we moeten de ochtend afwachten in de hoop dat er iets gebeurt wat zelfs de medische wetenschap niet kan voorzien.'

Anna Magdalena barstte in snikken uit; Liessgen en haar man liepen naar de dokter toe en bedolven hem met prangende vragen. Dorothea en de twee kleine meisjes huilden zacht. De jongetjes waren als versteend.

Sebastian had zich terug op bed laten vallen. Zijn grote gestalte leek te zijn verzwolgen door de lakens. Zijn gelaat drukte diep verdriet uit. Met vermoeide stem riep hij zijn schoonzoon:

'Christoph, ik zou je dankbaar zijn... als je de tekst van het laatste koraal... waaraan je meegeholpen hebt... voor mij zou kunnen voordragen... Zou je dat willen doen?'

'O natuurlijk, mijnheer. *Vor deinen Thron tret ich hiermit,* bedoelt u?'

'Ja, *Vor deinen Thron tret ich hiermit,* o Gott.'

Altnickol reciteerde langzaam met melancholieke stem:

'*Vor deinen Thron tret ich hiermit, o Gott, und Dich gemütig bitt, wend dock dein gnädig Angesicht von mir, dem armen Sünder nicht.*'

'Dit is het laatste wat ik gecomponeerd heb en het laatste wat ik deze wereld nalaat,' zei Johann Sebastian. 'Ik smeek je, Christoph, plaats dit alsjeblieft aan het slot van mijn *Kunst der Fuge.*'

'Zoals u gebiedt, mijnheer Bach, maar ik ben ervan overtuigd dat we binnenkort samen het werk kunnen gaan voltooien.' Sebastian schudde zijn hoofd. Dokter Faber staarde hem aan zonder dat hij erin slaagde zijn verwarring te verbergen.

206

De dood van Johann Sebastian liet niet lang op zich wachten. Enkele dagen voor het einde kwam Wilhelm Friedemann zijn vader opzoeken. Hij wilde hem iets vragen wat hij nooit eerder had gedurfd.

Sebastian verkeerde in een deerniswekkende toestand, zijn lichaam zat vol met doorligwonden, zijn huid was verschrompeld en zijn gezicht verschrikkelijk ingevallen. Friedemann was alleen met hem, en nam bruusk het woord:

'Vader, ik ben op zoek naar de waarheid. Vertelt u mij eens, gelooft u echt in God?'

'Ja, Friedemann,' fluisterde Sebastian zonder verbaasd te zijn over zijn vraag.

'Gelooft u in de God van de christenen?'

'Ik geloof in God.'

'En denkt u dat wij allemaal in zijn gedachten aanwezig zijn? En dat hij ons beoordeelt en ons voorbestemt tot het eeuwige leven, of veroordeelt tot de eeuwige verdoemenis?'

'Nee, Friedemann... dat betwijfel ik. God moet je zien als... ons allerhoogste ideaal... en onze troost.'

'U gelooft dus niet dat hij mens is geworden?'

'Het is niet makkelijk, Friedemann... ik zou mijn intelligentie te kort doen... en het is niet nodig... nee, ik denk niet dat dat nodig is...'

'En waarom, vader, heeft u er dan voor gekozen om in godsdienstige kringen te vertoeven? Waarom heeft u dan uw kunst in dienst van de lutherse kerk gesteld?'

'Ik wist, Friedemann, dat je mij dit verwijt zou maken. Maar dat doet me geen pijn... omdat ikzelf... omdat ikzelf ook mijn twijfels heb gehad.' Sebastian sprak heel zacht, moest tussendoor steeds weer op adem komen. 'Die twijfels heb ik gehad... toen ik als jongetje... een oude Italiaan ontmoette die mijn verbeelding prikkelde...'

'En?'

'Niets is zoals op het klavier, Friedemann, alleen maar wit en zwart... Er zijn grijstinten, er is niet slechts één enkele toonsoort.'

'Wat wilt u hiermee te zeggen?'

'Dat het niet nodig is om te geloven... nee... het volstaat om keuzes te maken... het is belangrijk om daar naar te leven.'

'Ja, en dus?'

'Luther is groot... Friedemann. De grootste onder de mensen... na... na Christus. Zijn woord dient om de eenvoudigen van geest te onderrichten... de ongelukkigen putten er kracht uit. En het leidt tot de zedelijke verheffing van de zielen... van alle zielen, Friedemann, ook van de onze.'

'Christus en Luther, vader, zijn voor iedereen beschikbaar. Er zijn geen tussenpersonen nodig die profiteren van de nalatenschap van hun boodschap. Ook *Uw* God is beschikbaar.'

'Nee, Friedemann! Muziek staat ook tot ieders beschikking, maar slechts weinigen weten er iets zinnigs mee te doen. De mensen... de mensen hebben behoefte aan leiding...'

'Is er niet ook nog iets anders waardoor u voortgedreven werd? Staat u in het krijt bij Luther en zijn Kerk doordat u van muziek de basis van spiritualiteit heeft gemaakt?'

'Dat kan zijn, Friedemann. Muziek is het hoogste genot, zei Luther. Het hart voelt zich erdoor opgelucht en hervindt zijn rust... voor een musicus zijn deze woorden belangrijker dan wat dan ook...'

'En de geschiedenis dan? Gelooft u niet dat het beeld dat men van u heeft niet zal worden vervormd? De Kerk heeft moeite met zulke heldere denkbeelden!'

'Het was een idee van Frohne... maar ik heb vertrouwen. Vroeg of laat... vroeg of laat zal de historie de gerechtigheid laten zegevieren.'

Wilhelm Friedemann was diep ontroerd. Hij besefte dat hij tegenover een man zat die had geleefd zonder zich te laten misleiden en zijn keuzes had gemaakt zonder een moment het contact met de werkelijkheid te verliezen, in naam van waarden die zijn eigen bestaan ontstegen.

'Vader van me,' fluisterde hij, 'ik heb u zoveel verdriet gedaan! Ik ben hier gekomen, opdat u niet heengaat zonder te weten hoeveel ik van u gehouden heb. U bent een mens die ik wilde evenaren...'

'Mijn liefste zoon... *Willkommen! Will ich sagen, Wenn der Tod ans Bette tritt...* Ken je ze nog, Friedemann, de woorden van die cantate van mij? Ik schreef ze voor mijzelf en vandaag reciteer ik ze met kalm gemoed... ik ben je dankbaar... *Willkommen! Will ich sagen, Wenn der Tod ans Bette tritt.* Kom hier, ik hef mijn hand op om je te groeten...'

Enkele dagen later kreeg hij weer bezoek; Sebastian putte er troost en kracht uit voor zijn laatste dagen. Vanuit Dresden kwam het echtpaar Hasse, Johann Adolph en Faustina; hij was dirigent bij de opera, zij een beroemde Italiaanse mezzosopraan.

'Mijn beste vriend,' riep Hasse uit met zijn warme en nog jonge stem, terwijl hij de kamer van Sebastian binnenstormde. Hij greep zijn hand beet en schudde hem stevig. 'Ik heb gehoord dat ze u enorm hebben toegetakeld. Blijf toch uit de buurt van die artsen! Maar wij zullen u herinneren zoals u was ten tijde van uw uitstapjes naar onze voorstellingen in Dresden!'

'Mijnheer Hasse, wat een eer om u te zien. Welke reis heeft u onderbroken om deze... om deze stervende oude man te komen opzoeken? Ik dacht gisteren nog aan uw aria's... zo melodieus, zo rustgevend...'

'U bent te grootmoedig, gewaardeerde vriend! Ik vraag me of waarom u mijn bescheiden talenten nooit op de hak heeft genomen. Mijn probeerseltjes en uw muziek liggen verder uiteen dan het gekakel van een kip en de prachtige stem van mijn eega!'

'Faustina Bordoni...' Sebastian keek moeizaam in de richting van mevrouw Hasse en eerbiedig knikkend vervolgde hij: '*De nieuwe sirene*... wat fijn u weer te zien... ik voel de emotie weer van vroeger toen ik u zag optreden...'

'Mijnheer Bach... om in uw aanwezigheid te zingen was erg aangenaam voor mij.' Ondanks haar leeftijd — ze was de vijftig gepasseerd — was mevrouw Hasse nog steeds betoverend. Wat hem in haar trof was haar sprankelende levenskracht. Ze was mooi en verheven, met lange rossige haren die hier en daar grijs gespikkeld waren, en een indringende blik die diepe gronden suggereerde.

'Ik wilde u zo graag nog een keer zien...,' fluisterde Sebastian.

'Wat een bijzondere vrouw,' dacht Anna Magdalena, die samen met Altnickol achter de gasten stond. 'In haar gezelschap heb ik altijd het gevoel dat ik onzichtbaar ben.' Haar gedachten stokten even. 'Hoe kon Sebastian niet van haar onder de indruk zijn?'

'U zingt toch nog steeds? Ik heb gehoord dat uw stem nog even melodieus is als vroeger.' Faustina bloosde: 'Ja, ik zing nog steeds, mijnheer *Kantor*. Maar ik kan niet verhinderen dat mijn leven één grote herinnering dreigt te worden.'

'Zou hij haar ooit bemind hebben?' vroeg Anna Magdalena zich af. 'Maar natuurlijk, hoe heb ik dat nooit kunnen zien? Al die weekendjes in Dresden. Hij die zo neerbuigend over de opera dacht. En hij nam de kleine Friedemann met zich mee...'

'Alles op zijn tijd, mevrouw Hasse. U staat nog middenin het leven... uitbundig zoals altijd. Ik ben bij de slotakte gekomen. Ik zal het beleven... als een synthese van alles... de dood zelf is leven. Nee, vrienden, alsjeblieft, spreek mij niet tegen, medelijden is niet op zijn plaats... maar vernederend voor mij.'

Iedereen zweeg, iedereen had zijn eigen gedachten. Ze bleven bij elkaar tot Sebastian, zichtbaar aan het eind van zijn krachten, wegglipte in een slaap die veel weg had van de dood.

'Ik heb niet de moed gehad om hem te zeggen dat er al een opvolger voor hem is aangewezen aan de *Thomasschule*,' zei Anna Magdalena zachtjes. 'De eerste minister van Saksen heeft zich er in eigen persoon mee bemoeid. De opvolger heet Harrer en er staan drie regels over hem in de encyclopedie van Mattheson, de bijbel van de musici, waar mijn Sebastian niet eens in staat!'

'Dat is waar, mevrouw Bach,' riep Hasse uit. 'En ik heb me dikwijls afgevraagd waarom.'

'Ik heb geprobeerd hem erin te krijgen, maar de auteur wilde de biografische gegevens niet eens hebben. Hij herhaalde steeds: de drempel van de eer wordt niet overschreden door formulieren in te vullen. Lieve Sebastian, hoeveel groter ben jij niet geweest dan al die anderen!'

De dood kwam om negen uur in de avond van 28 juli 1750. Sebastian stierf in de armen van Anna Magdalena, terwijl hij nu eens haar naam noemde, dan weer de naam van Barbara, of van Helga en Faustina. Die dag had de *Kantor* een opleving gehad. Hij had de tijd doorgebracht met het ophalen van kleine, maar belangrijke herinneringen uit zijn leven, waarvan hij het belang slechts in de loop van de tijd had ingezien. Zijn eerste compositie, zijn eerste dierbare boek, zijn eerste liefde, zijn eerste hoogtepunt, zijn eerste openbare concert, zijn eerste cembalo, zijn eerste kind, zijn eerste uitgegeven compositie, een onbeweeglijk meer, een mistig dal, de bruiloft van Liessgen... Zijn hart was van verdriet bezwaard en door emoties overladen als in de meest hartstochtelijke dromen.

Franz Ottokar Bach was op de begrafenis aanwezig met zijn hele gezin, samen met bloedverwanten en vrienden die van alle kanten waren toegestroomd. Hij verzekert dat zijn illustere oom vlak voor zijn dood zijn zicht had teruggekregen, ook al was het maar voor enkele ogenblikken, en dat hij zijn dierbaren om de beurt van dichtbij wilde aankijken. Maar hij was vooral druk bezig met het noot voor noot bestuderen van de partituur van de *Kunst der Fuge*, die Christoph Altnickol voor hem op papier had gezet.

In de vijf jaren volgend op de dood van de *Kantor* waren van de *Kunst der Fuge* slechts dertig exemplaren verkocht. De drukvorm ervan werd in 1756 te koop aangeboden als onderdeel van een dumppartij. Rond diezelfde tijd aanschouwde in Salzburg Wolfgang Amadeus Mozart het levenslicht.

***

Onderaan een partituur van Bach uit 1725 staat een beroemde uitspraak van Luther:

In fine videbitur cuius toni,

oftewel de toonsoort leert men kennen aan het slot, zoals een reguliere harmonie dat voorschrijft.

Appendix

Sir Isaac Newton, president van de Royal Society in Londen

DE BRIEFWISSELING MET NEWTON

Het probleem van de tik

Zoals al eerder in dit boek vermeld kan er met recht getwijfeld worden aan de geloofwaardigheid van de correspondentie tussen Johann Sebastian Bach and sir Isaac Newton, die, samen met de andere documenten van Franz Ottokar Bach, rechtstreeks tot ons is gekomen in een goed geschreven Italiaanse versie. Zowel de door Newton geuite wetenschappelijke hypotheses als de muzikale concepten van Bach zijn te rijk en te veelzijdig van karakter om niet bij ons de indruk van een vervalsing te wekken — op zijn minst moet er achteraf aan gesleuteld zijn.

De Engelse fysicus, toentertijd President van de Royal Society en Directeur van de Munt, formuleert hypotheses die op zijn minst futuristisch genoemd kunnen worden, zoals het principe van de ontleding van een zeer snel opgewekte klank in een continu spectrum van zuivere tonen, een concept dat slecht decennia later tot de algemene kennis van studenten zou gaan behoren. Of de notie dat de breedte van zo'n frequentieband omgekeerd evenredig toeneemt met de tijdsduur van de klank, wat, zoals u verderop zult zien, equivalent is met de bewering dat het onmogelijk is om gelijktijdig de exacte frequentie en de duur van een klank vast te stellen. Het is een concept dat gekoppeld is aan de onzekerheidsrelatie, de grondslag van de kwantummechanica van onze tijd. Hoewel het algemeen bekend was dat Newton tot geniale inzichten kon komen, is het niet geloofwaardig dat, als hij erover gepubliceerd zou hebben, de wetenschap zo lang gedraald zou hebben om er de vruchten van te plukken.

Op zijn beurt geeft Johann Sebastian blijk over veel meer kennis van de natuurkundige principes en wiskunde van de harmonieleer te beschikken dan normaliter van een leek verwacht kan worden, wat de wijdverspreide overtuiging logenstraft dat de precisie en de formele perfectie van zijn muziek het spontane resultaat waren van genetisch bepaalde instincten. Want hoe zou dat laatste gezichtspunt verenigd kunnen worden met het gegeven dat een moderne computeranalyse in het materiaal van Bach wel driehonderd of meer compositorische criteria herkent? In tegenstelling tot de gebruikelijke bronnen en denkbeelden biedt de correspondentie hier dus wel zeker een plausibel alternatief en kan zij wel zeker geloofwaardig genoemd worden, hoewel er feiten in staan die in tegenspraak zijn met wat sommige mensen te goeder trouw beweren, namelijk dat de *Kapellmeister* van Köthen zich niet helemaal zo bewust was van zijn artistieke keuzes, dat hij niet aan reflectie deed, dat hij slechts gericht was op de onophoudelijke productie van muziek en de gelijktijdige zorg voor een stel kinderen en zijn leerlingen.

216

Hoe het ook zij, de door Johann Sebastian onder woorden gebrachte denkbeelden over de oorsprong van de harmonie, duizenden jaren geleden, lopen precies in de pas met de denkbeelden van die tijd zoals ze te vinden zijn in de beroemde verhandeling van zijn leeftijdgenoot Jean-Philippe Rameau. En dan zijn visie dat de muziek is als het leven, dat wil zeggen een wedstrijd tussen rede en passie, een spel van evenwicht en toevallige breuken, een tegenstelling tussen regels en het overtreden daarvan ten behoeve van de creativiteit, van die visie is zijn gehele oeuvre doordrenkt.

Johann Sebastian zou twee jaar nadat hij in Köthen was gaan wonen, een eerste brief aan Newton hebben gericht. De brief had de volgende strekking:

Weledelzeergeleerde, zeer gewaardeerde,
Weledelgestrenge heer

Met aarzeling wend ik mij tot U edele om opheldering te vragen over bepaalde aspecten van de muziek en het geluid die eerder tot het terrein van de wetenschap gerekend moeten worden dan tot dat van de kunst. Ik loop daar de laatste tijd steeds tegen aan tijdens mijn werk aan het hof van Köthen, waar ik mij dankzij de

open geest van mijn vorst heb kunnen wijden aan muzikale expe-
rimenten waarover ik nooit heb durven dromen. Ik beschik over
een fantastisch orkest met uitzonderlijk goede solisten en even
goede instrumenten, over een muziekzaal met een droge akoestiek
en weinig galm, en over een ongekend ontvankelijk en ontwikkeld
publiek. Ik kan muziek maken zonder enige tijdsdruk of andere
restricties, vrij om haar te kleuren met mijn levenservaringen en
verbeelding.

De aard van het geluid werpt echter bepaalde vragen bij mij op.
Is het misschien zo dat mijn gebrek aan kennis van natuurkundige
wetten het bereiken van mijn doelen bemoeilijkt? Bestaat er een
kans dat ik in herhalingen verval als ik mijn muziek niet onophou-
delijk opfris met behulp van een doordacht ontwerp? Muziek hoort
bij het leven. Het vereist continue aandacht om niet in verval te
raken, zoals dat geldt voor elk aspect van het leven.

De heer Christian Friedrich Rolle, organist in Quedlimburg,
heeft met mij over u, illustere heer, en uw uitzonderlijke wijsheid
gesproken. Ik heb uw verhandeling The Mathematical Principles of
Natural Philosopy *helemaal doorgelezen, maar ik heb er helaas*
niet zoveel van geleerd, ten eerste omdat ik niet goed thuis ben in
het Latijn en ten tweede omdat de wiskundige formuleringen te
complex zijn voor een simpele organist als ik. In ieder geval heb ik
er niets in kunnen vinden over de eigenschappen van geluidsbron-
nen of van in trilling gebrachte lichamen, hoewel er wel wordt
gesproken over de voortplanting van geluid in vloeistoffen. De
heer Rolle beweert desondanks stellig dat u geheel bekend bent
met de muzikale akoestiek, maar dat u daar slechts weinig aan-
dacht voor heeft, gefascineerd als u bent door de gewichtige pro-
blemen van de sterrenkunde en de universele zwaartekracht. Uw
verhandeling over de optica, waar ik ook in gebladerd heb, laat
overigens uw interesse zien in de voortplanting van energie in de
ruimte: dat aspect is ongetwijfeld gerelateerd aan licht en geluid.
Voor zover ik het juist heb begrepen, heeft u recentelijk nog gesug-
gereerd dat de lichtverschijnselen deels kunnen worden verklaard
door middel van de idee dat de voortplanting van het licht tot
stand komt dankzij een golfbeweging, geheel vergelijkbaar met
wat bij geluid het geval is.

Om deze redenen twijfel ik er niet aan, zeer gewaardeerde heer,
dat u mijn nieuwsgierigheid volledig zult kunnen bevredigen. Ik
zal u hiervoor eeuwig erkentelijk zijn en hoop dat mijn nederige
vragen u niet van veel belangrijkere verplichtingen en dringender
zaken zullen afhouden.

Het probleem dat ik u wil voorleggen is dat van het timbre van
instrumenten in bepaalde geluidscondities. Zonder me te verliezen
in lange uitweidingen, meen ik te kunnen stellen dat mij het begrip
dat door de bijgevoegde schets wordt geïllustreerd, voldoende
helder voor ogen staat, namelijk dat in stationaire geluidscondi-
ties elk instrument gelijktijdig de grondtoon, ofwel de fundamen-

*tele frequentie, en zijn boventonen, ofwel de hogere harmonischen,
genereert. Er ontstaan meer boventonen naarmate het trillende
onderdeel langer is, een snaar in een klavecimbel en op strijkinstrumenten, maar ook luchtkolommen in een orgel of in blaasinstrumenten. In het geval van een snaar komt dat doordat slechts
die golven mogelijk zijn waarbij zich aan beide uiteinden een
knoop bevindt, aangezien de golven daar worden geblokkeerd. Dit*
is het geval als de golf tweemaal zo lang is als de gehele snaar, dat
noemen we de grondtoon; als de golflengte gelijk is aan de golflengte van de grondtoon gedeeld door een geheel getal, dus door twee,
drie, enzovoorts, dan spreken we over boventonen.

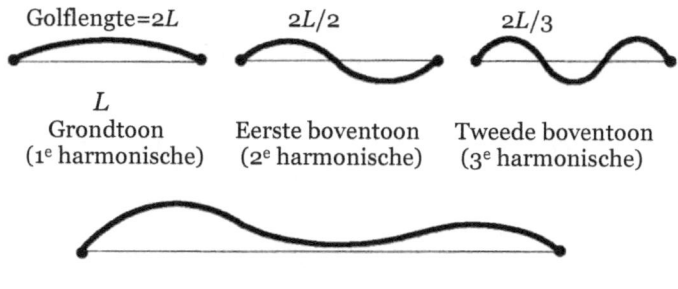

Golflengte=2L   2L/2   2L/3

L
Grondtoon   Eerste boventoon   Tweede boventoon
(1e harmonische) (2e harmonische)   (3e harmonische)

Uitwijking van de snaar als gevolg van de
superpositie van de eerste drie harmonischen

*De hoogte of frequentie f van het geluid wordt beschreven door de
formule f = v/λ, een relatie tussen de geluidssnelheid v op de snaar
en de golflengte λ: de frequentie neemt dus toe met het rangtel-
woord van de harmonischen, resulterend in tweemaal de frequentie van de grondtoon voor de tweede harmonische, driemaal voor
de derde harmonische, enzovoorts. De intensiteit van de verschillende boventonen hangt af van de snaareigenschappen maar ook
van de vorm en de afmetingen van de klankkast die als hoofdtaak
heeft de luchtdeeltjes in trilling te brengen waardoor het geluid
zich kan verspreiden naar de ruimte eromheen.*
Het geheel aan harmonischen, dat verschilt van instrument tot
instrument, bepaalt er de karakteristieke klankkleur van. *Zo brengt
een fluit, met maar enkele boventonen, een eenvoudige toon voort,
bijna even zuiver als een zuivere grondtoon. De altviool wekt
daarentegen een brede band aan hogere harmonischen op, resulterend in een complex en vol geluid. Dat geldt ook voor de trom-
pet, waarbij echter vooral de hogere boventonen opvallen, die het
geluid schel maken. Het orgel is het instrument dat mij van alle
instrumenten het meest fascineert, niet alleen omdat het een zeer
breed akoestisch spectrum omvat tot aan de grenzen van het*

hoorbare, maar ook omdat het, dankzij de diverse lengtes van de pijpen, met zijn verschillende registers alle timbres van de instrumenten uit het orkest kan nabootsen.

Ik heb ook geleerd van de heer Rolle dat — om redenen die mij onduidelijk zijn — in sommige gevallen niet-harmonische boventonen worden opgewekt, waarvan de frequentie niet een exact veelvoud is van de fundamentele frequentie van de grondtoon. Het is mijn overtuiging dat geluiden die inharmonische boventonen bevatten een belangrijke rol spelen in de harmonie, aangezien ze dissonante effecten veroorzaken die gewoonlijk weliswaar vervelend zijn, maar zo nu en dan een bijzonder bijdrage kunnen leveren, mits met mate toegepast. Daar wil ik even stil bij blijven staan.

De ervaring leert ons, musici, dat de inharmonische boventonen des te beter hoorbaar zijn (dankzij de dissonanties die ze veroorzaken) naarmate het geluid sneller wordt voortgebracht. Om precies te zijn, het gehele timbre van een instrument verandert als men een noot zeer kort speelt in plaats van lang aanhoudt. Het timbre verandert ook als de intensiteit van de geproduceerde toon plotseling verandert — bijvoorbeeld van zacht naar hard — om maar te zwijgen over de variaties in klankkleur die men waarneemt bij een onverwachte aanhef van een muziekstuk. Ik krijg er maar niet genoeg van om met mijn gewillige en fantastische hoforkest de variaties in klankkleur te onderzoeken die ontstaan als ik een bruuske en luide aanhef vervang door een zachte waarbij het gewenste geluidsniveau iets later wordt bereikt door de uitvoerenden. Met deze proefnemingen word ik mij ervan bewust hoezeer mijn compositorische bedoelingen kunnen worden veranderd door de keuze van een aanhef.

Hoe komt het dat bij een willekeurig instrument een snelle aanhef — de snelste waartoe een solist in staat is — altijd het effect voortbrengt van een klik, ofwel een tok van de lage instrumenten, lijkend op het effect van een stokje dat tegen de rand van een bord slaat? Het is makkelijk om dat met een viool te verifiëren, maar het is ook mogelijk met blaasinstrumenten, zoals met de fluit, zolang men maar de lucht met de lippen tegenhoudt (om de druk te vergroten) en haar vervolgens plotseling laat ontsnappen. Men kan in dit geval spreken over een percussiefluit, als het idee om de fluit op deze manier te bespelen al zinvol is. De pizzicato techniek sorteert ongeveer hetzelfde effect bij verschillende instrumenten — de luit, de gitaar, de harp, de strijkinstrumenten en zelfs het klavecimbel. Er zijn verschillen — het geluid van een snaar is bijvoorbeeld niet hetzelfde als er in het midden op wordt getokkeld of aan de uiteinden —, maar die verschillen zijn gering.

Op de lage tonen van het orgel kunnen dit soort experimenten met korte en snel ingezette noten niet worden uitgevoerd (hoewel ze zeer wenselijk zouden zijn), omdat het heel lang duurt voordat in de grote pijpen de gehele luchtkolom in trilling wordt gebracht.

Ik ben dol op de diepe klanken van het orgel. Anders dan bij de hoge registers lijkt het alsof de lage tonen binnenin onszelf ontstaan en met ons diepste wezen samensmelten. Mijn geliefde echtgenote Maria Barbara beweert — weest u alstublieft mild in uw oordeel over haar levendige fantasie — dat dat komt doordat die lage tonen doen denken aan de hartslag in de moederschoot. Af en toe talm ik op de laagste baspedalen en houd ik deze krachtige geluiden onder onze gehoorgrens lang vast; ik luister dan naar de intense pulsaties die ontstaan doordat de tonen elkaar overlappen: zwevingen, zoals de Franse wetenschapper Joseph Sauveur ze noemde.

Deze gentleman heeft mij, ondanks zijn doofheid, veel begrippen geleerd — knopen en buiken in de trillingspatronen, randvoorwaarden van resonanties op de snaar en in de klankkast, de diverse harmonischen —, maar hem werd helaas aangeboden om zich met de hemelgewelven bezig te houden. Op wie zou ik dan wel een beroep kunnen doen? Aangemoedigd door mijn vriend Rolle ben ik zo brutaal om, bij deze, uw wijsheid aan te roepen. Rolle is van uw bereidwilligheid tot het uitwisselen van gedachten via een briefwisseling overtuigd. Ik zou u graag veel vragen willen stellen, zeer gewaardeerde heer, maar met welk recht? Ik heb u waarschijnlijk al te veel lastiggevallen met die enkele vraag van daarnet. In afwachting van uw verlichte mening, verblijf ik voor eeuwig de zeer nederige dienaar van uw Weledelgestrenge, weledelzeergeleerde heer

Joh. Sebast. Bach
Köthen, 4 september 1719

Aan de Zeer Doorluchtige heer,
Sir Isaac Newton,
President van The Royal Society,
Directeur van de Munt te Londen

Op deze lange brief, waarin Johann Sebastian zijn gebruikelijke formele stijl laat varen, wat opmerkelijk is, aangezien zijn gesprekspartner een bekend en voornaam persoon in het Engelse publieke leven was en ook een grootheid op het gebied van de wetenschap, zou Isaac Newton enige tijd later hebben gereageerd met een uitputtend document dat vol stond met persoonlijke gedachten en verbazingwekkende, wetenschappelijke inzichten. Gezien het gereserveerde en soms venijnige karakter van Newton komt zijn openhartigheid in dit geval weinig overtuigend over. Bovendien mist er in het document dat via Franz Ottokar Bach tot ons is gekomen precies in deze brief tenminste één bladzijde, precies daar waar een bepaald fragment heel modern klinkt, alsof het, zoals eerder gezegd, naderhand is toegevoegd.

Zeer vriendelijke, zeer gewaardeerde,
Illustere heer

Uw brief kwam geheel onverwachts, maar hij was zeer welkom en
in alle opzichten zeer vleiend. Ik ben helaas, hier in Engeland, nog
niet in de gelegenheid geweest om een compositie van u te beluis-
teren, maar ik heb over u gehoord via de heer Christian Friedrich
Rolle, die een voortreffelijke mening over u heeft — hij heeft zelfs
beweerd dat u het in zich heeft de grootste musicus aller tijden te
worden — en via de heer Georg Friedrich Händel, wiens muziek
bij ons daarentegen wel buitengemeen populair is. Deze laatste,
die ik heb leren kennen in de koninklijke loge in Covent Garden
tijdens de uitvoering van zijn opera Il Pastor fido, *sprak minder*
lovend over u, sterker nog, hij had zelfs kritiek op u. Maar uit zijn
woorden heb ik één ding opgemaakt, dat hij in u een uiterst ge-
duchte rivaal ziet. Iets wat bij mij het idee heeft versterkt dat de
heer Rolle geen onzin heeft verkocht.

Omdat uw achting mij vleit, heb ik gepoogd uw vragen naar alle
tevredenheid te beantwoorden, voor zover ik daartoe in staat ben.
Ik heb daarom veel aandacht besteed aan uw interessante vraag-
stuk, terwijl ik daar eigenlijk nagenoeg geen tijd voor had, gezien
mijn zwakke gezondheid en mijn zware taken bij de Munt, waar ik
mij inzet om maatregelen te verzinnen tegen de overvloed van
vervalste ponden sterling. Eerlijk gezegd moet u mijn aandacht
voor uw probleem als een uitzondering op de regel zien: in de le-
vensfase waarin ik nu verkeer — het zal vast een teken van ouder-
dom zijn —, beleef ik meer genoegen aan het bestuderen van de
alchemie, of aan zaken die de menselijke geest aangaan, dan aan
onderzoekingen op het gebied van de exacte wetenschap. Daaraan
meen ik overigens al voldoende tijd te hebben besteed.

Wat de geluidsleer betreft, moet ik helaas bekennen dat ik haar
verwaarloosd heb. Ik heb een degelijke muzikale opvoeding moe-
ten ontberen, anders zou de akoestiek mij beslist evenveel hebben
aangetrokken als de lichtverschijnselen, die met hun alomtegen-
woordigheid niet aan onze aandacht kunnen ontsnappen. Maar in
ons land, in tegenstelling tot de uwe, staan de muziek en de kun-
sten in het algemeen in laag aanzien, zodat slechts enkelen ermee
in aanraking komen. Ik weet dat er in Duitsland geen gemeente is,
hoe klein dan ook, die niet over zijn eigen musici beschikt, en dat
beschaafde mensen daar van mening zijn dat ze in gebreke blijven
als zij aan de muziek niet de vereiste aandacht geven. Nu het in-
middels voor mij veel te laat is, besef ik dat dat een voortreffelijk
keuze is van die mensen. Van alle kunsten spreekt muziek nog het
meest een universele taal. En met haar dynamische kant — een
begin, een middenstuk en een slot — definieert zij het wezen van
het mensenleven. Zij doet de tijd stilstaan, is onvergankelijk en
altijd oprecht. Terwijl de wetenschap van nature in het teken van

onophoudelijke ontwikkeling staat, en zichzelf dus steeds verloochent. Elke wetenschappelijke vooruitgang overtreft voorafgaande waarheden, die dan nog slechts als levenloze historische feiten voortbestaan.

Om bovengenoemde redenen treft mij uw bescheidenheid des te meer, illustere heer, en de eerbied die u heeft voor het gezag van de wetenschap streelt mijn ego. Kan de wetenschap echt van nut zijn voor de muziek, en haar vrij laten ademen? Kan zij de muziek inspireren in creatief opzicht, zonder haar in een keurslijf van strakke schema's te persen en zonder haar te dwingen tot experimenten als doel op zich, die gespeend zijn van artistieke waarde? U schijnt dat te geloven, maar veel gezaghebbende personen zouden dat tegenspreken. Men zou bijvoorbeeld kunnen beweren dat een muziekstuk dat is geconstrueerd volgens strakke wiskundige uitgangspunten, weinig ruimte laat voor de interpretatievrijheid van de luisteraar. Of dat materiële behoeften de overhand krijgen over intellectuele.

Als wetenschapper mag ik slechts hopen dat u gelijk heeft: daarom zal ik u niet in uw verwachtingen teleurstellen. Zoals u weldra zult zien, ben ik in alle opzichten tot verrassende conclusies gekomen. Ze zijn gebaseerd op uw waarnemingen en momenteel nog niet bevestigd door een mathematische theorie die ik zo graag uitputtend had willen formuleren, zoals mijn gewoonte is. Vergeeft u mij die omissie: ik ben een oude man die nog slechts enkele jaren te leven heeft en ik zal deze taak aan toekomstige wetenschappers overlaten. Ik twijfel er niet aan dat door de groeiende waardering voor de muziekkunst veel van hen deze vraagstukken nog voor het einde van deze eeuw kwantitatief zullen hebben opgelost.

Wat mijn interesse in het voeren van debatten per brief betreft, vrees ik dat de heer Rolle u en ook mij voor de gek heeft gehouden, ook al heeft hij dat vriendelijk bedoeld. Hij heeft ongetwijfeld verwezen naar de talrijke briefwisselingen die ik met veel rivalen heb onderhouden en die mij veel energie hebben gekost. Ik beschuldigde Leibniz, de Duitse wiskundige, ervan dat hij mijn wetten van de differentiaalrekening gebruikte zonder mij daarvoor afdoende te bedanken. Nu pas besef ik dat ik het niet bij het rechte eind had. Verder bekritiseerde ik op alle fronten de ijverige koninklijke astronoom John Flamsteed, hoewel hij mij altijd overvloedig gegevens verschafte. 'Ik geef toe dat gouddraad waardevoller is dan het goud waarmee het vervaardigd is,' schreef hij mij. 'Toch heb ik dit goud verzameld, gewassen en gezuiverd, en ik zou niet graag willen dat u mijn bijdrage minacht, omdat u het goud zo makkelijk via mij verkrijgt.' Deze goede predikant had ook gelijk met zijn voorspelling van de tweevoudige verschijning van de komeet Halley in 1680 en 1681: het waren er geen twee, zoals ik halsstarrig bleef volhouden, maar het was steeds dezelfde.

Vandaag op mijn oude dag kan ik de verdiensten van deze heren op waarde schatten, wat mij ten tijde van onze meningsverschillen niet lukte. Ook voel ik mij in verlegenheid gebracht door de herinnering aan Robert Hooke, de officiële experimentator van The Royal Society, wiens intuïties over het golfkarakter van het licht ik dwarsboomde. Hoe arrogant en onuitstaanbaar ik ook oordeelde over deze heer, het is dankzij zijn visie dat ik de ideeën kon formuleren die ik u zo uiteen zal zetten. Ik verwierp die ideeën toen net zo makkelijk als ik ze nu, in essentie, omarm.

Laten we allereerst, gewaardeerde heer, uw vraagstuk een naam geven. Ik zal het *het probleem van de tik* noemen, omdat alle aspecten die u mij heeft beschreven, teruggevoerd kunnen worden tot één enkel verschijnsel: het voortbrengen van een vluchtig geluid van korte duur, zoals bij een deurklopper het geval is. Om het u uit te leggen zal ik de vergelijking van geluids- en lichtgolven gebruiken die u zo grootmoedig aan mij toeschrijft, maar die van de hand van Hooke is. Ik onderschrijf vandaag de dag de geldigheid ervan geheel — en hoe zou ik dat ook niet kunnen doen, in het licht van zoveel experimentele bewijzen die haar ondersteunen —, maar ik heb lange tijd beweerd dat licht uit deeltjes bestaat die als projectielen tussen de lichtbron en het oog van de waarnemer reizen. Een concept dat niemand nog heeft kunnen omverwerpen, maar dat tot mijn spijt geen verklaring kan bieden voor verschillende belangrijke lichtverschijnselen. Wie weet, misschien dat men in de toekomst tot de conclusie komt dat licht zowel uit golven als uit deeltjes bestaat.

Dat licht evenals geluid als een golfbeweging kan worden gezien, wordt daarom geaccepteerd als de meest voor de hand liggende hypothese, althans voor praktische doeleinden, ook al is het in het geval van licht op dit moment niet duidelijk welke entiteit er precies in trilling wordt gebracht. Licht beweegt zich namelijk ook in vacuüm voort: anders zouden we de sterren niet kunnen zien. Mijn illustere collega Hooke en velen met hem beweren dat vacuüm niet bestaat, maar wel de ether. Zoals bij geluid de luchtdeeltjes oscilleren, zo zouden het bij lichtgolven de deeltjes van de ether zijn die in trilling worden gebracht. Hetgeen mij niet helemaal overtuigt, maar dat is hier niet belangrijk, want dat probleem heeft niets te maken met ons huidige vraagstuk van de tik.

De experimenten die ikzelf in mijn jeugd met prisma's van glas heb uitgevoerd, tonen aan dat wit licht, zoals dat van de zon, samengesteld is uit oneindig veel lichtstralen. Elk van hen geeft, zodra ze onze ogen afzonderlijk bereiken, de sensatie van één van de kleuren van de regenboog. Op dezelfde manier als bij geluid, waarvan we weten dat elke toon correspondeert met een eigen oscillatiefrequentie van de luchtdeeltjes, kunnen we veronderstellen dat bij elke kleur van het licht een aparte frequentie van de golfbeweging van de etherdeeltjes (of andere deeltjes) hoort. Precies zoals wit licht een mengelmoes van alle frequenties is, ligt het voor de hand te postuleren dat de kleurloosheid van een geluid

223

zonder enige tonaal timbre, een geluid dat slechts doet denken aan een vage ruis, veroorzaakt wordt door de overlapping van een groot aantal tonen en oscillatiefrequenties. Zo klinkt het als je met een voorwerp ergens op slaat — de tik van een stokje tegen een bord, of het begin van snaargetokkel.

Deze conclusie lijkt op het eerste gezicht in tegenspraak met het door u zo voortreffelijk naar voren gebrachte denkbeeld dat elk voorwerp zijn eigen resonantiefrequenties bezit. Pythagoras had al exacte waarnemingen gedaan — met zijn beroemde monochord, een instrument met een beweegbare kam — omtrent het gegeven dat de grondfrequentie van een trillende snaar verdubbelt als de lengte van de snaar halveert, verdrievoudigt als de snaarlengte driemaal zo kort wordt, enzovoorts. Dan zijn er ook nog de boventonen, waarvoor hetzelfde verhaal geldt. Kortom, op een snaar zijn harmonische tonen mogelijk, maar niet de daarvan afwijkende frequenties. En dus? Waarom geldt dit voor een stationair, lang durend geluid, maar niet voor het geluid dat ontstaat als men dezelfde snaar onverwacht hard aanslaat?

Ik ga hier iets beweren waarin ikzelf amper geloof, maar waar ik logischerwijs niet omheen kan. Mijn stelling is dat het van een geluidssignaal niet mogelijk is om met tegelijkertijd de frequentie en de duur exact vast te stellen. In andere woorden, als een geluid in een heel korte tijd wordt voortgebracht moet het noodzakelijkerwijs een continue frequentieband bevatten met o.a. de harmonischen van de grondtoon van de geluidsbron. Alleen dan kan men het verlies aan timbre verklaren: er blijft niets anders over dan kale ruis. Als we echter een precieze toon willen genereren, met één enkele frequentie, is het nodig dat de toon nagenoeg oneindig lang duurt. Met een kleine formule die ik intuïtief opschrijf en waarvoor ik, wat haar geldigheid betreft, mijn reputatie niet op het spel wil zetten, vat ik mijn woorden elegant samen:

$$\Delta f = 1/\Delta t,$$

waar Δf de breedte van de door de geluidsbron opgewekte frequentieband is en Δt de tijdsduur van de klank. De continue frequentieband is dus omgekeerd evenredig met de duur van de klank. In het geval van een snelle aanzet is Δt de tijd die de geluidsintensiteit nodig heeft om vanaf nul zijn stationaire waarde te bereiken.

Als men mijn kleine formule, die ik de onzekerheidsrelatie *van het geluid zal noemen, nader bekijkt, ziet men dat als men de duur van de aanzet of de duur van een noot tot nul zou reduceren, Δf oneindig groot zou worden! Dat houdt in dat de klank alle frequenties in zich zou bevatten, absoluut allemaal, en het zou een volkomen neutraal geluid zijn. Het zou de evenknie zijn van wit licht in het geval van lichtstralen. Het geluid van trommelen en getokkel naderen elkaar in deze limiet. Alleen als Δt heel groot is,* nadert Δf tot nul en wordt de frequentie begrensd door waarden die door de pijp of snaar van het instrument worden voorgeschreven. Dit is het geval bij, over de tijd, constante geluiden.

Nu zijn we eindelijk in staat om te verklaren wat er bij het klavecimbel gebeurt, zeer gewaardeerde heer Bach, evenals bij de fortepiano, het nieuwe instrument van Bartolomeo Cristofori waarbij de snaren worden aangeslagen met een hamertje in plaats van dat ze getokkeld worden met een plectrum. Het aanslaan van de snaar vindt plaats in een zeer korte tijd — een groot aantal frequenties overlappen dan de grondtoon, en het geluid krijgt derhalve het karakter van een tok. Als de hamer terugvalt, raakt de snaar in haar normale trillingstoestand en het resterende deel van de klank blijft overeind: dat bestaat overwegend uit de harmonische frequenties van de snaar, terwijl de andere snel worden gedempt. De snaar brengt dan een stationaire klank met een vol timbre voort. Als men de beginfase zou kunnen wegfilteren, kan ik me indenken dat het geluid van de fortepiano zou kunnen worden aangezien voor het geluid van een klein orgel of van een of ander blaasinstrument!

Bij korte noten is er iets anders aan de hand. In een allegro duren de zestiende noten ongeveer een tiende van een seconde en de overgang naar een stationair geluid vindt dan nauwelijks plaats op de snaar. Daarom veroorzaakt een hard en snel aanslaan vanwege de productie van een heleboel boventonen blijkbaar een nerveus geluid, terwijl het geluid bij een zachte aanraking warmer en harmonischer klinkt. Hetzelfde geldt voor wat u eerder de percussiefluit heeft genoemd. U zult nu zelf begrijpen, illustere heer, waarom het bruuske inbrengen van lucht in de buis van een fluit dat vreemde effect teweegbrengt. Het is het effect dat onze stem normaliter voortbrengt als men een klinker uitspreekt na de keel te hebben dichtgeknepen teneinde de luchtdruk te verhogen.

In elk willekeurig instrument speelt echter de constructie van de klankkast ook een belangrijke rol. In bijzondere omstandigheden kan zij zelfs inharmonische geluiden versterken. De klok is daar heer en meester in. Maar het klavecimbel en de fortepiano, met hun gewelfde profiel, zijn daar beslist ook toe in staat. Als ik mij niet vergis, hebben de door u waargenomen en toegepaste effecten een zodanig karakter dat ze in uw composities expressieve dissonanties introduceren.

Vergeeft u mij, zeer gewaardeerde heer, als ik u om informatie vraag over de muzikale harmonie, aangezien het mij niet geheel duidelijk is waarom bepaalde tegelijkertijd geproduceerde klanken een aangename uitwerking op ons hebben, terwijl andere akkoorden juist afschuwelijk klinken. Mijn beperkte muzikale vorming verhindert mij niet om veel plezier te beleven aan een do-mi-sol, maar mij tijdelijk ongemakkelijk te voelen bij het horen van een do-fa-sol. Kan de verwisseling van één enkele noot zo van belang zijn? Ik zou graag willen dat u mij het belang van de toon-

225

soort in de muziek uiteenzet en ook de redenen waarom men er heden ten dage zo dikwijls over discussieert.

Op dit punt wordt de brief van Newton onderbroken. Afgezien van de gebruikelijke plichtplegingen is het waarschijnlijk dat hij nog een reeks specifieke vragen bevat op het gebied van de harmonieleer, zoals men kan afleiden uit het antwoord van Johann Sebastian Bach.

De harmonie in cijfers

Johann Sebastian stuurde zijn tweede brief kort daarna. Daarin schetst hij een uitgebreid overzicht van de harmonische principes die hij in zijn muziek toepast. In de argumenten van Bach kan men een systematiek aantreffen die ongewoon was voor een tijd waarin de principes van de harmonieleer weliswaar bekend waren, maar eerder uit de praktijk van het ambacht waren ontstaan dan uit intellectuele arbeid. Dan is er ook nog een ongeloofwaardige verwijzing naar de klarinet, een instrument dat destijds nog vrijwel onbekend was. Blijft overeind, ook al zouden we de brief in zijn geheel als onecht betitelen, dat de in de brief naar voren gebrachte ideeën in overeenstemming lijken te zijn met de destijds gangbare ideeën en wel degelijk tot uiting komen in de instrumentale muziek die Johann Sebastian in zijn jaren in Köthen componeerde. De brief luidt als volgt:

Weledelzeergeleerde, zeer gewaardeerde,
Weledelgestrenge heer,

De zorg waarmee u het zonderlinge vraagstuk over snel opgewekte klanken heeft bestudeerd, terwijl u zoveel andere zaken aan uw hoofd hebt, heeft mij in mijn overtuiging gesterkt dat de grootsheid van mensen afgezet kan worden tegen de omvang van de problemen waaraan zij hun aandacht geven. Ik vond uw hypotheses, en nog meer de heldere uiteenzetting ervan, heel overtuigend.
Wat ik bijzonder vind is de gedachte dat ruis, als mengelmoes van alle akoestische frequenties, zich voordoet als het rijkste van alle geluiden, het meest complete. Een geniaal idee! Geen enkele collega-musicus van mij zal het met u eens zijn dat de ruis spanning aan de muziek verleent zoals het clair-obscur essentieel is voor de levendigheid van een schilderij. Zullen toekomstige componisten in staat zijn iets met deze gedachte te doen? Er zullen beslist heel veel generaties nodig zijn om het menselijke gehoor aan deze nieuwe taal te laten wennen. Daarom is dat mijn taak nu

226

niet, omdat ik al genoeg te stellen heb met de onwil van het publiek om veranderingen te accepteren, zelfs als ik mij slechts een heel klein beetje op onbekend terrein begeef.

Op dit moment werk ik aan een reeks concerten op dringend verzoek van de markgraaf van Brandenburg. Ik heb mij voorgenomen om in deze concerten gebruik te maken van ongewone combinaties van instrumenten — strijkinstrumenten, blaasinstrumenten en het klavecimbel —, en zo een geheel aan geluiden te creëren dat licht dissonant is volgens de huidige wetten van de harmonie. Uw betoverende analyse van het geluid zal mij begeleiden in die onderneming. Hoewel ik de zo kundig geperfectioneerde, concerterende stijl van Vivaldi niet afwijs, ben ik vastbesloten om, op zoek naar nieuwe emotionele ervaringen, de gebruikelijke consonanten uit te dagen. Mijn voornemen is om het smartelijk innerlijk verlangen van de mens die over de zin van het bestaan piekert, tot leven te brengen. Er zullen zich onder het publiek personen bevinden die dat, met enige moeite, zullen opmerken, maar nog talrijker zullen degenen zijn die mij van onbeschaamde hooghartigheid zullen beschuldigen.

De muzikale harmonie: u vraagt een uitputtende uiteenzetting van mij. Nu, het is een veelzijdig begrip! Een stimulerend gebied waarin naar hartenlust kan worden geëxperimenteerd en een onuitputtelijke uitdaging voor zowel de componist als de luisteraar! Ik zou graag wensen dat zij geen geheimen voor mij had! Hoewel dat niet het geval is, zal ik toch proberen zoveel mogelijk van mijn kennis aan u over te dragen. Het zal mij moeilijk vallen even heldere woorden te vinden als u in uw argumentaties gebruikt. Vergeeft u mij daarom als ik uit geschriften van anderen put: de voortreffelijke werken van Gioseffo Zarlino en van pater Mersenne, en natuurlijk van onze tijdgenoot Jean-Philippe Rameau, die op het punt staat een zeer uitgebreid overzicht te publiceren, het Traité de l'harmonie. Staat u mij ook toe om orde aan te brengen in de veelvoud aan thema's door hier en daar een benaming toe te voegen die de zaken zal vergemakkelijken.

WISKUNDE EN HARMONIE. U, illustere heer, bracht Pythagoras in herinnering toen u de relatie tussen de snaarlengte en de hoogte van de voortgebrachte grondtoon besprak. Ook ik zal beginnen met een citaat van de grote filosoof die duizenden jaren van muzikale harmonie heeft geïnspireerd: het geheim van de harmonie berust in de magische kracht van de getallen. We zullen onze analyse toespitsen op de wiskundige relaties tussen de klanken. Omdat de natuur overtollige zaken minacht — ik volg een bewering uwerzijds die, naar het mij toeschijnt, heel belangrijk is —, ligt het voor de hand om naar elementaire verbanden te zoeken, verbanden tussen eenvoudige getallen, het liefst kleine gehele getallen. Laten we eens kijken naar de grondtoon van een geluidsbron, en haar hogere harmonischen. Elk van die boventonen is in frequen-

tie een veelvoud van de grondtoon. Het lijkt daarom logisch om elke muzieknoot met een geheel getal te laten corresponderen.

Stel dat we twee noten op het klavecimbel tegelijkertijd spelen, dat wil zeggen twee complexe klanken die bestaan uit tonen en boventonen. In het geval van een perfecte eenklank vallen tonen en boventonen exact paarsgewijs samen. In het geval van twee verschillende tonen vallen slechts enkele van de boventonen samen, de andere doen dat niet en veroorzaken talrijke zwevingen die over het geheel genomen een gevoel van vage klankversmelting veroorzaken. Deze harmonischen komen met elkaar in aanvaring. Het is natuurlijk belangrijk dat het samenvallen van harmonischen vooral plaatsvindt voor harmonischen van lagere orde die het luidst zijn.

U zult er in de tussentijd zelf al wel achter zijn gekomen, maar ik schrijf toch nog maar even de wiskundige formule op die de harmonie beschrijft. Aangezien de n-de harmonische van een noot met grondfrequentie F de frequentie nF heeft en de m-de harmonische van een noot met grondfrequentie F' de frequentie mF', vallen de twee harmonischen samen, indien aan de voorwaarde $nF = mF'$ wordt voldaan. Deze conditie kunnen we herformuleren als $F/F' = m/n$, in woorden: de verhouding tussen de frequenties van de grondtonen moet gelijk zijn aan de verhouding tussen twee gehele getallen! Hoe kleiner n en m zijn, hoe lager de met elkaar samenvallende harmonischen zijn en hoe aangenamer de welluidendheid van de samenklank. Hierin schuilt dus de magie van de getallen!

Nu volgt een beknopte tabel met akkoorden, in volgorde van afnemende consonantie. Deze tabel voert ons rechtstreeks tot de natuurlijke toonladder, de toonladder met een reine stemming, die maximale welluidendheid garandeert. De rangschikking van de noten kan direct worden afgeleid uit de voorbeelden in de laatste kolom (waar een noot met een apostrof bij het octaaf erboven hoort):

Benaming	Frequentie-verhouding	Muzikaal interval	Voorbeeld (reine stemming)
VOLMAAKTE	1/1	eenklank	*do-do*
CONSONANTEN	2/1	rein octaaf	*do-do'*
	3/2	reine kwint	*do-sol*
	4/3	reine kwart	*do-fa*
NIET VOL-	5/4	grote terts	*do-mi*
MAAKTE	6/5	kleine terts	*mi-sol*
CONSONANTEN	5/3	grote sext	*do-la*
	8/5	kleine sext	*mi-do'*

228

DE NATUURLIJKE OF PTOLEMEÏSCHE TOONLADDER. Als we ons houden aan de bewonderenswaardige eenvoud van bovenstaande benadering, volgt het hele bouwwerk van ons tonale systeem op natuurlijke wijze. Dat geldt niet alleen voor de akkoorden, maar ook voor de melodie. Want vanwege de uitdoving van het geluid, de galm en de eisen van onze oren, moeten ook noten die elkaar in de tijd opvolgen in een bevredigende harmonische verhouding tot elkaar staan.

Dat vooropgesteld, zal ik zo helder mogelijk de gevolgde werkwijze uiteenzetten om tot de natuurlijke toonladder te komen, die gebaseerd is op het principe van maximale welluidendheid, vervolgens tot de welgetempereerde toonladder en in het bijzonder tot de gelijkzwevende toonladder die enkele van mijn collega's — niet zo veel eerlijk gezegd– vandaag de dag omarmd hebben voor de toetsinstrumenten. Ik ben er een overtuigd pleitbezorger van, en ik hoop u van haar verdiensten te kunnen overreden. Schenkt u mij vergiffenis als ik in herhalingen verval, maar ik doe het voor mijn eigen bestwil, met de bedoeling in het geval van een fout door u gecorrigeerd te worden. In de uitleg die nu volgt is het volgende schema buitengewoon nuttig — de letter M staat voor majeur:

NATUURLIJKE OF REINE DIATONISCHE TOONLADDER (MAJEUR) F = frequentie van *do*

interval		II	IIIM IV		V	VIM		VIIM	VIII
			halve toon					halve toon	
noot		*do*	*re*	*mi*	*fa*	*sol*	*la*	*si*	*do'*
frequentie		F	$9/8F$	$5/4F$	$4/3F$	$3/2F$	$5/3F$	$15/8F$	$2F$
verhouding		9/8	10/9	16/15	9/8	10/9		9/8	16/15

Om de natuurlijke majeurladder samen te stellen gaat men van de eerste harmonische van do *uit, bijvoorbeeld de centrale toets van het klavier — laten we haar frequentie F noemen —, en we nemen voor de andere noten grondfrequenties die zó in verhouding staan tot F dat de samenklanken zo welluidend mogelijk zijn. 2F is dan de* do *die per definitie een octaaf hoger is. Ik zal die noot aanduiden met* do'. *De waarde 3/2F wijst men toe aan* sol, *de vijfde noot van de toonladder. Het is belangrijk op te merken dat op deze manier de tweede harmonische van* sol *samenvalt met de derde harmonische van* do, *want die zijn beiden gelijk aan 3F. Deze twee tonen hebben harmonisch gezien (afgezien van het octaaf) het meeste gemeen! Dat komt ook doordat het samenvallen zich systematisch herhaalt voor sommige hogere harmonischen, om precies te zijn de 6e, 9e, 12e, 15e enzovoorts van de* do *en de 4e, 6e, 8e, 10e enzovoorts van de* sol. *De andere harmonischen zijn dissonant:*

de derde harmonische van de sol *heeft bijvoorbeeld een frequentie van 9/2F en valt dus midden tussen de vierde en de vijfde van de* do. *Het geheel aan dissonante noten levert een diffuse achtergrond van ruis, zoals men ook uit uw voortreffelijke argumenten kan afleiden.*

Ik denk echter dat ruis essentieel is om spanning te verlenen aan het akkoord, dat anders saai dreigt te worden door de eentonigheid van het voorspelbare. Overigens heb ik daar onderzoek naar gedaan, omdat ik zoals u van mening ben dat ervaring het hoofdbestanddeel vormt van kennis. Ik ben als volgt te werk gegaan. Ik heb een paar van wat jullie een diapason noemen, aangeschaft — u weet wel, die nieuwe dingen waarmee je instrumenten kunt stemmen. Deze stemvorken wekken een zo goed als zuivere toon op, zonder harmonischen. Door drie ervan tegelijk aan te slaan, een do, *een* mi *en een* sol, *heb ik kunnen vaststellen dat het zo verkregen, consonante, akkoord geen enkele indruk op ons maakt — helemaal niet vergeleken bij de aangename sensatie die bij ons wordt opgewekt door de samenklank van een terzet met mannenstemmen! Alsof ons gehoor, dat een evenwichtige getalmatige tooncombinatie op prijs stelt, een al te grote eenvoud minacht. Ik concludeer hieruit dat wij ons gehoor een zo rijk mogelijk geluid moeten aanbieden zonder dat het verwordt tot een warboel van op één grote hoop gegooide klanken zonder enige samenhang.*

230

Ook fluiten, met hun harmonisch ongecompliceerde klank, brengen slechts middelmatige akkoorden voort. Een bewijs daarvoor is een van de nieuwe concerten waarmee ik bezig ben, het vierde, waarin ik gebruik maak van twee solo blokfluiten. Deze eigenschap van de fluit opent voor mij nieuwe perspectieven tijdens het schrijven van het stuk, omdat bepaalde licht dissonante akkoorden bij fluiten minder onaangenaam overkomen dan wanneer ze door instrumenten worden geproduceerd die harmonisch gezien complexer zijn, en soms klinken die akkoorden zelfs heel verkwikkend.

WAAR DE TOONLADDER MINDER NATUURLIJK IS. Ik heb mij verloren in lange uitweidingen, gekleurd door mijn persoonlijke blik. Het lijkt me daarom nuttig om terug te keren naar de opbouw van de natuurlijke toonladder voordat u, illustere mijnheer, terecht ongeduldig wordt. Ik was dus gebleven bij de keuze van de vijfde toon, de sol, *waaraan een frequentieverhouding van 3/2, vergeleken met de* do, *wordt toegekend. Deze keuze leidt automatisch tot een verhouding van een kwart met de* do', *oftewel 4/3. Uit overwegingen van symmetrie wordt daardoor de positie van de vierde noot van de toonladder vastgesteld, de* fa. *De* mi *pint zich op volkomen natuurlijke wijze vast op een frequentiewaarde van 5/4F, vlak onder de* fa. *Als we zo het criterium van maximale consonantie en minimale dissonantie volgen, wordt aan de* la *een grondfrequentie van 5/3F toegekend en aan de* re *9/8F. Blijft de* si *over, die de waarde 15/8F krijgt. U zult direct opmerken dat deze keuze harmonisch gezien verre van optimaal is. Tussen de sext op 5/3F en het octaaf op 2F had men evengoed een frequentie van 7/4F of misschien wel 9/5F kunnen nemen. Maar deze frequenties zouden te dicht in de buurt van la zitten en zouden een groot verschil hebben gecreëerd in de verdeling van het interval la-do'. Daarom doet men liever afstand van het criterium van maximale consonantie en berust men erin dat de grote septiem tweeklank toch niet een van de mooiste is.*

Laten we de toonladder die we zo verkregen hebben eens nader bekijken door terug te gaan naar het opzetje in de tabel van een paar bladzijden terug. Onderaan de tabel staan de verhoudingen tussen de grondtonen van de aangrenzende noten: er zijn vijf hele intervallen, drie worden voorgesteld door 9/8 (grote hele toon) en twee door 10/9 (kleine hele toon), en twee bijna gehalveerde intervallen (halve tonen) met een verhouding van 16/15. De vijf hele intervallen kunnen verder worden onderverdeeld door de introductie van (onderling verschillende) kruizen en mollen met opnieuw als leidraad het criterium van het maximaal aantal consonanten. Ik zal niet te veel uitweiden, omdat ik vermoed dat u allang, tot in de kleinste details, heeft ingezien hoe de tabel kan worden gecompleteerd. U zult ongetwijfeld de tien andere noten hebben gevonden, in totaal zeventien. De natuurlijke chromatische toonladder, met twaalf noten, gebruikt naast de zeven hoofdnoten, de do# (25/24F), de mib (6/5F), de fa# (45/32F), de lab (8/5F) en de sib (9/5F).

Resumerend blijken de intervallen in de natuurlijke toonladder tot de volgende reeks te behoren: T1-T2-S-T1-T2-T1-S, waarbij S het interval van de halve toon voorstelt, T1 het interval van de grote hele toon en T2 het interval van de kleine hele toon. Deze reeks werd bedacht door Ptolemeaus en opnieuw geïntroduceerd door Gioseffe Zarlino in de zestiende eeuw.

DE WELLUIDENDE INTERVALLEN. Uit harmonisch oogpunt is de natuurlijke toonladder beslist de meest bevredigende. De driehoekige tekening die ik hieronder met veel plezier heb nagemaakt, toont dit aan. Hierin staan alle verhoudingen tussen de grondfrequenties in de natuurlijke toonladder van do majeur aangegeven. De intervalwaarde van een willekeurig notenpaar staat genoteerd bij het snijpunt van de overeenkomstige lijnen. De consonante tweeklanken heb ik vet gemaakt, het zijn er maar liefst vijftien. Er zijn tien dissonanten: de tweeklank van twee aangrenzende hele en halve tonen, de sext re-si, het septiem do-si en re-do'. Dan heb je nog drie onvolmaakte consonanten die ik cursief heb gemaakt: de fa-si (ongeveer 7/5), de re-fa (dichtbij de kleine terts 6/5) en de re-la (iets minder consonant dan de reine kwint).

Het drietallige akkoord do-mi-sol, het akkoord van de grondtoon dat u naar uw eigen zeggen zo bewondert, bestaat uit drie noten waarvan de boventonen het mooist samenvallen. Hun grondfrequenties staan tot elkaar als de getallen 4:5:6 of, wat op hetzelfde neerkomt, 3:4:5 als men het akkoord omdraait tot sol-do-mi. Deze getallen zijn de kleinst mogelijke gehele getallen voor een akkoord van drie verschillende noten in hetzelfde octaaf. 1:2:3 correspondeert met do-do'-sol' en 2:3:4 met een do-sol-do'. Ook de drieklanken fa-la-do' (subdominantakkoord) en sol-si-re' (dominantakkoord) zijn welluidend. Zoals mijn schema laat zien, komen die laatste twee overeen met de hierboven reeds vermelde verhoudingen van de grondfrequenties van 4:5:6! We hebben het hier over de drie majeurakkoorden, het fundament van onze harmonieleer. En hoe komt het dat u de do-fa-sol minder welluidend vindt klinken? Het is een drieklank die correspondeert met de verhoudingen 6:8:9, behoorlijk grote getallen, die voor een samenklank zorgen die minder welluidend is dan die van de basisakkoorden.

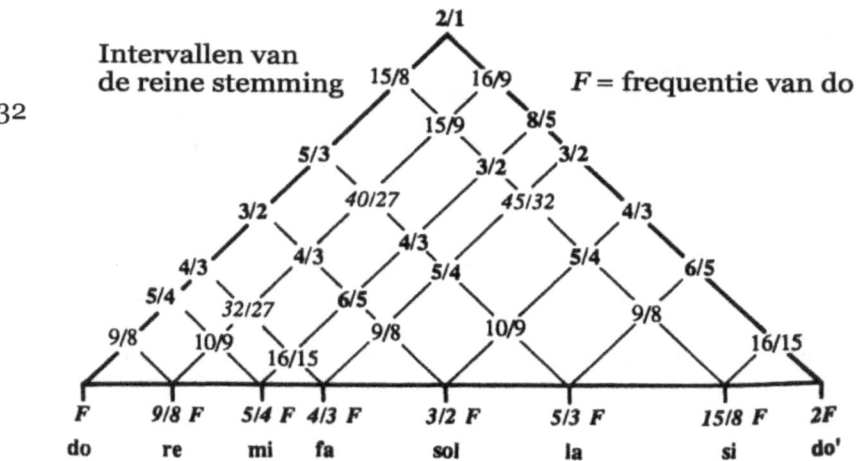

MAJEUR EN MINEUR — GROTE TERTS EN KLEINE TERTS. *De toonladder die we zojuist hebben besproken, met twee halve tonen (één tussen de derde en vierde noot, en één boven de zevende), is van het type majeur. Omdat we haar hebben ontworpen met noten die gebaseerd zijn op de do, de tonica, is de do de spil ervan, het steunpunt. Het belang van de tonica werd al goed ingezien door Aristoteles, die haar de hoofdklank noemde of de* Mese. *Hij heeft hierover het volgende geschreven:*
'Waarom klinkt, zodra na het stemmen van de snaren van het instrument de Mese wordt veranderd, de gehele melodie vals, terwijl bij het verdraaien van een andere noot, alleen deze vals klinkt?

Het is een gegeven dat in goed gecomponeerde muziek, de Mese vaak wordt herhaald; goede componisten gebruiken hem vaak en zodra ze hem verlaten keren ze er terstond weer naar terug. Zal dat komen doordat een juiste stemming van de snaren door niets anders wordt bepaald dan door hun verhouding met de Mese, die aan elke snaar een belangrijke rol in het geheel geeft? Als datgene dat aan de basis staat van een juiste stemming, wordt onderdrukt, datgene dat een verbinding tussen de verschillende klanken tot stand brengt, lijkt de orde uit het geheel te verdwijnen'.

De Grieken hadden een heel ander idee dan wij over de vraag met welke noot je als beste de melodie kon beëindigen. Aristoteles stelde de Hypate voor, oftewel onze kwint. Voor ons echter lijkt een melodie niet afgerond te zijn als zij niet wordt beëindigd met de tonica of met een van haar basisakkoorden.

Als we uitgaan van de la als tonica en dezelfde noten gebruiken die we geïntroduceerd hebben voor de natuurlijke majeurladder, krijgen we de natuurlijke mineurladder, die als de volgende reeks van intervallen kan worden beschreven: T1-S-T1-T2-S-T1-T2. Voor het drietallige akkoord behorende bij de tonica, la-do-mi, is het makkelijk in te zien dat de frequentieverhoudingen gelijk zijn aan 10:12:15, en dat geldt ook voor de subdominanten re-fa-la en de dominant mi-sol-si. Het zijn allemaal minder consonante drieklanken dan de drieklanken van de majeurladder en ze stemmen ons in de praktijk droevig.

Welke gemoedstoestanden zouden we nog meer kunnen opwekken als we ons niet zouden beperken tot de toonsoorten majeur en mineur, waartoe wij ons nu vrijwillig hebben verbannen? De Grieken gebruikten veel andere toonsoorten (terwijl ze de intervalreeks van de majeurladder respecteerden); ieder keer gingen ze uit van een andere noot van de ladder, met geheel andere harmonieën als resultaat.

DE TOONLADDER VAN PYTHAGORAS. Volledigheidshalve moet ik nu vermelden, voordat ik verder ga, zeer gewaardeerde heer, dat de natuurlijke toonladder een stap voorwaarts is vergeleken met de toonladder die eerder door Pythagoras was voorgesteld. Bij de stemming van Pythagoras — die nog steeds in zwang is — worden de noten bepaald door louter het interval 3/2 te gebruiken (naast de verhouding twee van het octaaf). Pythagoras had een groot vertrouwen in deze breuk, die hij als perfect omschreef!

De noten worden verkregen door de frequentie van do herhaaldelijk met 3/2 te vermenigvuldigen. Alleen de fa wordt, om voor de hand liggende redenen, gedefinieerd als de lagere kwint van de do. Deze bewerking voert naar de volgende reeks kwinten, met de bijbehorende frequenties:

fa		do	sol		re	la		mi	si
2/3F		F	3/2F		9/4F	27/8F		81/16F	243/32F

| Contraoctaaf | 1e octaaf | 2e octaaf (x 1/2) | 3e octaaf (x 1/4) |

Door alle noten terug te rekenen naar het eerste octaaf door middel van vermenigvuldiging of deling met de geschikte factoren 2 (in de figuur boven aangegeven tussen haakjes), verkrijgt men voor de toonladder van Pythagoras het volgende schema:

DIATONISCHE TOONLADDER VAN PYTHAGORAS (MAJEUR)
F = frequentie van *do*

interval		II	IIIM IV		V	VIM		VIIM	VIII
			halve toon					halve toon	

| **noot** | | *do* | *re* | *mi* | *fa* | *sol* | *la* | | *si* | *do'* |

| **frequentie** | F | 9/8F | 81/64F | 4/3F | 3/2F | 27/16F | 243/128F | 2F |

234

| **verhouding** | 9/8 | 10/9 | 256/243 | 9/8 | 10/9 | 9/8 | 256/243 |

Op dezelfde manier worden op natuurlijke wijze de kruisen en mollen gemaakt. De toonladder van Pythagoras heeft één enkele waarde voor een tooninterval, 9/8F. De verhouding 256/243 levert de halve diatonische toon van Pythagoras, die kleiner is dan de 16/15 van de reine stemming. De harmonische kwaliteit van de verschillende akkoorden is onmiskenbaar lager dan bij de reine stemming.

MODULATIES IN TOONSOORT. Het wordt nu tijd om eens te kijken naar een aspect van de harmonie, de verandering van toonsoort, die onzegbaar belangrijk is en waarover u mij heel terecht om opheldering vraagt. Bij het componeren van muziek, of het nu in mineur of in majeur is, kan men een tonica, of eerste trede van de toonladder, wensen die verschilt van de do (of la). Of eventueel een modulatie midden in het stuk plaatsen, bijvoorbeeld door van do majeur (vgl. C-groot) over te gaan naar re majeur (vgl. D-groot). Nou, met de natuurlijke toonladder kan zoiets niet, en overigens ook niet met de toonladder van Pythagoras!

Men ziet duidelijk waarom, als men mijn driehoekige figuur bekijkt, waarbij de do als uitgangspunt is gebruikt. Als we de re als tonica zouden wensen, heeft de kwintverhouding la/re de waarde 40/27, en niet de 3/2 die zij zou moeten hebben voor maximale consonantie! Alles komt weer op zijn pootjes terecht als de grondtoon van re licht verlaagd wordt, met een factor van 80/81 die de komma van Zarlino wordt genoemd. De afstand tussen de re en de do wordt zo verlaagd van 9/8, de grote hele toon, naar 10/9, de kleine hele toon. Zo'n correctie brengt de verhouding van de kwart, sol/re, in de problemen, die daarentegen de juiste waarde 4/3 had en nu wordt verhoogd tot 27/20. Als we beide akkoorden perfect willen spelen, hebben we daarom beide re's nodig!

Als we ook nog andere akkoorden en toonsoorten beschouwen, zult u snel inzien, mijnheer, dat, om de toonsoort van do van een muziekstuk te kunnen moduleren naar een andere, aan de reine stemming verschillende andere noten moeten worden toegevoegd, in totaal dertig per octaaf, kruisen en mollen inbegrepen! Hoewel dat mogelijk is voor de stem en de strijkinstrumenten, wordt het heel lastig voor instrumenten met vaste noten. Een eenvoudig instrument als de blokfluit in de reine stemming van C-groot (do majeur) kan alleen maar muziek voortbrengen in die stemming. Eenzelfde probleem doet zich voor bij klavieren, tenzij men die wil uitrusten met een groot aantal toetsen. Of men moet het instrument helemaal opnieuw stemmen als men van toonsoort wil veranderen! U mag voor uzelf uitmaken welke moeilijkheden zich voordoen wanneer veel instrumenten tezamen worden bespeeld.

DE WELGETEMPERDE STEMMINGEN. Daarom is de oplossing die de heer Francisco Salinas meer dan een eeuw geleden voorstelde, buitengemeen prijzenswaardig; deze oplossing bestaat eruit om voor de re een gemiddelde toon te nemen die aan alle wensen voldoet en dit voor elke toon te doen die tot soortgelijke problemen aanleiding geeft. Deze tonen kunnen dan met één enkele toets worden gespeeld. Met de noodzakelijke kruisen en mollen, zeventien in totaal, kan met de middentoonstemming een tiental toonsoorten worden gemoduleerd, ook al zijn niet alle akkoorden even consonant.

U zult ongetwijfeld weten dat de heer Georg Friedrich Händel een orgel heeft laten bouwen dat over alle noodzakelijke zwarte toetsen beschikt, maar ik geloof niet dat we met het construeren van zo'n gigantisch klavier op de juiste weg zijn. Ik ben daarom voor verdere vereenvoudigingen, ook al houdt dat, in principe, compromissen in met betrekking tot de harmonie. Maar anderen denken daar geheel anders over. Veel musici hebben, los van het feit dat de intervallen van de kwart en de kwint onvolmaakt zijn, als kritiek op de middentoonstemming dat die veel te mechanisch klinkt en de bijzondere klankkleur tenietdoet die elke toonsoort van zichzelf zou kunnen hebben.

Zoals ik al eerder heb gezegd ben ik een andere mening toegedaan. Ik geloof bovenal dat het moduleren van de ene naar de andere toonsoort de muziek levendig maakt. En ik vind het abso-

*luut niet afkeurenswaardig als noten elkaar symmetrisch en ge-
lijkmatig opeenvolgen. Die verschillende toonsoorten geven de
componist een handvat om muziek te kunnen maken met authentieke inspiratie en niet met behulp van ambachtelijke trucjes.
Daarom heb ik de komst van de getempereerde stemmingen met
veel enthousiasme onthaald, bijvoorbeeld de stemmingen die onlangs door Andreas Werckmeister zijn voorgesteld, maar ik geef
vooral de voorkeur aan de* gelijkzwevende stemming, *waarin alle
majeur- en mineurtoonsoorten zonder uitzondering dezelfde mate
van harmonie kennen.*

De reine en welgetemperde stemming

DE GELIJKZWEVENDE STEMMING. Deze stemming doet afstand
van de optimale voorwaarden voor welluidendheid van de reine
stemming, en bevat muzikale intervallen van gelijke grootte (in
termen van frequentieverhouding van twee aangrenzende noten)
voor een willekeurige keuze van de tonica, zodat de modulatie tussen toonsoorten geen enkel probleem meer oplevert!

*De manier om bij de gelijkzwevende stemming uit te komen is
heel eenvoudig. Men verdeelt het octaaf do-do' in twaalf intervallen van een halve toon. Omdat er zeven hoofdtonen zijn, moeten de
kruisen (#) van een gegeven noot noodzakelijkerwijs samenvallen
met de mollen b van de noot erboven; dat zijn er vijf bij elkaar.
Voor elk halve toon interval geldt dat de verhouding tussen de
grondtonen die haar afbakenen altijd gelijk is. Laten we r zo'n
verhouding noemen en F de frequentie van* do. *De noten van de
welgetemperde toonladder en de overeenkomstige frequenties
kunnen worden afgebeeld op een cirkelvormig traject:*

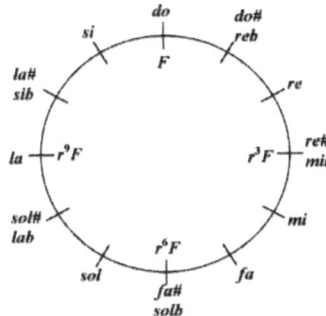

Om de frequentieverhouding van de getemperde halve toon te verkrijgen moet men, om van een willekeurige noot naar de noot die er een halve toon boven ligt te gaan, de frequentie F met r vermenigvuldigen. Op die manier kan de frequentie van do' — 12 halve tonen hoger dan de do — geschreven worden als r^{12}F. Maar dat is gelijk aan 2F, zodat men kan schrijven $r^{12}=2$, oftewel:

$$r = \sqrt[12]{2} = 1,0595$$

237

De exacte periodiciteit van het systeem zorgt ervoor dat dezelfde muziek met iedere willekeurige tonica uitgevoerd kan worden, zonder dat dit consequenties heeft voor de harmonie. Dit geldt voor zowel de majeur- als de mineurladder. Tegenover de voorde-len van deze nieuwe onderverdeling staat een zeker verlies aan welluidendheid ten opzichte van de reine stemming. De omvang van dit verlies wordt duidelijk aan de hand van de frequentiever-houdingen van de akkoorden:

Interval	Voorbeeld	Reine stemming	Gelijkzwevende stemming
Octaaf	do-do'	2/1=2,000	2,000
Perfecte kwint	do-sol	3/2=1,500	1,498
Perfecte kwart	do-fa	4/3=1,333	1,335
Grote terts	do-mi	5/4=1,250	1,260
Kleine terts	mi-sol	6/5=1,200	1,189
Grote sext	do-la	5/3=1,667	1,682
Kleine sext	mi-do'	8/5=1,600	1,587

Voor de intervallen van de kwint en de kwart is de verhouding nagenoeg gelijk in beide stemmingen. Voor de grote terts, die in de gelijkzwevende stemming hoger uitkomt, en voor de kleine terts, die daarentegen lager is, zijn de verschillen uitgesprokener. Dat geeft aanleiding tot onaangename zwevingen. Velen, met name de

Fransen, verzetten zich tegen de welgetemperde stemming van-
wege deze kwalijke consonanten, maar ik ben ervan overtuigd dat
ons gehoor daar veel sneller aan went dan je op het eerste gezicht
zou verwachten. Althans voor de noten die niet lang worden aan-
gehouden. Maar dat weegt niet op tegen het grote voordeel van de
vrije transpositie van toonsoorten! De frequenties van de tonica-
drieklank staan trouwens in een verhouding van 4:5,040:5,992 in
plaats van 4:5:6. Een verschil dat nauwelijks hoorbaar is. Een
klavecimbel in de welgemperde stemming en een viool in de reine
stemming kunnen samen worden bespeeld zonder het gehoor van
de luisteraar te irriteren. Ik beken, zeer eerwaardige heer, dat ik
pas na uw uitleg over het probleem van de tik heb begrepen hoe
zoiets mogelijk is, namelijk: het geluid van het klavecimbel dat
verkregen wordt door een korte aanslag, heeft vanwege de onzeker-
heidsrelatie een onduidelijk tonaal karakter en is verdraagzamer
tegenover afwijkende stemmingen. Ik heb niet gepoogd om twee
violen tegelijkertijd in de twee verschillende stemmingen te laten
bespelen, want waarom zou ik? Men kan zich voorstellen dat het
resultaat povertjes zal zijn en het is niet nodig andere argumenten
naar voren te brengen ten nadele van mijn favoriete gelijkzwe-
vende stemming.

238 *NOODZAAK VAN DE ONVOLKOMENHEID. Zeer gewaardeerde*
heer, ik ben aan het eind gekomen van mijn verhaal, waarin ik u
de grondslagen van de harmonieleer heb willen schetsen en waar-
in ik de wiskundige oorsprong ervan duidelijk naar voren heb
willen laten komen. Ik vraag u om vergiffenis mocht ik een foutje
hebben gemaakt.

Geloof echter niet dat goede muziek alleen maar gemaakt kan
worden door slaafs de regels te volgen. Die regels dienen namelijk
(voorzichtig) overtreden te worden. Dat wat in al haar details te
voorspelbaar is, is geen kunst: een kunstwerk ontstaat uit het on-
verwachte, en levendigheid ontspringt uit het onvolmaakte. Chao-
tische inspiratie, helemaal aan de andere kant van het spectrum,
is echter geheel onvruchtbaar: totale onbekendheid met de regels
levert minder op dan het zorgvuldig breken van diezelfde regels,
wat wél kan leiden tot constructieve resultaten. In de eerste plaats
dus orde en evenwicht; daarover heeft u geschreven in uw bewon-
derenswaardige essay over het vraagstuk van de tik. Orde en
evenwicht om een chaotische verzameling van geluiden te vermij-
den. Orde en evenwicht met als doel om ons via bewuste keuzes te
richten op het nieuwe.

Door het onverwachte zó te brengen dat het niet onverwacht
lijkt, kunnen we de ontwikkeling van de kunst stimuleren, waarbij
we aan de ene kant het triviale vermijden en aan de andere kant
het dwalende voortschrijden via toevalligheden uitsluiten. In dit
opzicht, illustere heer, stellen wetenschap en kunst dezelfde eisen
en zijn ze gelijkwaardig. Ik geloof dan ook dat u, als u musicus

was geworden in plaats van wetenschapper, uw taken even verdienstelijk zou hebben volbracht. Terwijl ik niet zeker weet of dat voor mij, als het lot voor mij een loopbaan in de exacte wetenschap in petto had gehad, ook het geval was geweest. Wat mij soms doet vermoeden dat de menselijke soort het makkelijk zonder haar musici zou kunnen stellen, maar niet zonder haar wetenschappers!

Er zijn overigens vraagstukken die zich onttrekken aan de bewonderenswaardige eenvoud van de wiskundige analyse. Ik zal pogen er een paar in het geheugen te roepen, in de hoop dat u er een verklaring voor weet te vinden. Ik zal ze hier voor de duidelijkheid stuk voor stuk nummeren:

1) Waarom klinkt het mooiste akkoord, de do-mi-sol, steeds minder consonant naarmate men in de buurt van de bassen komt, vooral als het zeer luid wordt gespeeld?

2) Waarom lijkt het timbre van niet-percussie instrumenten (blaas- en strijkinstrumenten) te veranderen als het geluid stationair wordt?

3) Waarom hangt de mate van consonantie af van het timbre van de instrumenten die in het akkoord worden gebruikt? Bijvoorbeeld: als een violist en een klarinettist de terts do-mi spelen, is de welluidendheid groter als men op de klarinet de laagste noot speelt.

239

4) Weet u waarom, natuurkundig gezien, zwevingen, behoudens enkele uitzonderingen, vervelend klinken voor ons gehoor?

5) Waarom kunnen twee verschillende instrumenten, als ze eenstemmig worden bespeeld, worden onderscheiden als van elkaar verschillend, met een eigen karakter, in plaats van als één enkel instrument waarvan de klankkleur wordt gevormd door een complexe inhoud van tonen en boventonen? Dat gebeurt namelijk bij de overlapping van gekleurd licht: rood plus groen wordt geel. Geen enkele muziek voor een ensemble zou mogelijk zijn als dat ook voor geluid zou gelden! Hoe weet ons gehoor een vermenging te vermijden?

Wilt u mij verontschuldigen, mijnheer, als ik u zo zelfbewust lastigval met al mijn vragen? Ik verwacht natuurlijk niet dat u er langer dan een kortstondig ogenblik aandacht aan geeft. Ik zou u eeuwig dankbaar zijn als u mij het bestaan van een wetenschappelijke procedure zou onthullen die kan bepalen welke zaken een instrument, bijvoorbeeld een viool, tot een superieur instrument maken. Tijdens mijn volgende reis naar Karlsbad in het gevolg van prins Leopold, ben ik in de gelegenheid om een nieuw model van de heer Stradivarius van Cremona, die hij persoonlijk aan de vorst zal laten zien, aan een onderzoek te onderwerpen. Men zegt dat het de beste viool ter wereld is!

Met de hoogste achting, verblijf ik, weledelgestrenge, zeer ge-
waardeerde heer, Uw dienaar

Joh. Sebast. Bach
Köthen, 1 december 1719

Aan de Zeer Doorluchtige heer,
Sir Isaac Newton,
President van The Royal Society,
Directeur van de Munt te Londen

Het feest van de harmonischen

Isaac Newton zou terstond de volgende brief aan Johann Sebastian hebben geschreven, waarin hij punt voor punt diens
vragen beantwoordt, met inbegrip van zijn interessante
vraagstuk over de klarinet:

Zeer illustere, zeer gewaardeerde,
Zeer vriendelijke heer

Ik heb uw inspanningen om mij een totaalbeeld te verschaffen van
de regels waarop de muziek is gebaseerd, zeer op prijs gesteld. Ik
heb een goede indruk gekregen van de wijze waarop uw ambacht
zich heeft ontwikkeld vanaf de eenstemmige zang, via de polyfonie
tot aan de harmonische complexiteit van de hedendaagse muziek.
Ik heb ook uw rigoureuze stijl gewaardeerd, de heldere uiteenzet-
ting van uw denkbeelden in een formeel kader. Allemaal eigen-
schappen die passen bij een wetenschapper, ook al zou u dat ont-
kennen. Iedereen kan kiezen voor het beroep van kunstenaar of
wetenschapper, mits hij gedreven is. Maar een echte kunstenaar
of wetenschapper kun je alleen van geboorte zijn, en het één sluit
vaak het ander uit. Ik herken in u, mijnheer, de uitzondering op de
regel.
    Wilt u daarom mild over me oordelen als ik, als muzikale leek,
op een eenvoudige notenbalk de merkwaardige toonladder noteer
die men kan maken met behulp van de harmonischen van een
eerste do *met frequentie F? Die toonladder heeft acht noten — ik*
heb li *de nieuwe noot genoemd — die met de grondtoon verhou-*
dingen hebben van respectievelijk 8/8 (= 1), 9/8, 10/8 (= 5/4),
11/8, 12/8 (= 3/2), 13/8, 14/8 (= 7/4) en 15/8. U heeft die toonlad-
der in feite bij het ordenen van de natuurlijke toonladder nage-
streefd, waarbij u drie varianten introduceerde: voor de fa *en*
voor de la, *waarvan u een betere samenklank met de* do *wilde*
bereiken dan met mijn ongelukkige intervallen 11/8 en 13/8 moge-
lijk is, en voor de li, *die u heeft verworpen. Mijn toonladder heeft*
als interessant aspect dat hij intervalverhoudingen kent die in de
hogere regionen volstrekt regelmatig afnemen. Van de basisdrie-

klank is die van de subdominant, gebaseerd op fa, *echter rampza-*
lig. Dat klinkt paradoxaal want, door het respecteren van de har-
monische samenhang van de toonladder, heeft de welluidendheid
van de samenklanken aan schoonheid ingeboet! Maar wie weet,
als we geduld hebben, komen er misschien wel nieuwe muziek-
vormen uit voort, zoals u wel eens schrijft.

TOONLADDER OPGEBOUWD AAN DE HAND VAN DE HARMONI-
SCHEN VAN DO
F = frequentie van do

Vergeeft u mij echter dit kleine genoegen; ik heb vertrouwen in die
toonladder, op dezelfde wijze als u (met de geestdrift die een kun-
stenaar eigen is en met een buitensporige precisie) tot het getal- 241
lenspel bent doorgedrongen in plaats van aandacht te schenken
aan het verband dat er bestaat tussen de harmonie en onze zintui-
gen. Ik denk niet dat ik onbescheiden ben als ik beweer dat ik veel
van uw gegevens maar triviaal vind — ondanks dat ik mij er tot
op heden nog niet over had gebogen — en dat ikzelf veel meer
aandacht zou hebben gegeven aan argumenten waarvan u vond
dat ze voor mij oninteressant zouden zijn. Zoals: Waarom houdt
ons gehoor zo veel van wiskunde? Welke regels van de harmonie
zijn objectief? Staan ze vast als bij een natuurwet of kunnen ze veranderd worden? *Wat wordt er door de structuur van ons gehoor-*
orgaan opgelegd, en wat door duizend jaar oude gewoonten en de
cultuur van het tijdperk waarin we leven, of zelfs door één enkel
individu?
  U geeft er blijk van, zeer gewaardeerde heer, dat u vertrouwen
heeft in de mogelijkheden om de smaak van de luisteraar te beïn-
vloeden — althans stapje voor stapje — en u bent van plan om de
harmonie via onbekende vormen tot ons culturele erfgoed te laten
behoren. Uw enthousiasme voor de welgetemperde stemming is
daar een bewijs van, terwijl andere musici die ik daarover onder-
vraagd heb, ervan gruwen. Denkt u dus dat de mens in staat zal
zijn om van dissonanties te gaan houden, op dezelfde manier
waarop wij kunnen wennen aan een nieuw hoofdgerecht dat we in
eerste instantie verafschuwden? En waarom, alstublieft, hecht u
zoveel waarde aan die getalspelletjes met de tonen en boventonen
in een akkoord?

De uitkomst van uw experiment waarbij u de drieklank do-mi-
sol *met stemvorken ten gehore brengt, heeft mij in het bijzonder
getroffen. Dat is werkelijk verhelderend en ik ben het met uw conclusie eens dat niet alleen het samenvallen van de boventonen van
belang is, maar ook het gebrek aan harmonie. Dan hebben we het
over ruis die niet wit is, zoals in het geval als de ruis alle frequenties bevat, maar gekleurd, in die zin dat deze ruis karakter heeft en
ons doet denken aan geluiden in de natuur. Ik zou zeggen dat een
goed evenwicht tussen de verschillende ingrediënten harmonie
oplevert. Maar wat bepaalt wat een goed evenwicht is, de mecha-
nica van het oor of onze cultuur?*

*Ik vraag u, mijnheer, terug te keren naar dit onderwerp om licht
op de zaak te werpen. Om deze extra aandacht van u te kunnen
vragen, zal ik de vraagstukken aan het eind van uw brief proberen
te beantwoorden. Omdat ik liever geen hypotheses poneer die ik
niet kan verifiëren, vraag ik u om een experiment uit te voeren.*

*Ik zal beginnen met de viool van de heer Stradivarius. Hoe deze
vioolbouwer zulk goed werk aflevert is mij een volslagen raadsel.
De instrumenten van Amati zijn al zo uitzonderlijk! De Engelse
violisten hebben er veel ponden sterling voor over — de echte van
mijn Munt vanzelfsprekend — en onze vioolbouwers halen ze uit
elkaar om ze vervolgens te kunnen kopiëren. Zonder veel succes
overigens. Ik heb enkele van de beste gehoord: door ernaar te
luisteren — vergeeft u mij een banaliteit, mijnheer — kan ik raden
of een viool al of niet goed is: bij een goede viool klinken de hogere
harmonischen niet lang door. Het is duidelijk dat het schelle geluid
van goedkope violen veroorzaakt wordt door hun onvermogen om
de hogere harmonischen te dempen.*

*Voor de cello, die een warme klank heeft, zou dat nog meer moe-
ten gelden. Omdat het gebruikte hout in de vioolbouw bekend is en
de kunst van het frezen geen geheimen voor ons zou moeten hebben — het volstaat om er een uit elkaar te halen en elk onderdeel
ervan nauwgezet te kopiëren —, moet de verklaring voor het
mooie geluid zitten in de chemische behandelingen en de afwerking, in het bijzonder de lak. Doet u mij een genoegen, geachte
heer, en stelt u daar eens een vraag over aan die meneer Stradivarius zodra u hem tegen het lijf loopt.*

*Maar het zou helemaal geweldig zijn als u met speciale appara-
tuur tot een objectief oordeel zou kunnen komen over de kwaliteit
van het instrument. Hier bevinden we ons niet op een glibberig
gebied als dat van de harmonie! Het zou niet moeilijk voor u moeten zijn om een aantal van wat jullie musici een diapason noemen
op de kop te tikken — van deze stemvorken worden er onderhand
veel gemaakt —, waarbij elke diapason op een dubbele frequentie
resoneert vergeleken met de vorige. Dus als u voor de eerste stemvork een lage* la *van het klavier kiest, zullen de andere de* la's *zijn
van de steeds hogere octaven. Neem de kleine stemvorken met een
bolletje ijzer aan de onderkant. Heel dicht bij het oor kan men zo*

zelfs de kleinste geluidstrilling makkelijk waarnemen.

Houd nu de eerste stemvork stevig tegen de klankkast van de viool. Ik heb overigens meer vertrouwen in een goede uitkomst van het experiment als in de plaats van een viool een cello wordt gebruikt, omdat daarbij een veel grotere akoestische energie vrijkomt. Daarna speelt u met de strijkstok krachtig dezelfde noot als die van de stemvork. Door resonantie, zoals bij de viola d'amore, begint de stemvork dan mee te trillen. Na enkele ogenblikken zal het geluid van de viool uitgedoofd zijn, maar niet de trilling van de stemvork, omdat de demping daarvan nagenoeg nul is — dat wilden we juist. Dicht bij het oor kunt u die nog een tijdje horen trillen. Probeert u de intensiteit van dat geluid te classificeren, van zeer hoog tot zeer laag, indien mogelijk met zoveel mogelijk hulpvaardige mensen die u aan dezelfde proefneming onderwerpt.

Herhaalt u dan alle onderdelen van het experiment met achtereenvolgens elke andere stemvork van de toonreeks, maar strijk steeds dezelfde noot aan en voor zover mogelijk even hard. Elke diapason zal dan evenredig gaan trillen met de intensiteit van de harmonische die bij die stemvork hoort. Uiteindelijk zult u dan een volledig overzicht hebben, ook al is het ruw geschat, van het harmonische spectrum van de klank. U zou op deze manier twee verschillende instrumenten met elkaar kunnen vergelijken, of hetzelfde instrument in verschillende bouwfasen, bijvoorbeeld een viool voordat én nadat hij gelakt is, mits meneer Stradivarius zo vriendelijk wil zijn om u die ter beschikking te stellen. U zult dan kunnen verifiëren of het lakken inderdaad het verschil uitmaakt, zoals ik vermoed.

243

Trekt u het zich niet aan als de zaken niet meteen lopen zoals we zouden willen. Zelden lukt een experiment al bij de eerste poging. Maar als u succes heeft, kunnen we er trots op zijn de eerste werkende spectrumanalysator in het leven te hebben geroepen, wat nooit iemand eerder heeft geprobeerd, voor zover mij bekend. Mijn nauwgezetheid als fysicus lijdt er natuurlijk wel onder dat de geluidsintensiteit, bij gebrek aan een meer accurate methode, subjectief met het gehoor wordt bepaald, maar u bent een musicus met een goed gehoor, dus dan mag het.

Denkt u niet, gewaardeerde heer, dat mijn uitvinding de meester-vioolbouwers zou kunnen helpen bij het bouwen van nog betere instrumenten? De mogelijkheid om er zelf iets aan te verdienen moet ik ook niet uitsluiten. Maar hun tegenzin moet eerst overwonnen worden, vrees ik, omdat zij van mening zullen zijn, in tegenstelling tot mijzelf, dat er geen effectiever hulpmiddel bestaat dan hun eigen instinct. En geef ze geen ongelijk, zoals in het geval van de heer Stradivarius!

Als u dan toch al zoveel mooi en dure stemvorken in uw bezit heeft — verpats ze alstublieft niet —, wil ik u vragen nog een ander experiment voor mij te doen, als u niet te erg van streek wordt gebracht door de gedachte dat u tijdelijk de gedaante van een ex-

perimentator in een laboratorium aanneemt. In uw verhandeling over de welluidendheid van muzikale intervallen heeft u aangegeven dat de volgende intervallen het meest consonant zijn, in dalende lijn: dat van de octaaf met een frequentieverhouding van 2/1, van de kwint (3/2), van de kwart (4/3), de grote terts (5/4) en de kleine terts (6/5). Dat komt doordat ze de lagere-orde boventonen gemeen hebben. Niettemin hechtte u geen belang aan een opmerkelijk aspect dat op mij juist heel veel indruk heeft gemaakt, aangezien het een bewijs levert voor de objectiviteit van de harmonie: het verschil tussen de teller en de noemer is bijna altijd 1! Als we voor de fundamentele frequentie van de tonica de waarde F nemen, zoals u heeft gedaan, is, in het geval van het interval van de kwint, het verschil gelijk aan 3F - 2F = F!

Ik zal nu een denkbeeld uiteenzetten dat recentelijk door verschillende geleerden onder woorden is gebracht: op muziekgebied was dat, zoals u ongetwijfeld zult weten, de heer Giuseppe Tartini, de Italiaanse violist. Laten we met hem aannemen dat er op de een of andere manier een wet bestaat voor het combineren van klanken. Die wet stelt dat ons gehoororgaan, wanneer het blootgesteld wordt aan twee gelijktijdige klanken van verschillende frequentie (laten we zeggen F_1 en F_2), ook de som- en verschilfrequentie waarneemt:

$$F_{12} = F_1 \pm F_2$$

Als de frequenties van de twee klanken heel dicht bij elkaar liggen, horen we zwevingen. Als het aantal zwevingen per seconde groter wordt, hoort men op een gegeven moment in plaats van de zwevingen de verschiltoon. Bij een tweeklank met een kwint ontstaan ergens in ons auditieve systeem, bovenop de twee akoestische golven die door de bron zijn voortgebracht (3F en 2F), nog twee andere golven met verschilfrequentie F en somfrequentie 5F, waarvan de laatste heel zwak is. We horen dus, in elke consonante tweeklank, ook nog de tonica, terwijl die niet door het instrument zelf wordt gegenereerd!

Dat de tonica uit het niets ontstaat is naar mijn bescheiden mening een wonderlijk, maar niet onbekend fenomeen. Net zoals de heer Händel mij een tijdje geleden vertelde, leert u mij nu dat orgelbouwers de klanken aan het laagste uiteinde van de bassen weten te versterken door middel van het verschil tussen twee andere, minder lage bassen. Zouden we hiermee de oorsprong van onze harmonie kunnen verklaren? En biedt het geen verklaring voor de scherpzinnige observaties van Aristoteles over de tonica, waarnaar u in uw brief heeft verwezen? De tonica achtervolgt ons overal, ook als zij niet wordt gespeeld: zij vormt de basis van het muzikale weefsel, het steunpunt voor de hele compositie. Haar unificerende effect neemt af naarmate de getallen van de intervalverhoudingen groter worden, aangezien de tonica ontstaat uit het verschil tussen steeds hogere boventonen die als zodanig veel

244

zwakker zijn. Het voorbeeld van de grote sext 5/3 kan verhelderend zijn: hierbij wordt niet de tonica gegenereerd, maar de tweede harmonische 2F. Er is nog een combinatie tussen die laatste toon en de beginklank 3F voor nodig om de tonica te verkrijgen, maar die blijkt dan wel heel zacht te zijn. Om dezelfde reden komt het interval 8/5 (kleine sext) er nog bekaaider van af. Om maar te zwijgen van de intervallen 11/8 en 13/8 die niet voor niets vreselijk klinken: $11F - 8F = 3F$, en dan $8F - 3F = 5F$, $5F - 3F = 2F$, en uiteindelijk $3F - 2F = F$. De tonica krijgen we slechts met heel veel moeite te horen! Het is daarom beter om ogenschijnlijk ongunstige breuken te nemen (u heeft een keer de intervallen 32/27 of 40/27 genoemd, waarvan de waarden zeer dicht in de buurt komen van die van de kleine terts en de reine kwint), omdat die nagenoeg consonante akkoorden opleveren.

Ik heb nog een argument achter de hand dat het belang van de welluidendheid van de virtuele tonica aantoont. Ik heb de frequentieverhoudingen bestudeerd waaraan u heeft gerefereerd, mijnheer, en wel 4:5:6 voor de majeurakkoorden (bijvoorbeeld het hoofdakkoord do-mi-sol), 10:12:15 voor de mineurakkoorden (do-mib-sol), en tot slot 6:8:9 voor het dissonante akkoord do-fa-sol. Goed, u zult nu in de schema's hieronder enkele fundamentele verschillen opmerken. In het geval van het majeurakkoord do-mi-sol wordt er — door stuk voor stuk de verschiltonen tussen de noten van de drieklank te berekenen — een tonica gecreëerd van het contraoctaaf en maar liefst twee van het octaaf dááronder:

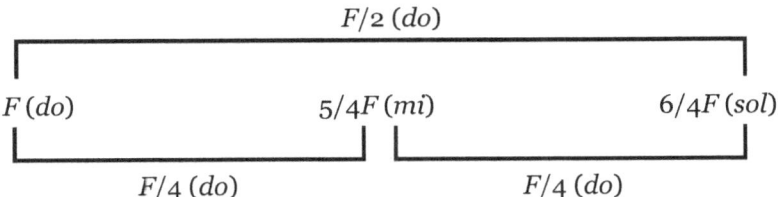

Er is dus een overvloed aan klanken die dezelfde taal spreken, de zoete klank van de tonica. Neemt u nu eens het mineurakkoord. De gegenereerde verschiltonen zijn:

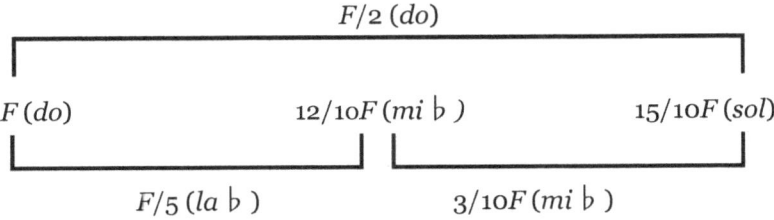

De belangrijkste subtonica F/2 wordt weliswaar geproduceerd, maar op dezelfde manier worden ook nog twee lage noten gegene-

reerd die geen tonica's zijn en erg van elkaar verschillen! We kun-nen constateren dat ze in de reine-kwintverhouding 3/2 tot elkaar staan. Is dat soms de reden dat het mineurakkoord zo melancho-lisch klinkt, of ga ik nu te ver?

Laat mij tot slot het dissonante akkoord do-fa-sol *aan een nader onderzoek onderwerpen. De verschiltonen zijn:*

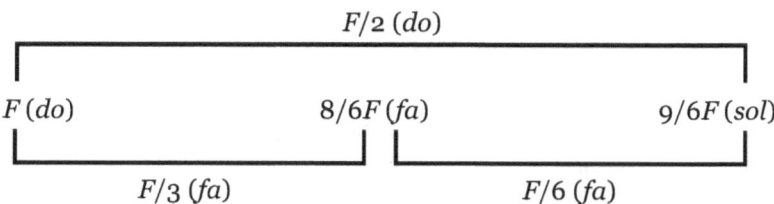

Hier heeft men dus, naast de gebruikelijke subtonica, twee noten die verschillen van de tonica en die met een interval van een octaaf van elkaar gescheiden zijn. We hebben het over de fa *van, respec-tievelijk, twee en drie octaven lager. Men kan hieruit afleiden dat deze overheersende aanwezigheid van de* fa *maakt dat dit ak-koord, in een tonaal duel dat is gebaseerd op de* do, *uit het gelid gaat lopen. U kunt het vergelijken met het geluid van een valse munt temidden van een heleboel echte. Maar ik moet toegeven dat ik, na het akkoord vele malen achter elkaar te hebben gehoord, het langzamerhand aanvaardbaar begon te vinden en ik vraag me nu af waarom het in het begin zo akelig klonk. Hetgeen mij, zoals u zich wel zult kunnen voorstellen, van streek heeft gemaakt.*

Dit riep bij mij de onvermijdelijke vraag op: is er een harmonie-vorm denkbaar die de virtuele aanwezigheid van de tonica buiten beschouwing laat? Ik laat het aan u over, gewaardeerde heer, om aan mijn overwegingen de gewenste betekenis te geven. Hopelijk heb ik niet al te veel onzin uitgekraamd, wat kan gebeuren als men zich buiten het vakgebied begeeft. Hoe dan ook, één gegeven blijft overeind: met uw verzameling stemvorken kunt u de wetten van de combinatietonen van de heer Tartini verifiëren. Dat is wat ik u nog wil meegeven. Met de cello speelt u tegelijkertijd een sol *(3F) en een* do *(2F) en u zult zien dat de stemvork met de frequentie* do *(F) van een octaaf lager gaat resoneren.*

Ik zal u een ander experiment aan de hand doen, voor als u zich wilt vermaken. Zoals een klank kan worden ontleed in harmoni-schen, kan die klank ook weer met behulp van diezelfde harmoni-schen worden opgebouwd. Waarom probeert u niet eens het ge-luid van elk instrument uit het orkest na te bootsen door de diverse stemvorken met hun respectieve resonantiefrequenties in verschil-lende mate aan te slaan? Nu, u zult uw handen vol hebben met al die experimenten, illustere heer. Maar misschien kunnen de resul-

taten wel ergens nuttig voor zijn, vanuit muzikaal oogpunt beke-
ken.

Ik ben nu bij uw vragen aangekomen. Uit het soort vragen dat u
stelt kan ik opmaken dat u evenveel aandacht heeft voor verfijnde
details, wat de muziek betreft, als ik voor de natuur en het firma-
ment. Het valt niet te ontkennen dat u een buitgewoon goed ge-
hoor heeft als u verschil in harmonie kunt horen in de volgorde
waarin de instrumenten een tweeklank met een terts spelen! Hoe-
wel een muziekkamer met galm, zoals die waarin u speelt, helpt
om toonnuances te accentueren, moet ik zeggen, mijnheer, dat uw
kundigheid mij haast onmenselijk voorkomt. Maar ik geloof dat ik
het antwoord op uw vragen heb gevonden. Ik zal dezelfde numme-
ring van de vragen aanhouden als u in uw brief heeft gedaan.

1) Een consonant akkoord klinkt minder goed op hoge geluidsni-
veaus, iets wat u met name heeft opgemerkt bij de bassen. Dat
wordt een probleem, kan ik me voorstellen, wanneer jullie musici
dynamiek in de muziek wensen. Gelukkig beschikt het publiek niet
over een zo goed gehoor als het uwe en de galm van de zaal helpt
mee om de onvolkomenheden weg te poetsen! Ik betwijfel of er een
verklaring bestaat die slechts gebaseerd is op de eigenschappen
van de instrumenten, ook al kan ik me voorstellen dat een te hard
aangeslagen snaar de neiging heeft om vals te klinken. Omdat ik
uit uw woorden de indruk krijg dat het een algemeen verschijnsel 247
betreft dat zich niet beperkt tot een enkel instrument, zou ik de
oorzaak willen zoeken in ons auditieve systeem, dat kennelijk an-
ders reageert bij hoge geluidsintensiteiten. Ik kan me bijvoorbeeld
indenken dat in ons gehoor de geluidssnelheid toeneemt met de
geluidsdruk op het trommelvlies, waardoor de golflengte langer
wordt. Als het waar is dat het effect meer uitgesproken is voor
laagfrequente tonen (ook de heer Händel beweert dat je bij de
bassen beter een akkoord met octaven of een kwintakkoord kunt
gebruiken, omdat de andere snel dissonant dreigen te worden),
dan is het te begrijpen dat de samenklank bij lage tonen geruï-
neerd wordt. Maar van de fysiologie van het oor weet ik nagenoeg
niets en daarom waag ik me verder niet aan gedetailleerde ver-
klaringen.

2) Het timbre van de strijkinstrumenten verandert na de aanhef
van het geluid (zoals ook de effecten die eigen zijn aan een snelle
inzet), omdat de diverse tonen waaruit het geluid bestaat, alle-
maal een andere hoeveelheid tijd nodig hebben om aan de voor-
waarden voor een stationair geluid te voldoen. Als ik het aan de
hand van een voorbeeld mag toelichten: ik verwacht dat bij strijk-
instrumenten de grondtoon, en misschien ook de eerste boventoon,
er nogal lang over doen om zich te ontwikkelen, omdat ze een ho-
gere akoestische energie nodig hebben. Geen enkele solist is in
staat om met een strijkstok direct alle benodigde kracht op de
snaar over te brengen. Die kracht neemt noodzakelijkerwijs gra-
dueel toe en wekt in het begin alleen de hogere boventonen op. Bij

een goede viool is dat natuurlijk tot een minimum beperkt, maar het blijft een feit dat korte noten een ielere klank hebben. En valse tonen worden mogelijk als er te veel druk op de snaar wordt uitgeoefend! Dat is de reden dat, als een fantastische violist een sublieme viool bespeelt die hij niet kent, het resultaat niet per se mooi hoeft te zijn!

Instrumenten met een zachte aanhef, zoals de hobo en de fluit, hebben vergelijkbare eigenschappen, hoewel in minder sterke mate. Koperinstrumenten hebben, door de wijze waarop ze bespeeld worden (het blokkeren van de lucht voor het uitblazen door de tong die tegen de bovenste voortanden rust), meer een percussief karakter en daarvoor geldt een heel ander verhaal. Het orgel kan op beide manieren worden bespeeld, afhankelijk van het register.

Niet iedereen lukt het om deze verschillen zo goed als u op te merken, ook vanwege de reactietijd van het gehoor, die een nauwkeurige waarneming in de weg staat van wat er de eerste ogenblikken van een klank gebeurt. Dit geldt niet voor de bassen van het orgel, die heel veel tijd nodig hebben om zich te ontwikkelen, om redenen die eerder door u genoemd zijn. Een uitstekend instrument om mee te experimenteren — daarom bekritiseer ik uw interesse voor dat instrument absoluut niet.

248

3) Waarom zwevingen zo onaangenaam kunnen klinken, daar heb ik geen verklaring voor, ben ik bang. Daar heb ik exacte gegevens voor nodig. Waarom probeert u niet tegelijkertijd twee nagenoeg zuivere tonen op twee instrumenten te spelen waarbij de ene toon niet van toonhoogte verandert en de frequentie van de andere toon rond die van de eerste toon wordt gevarieerd? Het zou interessant zijn om te weten of het ongemak dat de zwevingen veroorzaakt, afhangt van de snelheid waarmee ze elkaar opvolgen.

4) De consonantie van het akkoord do-mi gespeeld door een viool en een klarinet. Wat een vermakelijk vraagstuk! Ik heb één verklaring kunnen bedenken waarom de harmonie beter is als de klarinet de laagste toon speelt, en ik hoop dat u het met uw stemvorken zult kunnen verifiëren: de even harmonischen van de klarinet zijn heel zwak! Als de klarinet de mi speelt is het tweetal hogere harmonischen dat belangrijk is voor de welluidendheid — de vierde van de klarinet en de vijfde van de viool — weinig effectief in het genereren van de tonica. Maar dat is niet het geval als de viool de mi speelt, wat erop wijst dat een viool een rijke verzameling van boventonen voortbrengt, zowel even als oneven.

5) Wat de laatste vraag betreft — waarom geluiden niet kunnen worden gemengd zoals kleuren — geef ik mij geheel gewonnen, zeer gewaardeerde heer Bach. Misschien wordt dat pas duidelijk zodra het wezen van het licht zal zijn ontrafeld. Ik geloof stellig dat op een gegeven moment alles, als alle feiten en voorwaarden bekend zijn, verklaard of voorspeld kan worden. Maar nu word ik,

zoals al eerder gezegd, gekweld door angstige twijfels. En ik ben
bang dat ik weer op een van de dilemma's ben gestuit die ik met
mij in het graf zal meenemen.

   Met deze bittere noot neem ik afscheid van u, zeer gewaardeerde
heer, en blijf ik voor altijd uw eerbiedige bewonderaar

Isaac Newton
Londen
2 januari 1720

Aan de Zeer illustere heer
Johann Sebastian Bach
Kapellmeister aan het hof van Köthen

Het oor hoort wat het wil horen

En ziehier het antwoord dat Johann Sebastian, kennelijk niet
rancuneus geworden door de hier en daar arrogante toon van
de brief van Isaac Newton, onmiddellijk terugstuurde met de
bedoeling om die onderwerpen uit te werken die de grote
natuurkundige nogal triviaal vond. Men zou kunnen zeggen
dat de kapelmeester van Köthen zich niet alleen zeer vereerd
voelde door de briefwisseling die Newton met hem wilde onderhouden, maar ook van de gelegenheid gebruik wilde maken om over zichzelf na te denken met betrekking tot de muziek en om zich meteen af te vragen wat de psychologische en
culturele implicaties waren van bepaalde akoestische aspecten van de muziek. Het antwoord van Bach omvat twee kort
na elkaar verstuurde brieven.

Zeer gewaardeerde, weledelzeergeleerde,
weledelgestrenge heer

U heeft mij met uw antwoordbrief vertrouwen gegeven in de toe-
komstige mogelijkheden om de muziek te verrijken met behulp van
'kille' beginselen, die zogenaamd ontbloot zijn van verdiensten op
het gebied van de kunst, maar die in werkelijkheid aan de basis
staan van onze hele harmonie. Kunst wordt niet geboren uit im-
provisatie, behalve soms bij toeval. Slechts een bewerkt stuk grond
is vruchtbaar. Als we niet waren doorgedrongen tot het wezen van
het geluid, zouden we de wetten die het weefsel ervan regelen niet
hebben ontdekt en zouden we nog beoefenaars zijn van de mono-
dische zang.

   U bent overigens degene die heeft aangetoond dat de complexe
en wonderbaarlijke dans van de sterren en de planeten is ge-
grondvest op één enkele eenvoudige wiskundige relatie: de gravi-
tatiewet. Is het denkbeeld van de alomtegenwoordigheid van de

tonica niet een even goed voorbeeld van unificatie als het idee van de algemene zwaartekracht? Ik vond uw inzicht zo veelzeggend dat er niet aan getwijfeld hoeft te worden dat er iets fundamenteels, objectiefs en onvervangbaars in onze harmonie aanwezig is. Men zou kunnen zeggen dat voor onze geluidswaarneming een tonale achtergrond even onontbeerlijk is als zuurstof voor het overleven van ons lichaam. Gedurende duizenden jaren, vanaf de oude Grieken tot op de dag van vandaag, lijkt alles in die richting te hebben gewezen.

Het gehoor, kan men rustig concluderen, heeft behoefte aan een steunpunt, een fundament dat ervoor zorgt dat de overvloed aan klanken in goede banen kan worden geleid. Als dat er niet is, raakt het evenwicht verstoord en overheerst in het geluid de ongewenste ruiscomponent, die weinig elegant klinkt voor ons gehoor, eufemistisch uitgedrukt. Als zo'n fundament wel aanwezig is, kan de complexiteit van het geluid zonder problemen worden vergroot, kan voorspelbaarheid van muziek probleemloos worden doorbroken en kan elke muzikale   vondst een wezenlijke bron van verrijking worden.

Cultuur kan naar mijn mening heel ruim worden geïnterpreteerd. Grote revoluties zijn mogelijk, ook al is dat niet naar de zin van veel fatsoenlijke musici die de waarheid ontkennen, ook eenvoudige en voor de hand liggende waarheden. Revoluties die hen zouden dwingen om de overtuigingen waarop ze hun leven en hun werk hebben gebaseerd, te herformuleren. Wat ons gehoor bereid is te tolereren — we hebben het hier over muzikale uitingen die afwijken van de norm — hangt af van gewenning en smaak. Denk aan al die mensen — ongetwijfeld de meerderheid — die slechts gemakkelijke dansritmes weten te waarderen, of simpele volksliedjes, en terugdeinzen voor complexere muziekvormen. Vormen die mijzelf bijna lichamelijk raken en die onherroepelijk leiden tot spirituele opwinding.

En is het niet zo dat wijzelf, vanaf onze kindertijd tot aan onze volwassenheid, een ontwikkeling van onze muzieksmaak doormaken? Elke fase van mijn leven werd scherp omlijnd door duidelijke muzikale keuzes, en pas nu realiseer ik mij dat ik op een punt ben beland waarin alles heroverweging verdient. Daar waren dertig jaar van dagelijkse onderdompeling in de muziek voor nodig! Daarom kunnen we nooit uitsluiten dat de mensheid het op een dag zonder notenschrift kan stellen. Als klein kind had ik een nachtmerrie waarin dat gebeurde, althans wat ik er me ervan herinner. Ik was ervan ondersteboven. Maar nu zou ik lang genoeg willen leven om het aanbreken van die dag mee te maken, als die ooit mocht komen.

Denkt u nu werkelijk dat al die vorsten en heren die zo weinig welwillend zijn jegens ons musici en ons over één kam scheren met bedienden, echt van muziek houden en haar begrijpen? Is het niet uit puur snobisme tegenover hun gelijken dat ze zich aan muziek wijden? Vorst Leopold van Anhalt-Köthen is een uitzondering (daar ben ik me terdege van bewust) en ik zal heus niet zo onnozel zijn om mijn baan op te zeggen als ik daartoe niet gedwongen word. En gelooft u nu werkelijk dat de schare adellijke dames en heren en hun elegante hovelingen die tijdens mijn optredens de zalen tot de nok toe bevolken, in staat zijn om een muziekstuk van een genie te onderscheiden van een routinestuk, waarvan er heden ten dage zoveel worden geschreven? Of dat ze weten wat de taak inhoudt van een concertmeester, die het geluid van een orkest naar zijn hand kan zetten, door het op een juist en gelijkmatig niveau te houden, met inzetten die het geheel niet ontheiligen? Wat weet het publiek van het zeer delicate muzikale evenwicht dat de dirigent bereikt met zijn strakke hand en met op zijn tijd een aansporing, opdat het geheel aan instrumenten zich niet in de diepe afgrond van combinatietonen stort en ook niet vervormd raakt en lawaaierig wordt? Het is vooral de mode waardoor het publiek wordt beïnvloed. De mode overheerst vaak de cultuur. Is dit niet het zoveelste bewijs van de subjectiviteit van veel regels, mijnheer?

Toch zijn de meeste keuzes in de loop der eeuwen gemaakt alsof het vaststaande feiten waren. Zo kunnen wij ons bijvoorbeeld afvragen waarom wij toonladders met afzonderlijke noten hebben omarmd, in plaats van muziek te maken met klanken die traploos stijgen en dalen. Het antwoord kan zijn dat ons auditieve systeem akoestische informatie die te vluchtig is om verwerkt en geïdentificeerd te kunnen worden, slecht verdraagt. Het bereik van de menselijke stem beslaat duizenden tonen — meer nog dan er kleuren zijn — die we van elkaar kunnen onderscheiden. En desondanks gebruiken we er bij het componeren van muziek maar een honderdtal van, waarvan het merendeel onlosmakelijk verbonden is met de tonica en dus met de beperkingen die eruit volgen, zoals het verschijnsel dat bepaalde noten in een geschikte volgorde moeten worden gespeeld, omdat men ze anders niet mooi vindt. Zo moet in een afwisseling van twee noten de slotnoot een intervalverhouding hebben die als macht van één van de twee kan worden uitgedrukt. Opeenvolgingen zoals sol-do-sol-do... *met een verhouding van* 3/2, *of* si-do-si-do... *met een verhouding van* 15/8 *streven naar een slot in* do, *maar* do-fa-do-fa... *met een verhouding van* 3/4 *wil juist in* fa *eindigen.*

Zulke regels, dat kan niet ontkend worden, vinden hun oorsprong in de fysiologie van ons lichaam. Als men beweert dat ze ook het gevolg zijn van culturele invloeden, dan blijft de vraag bestaan: waarom deze regels en geen andere? Zou het voor ons net zo eenvoudig zijn geweest om onze muziek te grondvesten op totaal andere keuzes, die ons gehoor bijvoorbeeld desoriënterende taken zouden opleggen die veel te hoog gegrepen zouden zijn? Er bestaat een trucje om in een muziekstuk gebruik te maken van de spontane neiging van ons gehoor om de geluidsanalyse te vereenvoudigen met een favoriete opeenvolging van noten. Als ik aan een

251

afzonderlijk instrument een veelvoud aan partijen wil ontlokken (dat probeer ik met de suites voor cello die ik aan het schrijven ben voor Ferdinand Abel, mijn uitzonderlijke solist), laat ik de noten met sprongen van grote intervallen opeenvolgen, beurtelings omhoog en omlaag. Op het niveau van onze waarneming voegen de klanken zich onderling samen op grond van de tonale nabijheid van de toon en niet omdat ze vlak na elkaar gespeeld worden. Aldus ontstaan twee onafhankelijke melodielijnen, en soms ook meer dan twee.

Het ligt niet voor de hand dat onze cultuur daar enige invloed op heeft. Ons gehoor wil een akoestisch probleem zo eenvoudig en zo snel mogelijk oplossen. Als het in zijn verwachtingen wordt teleurgesteld, schept het geen behagen in de muziek. Dat zou het geval kunnen zijn bij buitensporige modulaties waarbij de taal der muziek zou moeten worden herschreven. Daarentegen komt een van de meest bekoorlijke muzikale ervaringen die men kan ondervinden, juist voort uit gematigde modulaties, waarbij ons gehoor als overwinnaar uit de bus komt.

Dat muzikale talenten en interesses zo sterk van individu tot individu kunnen verschillen, komt waarschijnlijk doordat ons gehoor zo veelzijdig is. Sommigen worden zo overweldigd door klanken dat het hun niet eens meer lukt om een modulatie waar te nemen. Anderen appreciëren in de muziek slechts het ritme, of hooguit de melodie, zolang die maar simpel is. Ik geloof dat zoiets het grootste ongeluk is dat een mens kan overkomen, aangezien muziek een van de sieraden is van ons bestaan. Als de gedachte aan de dood mij soms angst inboezemt, komt dat doordat de dood mij de vreugde van de harmonie afhandig maakt.

Ik probeer muziek voor mijzelf te schrijven en dat is, mijnheer, het moeilijkste wat er is (vooral als je ook nog eens het publiek deelgenoot wil maken van je bedoelingen). Het is voor mij niet genoeg als de essentiële ingrediënten van de muziek — melodie, harmonie, klankkleur, ritme en dynamiek — allemaal afzonderlijk de perfectie bereiken: zij moeten bovendien streven naar wederzijdse vervoering. Dat lukt niet via het slaafs volgen van eenvoudige mechanische formules. Heden ten dage kan de monodische muziek ons niet meer bekoren, maar we hoeven de melodie slechts te ondersteunen met de akkoorden van een basso continuo *en het lege en onbevredigende gevoel binnenin ons verdwijnt als sneeuw voor de zon. Zelfs een perfect consonant akkoord kan niet te lang worden aangehouden zonder dat het ons luisterplezier vergalt. Harmonie verliest dan haar vitaliteit. Daarom is mijn* basso continuo, *zolang die geen vrolijke melodieën vergezelt zoals bij trompetliederen, klaterende watervallen van fluiten of felle uithalen van violen, an sich juist niet continu, maar onregelmatig en onvoorspelbaar. Sterker nog, ik wil dat hij luidruchtig is en daarom geef ik de voorkeur aan het klavecimbel.*

Omdat muziek iets is dat continu in beweging zou moeten zijn,

kan door een onveranderlijke tred in de melodie de aandacht ver-
slappen. Perfect gelijkgestemde instrumenten in een orkest die
allemaal precies gelijk spelen, en tonen voortbrengen zonder enige
dynamiek en zonder fluctuaties zoals een triller of een vibrato: dat
is de dood voor het geluid. Of noten van gelijke duur en een gebrek
aan accenten; of een onveranderlijk timbre, kortom alles waar-
door gewoonlijk de muziek voorspelbaar wordt. Mijn favoriete
denkbeeld is dat muziek moet leven. Een fluctuerend idioom, met
hier en daar wat ruis en een tegenstelling, maakt meer indruk,
omdat het dichter staat bij het leven, dat tenslotte niets anders is
dan een versmelting van rede en gevoel en uit oorzakelijkheden en
toevalligheden bestaat.

Een musicus moet daarom moed hebben. Ik moet u zeggen, zeer
gewaardeerde heer, dat een componist hierbij minder op het spel
zet dan je op het eerste gezicht zou vermoeden. Hij wordt door een
heleboel factoren geholpen. In de eerste plaats door de onwetend-
heid van het publiek, dat vaak dingen bekritiseert die er niet toe
doen, terwijl belangrijke zaken aan zijn aandacht ontsnappen.
Vervolgens de ontoereikende akoestiek van de muziekzalen waar
echo's en galm het geluid evenveel beïnvloeden als de dirigent zelf.
En tot slot de welwillendheid van ons gehoor, dat hoort wat het
wil horen en dat, dankzij zijn neiging tot simplificeren, uit zichzelf
corrigeert wat afwijkend is. Als dat niet het geval zou zijn, wat
voor een leven zou een vioolsolist dan hebben als zijn instrument
tijdens de uitvoering, door warmteverschillen, langzamerhand
ontstemd raakt? Een wetenschapper heeft vast niet zoveel speel-
ruimte om zijn fouten te corrigeren, neem ik voor het gemak aan!

Ik ben nu aan het eind van mijn brief gekomen, illustere heer.
Anders gaan mijn beschouwingen u ongetwijfeld vermoeien. Ze
behelzen tenslotte eenvoudige meningen die niet zijn onderbouwd
met experimenten en al helemaal niet met wiskundige exactheid.
Hopelijk wilt u mij terugschrijven en mij deelgenoot maken van
uw scherpzinnige denkbeelden, die mij stimuleren om met her-
nieuwde inzet mijn muziekstukken te componeren.

Voor altijd, illustere, weledelgestrenge heer, blijf ik uw zeer toe-
gewijde bewonderaar

Joh. Sebast. Bach
Köthen
25 januari 1720

Aan de Zeer Doorluchtige heer,
Sir Isaac Newton,
President van The Royal Society,
Directeur van de Munt te Londen

De ontleding van een Stradivarius

Zeer kort daarop volgt nog een brief van Johann Sebastian:

*Zeer gewaardeerde, illustere,
weledelgestrenge heer*

In mijn laatste bericht ben ik vergeten om te reageren op uw belangrijke opmerkingen over de wetenschappelijke analyse van muziekinstrumenten en u te berichten over enkele proefnemingen die de voortreffelijke bouwer van toetsinstrumenten de heer Gottfried Silbermann uit Freiberg in opdracht van mij heeft verricht. Hij is de eerste in Duitsland die fortepiano's heeft gebouwd volgens de beginselen van Bartolomeo Cristoforo, en hij heeft in zijn werkplaats de beschikking over alle mogelijke middelen om elk geheim van de bouw van het instrument te doorgronden.

De heer Silbermann is een van die zeldzame personen die weinig praten maar toch veel tot stand brengen. Hoewel hij geen formele opleiding heeft genoten, oefent hij zijn ambacht uit als geen ander. Daarom stel ik een groot vertrouwen in hem — ik wil bijvoorbeeld graag dat hij samen met mij de orgelinspecties verricht — en ik beschouw hem als een vriend in weerwil van zijn ongebruikelijke lompheid. Daarom heb ik mij tot hem gewend om de door u voorgestelde experimenten uit te voeren, zodat ikzelf veel tijd en geld bespaar. Ik geloof niet dat mijn maandgeld voldoende is om de tien of meer stemvorken aan te schaffen die we daarvoor nodig hebben. U zult spoedig zien, mijnheer, dat de gemaakte keuze de beste is.

Zoals ik al vermoedde, willigde de heer Silbermann mijn verzoek met plezier in, en over sommige van uw vragen had hij al zijn mening klaar. Over de viool, bijvoorbeeld, was hij het volstrekt met u oneens. Vergeeft u mij mijn eerlijkheid, maar hij kent enkele vioolbouwers die hem ervan overtuigden dat strijkinstrumenten evenveel geheimen hebben als het hiernamaals! Men kan slechts een volmaakt instrument bouwen als men elk geheim tot in de kleinste details doorgrondt.

Het zal u ongetwijfeld interesseren welke elementen door de heer Silbermann als essentieel werden aangemerkt en die overigens mijn eigen ideeën bevestigen. Allereerst de kam, *die als functie heeft om de trillingen van de snaar op de klankkast over te brengen: het voor de kam gebruikte hout en de wijze waarop het is gezaagd, geschuurd en behandeld, bepalen de correcte demping van schelle geluiden. Dan de uitvoering en de plaatsing van de* basbalk, *een latje van sparrenhout dat onder een van de kamvoetjes tegen de binnenkant van de klankkast wordt gelijmd. En de* stapel *van de viool, een stokje dat achter de rechter kamvoet tussen het onder- en bovenblad staat geklemd. De stapel en basbalk hebben niet alleen als functie om het bovenblad niet teveel te laten doorbuigen onder de snaarspanning, maar ook om (niet minder belangrijk) de trillingen optimaal over de gehele klankkast te verspreiden. Wie heeft als eerste het geniale idee van de stapel gehad?*

Verplaats hem of haal hem weg en uw viool zal veel aan klank-kwaliteit inboeten!

Vervolgens de verschillende dikten van het boven- en onderblad — twee tot drie millimeter voor het bovenblad en voor het onderblad iets meer —, die langzaam afnemen van het midden naar de randen van het instrument. De resonanties in de klankkast worden voornamelijk bepaald door deze twee bladen. Die zijn dus cruciaal. Het zijn deze resonanties die de klank van de viool zo verschillend maakt voor de verschillende noten. Herinnert u zich dat bolderen nog, de wolfstoon, die men soms, vooral bij cello's, hoort? Ook die toon hangt nauw samen met de resonantiefrequenties van de klankkast, in het bijzonder van de resonantie met de laagste frequentie, de grondtoon die wordt opgewekt als een aliquottoon.

Tot slot, omdat we ons tot de hoofdzaken willen beperken, de vorm en grootte van de f-vormige klankgaten, die samen met de omvang van de klankkast de resonantiefrequentie van de lucht in de klankkast in toom houden. Het zijn namelijk niet alleen de boven- en onderbladen die geluiden al dan niet versterkt doorgeven: een niet te verwaarlozen bijdrage wordt geleverd door de lucht die door de klankgaten komt en die vooral een rol speelt bij het versterken van de bassen, zoals men makkelijk kan verifiëren als men de gaten dichtmaakt.

255

Het is een hachelijke onderneming om een viool te bouwen, illustere heer. Het is een instrument vol verborgen gevaren voor de bouwer én de speler. Er zijn er geen twee hetzelfde! Nu begrijpt u waarom ik meer vertrouwen heb in toetsinstrumenten. De heer Silbermann denkt er ook zo over: hij zegt dat men de heer Stradivarius niet hoeft te benijden in dit opzicht. Hij betwijfelt of een wetenschappelijke benadering ooit nuttig kan zijn — zoveel foefjes zijn er die ervaren vioolbouwers van vader op zoon doorgeven. Bij het bewerken van de boven- en onderbladen volgen de heer Stradivarius en de heer Guarnerius rituelen die onmogelijk met technische middelen kunnen worden ontrafeld, hoe verfijnd die middelen ook mogen zijn. Verder kan er weinig waarde worden toegekend aan de ontleding van het voltooide instrument als elk onderdeel een heel eigen leven heeft geleid in de handen van de vioolbouwer.

En wat denkt u van het gegeven dat een nieuwe viool minder goed klinkt dan een die al heel lang is bespeeld? Let wel: het is geen kwestie van leeftijd, want een oude, nooit bespeelde viool klinkt immers niet beter dan een nieuwe. Het resultaat van transpiratie van de violist of verandering van het hout als gevolg van de trillingen? Alle eigenschappen die de waarde van een viool bepalen — klankkleur, geluidsintensiteit, het gemak waarmee een toon kan worden ingezet — veranderen in de loop van de tijd.

U moet goed hebben aangevoeld, gewaardeerde heer, hoezeer ik de wetenschap bewonder; en toch ben ik geneigd te geloven dat de heer Silbermann er steekhoudende argumenten tegen inbrengt.

Dat zeg ik ook in het licht van de proefnemingen die wij samen hebben uitgevoerd aan de hand van uw suggesties, en die — het spijt me om het te zeggen — niet het gewenste resultaat hebben opgeleverd. Ik kom nu ter zake.

De heer Silbermann was direct onder de indruk van uw opmerkingen over de mogelijkheid om op objectieve wijze een inschatting van de kwaliteit van een instrument te maken en die te vergelijken met andere instrumenten. Zoals ik al gezegd heb, is hij van plan om de heer Cristoforo te evenaren. Daarom tracht hij de verdiensten van de fortepiano te doorgronden door het geheel aan harmonischen te bestuderen die horen bij de verschillende toetsen. Zijn werkwijze is heel eenvoudig, en wijkt niet veel af van de methode met de stemvorken die u heeft voorgesteld. Als hij een lage do wil analyseren, dan tilt hij eerst het viltje van de do van het octaaf erboven op. Als de lagere do wordt gespeeld, krachtig en staccato, brengt de eerste boventoon via de klankkast de snaar van de hogere do in trilling, als een aliquottoon. Deze klank blijft lang doorklinken, omdat hij niet gedempt wordt en geeft een idee van de intensiteit van de opgewekte boventoon. Deze methode wordt dan herhaald voor de andere do's en kan eventueel ook in omgekeerde volgorde worden toegepast, gezien het feit dat de grondtonen van de hoge toetsen de boventonen van de lage toetsen kunnen opwekken.

256

Ik kan u verzekeren dat de heer Silbermann er door deze proefnemingen in is geslaagd constante verbeteringen aan te brengen in zijn fortepiano's. Met zijn methode zou in principe het experiment kunnen worden uitgevoerd dat u na aan het hart ligt: een volledige ontleding van een willekeurig geluid. Men hoeft slechts alle viltjes op te tillen en het gewenste geluid op de klankkast van de fortepiano over te brengen.

De heer Silbermann heeft Cristoforo inderdaad geëvenaard. Om alle frequenties te kunnen analyseren (ook de frequenties die niet door toetsen worden vertegenwoordigd) gebruikt hij een monochord zoals die van Pythagoras. Door de beweegbare kam te verplaatsen kan men de snaarlengte willekeurig aanpassen en de snaar op een willekeurige frequentie laten trillen. Hij heeft mij echter toevertrouwd dat hij op twee grote moeilijkheden is gestuit. Ten eerste, hoe kan het te bestuderen instrument op doeltreffende wijze worden bevestigd aan de klankkast van het monochord? Ten tweede, hoe kan een inschatting worden gemaakt van de intensiteit van het door de snaartrillingen voortgebrachte geluid? Hoewel het makkelijk is om de klankkast van het monochord stevig vast te maken aan de klankkast van een klavecimbel of een fortepiano, die groot en plat is, of desnoods aan een contrabas, een harp of een orgelpijp, wordt het inderdaad uitermate lastig in het geval van blaas- en strijkinstrumenten. Bij een viool zou de snaar en de beweegbare kam aan het instrument zelf vastgezet moeten worden, bijvoorbeeld aan de achterkant, maar dat zou tot bescha-

diging en in ieder geval tot verandering van het geluid leiden.

Wat het tweede probleem betreft, heeft de heer Silbermann een speciale kamer ingericht waarin elke echo en elke galm wordt uitgebannen, dankzij dikke dempende platen aan de wanden, het plafond en op de vloer. Dat stelt hem in staat om zeer lage geluidsniveaus waar te nemen, vooral als hij het oor tegen de klankkast van het monochord houdt. Maar zelfs dan kan hij toch niet meer dan de derde of vierde boventoon horen, wat zeer gewenst zou zijn geweest. Hij heeft nog gepoogd om de trillingsamplitude van de snaar vast te stellen met een lenzensysteem — meer op zijn ogen dan op zijn oren vertrouwend — maar ook dat leverde niets op.

Dit wetende zult u zeker kunnen begrijpen, illustere heer, hoe enthousiast meneer Silbermann moet zijn geweest toen hij hoorde van uw voorstel om stemvorken te gebruiken. Hij kon zich wel voor zijn hoofd slaan dat hij daar niet zelf op was gekomen. Zonder te talmen liet hij zijn jonge hulpkrachten de noodzakelijke apparatuur in gereedheid brengen en toog hij voor de ogen van iedereen aan het werk. De een reikte hem een stemvork aan, de ander drukte de toetsen in, weer een ander noteerde de resultaten. Ik liep om hen heen en bekeek hun handelingen even nieuwsgierig als ik bij een chirurgische ingreep zou hebben gedaan.

257

Het lag voor de hand om met een fortepiano te beginnen, aangezien de werkplaats van Silbermann ermee vol staat en het geluid ervan krachtig is en met grote precisie te herhalen. De resultaten met de eerste twee stemvorken waren veelbelovend. Iedereen was het erover eens dat, als de stemvork tegen de klankkast van het instrument aan werd gehouden tijdens het indrukken van een toets, er daarna voldoende tijd was om de stemvork naar het oor te brengen en om de klank probleemloos te kunnen horen: de grondtoon heel duidelijk, de eerste boventoon zwakker. Het leek een goed voorteken dat de verschillende schattingen van de geluidsintensiteit heel weinig uiteen liepen.

We begonnen ons lichtelijk te verbazen toen de met de derde harmonische overeenkomende stemvork zo ongeveer even hard bleek te trillen als die overeenkomend met de tweede harmonische, en we waren geheel verbijsterd toen dit zich herhaalde voor de vierde en de vijfde stemvork. Meneer Silbermann weigerde te geloven in de mogelijkheid van even luide harmonischen en was ontstemd toen bleek dat willekeurig welke stemvork hij ook pakte, deze stemvork identiek reageerde op de aanslag van de toets en op zijn eigenfrequentie begon te trillen, ook als die frequentie niet een harmonische was van de gespeelde noot. Louter het oppakken van de stemvork was dus voldoende om zijn karakteristieke toon op een hoorbaar geluidsniveau op te wekken!

Op dit punt raakte de heer Silbermann totaal gedesillusioneerd en ook, excuseert u mij mijn geroddel, geïrriteerd. Slechts door mijn vasthoudendheid ging hij ermee akkoord om het experiment met een cello te herhalen. Ook dit leidde tot onduidelijke resultaten en vergrootte onze twijfel.

Toen herinnerde ik mij een ander vraagstuk, het vraagstuk van de tik dat u mij eens uit de doeken heeft gedaan met de betoverende hypothese van de onzekerheidsrelatie. Het was een opluchting voor mij en Silbermann dat er na alle tegenslagen eindelijk eens een succesvolle verificatie van een van uw ideeën tot stand kwam, namelijk, dat een willekeurige tik tegen de stemvork alle mogelijke akoestische frequenties produceert, werkelijk alle. Zij worden echter direct gedempt afgezien van één, de enige frequentie waarop de stemvork in staat is langdurig te trillen!

Die onzekerheidsrelatie van u, waarvan wij ons tot enkele maanden geleden geen enkele voorstelling konden maken, leek ons opeens bijna een vanzelfsprekendheid. 'Echt waar,' riep Silbermann uit, 'om een willekeurige stemvork in trilling te brengen hoeven we er alleen maar even tegen aan te tikken.' We waren het erover eens dat de verklaring van een natuurkundig verschijnsel, zodra die verklaring eenmaal gevonden is, geheel vanzelfsprekend lijkt. Hetzelfde geldt voor muziek: als die eenmaal bekend is, lijkt het of ze altijd deel van ons is geweest.

Het humeur van meneer Silbermann knapte verder op dankzij het succes van het andere door u voorgestelde experiment: het opsporen van de Mese als verschiltoon van twee noten uit een goedklinkende tweeklank. Toen op de cello een do-sol (frequenties F en 3/2F) werd uitgevoerd, begon de stemvork van de eronder gelegen do met frequentie F/2 terstond te trillen wat erop duidt dat de combinatietoon niet alleen in ons oor wordt opgewekt, maar ook in de klankkast zelf van het instrument.

Een vervolgmeting bracht ons opnieuw van ons stuk en de uitkomst ervan bleef in raadselen gehuld. We gebruikten twee stemvorken met twee octaven verschil — de een trilde met een vier keer zo hoge frequentie als de andere —, maar die konden we niet in trilling brengen met behulp van de twee corresponderende noten van het klavier. Hoewel die noten zorgvuldig gestemd waren, ontdekten we dat, als de hoogste stemvork in harmonie was met een gegeven noot en we tegelijkertijd wilden dat de lagere stemvork in harmonie was met de twee octaven lagere noot, we die lagere noot opzettelijk naar boven toe moesten ontstemmen!

Welnu, omdat instrumenten worden gestemd door de zwevingen tussen de harmonischen te elimineren, valt de vierde harmonische van de lagere toets dus perfect samen met de grondtoon van de hogere toets. Waarom staan die twee grondtonen dan niet in de juiste verhouding van vier die er wel tussen de frequenties van de stemvorken bestaat? Wat moet men hiervan denken? Misschien dat onze regels van de harmonieleer, die gebaseerd zijn op het samenvallen van de harmonischen, toch niet kloppen? Of is, wat wij als meer waarschijnlijk beschouwen, onze werkwijze niet helemaal correct?

Ik vertrouw nog een keer op uw wetenschap, uit het diepst van
mijn onbekwame ziel als onwetend musicus. Ik blijf voor altijd,
weledelzeergeleerde, weledelgestrenge heer, uw zeer toegewijde

Joh. Sebast. Bach
Köthen
28 januari 1720

Aan de Zeer Doorluchtige heer,
Sir Isaac Newton,
President van The Royal Society,
Directeur van de Munt te Londen

Het laatste woord

Nu volgt het antwoord dat Johann Sebastian Bach enkele
dagen voor zijn vertrek naar Karlsbad in het gevolg van prins
Leopold von Anhalt-Köthen ontving. Het lijkt erop dat de
briefwisseling geen vervolg heeft gehad, hoewel het moeilijk
is voor te stellen dat Sebastian geen behoefte had om aan wat
inmiddels zijn pennenvriend kon worden genoemd, van zijn
ervaringen in het beroemde kuuroord te verhalen en met
name over zijn ontmoeting met Antonio Stradivarius.

Zeer illustere, gewaardeerde en zeer vriendelijke heer

Het stelt mij zeer teleur dat mijn op stemvorken gebaseerde spec-
trumanalysator zo weinig succes heeft gehad. Ik heb er niet ge-
noeg bij stilgestaan hoe die dingen precies functioneren. Voordat
ik mijn jammerlijke falen ruiterlijk toegeef, zou ik toch het liefst in
eigen persoon bij de uitvoering van het experiment aanwezig zijn.
Excuseert u mij als ik me een beetje te openhartig uitdruk, maar
die eigenschap is uzelf ook niet vreemd.
    Over uw toevallige verificatie van mijn onzekerheidsrelatie zou
ik willen zeggen dat ik mij daarover verheug, hoewel er natuurlijk
helemaal geen reden was om daar aan te twijfelen. Dat geldt ook
voor uw laatste observatie, namelijk dat de instrumenten waarop
jullie muzikanten spelen, objectief gezien (naar jullie volle tevre-
denheid) ontstemd zijn. Daarvoor heb ik een eenvoudige verkla-
ring die leunt op de snelheid waarmee het geluid zich over een
gespannen snaar voortplant. Uw resultaat toont aan — en ik zou
het vreemd vinden als dat niet zo was — dat deze voortplantings-
snelheid verschilt voor geluiden van verschillende frequentie.
    Laten we het gedrag vergelijken van uw snaren, die twee octa-
ven van elkaar verschillen. Omdat de geluidssnelheid ook afhangt
van het materiaal waarvan de snaar is gemaakt, en van de

snaardikte en —spanning, neem ik voor het gemak aan dat al deze factoren voor beide snaren gelijk zijn. Opdat de vierde harmonische van de laagste snaar samenvalt met de grondtoon van de andere — wat u in volledige overeenstemming kon vaststellen —, moet de laagste snaar precies vier keer zo lang zijn als die andere. Alleen dan zijn de beide golflengtes gelijk en dat geldt ook voor de twee frequenties, omdat, zoals u in een van uw voorgaande brieven in herinnering heeft gebracht, de frequentie gelijk is aan de verhouding tussen de snelheid en de golflengte van het geluid, oftewel $f = v/\lambda$. *Aangezien de grondtoon van de lange snaar een vier keer zo grote golflengte heeft, zou, als de geluidssnelheid* v *dezelfde waarde zou hebben voor alle frequenties, de formule ons een vier keer zo lage frequentie geven. Dat is wat u als vanzelfsprekend had aangenomen, mijnheer, toen u de frequenties met die van de stemvorken bent gaan vergelijken.*

Maar de stemvorken hebben u in de war gebracht door niet in resonantie te geraken toen u dat verwachtte. Daarom moet de geluidssnelheid v *dus afhangen van de frequentie. Om precies te zijn is de snelheid en dus ook de frequentie lager voor de lage tonen, wat verklaart waarom u de lagere noot moest verhogen om hem in harmonie te krijgen met de stemvork. Bijgevolg, om harmonie te verkrijgen heeft u in uw gestemde piano de octaafverhouding licht moeten verhogen. Als u echter de stemvorken als uitgangspunt had genomen, zou u perfecte octaafverhoudingen gehad hebben (evenals de andere verhoudingen in de toonladder), maar het harmonisch gedrag zou uiteraard anders zijn geweest.*

Kortom, ik ben van oordeel dat de boventonen niet de exacte harmonischen van de grondtoon zijn. Hun verlies aan harmonie neemt toe met het ranggetal. Ik laat het aan u over, illustere mijnheer, en aan uw zonderlinge vriend Silbermann om na te denken over de implicaties van dit interessante gegeven op uw denkbeelden over de harmonie. In het bijzonder over de Mese, de alom aanwezige combinatietoon, die zich in het licht van het voorgaande voordoet als iets dat gecompliceerder en ondoorgrondelijker is dan ik mij had voorgesteld. Hebben we hiermee misschien ook een verklaring gevonden voor uw opmerking dat een akkoord van pure tonen geen voldoening geeft?

Ik blijf altijd uw dienaar, zeer gewaardeerde heer, en eerbiedig neem ik afscheid.

Isaac Newton
Londen
29 april 1720

260

Aan de Zeer Illustere heer
Johann Sebastian Bach
Kapellmeister aan het Hof van Köthen

Het leven van J. S. Bach in het kort

1685 Geboren in Eisenach in Thüringen (21 maart).

1695 Ouderloos geworden; zijn broer Johann Christoph neemt hem op in zijn huis in Ohrdruf.

1700 Toegelaten tot de St. Michaëlschool in Lüneburg voor armlastige jongens.

Legt contacten met de Franse cultuur aan het hof van Celle.

1703 Zes maanden lang speelt hij in het orkest van hertog Johann Ernst aan het hof van Weimar. Wordt als organist aangenomen in de Nieuwe Kerk van Arnstadt.

Maakt zijn eerste compositie voor orgel en klavecimbel.

1706 Onderworpen aan een gerechtelijk onderzoek door de kerkenraad wegens niet-nakoming van contractbepalingen.

1707 Organist van de St. Blasiuskerk in Mühlhausen.

Trouwt met zijn nicht Maria Barbara.

Componeert zijn eerste kerkelijke cantates.

1708 Keert terug naar het hof van Weimar als organist en daarna als *Konzertmeister* van hertog Wilhelm Ernst.

Zijn eerste dochter wordt geboren: Catharina Dorothea.

1717 Door onenigheid met zijn vorst zit hij een maand in de gevangenis.

Verhuizing naar Köthen waar hij *Kapellmeister* en dirigent van het kamermuziekensemble van prins Leopold wordt.

Produceert uitsluitend instrumentale wereldlijke muziek voor het klavecimbel.

1720 Dood van zijn vrouw Maria Barbara.

1721 Tweede huwelijk, met Anna Magdalena Wilcke.

1723 Wordt *Kantor* aan de St. Thomasschool in Leipzig en *Director Musices* van de stad; hij moet een studie volgen over het lutherse geloof.

Blijft componist aan het hof van Köthen.

Componeert honderden cantates en zijn grote liturgische werken.

1726 Ruzie met de Universiteit van Leipzig.

1729 Neemt de leiding van het *Collegium Musicum* van Leipzig op zich, waarmee hij wereldse cantates uitvoert in Café Zimmermann.

Wordt genomineerd tot ere-*Kapellmeister* in Weissenfels.

1730 Tracht Leipzig te verlaten uit economische motieven.

1736 Controverse met de rector van de St. Thomasschool Johann August Ernst.

Hij ontvangt de eretitel van hofcomponist aan het hof van de koning van Polen.

1742 Zijn negentiende en laatste kind wordt geboren: Regina Susanna.

1747 Bezoekt zijn zoon Carl Philipp Emanuel in Berlijn: een beroemde ontmoeting met Frederik de Grote.

Wordt lid van een vereniging ter bevordering van de muziekwetenschap.

1749 Wordt ziek en begint zijn gezichtsvermogen te verliezen.

1750 Een (tweede) oogoperatie uitgevoerd door de Engelse chirurg Taylor mislukt.

Hij wordt getroffen door een beroerte en sterft op 28 juli.

Altnickol, Johann Christoph (1719-1759): leerling van J.S. Bach, getrouwd met zijn dochter Elisabeth bijgenaamd Liessgen.

Hohenzollern, Anna Amalia von (1723-1787): zuster van Frederik de Grote.

Bach, Carl Philipp Emanuel (1714-1788): componist, zoon van J.S. Bach.

Bach, Johann Christian (1735-1782): componist, zoon van J.S. Bach.

Bach, Maria Barbara (1684-1720): eerste vrouw van J.S. Bach.

Bach, Wilhelm Friedemann (1710-1784): componist, zoon van J.S. Bach.

Böhm, Georg (1661-1733): organist en componist in de St. Johanneskerk in Lüneburg en voornaamste leidsman van J.S. Bach.

Bordoni, Faustina (1700-1783): Venetiaanse zangeres, vrouw van Adolphe Hasse.

263

Büsche, Johann (?-?): luthers theoloog, rector van de St. Michaelschool in Lüneburg, voornaamste geestelijke opvoeder van J.S. Bach.

Buxtehude, Dietrich (1637-1707): componist en organist in Lübeck, toonbeeld van het orgelspel uit Noord-Duitsland.

Campanini, Barbara (1721-1799): beroemde Italiaanse danseres, favoriete van Frederik de Grote.

Brandenburg, Christian Ludwig von (1677-1734): markgraaf van Brandenburg, halfbroer van Frederik I van Pruisen, de *Brandenburgse Concerten* zijn aan hem opgedragen.

Corelli, Arcangelo (1653-1713): componist en violist, werkzaam in Rome.

Couperin, François (1668-1733): componist en klavecinist uit Parijs. Auteur van de essay *L'art de toucher le clavecin*.

Cristoforo, Bartolomeo (1655-1732): Paduaan, klavecimbelbouwer, uitvinder van de fortepiano.

Cuncius, Christoph (1676-1722): *Kapellmeister* aan het hof van Weimar.

Eilmar, Georg Christian (1665-1715): aartsdiaken en inspecteur van de Mariakerk in Mühlhausen, auteur van cantateteksten.

Éléonore d'Olbreuse (1639-1722): de Franse vrouw van hertog Georg Wilhelm von Braunschweig-Lüneburg aan het hof van Celle.

Erdmann, Georg (1682-1736): jeugdvriend van J.S. Bach, student aan de Universiteit van Jena, vanaf 1718 diplomatiek vertegenwoordiger van Rusland en Danzig.

Ernesti, Johann August (1707-1781): rector van de St. Thomasschool in Leipzig, zoon van Johann Heinrich.

Ernesti, Johann Heinrich (1652-1729): Rector van de St. Thomasschool in Leipzig, vader van Johann August, tegenstander van J.S. Bach.

Ernst August, hertog van Saksen-Weimar (1688-1748): viceregent na 1707, zoon van Johann Ernst.

Ferri, Baldassarre (1610-1680): beroemde castraatzanger geboren in Perugia, woonachtig in Warschau en daarna in Wenen.

Flamsteed, John (1646-1719): koninklijk astronoom aan het Engelse hof.

Friederica Henrietta (1704-1723): prinses van Bernburg, gemalin van Leopold van Anhalt-Köthen, geen muziekliefhebber.

Friedrich August I (1670-1733): keurvorst van Saksen en koning van Polen evenals August II.

Friedrich August II (1696-1763): keurvorst van Saksen en koning van Polen evenals August III.

Hohenzollern, Friedrich II von (1712-1786): Frederik de Grote, koning van Pruisen vanaf 1740, fluitist en componist.

Frohne, Johann Adolf (1652-1713): piëtist en inspecteur van de St. Blasiuskerk in Mühlhausen.

Gabrieli, Andrea (1510-1586): componist, organist in de Basiliek van San Marco in Venetië.

Gesner, Johann Matthias (1691-1761): rector van de St. Thomasschool in Leipzig, filoloog.

Goldberg, Johann Gottlieb (1727-1756): leerling van J.S. Bach, klavecinist bij graaf Hermann Carl von Keyserlingk.

Görner, Johann Gottlieb (1697-1778): organist van de St. Nicolaaskerk en van andere kerken in Leipzig.

Graun, Johann Gottlieb (circa 1702-1771): Duitse componist aan het hof van Frederik de Grote, broer van Karl Heinrich.

Graun, Karl Heinrich (1701-1759): Duitse componist en zanger, broer van Johann Gottlieb.

Graupner, Johann Christoph (1683-1760): *Kapellmeister* in Darmstadt.

Händel, Georg Friedrich (1685-1759): componist, geboren in Halle.

Hasse, Johann Adolph (1699-1783): componist van opera's, dirigent van het theater van Leipzig.

Herda, Elias (1674-1728): zangleraar van J.S. Bach op het lyceum van Ohrdruf.

Hooke, Robert (1635-1703): fysicus, officieel experimentator van de Royal Society in Londen. Uitvinder van de klok die werkt op basis van een opwindbaar veer-mechanisme en uitvinder van andere precisie-instrumenten.

Hülsemann, Martin Georg (?-?): inspecteur van de St. Michaelskerk in Lüneburg.

Johann Ernst, hertog van Saksen-Weimar (1664-1707): viceregent van 1683 tot 1707, broer van Wilhelm Ernst. In 1703 biedt hij J.S. Bach een baan aan in het hoforkest van Weimar.

Johann Ernst (1696-1715): zoon van Johann Ernst van Saksen-Weimar en jongere broer van Ernst August. Leerling van J.S. Bach en componist.

Keyserlingk, Herman Carl von (1696-1764): ambassadeur van Rusland bij Friedrich August II, koning van Polen.

Kirnberger, Johann Philipp (1721-1783): leerling van J.S. Bach.

Krause, Gottfried Theodor (1713-?): prefect van de St. Thomasschool in Leipzig, protégé van J.S. Bach.

Krause, Johann Gottlob (1714-?): prefect van de St. Thomasschool in Leipzig, protégé van rector Ernesti.

Krebs, Johann Ludwig (1713-1780): leerling van J.S. Bach, broer van Johann Tobias.

Krebs, Johann Tobias (1716-1782): leerling van J.S. Bach, broer van Johann Ludwig.

Kuhnau, Johann (1660-1722): voorganger van J.S. Bach op de plek van organist van de St. Thomaskerk in Leipzig, muziektheoreticus.

Leibniz, Gottfried Wilhelm (1646-1716): Duits filosoof en wiskundige.

Anhalt Köthen, Leopold von (1694-1728): vorst in Köthen, toendertijd geschreven als Koethen, bespeler van de viola da gamba.

Löwe, Jacob (1629-1703): componist, organist van de St. Nicolaaskerk in Lüneburg, inspirator van J.S. Bach.

Luther, Martin (1483-1546).

Marchand, Jean-Louis (1669-1732): Frans organist en klavecinist.

Marcus Martin Friedrich (?-?): tweede violist in het hoforkest van Leopold von Anhalt-Köthen.

Marpurg, Friedrich Wilhelm (1718-1795): componist en muziektheoreticus, militair raadgever van Frederik de Grote.

Mattheson, Johann (1681-1764): Duits componist en criticus, auteur van catalogi en muziekgeschriften (bijvoorbeeld *Der vollkommene Capellmeister*).

Mersenne, Marin (1588-1648): Frans priester, theoreticus van muzikale harmonie, en wiskundige. Auteur van *Harmonie Universelle*.

Monteverdi, Claudio (1567-1643): componist en madrigalist uit Cremona.

Newton, Isaac (1642-1727): de Engelsman met goddelijke status.

Pachelbel, Johann (1653-1706): componist en organist in Neurenberg, voor J.S. Bach het toonbeeld van het orgelspel in Zuid-Duitsland.

Palestrina, Giovanni Pierluigi da (1525-1594): componist, werkzaam in Rome.

Pasquini, Bernardo (1637-1710): organist en klavecinist, werkzaam in Rome, auteur van *Regole per ben sonare il cembalo e organo.*

Platz, Abraham Christoph (?-?): lid van de gemeenteraad van Leipzig.

Quantz, Johann Joachim (1697-1733): Duitse fluitist, componist en muziektheoreticus.

Rameau, Jean-Philippe (1683-1764): componist, klavecinist en muziektheoreticus, geboren in Dijon, auteur van het vermaarde *Traité de l'Harmonie.*

Reinken, Jan Adams (1643-1722): organist en componist uit Hamburg, bewonderd door J.S. Bach.

Rolle, Christian Friedrich (1681-1751): componist en organist in Quedlimburg.

Salinas, Francisco (1513-1590): Spanjaard, blind vanaf zijn geboorte, organist (ook in Italië), muziektheoreticus, auteur van *De Musica Libri Septem.*

Sauveur, Joseph (1653-1716): een van de grondleggers van de akoestiek, onderzoeker van de harmonischen van een snaar, doof vanaf zijn geboorte(!).

Silbermann, Gottfried (1683-1753): orgel- en fortepianobouwer.

Spiess, Joseph (?-?): *Konzertmeister* aan het hof van Leopold von Anhalt-Köthen.

Stradivarius, Antonio (1644-1737): vioolbouwer.

Tartini, Giuseppe (1692-1770): violist uit Istrië, ontdekker van de combinatietonen in 1714 en auteur van de *Trattato di musica secondo la vera scienza dell'armonia.*

Taylor, John (1727-1787): beroemd Engelse oogchirurg.

Telemann, Georg Philipp (1681-1767): componist, geboren in Maagdenburg.

Vivaldi, Antonio (1678-1741): Venetiaans priester, componist en violist.

Walther, Johann Gottfried (1684-1748): organist in de St. Petrus en Pauluskerk in Weimar.

Werckmeister, Andreas (1645-1706): organist, muziektheoreticus, auteur van *Musikalische Temperatur.*

Wilcke, Anna Magdalena (1701-1760): tweede vrouw van J.S. Bach.

Wilhelm Ernst, hertog van Saksen-Weimar (1662-1728): viceregent vanaf 1683 tot aan zijn dood, broer van Johann Ernst. In 1708 neemt hij J.S. Bach in dienst als organist en *Konzertmeister* aan het hof van Weimar.

Zarlino, Gioseffo (1517-1590): Venetiaan, franciscaner monnik, componist en theoreticus van muzikale harmonie. Auteur van *Istitutioni harmoniche, Dimostrationi harmoniche, Sopplimenti musicali.*

Inhoud

Van dezelfde schrijver is te koop op
http://laatsteexperiment.webs.com:

269

Fysicus Andrea Frova is zeer geliefd in Italië om zijn populairwetenschappelijke boeken. Uit deze verhalenbundel blijkt dat hij tevens een scherpzinnig en onbarmhartig verteller is. Op indringende wijze belicht hij de verhouding tussen mens en machine en de negatieve kanten van de vooruitgang. Volgens Frova is Rome, ooit vaandeldrager van de Europese cultuur, verworden tot een stinkende en overbevolkte stad. De ingezette neergang is niet meer te stoppen. Maar ook majestueuze bergtoppen, sprookjesachtige sneeuwhellingen en de andere, mysterieuze, zijde van Rome komen voorbij in deze catastrofale vertellingen.

'Andrea Frova (1936) is professor Algemene Fysica en Muzikale Akoestiek aan de Universiteit van Rome, *La Sapienza*. Hij schreef meer vulgariserende boeken over wetenschap. *Het Laatste Experiment* is een verzameling van acht korte verhalen, waarin de grote passies van de geleerde aan bod komen: de wetenschap, de klassieke muziek en de bergen. Op de achtergrond van de verhalen staat een chaotisch Rome, dat niet langer de vaandeldrager van de

Europese cultuur is, maar een overbevolkte stad met een stinkend riool. De verhalen spelen zich af op de grens van de werkelijkheid en zweven tussen realiteit en sciencefiction. Centraal staan de verhouding tussen mens en machine of computer, de negatieve gevolgen van de vooruitgang, de ontmenselijking, de vervuiling, de moeilijkheden van het wetenschappelijk onderzoek in Italie, de bureaucratie, de politieke vunzigheid. Tegenover de samenleving en haar problemen neemt Frova een kritische houding aan, maar dit gebeurt op basis van een humanistische visie op het leven en met vertrouwen in de kracht van de rede. Redelijk interessant en onderhoudend. Normale druk.' Bernard Huyvaert van *NBD/Biblion*

'In de verhalenbundel gaat de cultuurkritische Frova op toegankelijke en scherpzinnige wijze in op de verhouding tussen mens en machine, de kracht van de rede en de charme van het natuurkundig experiment.' Annemarie van der Poel in *Italië Magazine*.

'Op indringende wijze belicht Frova de negatieve kanten van de vooruitgang. Rome is daarbij exemplarisch.' Willemijn van Dijk in *Italië in Bedrijf*

'Dat Italie geen paradijs is en dat er rare dingen gebeuren weten veel mensen al wel. Kijk naar een film als Gomorra of lees in de krant over de laatste strapatsen van Berlusconi en je weet genoeg. Fysicus Frova trekt de beroerde staat van zijn land naar een breder plan en beschrijft in deze bundel verhalen bijvoorbeeld de verstoorde band tussen stad en platteland en meer in het algemeen de soms vreemde relatie tussen mens en machine. Een uniek geluid uit de hedendaagse Italiaanse literatuur, vlot vertaald in het Nederlands. Een aanrader voor iedere Italië-liefhebber die verder wil kijken dan zijn neus lang is.' Uitgever Wardy Poelstra